L'ÎLE DE SILICIUM

CHEN QIUFAN

L'ÎLE DE SILICIUM

Traduit du chinois
par Gwennaël Gaffric

RIVAGES/IMAGINAIRE

Retrouvez l'ensemble des parutions
des Éditions Payot & Rivages sur

payot-rivages.fr

Collection dirigée par Valentin Baillehache

Titre original :
荒潮 *(Waste Tide)*
Ouvrage publié avec l'accord de The Grayhawk Agency
et Anna Jarota Agency

Prologue

Dans le ciel du sud-est, les nuages couraient comme des chevaux dont on aurait lâché la bride. Prémices du typhon *Saola*, qui se trouvait désormais à trois cents kilomètres au large de l'île de Hong Kong. Sa trajectoire, comme son nom le suggérait, était fringante et erratique.

Le gracieux herbivore qui venait de surgir dans l'esprit de Ho Suk-yee n'existait aujourd'hui plus que dans des bases de données photographiques et sur des rayons de taxidermiste.

Le mot « Saola » provenait de la langue thaie, parlée au Vietnam. Il avait fallu dix-huit ans aux scientifiques pour recouper la découverte de crânes appartenant à cette espèce (nom scientifique : *Pseudoryx nghetinhensis*) avec le récit de paysans témoignant en avoir vu un spécimen vivant, mais cinq ans seulement avaient suffi avant que ne soit officiellement déclarée son extinction de la surface du globe. Les rayures blanches striant son museau et ses longues cornes légèrement courbées en arrière lui avaient valu le surnom de « licorne asiatique ». Le saola était le mammifère doté de la plus grande glande maxillaire, ce qui expliquait en partie sa disparition. Il symbolisait autrefois dans le folklore vietnamien et laotien la fortune, le bonheur et la longévité, mais ces croyances passaient désormais pour des plaisanteries au goût douteux.

Putain, ce qu'il fait froid ! Ho Suk-yee s'agrippa au flanc du bateau, en serrant de l'autre main sa veste à trois épaisseurs. L'Observatoire avait relevé des rafales de force huit – des vents marins soufflant de soixante-trois à cent dix-sept kilomètres par heure, avec des pointes dépassant même cent quatre-vingts kilomètres par heure. *Vraiment, nous avons bien choisi notre jour...*

Le *Tussilage* bondissait au rythme des flots, perçant la crête blanche des vagues tandis qu'il s'approchait du *Prospérité*, un cargo de huit mille EVP. Parti du port de New Jersey, le *Prospérité* avait traversé l'océan Pacifique en direction du terminal hongkongais de Kwai Chung, d'où sa marchandise serait transférée vers des ports du continent chinois.

Un de ses hommes d'équipage fit un geste de la main à Ho Suk-yee. Celle-ci hocha la tête, son visage rendu blême par les assauts du vent. D'après les données apparaissant sur ses lunettes, la vitesse de la cible avait été réduite à dix nœuds, pour se conformer aux exigences des autorités maritimes. Celles-ci utilisaient des pavillons de signalisation afin de réduire la pollution lors des entrées dans les eaux portuaires, et aussi pour limiter l'effet des sillages des gros bâtiments sur les plus petits bateaux.

C'était le bon moment pour agir. Elle adressa un signe à son équipage, l'invitant à se tenir prêt.

Le *Tussilage* accéléra soudain dans la direction du *Prospérité* de telle manière que son cap et sa vitesse correspondent à ceux du cargo. À côté de ce grand porte-conteneurs de 334,8 mètres de long et de 45,8 mètres de large construit par la firme Samsung Heavy Industries, la petite vedette avait l'air d'un rémora accroché au ventre d'un requin-pèlerin. Le contraste était saisissant.

« Vite ! » La voix de Ho Suk-yee était étouffée par les rugissements du moteur.

L'échelle de corde magnétique jaillit et se colla fermement à la paroi du navire, à environ deux mètres sous le rail tribord. L'autre extrémité de l'échelle avait été fixée à la vedette, pour éviter qu'elle ne se balance. Un membre de l'équipage, vêtu d'une tenue d'assaillant, en commença l'ascension avec une grande dextérité. Il avait choisi de grimper dos à la mer pour se servir des crochets spéciaux dont étaient équipées ses semelles, mais aussi pour ne pas risquer d'avoir le vertige face aux énormes vagues en contrebas.

Malgré son entraînement, l'assaillant, secoué par le vent et la houle, se balançait dangereusement, évoquant un insecte blessé pris au piège dans une toile d'araignée. Les vingt-cinq mètres qu'il devait parcourir seraient bien plus longs qu'il n'y paraissait.

Vite, plus vite. Ho Suk-yee se faisait plus pressante. La soudaineté et l'agilité avec lesquelles la vedette avait changé de cap avaient été telles que l'équipage du *Prospérité* n'avait pas encore réagi. Mais le temps filait, et une fois qu'ils seraient entrés dans les eaux peu profondes du port, les rafales seraient plus fortes et la situation encore plus incontrôlable.

« Tu as tout filmé ? », demanda-t-elle à la jeune femme qui se tenait à côté d'elle. Cette dernière hocha anxieusement la tête. La caméra miniature placée à hauteur de son oreille oscillait. C'était sa première mission. Ho Suk-yee lui fit signe de mieux stabiliser l'objectif.

The show must go on.

Elle ne put réprimer un sourire. En quelques années, elle était passée du dégoût à l'égard de cette philosophie de l'action à une pratique fidèle. Elle suivait le modèle de

Greenpeace et de ses actions directes et non-violentes : s'allonger sur les rails, escalader les monuments, accoster des baleiniers, intercepter des convois de déchets nucléaires… autant d'actes qui mettaient à l'épreuve la tolérance des gouvernements et des grandes corporations. Mais tout en gagnant en notoriété, l'organisation, grâce à ses actions, sensibilisait aussi le grand public aux problèmes écologiques et poussait à la promulgation de diverses lois et réglementations environnementales.

La fin justifie les moyens, n'est-ce pas ?

Elle se rappela le discours prononcé par son mentor, le Dr Guo Qide, fondateur de l'organisation Tussilage, lors de la dernière cérémonie d'intronisation des nouveaux membres. Les lumières de la salle s'étaient tamisées, et une peinture à l'huile était apparue sur l'écran géant : elle représentait un voilier à trois mâts au milieu de vagues turbulentes, sur le point de chavirer. Des passagers paniqués fuyaient sur des radeaux de sauvetage, abandonnant à bord un groupe de personnes désespérées. Le clair-obscur de la mer ténébreuse et des vagues blanches provoquait un effet stupéfiant.

« *L'incendie du Kent*, une œuvre du peintre français Théodore Gudin, réalisée en 1827, avait indiqué le docteur Guo de sa voix envoûtante. Le monde dans lequel nous vivons est ce navire, et son naufrage est proche. Certains ont déjà sauté dans des radeaux de sauvetage, mais d'autres restent apathiques, comme inconscients du danger imminent.

» Le rôle de notre organisation est de frapper les gongs et de battre les tambours, de faire les clowns, de cracher du feu, d'user de tous les artifices pour attirer l'attention de la société. Nous voulons que les gens sachent que le navire va couler et que les coupables du naufrage se réjouissent et se congratulent dans leur coin. Nous devons lier leur destin au nôtre, sans quoi nous serons les seuls à payer le prix de leurs crimes. »

Ho Suk-yee fut interrompue dans ses pensées par des cris. Elle leva la tête et vit que plusieurs hommes à bord du *Prospérité* essayaient de décrocher le point d'attache magnétique de l'échelle. Mais la coque du porte-conteneurs avait été conçue pour maximiser la surface de chargement, et le bord supérieur du pont était incurvé à un angle tel que les membres de l'équipage devaient se pencher dangereusement pour atteindre la base de l'échelle. Après quelques tentatives infructueuses, ils abandonnèrent, découragés par le vent.

Le grimpeur avait augmenté de manière significative sa vitesse : il ne lui restait que dix mètres à parcourir.

Brusquement, une colonne d'eau blanche s'abattit violemment sur son corps, faisant vaciller l'échelle comme une balançoire. L'homme lâcha prise, et tous le virent avec stupeur entamer sa chute vers les lames déferlantes de l'océan.

Ho Suk-yee, les yeux écarquillés, se couvrit la bouche. La jeune femme chargée de filmer la scène poussa un hurlement.

Mais la chute cessa. L'homme était maintenant suspendu au milieu des airs, la tête en bas, sauvé d'extrême justesse par les crochets de ses semelles. Il poussa sur son abdomen et au prix d'une incroyable acrobatie, il réussit à rattraper l'échelle, puis reprit son ascension.

« Bien joué ! » ne put s'empêcher de crier Ho Suk-yee.

Les marins du *Prospérité* continuaient à arroser l'assaillant avec leur tuyau à haute pression, comme une flamme ardente se propageant le long d'une corde. Le plus dangereux pour ce dernier n'était pas tant l'impact du jet sur son corps, mais les brèves suffocations causées par l'obturation de ses voies respiratoires. Heureusement pour lui, il s'y était préparé : il baissa la visière de son masque de protection et continua à grimper avec aisance. Huit mètres, sept mètres…

Un sourire apparut sur le visage de Ho Suk-yee. Elle avait l'impression de se revoir plus jeune. Le corps imbibé de musc de saola, elle se faufilait dans les bus, les métros, les ferries ou les supermarchés, indifférente à la fureur de ceux qu'elle croisait, se contentant d'expliquer à qui voulait l'entendre que le plus précieux des parfums, quand il était fabriqué au prix de l'extinction d'une espèce, libérait une puanteur agressive et intolérable.

Tant de fois, on lui avait demandé si ça en valait la peine. Et tant de fois, elle avait répondu que oui, ça en valait la peine. Le monde entier avait beau la considérer comme une trouble-fête, elle croyait en ce qu'elle faisait, et c'était la seule chose qui comptait.

L'équipage du *Prospérité* cessa d'arroser l'assaillant ; peut-être allaient-ils adopter une nouvelle stratégie.

« Ils changent de cap ! » cria le pilote de la vedette.

Grâce à ses lunettes, Ho Suk-yee prit connaissance des données de navigation. Le *Prospérité* fonçait vers le *Tussilage* à une vitesse de douze nœuds, ce qui lui permettrait dans un premier temps de couper court à l'abordage, sans attirer l'attention des garde-côtes.

L'embardée de la vedette s'accentua à mesure que se rapprochait le sillage du cargo. L'échelle, à laquelle l'assaillant s'accrochait encore tant bien que mal, se tortillait comme un serpent dans les airs.

« Accélérez ! Gardez le cap ! » ordonna Ho Suk-yee.

L'homme essayait de continuer son ascension, s'efforçant d'ajuster son centre de gravité et sa position, de manière à maintenir la stabilité de l'échelle. Cinq mètres, quatre... Dans cette tempête de force neuf, il se contorsionnait comme un maître yogi sur une corde.

Il y était presque. Ho Suk-yee retint sa respiration, et continua mentalement le décompte.

Bientôt, la prochaine tâche de ce courageux jeune homme serait de se servir de ses ventouses pour rejoindre le pont depuis le point d'attache de l'échelle, tout en esquivant les tentatives d'interception de l'équipage. Après quoi, il lui faudrait encore s'attacher à un conteneur aussi fermement que l'aurait fait Houdini - de préférence en ayant mis en évidence le drapeau de l'organisation - puis d'attendre l'arrivée des médias et des représentants du Département de la protection environnementale. En vertu de la jurisprudence de Kingsnorth[1], si l'organisation Tussilage pouvait justifier son action de façon suffisamment étayée, elle ne serait pas poursuivie légalement. Tout dépendrait de la fiabilité de leurs sources : que les conteneurs à bord, partis depuis le New Jersey en direction de l'île de Silicium, contenaient bel et bien le « cadeau du diable » - ce déchet toxique susceptible de provoquer un désastre écologique majeur.

Rien de facile, donc, mais le plus dur serait bientôt fait.

Deux mètres, un mètre... L'assaillant avait enfin atteint le sommet de l'échelle, mais au lieu de mettre ses gants à ventouse, il s'accrocha à la corde et se laissa aller d'avant en arrière, comme un pendule.

« Mais qu'est-ce qu'il fout ? s'emporta Ho Suk-yee.

– C'est Thomas... Il aime faire le malin », répondit la jeune vidéaste en secouant la tête, sans s'arrêter pour autant de filmer la scène.

1. L'acquittement, en septembre 2008, de six écologistes de Greenpeace accusés d'avoir causé des dommages criminels à la centrale électrique de Kingsnorth, dans le Kent, en Angleterre, a été une affaire importante dans laquelle le changement climatique a été utilisé pour la première fois avec succès comme « motif légitime » justifiant une telle action. Des arguments similaires ont depuis été largement mis en avant dans des actions environnementalistes. (Note de l'auteur.)

Alors comme ça, il s'appelait Thomas. Il y avait eu tellement de jeunes recrues ces derniers temps, du sang neuf, énergique et talentueux, que Ho Suk-yee ne pouvait plus tous les connaître par leurs prénoms, comme auparavant. Il faisait bon être jeune. La majorité du temps.

Thomas poursuivit son mouvement de balancier en utilisant la base de l'échelle comme point d'appui, brûlant d'envie de bondir sur le pont. Il calculait nerveusement la distance et l'angle de saut : il serait contraint de lâcher prise au sommet de l'arc et de bondir en effectuant une vrille de quatre-vingt-dix degrés dans les airs pour attraper la paroi supérieure du *Prospérité*. L'acrobatie nécessitait une souplesse ainsi qu'une force musculaire et mentale extrême.

« Thomas ! Arrête-toi ! lui hurla Ho Suk-yee. Ne saute pas ! »

Trop tard. Elle vit son corps musclé et athlétique bondir dans les airs, se figer un instant dans le vent, puis tourner lentement, gracieusement, d'un quart de cercle, jusqu'à ce que ses mains claquent bruyamment sur les parois du bateau, faisant trembler légèrement les rails d'acier. Son corps retomba naturellement sous l'effet de la gravité. Il ne lui restait désormais plus qu'à fléchir les hanches et à gonfler son abdomen pour terminer en beauté ce magnifique mouvement de gymnastique.

Ho Suk-yee s'apprêtait à applaudir l'audace de cette performance.

Peut-être était-ce le vent, ou bien de l'eau restée sur le bord, mais on entendit un raclement métallique et les deux mains de Thomas glissèrent sur le flanc du navire. Il se mit à tomber, irrémédiablement. Dans la panique, il s'agrippa à l'échelle de corde qui se balançait encore, mais l'effet d'inertie entraîna tout son corps vers la coque. Sa visière protectrice se brisa avec un craquement sec et son cou et son dos se plièrent dans un angle étrange. Thomas lâcha prise et continua à tomber. Pour finir, il souleva une vague silencieuse à la surface de la mer.

La jeune vidéaste resta interdite. L'objectif placé à côté de son oreille avait capturé toute la scène, sans perdre un détail, y compris les cris et les pleurs qui s'ensuivirent. Cette vidéo tournerait plus tard en boucle dans les médias et sur d'innombrables sites web, et elle serait raillée et présentée comme une terrible publicité de recrutement pour la saison automne-hiver de l'organisation Tussilage, accompagnée par le slogan suivant : « Jeunesse rime parfois avec stupidité. »

Ho Suk-yee observait la scène, étourdie. Elle n'ordonna pas d'aller récupérer le corps, ne bougea pas, et resta impavide. *Est-ce que ça en valait vraiment la peine ?* Elle ne savait pas si elle posait la question à Thomas ou à elle-même.

Le *Prospérité* accéléra de nouveau pour s'approcher de la vedette. Son pilote, en l'absence d'ordre de sa supérieure, n'eut pas le temps d'effectuer de manœuvre d'évitement. La coque du *Tussilage* entra en collision avec le cargo qui souleva le bateau. Il y eut un bruit sourd de métal déformé. Les membres de l'équipage s'accrochèrent à la première chose qui leur tomba sous la main, afin d'éviter de basculer par-dessus bord sous l'effet de l'inclinaison de la vedette. L'eau glacée, agitée par de minuscules tourbillons, commençait à se déverser partout dans les cabines.

Le navire coulait vraiment à présent.

Première partie

LE VORTEX SILENCIEUX

La convention de Bâle, signée en 1989 par 105 pays en Suisse, dans la ville du même nom, établit des dispositions pour réduire les mouvements transfrontaliers de déchets dangereux. Entrée en vigueur le 5 mai 1992, elle est devenue un élément important du droit international en matière de protection de l'environnement, et compte aujourd'hui environ 170 pays signataires en plus de l'Union européenne.

Les États-Unis, premier pays producteur de déchets électroniques au monde, n'ont jusqu'à présent pas ratifié la convention.

Wikipédia chinois, « Convention de Bâle »

1

Au centre de la vitrine en verre, une maquette de jonque en bois, finement ouvragée à la main, luisait sous le vernis brun vermeil destiné à la faire paraître plus ancienne. En arrière-plan, aucune des scènes holographiques habituelles, mais une carte artisanale de l'île de Silicium et des eaux territoriales environnantes. Il était évident que l'artiste s'était efforcé de montrer la beauté naturelle de la région, mais son usage excessif d'encre et de peinture criarde lui donnait un aspect artificiel.

« Voici le symbole de l'île, elle représente l'abondance, la prospérité et l'harmonie. »

Scott Brandle, fasciné par la maquette, ne prêtait pas attention à ce que racontait le guide. Sa couleur et sa texture, et plus encore ses voiles paraissant gonflées par le vent, lui rappelaient le homard à la vapeur servi au banquet de réception de la veille. Il n'était ni végétarien ni fervent adhérent de la WWF[1], mais la troisième pince figurant dans son assiette et la carapace délicatement sculptée de la créature l'avaient rendu méfiant. Le fait que ce « homard sauvage »

1. La WWF, ou Fonds mondial pour la nature, est une organisation non gouvernementale internationale créée en 1961, vouée à la protection de l'environnement et au développement durable. (Note de l'auteur.)

doté d'une pince supplémentaire était certainement issu d'un élevage dans les eaux voisines lui avait coupé l'appétit, et il s'était contenté d'observer les fonctionnaires se régaler goulûment.

« Monsieur Scott, que souhaiteriez-vous aller voir demain ? » demanda le directeur Lim Ek-ru d'une voix un peu alcoolisée, dans le dialecte local.

Son assistant Dang Kai-zong ne corrigea pas l'erreur faite par le directeur de lui donner du « monsieur » suivi de son prénom, et traduisit tel quel.

« C'est l'île de Silicium que je voudrais mieux comprendre. »

On avait fait boire à Scott de la liqueur de sorgho, mais il était resté sobre. Il avait volontairement éludé l'épithète « véritable » pour désigner l'île.

« Bien ! Bien ! » fit le directeur Lim Ek-ru, le visage rougi par l'alcool, puis il se tourna vers un fonctionnaire et lui glissa quelque chose qui suscita un rire général.

Dang Kai-zong ne traduisit pas aussitôt. Il se passa un moment, puis ce dernier confia à Scott :

« Le directeur Lim indique qu'il satisfera sans faute votre désir. »

Ils avaient déjà passé près de deux heures dans ce musée d'histoire de l'île, à la climatisation excessive, et la visite ne semblait pas près de se terminer. S'exprimant dans un anglais à couper au couteau, le guide leur avait fait traverser des salles d'exposition lumineuses. S'appuyant sur des poèmes anciens, des correspondances officielles, des photographies restaurées, des répliques d'artéfacts, des scènes de vie recomposées, des dioramas réalisés avec des mannequins en plastique et de faux documentaires, il leur avait présenté l'histoire de l'île depuis le IXe siècle de l'ère commune jusqu'à aujourd'hui.

Il était évident que l'exposition n'était pas à la hauteur des idéaux de ses concepteurs. L'intention était peut-être de montrer comment l'île était passée de la pratique de la pêche et de l'agriculture à l'ère industrielle moderne, puis à l'ère de l'information, mais tout ce que Scott avait vu jusqu'ici, c'était un enchaînement de salles aux reliques mornes et sans relief, commentées par des récits aussi hypnotiques qu'un discours de sergent instructeur dans un camp militaire.

Mais Dang Kai-zong écoutait avec un grand intérêt, comme si c'était lui l'étranger, comme s'il venait de poser le pied sur cette terre. L'indolence du jeune homme avait maintenant laissé place à une fierté et à une curiosité plus naturelles pour quelqu'un de vingt et un ans.

« Merveilleux… incroyable… », s'enthousiasmait ponctuellement Scott avec un visage inexpressif, comme un répondeur automatique.

Le directeur Lim hochait la tête en signe d'appréciation, un sourire figé sur son visage comme sur celui des mannequins des vitrines, sa chemise à rayures rentrée dans son pantalon. Contrairement aux autres fonctionnaires, il avait la taille encore fine. Ce qu'il perdait en prestance, il le gagnait cependant en efficacité. À côté de Scott et de son mètre quatre-vingt-dix, il avait l'air d'un bâton de randonnée. Cependant, il avait ce pouvoir d'empêcher ses interlocuteurs d'en placer une – Scott ne faisait pas exception.

Sa bouche dit oui, son cœur dit non, pensa Scott. Il comprenait mieux maintenant les paroles prononcées la veille par le directeur Lim. Avant de venir en Chine, il avait lu un ouvrage intitulé *Les Chinois pour les nuls*, dans lequel figurait cette assertion : « Les Chinois disent rarement ce qu'ils pensent », à quoi Scott avait ajouté l'annotation suivante : « Comme les Américains, en somme. »

Aucun des officiels en charge du projet présents la veille au dîner de réception n'était venu aujourd'hui, si bien que Scott se demandait si le repas n'avait finalement pas constitué le principal objectif de sa mission. À en juger d'ailleurs par la quantité d'alcool ingurgitée par ses interlocuteurs, il ne faisait aucun doute que les fonctionnaires avaient pour leur part répondu aux attentes, ou les avaient même dépassées. D'après la façon que le directeur Lim avait de tourner autour du pot, Scott en déduisait que son séjour de recherche au service de la compagnie Wealth Recycle Co., Ltd, ne se déroulerait pas sans heurt, et que les personnages clefs des trois grandes familles ne se montreraient pas. Le mieux que Scott pouvait espérer serait de visiter un quartier modèle de l'île et d'inspecter des usines soigneusement entretenues par les représentants du gouvernement local en prévision de sa venue. Il aurait peut-être aussi la chance de profiter de quelques mets et boissons raffinés puis, après avoir rempli sa valise d'objets-souvenirs, il remonterait fissa dans un avion, direction San Francisco.

Mais n'était-ce pas précisément la raison pour laquelle Wealth Recycle avait choisi de l'envoyer, lui, Scott Brandle, plutôt qu'un autre ? Un sourire adoucit son visage aux traits anguleux. Du Ghana aux Philippines – à l'exception de la mésaventure d'Ahmedabad –, il n'avait jamais connu d'échec. L'île de Silicium ne ferait pas exception.

« Dis-lui que cet après-midi nous irons dans le village de Hialeng. Dis-lui. »

Il s'était penché pour transmettre cette instruction rapide à Dang Kai-zong, puis il pinça aussitôt les lèvres, et affecta un sourire peu engageant en regardant autour de lui. Dang Kai-zong comprit que son patron commençait à devenir sérieux, et il s'empressa d'entamer la négociation avec le directeur.

Le musée était trop rutilant, trop propre, à l'image de l'histoire blanchie et expurgée qu'il relatait, à l'image de l'île telle que les insulaires voulaient la montrer aux étrangers : un visage teinté d'optimisme technologique, factice et superficiel. Dans ce bâtiment, il n'y avait pas de convention de Bâle, il n'y avait ni dioxines, ni furanes, ni brouillard acide, ni de teneur en plomb dans l'eau 2 400 fois supérieure à la limite autorisée, ni de sol à la concentration en chrome 1 338 fois supérieure au seuil fixé par l'Agence de protection environnementale, et encore moins, bien sûr, de personnes luttant pour survivre en buvant une telle eau et en vivant sur un tel sol.

Toute histoire est une histoire contemporaine. Il se souvenait encore de cette phrase prononcée par Dang Kai-zong lors de son entretien.

Scott secoua la tête. Les voix qui s'étaient acharnées jusqu'ici à rester amicales s'étaient faites plus fortes. Si ses interlocuteurs avaient utilisé le mandarin standard, peut-être Scott aurait-il pu être en mesure de converser directement avec le directeur, grâce à un logiciel de traduction. Mais tous deux s'exprimaient dans le vieux dialecte de la région, qui comportait huit tons et des règles de sandhi extrêmement complexes. Il n'avait donc d'autre choix que de recourir aux compétences de César Dang – Dang Kai-zong. C'était en raison de cet héritage linguistique que ce diplômé en histoire de l'université de Bolton avait été engagé.

« Dis-lui que s'il a des objections… »

Les yeux de Scott se posèrent sur une photo de groupe, il s'efforça d'identifier les figures dont il avait étudié le profil avant son voyage. Dans cette zone à débit restreint, il était privé d'accès aux bases de données distantes, et ces visages chinois lui paraissaient tous identiques.

« Dis-lui que nous inviterons monsieur Guo, le chef du bureau, à entrer contact avec lui. »

Le chef Guo Qidao, dont les activités relevaient du Département provincial de l'écologie et de l'environnement, était un candidat sérieux au poste de vice-ministre de l'écologie et de l'environnement. C'était probablement lui qui avait identifié et validé les entreprises retenues pour le projet.

Le renard emprunte parfois le prestige du tigre pour arriver à ses fins. Une autre astuce donnée par le guide des *Chinois pour les nuls.*

La dispute cessa. Le directeur Lim, l'air défait, semblait plus émacié que jamais. Il se massait les mains, apparemment plus inquiet de la tâche qu'il n'allait pas réussir à accomplir que des menaces concernant le chef Guo. Il dut donc se résoudre à arborer un sourire forcé, puis il se râcla la gorge et se dirigea vers la sortie.

« Allons manger », fit Dang Kai-zong dans un sourire, adoptant l'expression triomphante typique des jeunes diplômés des universités de la côte Est américaine.

Espérons qu'on ne servira pas de « homard sauvage » ou d'autres aliments dangereux, cette fois. Scott passa devant la maquette du voilier, anxieux, mais pas mécontent de pouvoir quitter au plus vite ce musée imposant et froid, rempli d'impostures. Il se dit que le seul rapport qui unissait les déchets à la jonque était peut-être leur homophonie en anglais – les deux termes pouvaient être rendus par *junk*.

Il enfila son masque de protection 3M, traversa le brouillard blanc et glacial qui se condensait à la porte, et entra dans la lumière humide et éclatante d'un soleil tropical.

L'alcool de sorgho avait été remplacé par de la bière, mais ce changement n'apaisait pas pour autant les inquiétudes de Scott. L'hygiène du restaurant paraissait encore plus déplorable que la veille. Ils avaient privatisé une salle baptisée le « Pin vert », dans laquelle le vieux climatiseur bourdonnait comme un nid de guêpes, sans arriver à chasser l'étrange puanteur de l'air. Les taches jaunâtres sur les murs paraissaient être les territoires d'une carte encore inexplorés. Les tables et les chaises étaient en revanche très propres, ou bien elles avaient délibérément été choisies pour leur teinte sombre qui dissimulait plus facilement la crasse.

Les plats furent rapidement servis. Avec enthousiasme, Dang Kai-zong présenta chaque plat à Scott, énonçant les noms de toutes les spécialités, leurs ingrédients et leurs méthodes de préparation. Dang Kai-zong fut surpris de constater qu'il pouvait encore, alors qu'il avait quitté l'île depuis l'âge de sept ans, se rappeler les saveurs de son enfance, comme s'il lui avait suffi de traverser le Pacifique pour franchir plus d'une dizaine d'années.

Scott n'avait aucun appétit, surtout après avoir appris comment étaient préparés le foie de canard, le poumon de porc, la langue de bœuf, les intestins d'oie et autres abats. Il opta pour de la bouillie de riz et une soupe – au moins, leur teneur serait moins riche en métaux lourds. Il réfréna son envie de sortir son équipement d'inspection automatique. En raison des règles de contrôle du réseau, aucun accès à des bases de données cryptées distantes n'était possible dans la zone, et il n'aurait donc aucun moyen de déterminer la composition et le niveau de dangerosité des aliments, de l'air, de l'eau ou du sol. Et il ne pouvait compter sur la réalité augmentée, qui n'était ici d'aucun secours.

Le directeur Lim parut noter ses réticences et lui montra du doigt, derrière la fenêtre, les tricycles électriques qui transportaient de l'eau dans les rues.

« Oui, même l'eau. Ils vont livrer un restaurant tenu par les Lo. Elle est transportée depuis le village de Ng, à neuf kilomètres d'ici. »

La famille Lo possédait quatre-vingts pour cent des restaurants haut de gamme et des lieux de divertissement de l'île de Silicium. Elle tirait sa puissance économique de son grand ensemble d'ateliers de démantèlement de déchets électroniques, dont certains étaient situés dans le village de Hialeng qu'ils devaient visiter l'après-midi même. La position hégémonique du clan Lo était telle qu'il avait la priorité sur tous les conteneurs entrant à Hong Kong via le port de Kwai Chung, les deux autres grands groupes se partageant le reste des lots. Il en résultait un lobbying si puissant que le clan Lo pouvait influencer les décisions du gouvernement.

Scott médita sur le sens implicite des mots du directeur. *Tendre est la bouche que l'on nourrit, faible est la main qui reçoit.* Il commençait à être irrité par cet art de parler chinois, où chaque prise de parole devait faire l'objet d'un processus de décryptage. Il décida de garder le silence.

« Allez, allez, buvons ! » C'était le meilleur moyen de couper court à l'embarras qui s'était invité à la table. Le directeur Lim leva sa chope de bière débordante de mousse.

Après trois tournées, le visage du directeur avait rougi et Scott avait retenu la leçon : ses sens étaient en alerte. Toutefois, s'il existait bien un équivalent chinois à la locution *« in vino, veritas »*, il n'était pas sûr qu'il s'applique à son interlocuteur.

« Monsieur Scott, permettez-moi d'être franc, ne le prenez pas mal, fit le directeur en tapotant l'épaule de Scott, l'haleine chargée d'alcool. Moi, Lim, je n'ai aucune intention d'interférer dans votre enquête ou d'entraver vos recherches. J'ai suffisamment de soucis à gérer ici. Je vous prierai simplement d'entendre ce conseil : ce projet ne fonctionnera pas, et vous feriez tout aussi bien de partir d'ici le plus vite possible. »

Sa traduction terminée, le visage de Dang Kai-zong trahit l'espace d'un instant un certain agacement.

« Je comprends parfaitement, nous suivons chacun les instructions de notre hiérarchie. À moi de vous donner un conseil : prenez le temps de considérer ce projet, car il sera gagnant pour tout le monde, il ne présente que des avantages. Toutes les conditions actuelles sont négociables. S'il se concrétise, il s'agira du premier modèle du genre dans toute la région du sud-est de la Chine. Ce sera une étape capitale dans la stratégie nationale de recyclage, et elle sera à mettre à votre crédit ! »

Le directeur Lim eut un rire froid, puis il vida d'un trait le contenu de son verre.

« Intéressant, présenté ainsi. Les Américains laissent leurs déchets sur le pas de la porte d'autrui puis, un moment plus tard, ils font demi-tour et vous disent qu'ils sont venus vous aider à nettoyer, et que c'est pour votre bien. Monsieur Scott, comment qualifieriez-vous ce genre de stratégie nationale ? »

La réplique tranchante de son interlocuteur stupéfia Scott. L'homme d'âge moyen en face de lui n'était manifestement pas le médiocre bureaucrate qu'il s'était imaginé. Il pesa chacun de ses mots, en s'efforçant de rester le plus cordial possible :

« Le monde change. Le recyclage est un secteur industriel en plein essor, qui pèse des centaines de milliards de dollars, et dont dépend peut-être même la survie de l'industrie manufacturière mondiale. L'île de Silicium bénéficie de l'avantage d'être la première arrivée. La transition y sera bien moins ardue que dans les pays développés, et les fardeaux politiques et juridiques sont plus lourds. Tout ce dont vous avez besoin, c'est de technologies et de modes de gestion modernes pour accroître votre efficacité et réduire la pollution émise. L'Asie du Sud-Est et l'Afrique de l'Ouest sont des régions actuellement très prisées, où de gros investissements sont effectués et où des entreprises affluent pour se partager une part du gâteau. Mais je peux vous garantir une chose : vous ne trouverez nulle part des conditions aussi avantageuses que celles offertes par notre compagnie. Sachez que nous n'oublions jamais de rétribuer à leur mesure les efforts de ceux qui ont choisi de nous apporter leur secours. »

Scott avait mis un accent particulier sur le verbe « rétribuer », et il revit l'espace d'un instant l'expression de fonctionnaires philippins exigeant des pots-de-vin.

Le directeur Lim ne s'était pas attendu à ce que cet Américain soit aussi direct, il n'y avait pas dans son propos les circonvolutions ou les faux-semblants auxquels il était de toute évidence habitué. Il prit sa chope, la reposa sur la table et, après un instant, il lança :

« Puisque vous avez fait le choix d'être aussi franc, à mon tour de jouer cartes sur table. Ce n'est pas une question d'argent, mais une question de confiance. Les populations locales ne font déjà pas confiance aux Chinois des autres provinces, alors aux Américains…

– Mais les Américains ne sont pas tous les mêmes ! C'est la même chose pour les Chinois. Je vois bien que vous n'êtes pas comme les autres. »

Scott savait que ce genre de flatterie était valable universellement. Le directeur Lim fixa Scott un long moment de ses yeux jaunes injectés de sang, marqués par l'alcool. Enfin, il grogna :

« Vous avez tort, Scott, tous les Chinois sont pareils, et je ne fais pas exception. »

Scott fut surpris d'entendre le directeur Lim l'interpeller directement par son prénom, mais plus encore par la question qui suivit :

« Avez-vous des enfants ? À quoi ressemble votre pays natal ? »

Sa connaissance de l'étiquette sociale en Chine était certes limitée, mais pas tout à fait nulle non plus, et Scott savait que la plupart des Chinois parlaient assez facilement de politique internationale, d'autres aimaient discuter affaires, et une minorité se permettait parfois d'évoquer des sujets comme la religion ou les loisirs, mais aucun ne parlait jamais ouvertement de sa famille, et se hasardait encore moins à poser ce genre de questions privées. Ils semblaient être nés avec des dons de diplomates, se disaient préoccupés par le monde et par le sort de ses habitants, mais gardaient le plus grand secret sur leur situation personnelle, leur identité de père, de fils, de mari ou de frère, lesquelles leur apparaissaient non essentielles.

« J'ai deux filles, sept ans et treize ans. »

Scott sortit son portefeuille et montra une photo un peu froissée au directeur Lim.

« Elle est un peu ancienne, je n'ai jamais pris le temps de la changer. J'ai grandi dans une petite ville du Texas. C'est une ville fantôme aujourd'hui mais, dans le temps, à l'époque où tout allait bien, c'était très joli. Avez-vous vu les films de la série de *Massacre à la tronçonneuse* ? Ça y ressemble, mais en moins effrayant. »

Après quoi il eut un rire, aussitôt suivi par celui de Dang Kai-zong. Le directeur Lim hocha la tête, puis il lui rendit ses photos.

« Elles deviendront de bien jolies jeunes filles. Je n'ai qu'un fils, il a treize ans, il est en première année de collège. »

Il y eut une pause. Scott lui fit un signe de la tête, comme s'il l'invitait à poursuivre, mais il se demandait comment engager à nouveau la conversation.

« Le plus grand souhait des gens d'ici, c'est de voir leurs enfants partir, le plus loin possible, reprit Lim. Nous, nous sommes trop vieux pour sortir du nid, mais les jeunes sont différents. Ce sont des feuilles blanches, sur lesquelles ils dessineront ce dont ils ont envie. Il n'y a plus d'espoir sur cette île. L'air, l'eau, le sol, les gens, tout baigne dans les déchets depuis trop longtemps. Parfois on ne sait même plus distinguer ce qui, dans nos vies, est déchet ou ne l'est pas. Les déchets sont notre gagne-pain, c'est grâce à eux que nous nourrissons nos familles. Et plus nous gagnons de l'argent, plus l'environnement se dégrade. C'est comme si nous tenions une corde autour de notre cou : plus nous la serrons, moins nous pouvons respirer ; mais si nous lâchons prise, nous tombons dans le puits sans fond au-dessus duquel nous sommes suspendus, et nous nous noyons. »

Dang Kai-zong ne traduisit pas immédiatement, il sembla s'agiter et échangea encore quelques mots avec véhémence dans la langue du directeur. Ce dernier se contenta de secouer la tête.

« C'est exactement la raison de ma venue ici, fit Scott. Mes parents n'étaient pas si différents de vous, ils étaient bien déterminés à me faire quitter mon village pour aller dans une grande ville, mais il m'a fallu passer un certain temps au sein de la société urbaine pour enfin comprendre que la responsabilité était toujours là, sur les épaules de chacun. On peut choisir de tourner le dos et de faire semblant de n'avoir rien vu, mais on peut aussi choisir de regarder en face, et de changer le cours des choses. Tout dépend du genre de personne que vous voulez être. »

Une belle tirade, avec tous les habituels clichés hollywoodiens. Scott en avait bien conscience, et il ne s'attendait plus à recevoir un grand soutien de la part du directeur Lim, mais ici et maintenant, un ennemi de moins valait bien un ami de plus.

« C'est trop difficile, répondit Lim en continuant à secouer la tête. J'ai lu attentivement votre offre et vos recommandations. Je ne me prononcerai pas sur la partie technique, même si je sais que Wealth Recycle est un leader dans l'industrie du recyclage vert et que le plan de restauration environnementale que vous proposez est en effet attrayant. Toutefois, il demeure un problème, et de taille : les milliers d'ateliers à travers l'île seraient condamnés, et les déchets, désormais uniquement triés et démantelés par vos soins. Vous vous doutez de ce que cela signifierait pour *eux*. »

Scott avait naturellement compris à qui ce « eux » faisait référence. Les trois clans : Lo, Lim et Dang, qui avaient le quasi-monopole des activités de recyclage des déchets électroniques sur l'île de Silicium. Avec leur capacité annuelle de traitement de plusieurs millions de tonnes et un rendement de plusieurs milliards de dollars, la redistribution des profits qu'impliquait un bouleversement d'une telle envergure conduirait à un processus brutal, voire sanglant.

« Nous créerons des dizaines de milliers d'emplois, qui bénéficieront d'avantages en matière de sécurité sociale et d'environnement de travail. Grâce à la technologie supérieure de recyclage proposée par la compagnie Wealth Recycle, nous pourrons réduire considérablement les pertes actuellement à déplorer lors des processus de démantèlement et d'élimination manuels des déchets. Nous pourrons augmenter la production actuelle d'au moins trente pour cent. Plus important encore, nous allouerons des fonds spéciaux pour aider l'île de Silicium à mettre en place un plan d'assainissement de son environnement naturel. Votre île retrouvera sa beauté d'antan : son ciel bleu, ses nuages blancs, ses eaux émeraude. »

C'était presque mot pour mot le résumé de la proposition qui avait été faite sur papier. Dang Kai-zong éprouvait une certaine admiration pour la mémoire de son employeur, en particulier dans une situation où il ne pouvait compter sur la réalité augmentée.

« Tout ça, je le sais », dit le directeur Lim, qui semblait émerger de sa léthargie alcoolisée, et commanda une tasse de thé fort. « Mais les insulaires s'en fichent, tout ce qui les intéresse, c'est de gagner de l'argent pour finir au mieux leurs vieux jours ici. Quant à ce que veulent les travailleurs des autres provinces, c'est toucher suffisamment pour retourner dans leur région, ouvrir une boutique, ou bien faire construire une maison et se marier. Ils haïssent cette île, son avenir ne leur importe pas. Ce qu'ils veulent, c'est partir d'ici, et puis laisser derrière eux cette période de leur vie, comme un déchet.

– Mais le gouvernement devrait s'en préoccuper !

– Le gouvernement a d'autres affaires plus urgentes à gérer », rétorqua le directeur Lim, en buvant une grande gorgée de son thé.

Il parlait maintenant sans hâte, et la rougeur de son visage s'était estompée. Son sourire poli, rusé et hypocrite avait refait son apparition. C'était comme si le père honnête qui avait pris la parole tantôt n'avait jamais existé.

« Il se fait tard et nous devons encore nous rendre dans le village de Hialeng. Cependant, croyez-moi, vous ne tiendrez pas à y rester longtemps. »

Il existe deux îles de Silicium, pensa Scott Brandle en regardant le paysage défiler lentement derrière les fenêtres de la Land Rover.

Lors des visites précédentes, les représentants du gouvernement les avaient emmenés dans la municipalité principale de l'île de Silicium où, à la surprise de Scott, les routes étaient pleines de véhicules de luxe qui n'arrêtaient pas de klaxonner : des BMW, des Mercedes, des Bentley, des Porsche… Il avait même cru apercevoir une Maserati rouge rubis garée sans gêne sur le trottoir. Son jeune propriétaire était accroupi en face de l'échoppe d'un vendeur ambulant, dégustant des brochettes de fruits de mer cuites au barbecue.

L'île était loin de compter parmi les régions de Chine les plus prospères, mais le bourg de Silicium dérogeait totalement à cette situation. Il comportait un grand nombre de boutiques de produits de luxe, que Scott ne se serait attendu à trouver que dans des villes de grande ou de moyenne taille sur le continent.

La population locale avait manifestement un penchant pour la construction de demeures traditionnelles particulièrement coûteuses, celles dites du « tigre affamé qui descend la montagne », auxquelles étaient parfois adjoints des éléments européens, donnant à l'ensemble une atmosphère d'exotisme éblouissant, quoique incongru. Comme dans une foire architecturale de troisième plan, on y croisait tantôt la folie méditerranéenne, tantôt le minimalisme scandinave.

Le guide de Scott expliqua que ces gens-là appartenaient à une caste de nouveaux riches chinois, qui achetaient les produits les plus hauts de gamme du monde, dont ils se servaient pour combler le vide de leur vie.

Scott ne vit aucun piéton porter de masque. Il savait pourtant que les prothèses respiratoires n'étaient pas encore très répandues dans la région. Le bourg était situé loin du reste de l'île, et la qualité de l'air y était acceptable, mais il flottait en permanence une odeur nauséabonde qui empêchait de respirer librement. Cette odeur, il l'avait déjà sentie dans un incinérateur de caoutchouc aux Philippines, après quoi il avait eu des nausées pendant une semaine entière. Cependant, les gens d'ici semblaient s'en accommoder.

Les voitures peinaient à circuler. De temps à autre, des tricycles électriques transportant de l'eau potable traversaient la route et bloquaient la circulation. Les conducteurs paraissaient tous ne pas être d'ici et s'exprimaient avec toutes sortes d'accents et de dialectes, indifférents aux klaxons et aux jurons. Un mètre cube d'eau à deux yuans était acheminé depuis le village de Ng, à neuf kilomètres de là, où son prix s'envolait immédiatement. Ici, deux yuans, c'était le prix du bidon de quarante litres. Les locaux ne prenaient pas la peine de se plaindre de telles pratiques. Après tout, leurs affaires avaient déjà rendu imbuvables la majorité des eaux souterraines de surface et des nappes phréatiques de l'île de Silicium.

Le prix à payer du développement économique. Ils répétaient en boucle ce slogan appris au journal télévisé.

« Le village est devant nous », dit en se retournant le directeur Lim, assis sur le siège passager.

« Mon Dieu… », lâcha Kai-zong.

Scott suivit son regard, pinça les lèvres et n'ajouta rien. Il avait beau avoir consulté beaucoup de documents sur l'île, la sensation qu'il éprouvait alors était sans commune mesure face au choc de la réalité qu'il voyait derrière la vitre de la voiture.

D'innombrables ateliers, à peine plus grands que des hangars, étaient collés les uns aux autres le long de chaque rue, comme des tuiles de mahjong, ne laissant qu'une voie étroite pour que les véhicules puissent décharger les déchets à traiter. Des boîtiers métalliques, des écrans cassés, des cartes de circuits imprimés, des composants en plastique et un barda d'autres fils jonchaient le sol comme des excréments, que des travailleurs migrants fouillaient telles des mouches. Après quoi, ils jetaient les pièces de valeur dans des fours ou dans des bains d'acide pour en extraire des métaux rares – cuivre, étain ou, plus précieux encore, l'or et le platine. Le reste était incinéré ou jeté n'importe où, créant encore plus de déchets. Pendant tout ce processus, aucun des ouvriers n'était équipé de protection.

Tout était enveloppé dans un miasme de plomb, dont une partie provenait de la brume blanche générée par l'eau régale chauffée dans les bains d'acide, ainsi que de la suie noire produite par la combustion incessante de PVC, d'isolants et de circuits imprimés dans les champs et le long des berges de la rivière. Les deux couleurs étaient mélangées par la brise marine jusqu'à ce qu'on ne puisse plus les distinguer, puis elles se répartissaient équitablement dans les pores de chaque être vivant.

Scott vit des hommes et des femmes – ceux que les habitants de l'île appelaient les « déchetiers ». Les femmes faisaient leur lessive à mains nues dans un liquide noir, dont l'écume formait un liséré argenté à la surface de l'eau stagnante. Des enfants jouaient partout, courant le long des rives sombres de la rivière, où scintillaient des fibres de verre et des restes calcinés de circuits imprimés, sautant par-dessus les braises et les cendres de plastique tapissant les champs abandonnés, nageant et jouant dans les étangs vert foncé où flottaient des films de polyester, comme persuadés qu'il en était ainsi de l'état naturel du monde, et que rien ne pouvait venir troubler leurs esprits insouciants.

Les hommes, torse nu, exhibaient leurs membranes corporelles de piètre qualité. Chaussés de leurs lunettes de réalité augmentée de fabrication artisanale, ils profitaient de leurs rares moments de répit quotidien pour s'allonger sur les berges en granit des canaux d'irrigation débordant d'écrans endommagés et de résidus d'objets en plastique. Ces anciens canaux, construits des siècles plus tôt pour irriguer les rizières et contrôler les crues du cours d'eau, brillaient aujourd'hui d'un éclat fragmenté par leur démantèlement.

« Nous y sommes. Vous voulez toujours descendre ? »

Le directeur Lim avait pris un ton moqueur, comme si Scott n'était qu'un vulgaire touriste.

« Si l'on n'entre pas dans la tanière du tigre, on n'attrapera jamais son petit », articula Scott dans un mandarin maladroit, puis il enfila son masque et ouvrit la porte de la voiture.

Lim secoua la tête et lui emboîta le pas à contrecœur.

Scott fut assailli par un air ardent et vicié et sentit une odeur âcre et nauséabonde lui irriter le nez. Son masque pouvait filtrer la poussière et les particules, mais il était sans secours contre les odeurs. Il resta brumeux quelques instants, comme s'il était retourné dans les faubourgs de Manille, qu'il avait quittés deux ans plus tôt. Pourtant, la puanteur lui semblait ici dix fois plus intense. Il essaya de rester immobile, mais sa sueur continuait de suinter, s'amalgamant avec des produits chimiques de composition inconnue dans l'air, jusqu'à former une pellicule visqueuse qui collait à sa peau et à ses vêtements, et rendait tout mouvement difficile.

Une porte en pierre dressée devant eux portait l'inscription « Hialeng ». En temps ordinaire, Scott Brandle aurait envisagé de l'examiner pour en apprendre plus sur son année de construction mais, en cet instant, il lui venait plutôt à l'esprit l'avertissement gravé sur la porte de l'Enfer dans la *Divine Comédie* de Dante :

Par moi on va vers la cité dolente ;
Par moi on va vers l'éternelle souffrance ;
Par moi on va chez les âmes errantes.

Il s'agissait de vers que Scott avait appris lorsqu'il étudiait l'italien à l'université. Il ne s'était jamais imaginé que ces connaissances acquises depuis si longtemps auraient un jour pu refaire surface, ni qu'une telle citation ne fût jamais aussi appropriée. Mais il n'arrivait pas à se souvenir par quels mots puissants s'achevait ce poème.

Les ouvriers cessèrent leurs activités et jetèrent sur eux des regards curieux ; la plupart étaient fixés sur Scott. Malgré son masque qui lui couvrait à moitié le visage, il était trahi par sa charpente longue et maigre, sa peau pâle et ses cheveux blonds et courts. Les travailleurs migrants avaient certes déjà vu des Occidentaux, mais ils se demandaient ce que ce *laowai* bien habillé fichait ici, comme un Jésus de Nazareth marchant dans le désert, au milieu du brouillard toxique et des rues crasseuses du village.

Puis ils se mirent à sourire. Et ce sourire se répandit comme un frisson jusqu'au coin des lèvres de chacun.

« Faites attention, il y a pas mal de drogués, ici », chuchota le directeur Lim à Dang Kai-zong. Avant même que ce dernier eût le temps de traduire, Scott, qui marchait à la tête du groupe, s'arrêta.

Sur le sol devant lui rampait un bras prothétique. Intentionnellement ou non, la boucle de stimulation du membre était activée, et sa puissante batterie interne, visiblement mal démontée, était encore alimentée en électricité. Le courant continuait à circuler le long de la peau artificielle jusqu'aux terminaisons nerveuses exposées par la section tranchée du bras, déclenchant des contractions régulières dans les muscles. Les cinq doigts de la prothèse s'agrippaient au sol, tirant le bras mutilé en avant, qui frétillait comme un ver géant de couleur chair. Il heurta enfin un écran à cristaux liquides mis au rebut. Les ongles brisés grattèrent le film polarisant lisse, mais il ne pouvait plus avancer.

Un jeune garçon se précipita, ramassa la prothèse et la reposa dans une autre direction, avec autant de calme que si c'était un modèle de voiture miniature parfaitement ordinaire. Et c'est ainsi que ce jouet étrange poursuivit un voyage qui ne prendrait sans doute fin que lorsque sa batterie serait épuisée.

Scott s'accroupit. L'enfant regarda fixement son masque avec des yeux qui n'exprimaient ni crainte, ni curiosité. Il se contentait de le dévisager.

« Où trouver encore ce genre de… bras ? », demanda-t-il en mandarin au petit garçon.

Craignant que son accent ne soit trop prononcé, il accompagna ses paroles de gestes de la main. L'enfant resta un instant interdit, puis désigna un hangar situé non loin, avant de faire demi-tour et de filer.

Scott se releva, une lueur exaltée dans les yeux, comme s'il était sur la piste d'un trésor enterré depuis un millénaire.

Il n'y avait personne dans le hangar, mais au milieu se dressait une colline de produits usagés, dépouillés de leurs composants électriques et électroniques. Il ne leur restait que la partie en silicone, qui attendait de subir un processus spécial de décomposition et de catalyse pour en extraire les monomères et l'huile de silicone. Les ateliers locaux n'étant pas équipés de ces technologies, les déchets étaient simplement rassemblés ici, avant d'être récupérés par un recycleur spécialisé.

« De nos jours, expliqua le directeur Lim, les riches changent de membres aussi facilement que de téléphone. Les prothèses hors d'usage sont envoyées ici, certaines n'ont même pas été stérilisées et contiennent encore du sang ou des fluides corporels, ce qui, vous l'imaginez, présente de grands risques en matière de gestion sanitaire. »

Il sembla soudain prendre conscience de quelque chose, car il s'interrompit et changea brutalement de sujet.

« Cet endroit est trop sale, monsieur Scott, allons plutôt de l'autre côté du village, là où se concentrent la plupart des ateliers. »

Dang Kai-zong jeta à son patron un regard entendu : le directeur Lim essayait de cacher quelque chose. Il traduisit fidèlement, mais ajouta un commentaire personnel. Scott eut un léger sourire, montrant qu'il n'était pas inquiet, puis il continua à marcher en direction du hangar.

Brusquement, une ombre noire jaillit du côté gauche du hangar. Scott entendit le directeur Lim pousser un cri de surprise, et il réalisa qu'une bête à l'odeur avariée se dirigeait droit sur lui. Il s'accroupit et se tourna, repoussant la créature de ses deux mains. Quelques grognements plus tard, il vit un grand berger allemand rouler sur le sol et se redresser rapidement, prêt pour un nouvel assaut.

Scott se mit en position pour un combat à mains nues, fixant les yeux verts et brillants du chien, le corps tendu, prêt à parer une nouvelle attaque. À ce moment précis, un ordre silencieux parut frapper le dos noir de la bête, qui baissa instantanément la tête et rentra sa queue, puis rebroussa chemin en trottinant, et disparut dans l'ombre rafraîchissante du hangar.

« Un chien à puce », affirma le directeur Lim, montrant le téléphone portable dans sa main, l'air pantois.

Pour prévenir les vols, les villageois avaient en effet domestiqué ces gros chiens avec des puces implantées. Grâce à un réflexe pavlovien amélioré électroniquement, si un visiteur pénétrant dans une zone restreinte n'envoyait pas de signal sur une bande prédéterminée, le chien était censé attaquer, jusqu'à ce que l'intrus soit jugé hors d'état de nuire. Chaque village établissait généralement sa propre bande, qu'il mettait régulièrement à jour. Seuls quelques rares individus avaient un accès à l'ensemble des bandes de signaux. Le directeur Lim était l'un d'eux.

« Plusieurs ont déjà trouvé la mort comme ça, dont certains écologistes extrémistes, glissa le directeur dans un sourire. Monsieur Scott, je ne m'étais pas imaginé que vous ayez de tels réflexes. »

Scott répondit par un autre sourire. Sa main gauche était posée sur sa poitrine. Il tentait de stabiliser son rythme cardiaque qui venait de se dérégler sous l'effet du choc. Il attendait que la petite boîte implantée dans sa cage thoracique fasse son travail.

Dang Kai-zong s'efforçait de dissimuler sa surprise. La vitesse de réaction de Scott et la rationalité de ses mouvements face à cette attaque ne pouvaient être le résultat que d'un long entraînement professionnel. Tout semblait indiquer que son employeur était plus qu'un consultant doué pour les affaires, et que le but de son voyage sur l'île de Silicium n'était peut-être pas qu'un simple projet de recherche préparatoire.

Scott pénétra dans le hangar et s'arrêta devant la montagne d'organes prothétiques couleur chair. Il s'agenouilla et fouilla méticuleusement la pile. Il était assailli par un relent âcre de désinfectant, tandis que des implants cochléaires translucides, des prothèses de lèvres, des membres inférieurs et supérieurs, des implants mammaires, des muscles augmentés et des organes génitaux hypertrophiés rebondissaient et s'effondraient au rythme de ses recherches. Son champ de vision était baigné dans une lueur rose, faussement hygiénique. Il eut l'impression d'avoir été piégé dans la réserve de Jack l'Éventreur. Il trouva enfin ce qu'il cherchait.

Une série de caractères, SBT-VPII3250439, était gravée à l'intérieur d'un objet prothétique moulé et rigide, qui ressemblait à la moitié d'une étrange coquille. Elle scintillait d'un blanc d'os étincelant là où se tenaient sans doute autrefois des circuits intégrés, bien que vide à présent. Scott lança son trésor au directeur Lim, qui s'en saisit en ronchonnant, avec un air de dégoût.

« Directeur Lim, je voudrais vous demander une faveur. Pourriez-vous m'aider à trouver la personne ayant traité cet objet ? demanda Scott d'un ton excessivement courtois.

– Ça ne sera pas si facile… Nous ne sommes pas comme vous, nous n'avons pas de logiciels de gestion et de bases de données aussi modernes. Cela risque de prendre beaucoup de temps », répondit le directeur Lim qui faisait tourner l'objet prothétique entre ses mains.

Il se fit la réflexion qu'il ne ressemblait à rien qui puisse être attaché à un corps humain, ou du moins pas à un corps normal.

« Qu'est-ce que c'est, au juste ?

– Croyez-moi, vous n'avez pas envie de le savoir. »

Il y eut un bruit derrière lui. Scott se retourna prudemment. Plusieurs ouvriers passèrent devant le hangar en courant, sans donner l'impression de vouloir s'arrêter.

Le directeur hocha la tête. L'île était si minuscule que tous les secrets finissaient par se savoir. Tout n'était qu'une question de temps.

« Je ferai de mon mieux pour trouver cette personne avant la fin de votre séjour », dit-il, la voix lourde de sens.

Le directeur remarqua que d'autres personnes couraient dans la même direction que les précédents, avec une expression d'excitation et d'angoisse sur leurs visages. Il arrêta un adolescent et lui demanda dans un mandarin approximatif :

« Qu'est-ce qui se passe ?

– Quelqu'un a été pris en tenailles ! » cria l'adolescent sans ralentir.

L'expression changea sur le visage du directeur, et il se dépêcha de suivre l'adolescent. Scott et Dang Kai-zong lui emboîtèrent le pas. Ils virent que des dizaines de personnes étaient déjà rassemblées à l'extérieur d'un autre hangar et discutaient avec emportement. Ils parvinrent à se frayer un chemin à travers la foule et, une fois arrivés au-devant de la scène, ils ne purent réprimer une grande inspiration.

Un homme couvert de sang gisait sur le sol, ses membres secoués de convulsions. Son cou était fermement maintenu par un bras mécanique noir. Ses traits étaient déformés par la pression de l'objet, du sang gargouillait et s'échappait de ses mâchoires. Il semblait désorienté, et émettait de vagues gémissements d'animal blessé, comme un robot mal assemblé dont la tête mécanique aurait été transplantée sur le corps d'un humain.

« Comment est-ce arrivé ? » demanda le directeur Lim. La réponse, pour autant qu'il puisse en juger par les réactions cacophoniques de la foule, était la suivante : pendant son processus de démantèlement, l'homme avait déclenché par erreur le circuit de rétroaction de secours du bras robotique et sa tête avait été prise en étau.

« C'est vraiment pas de chance… Il a dû faire des choses qui ont déplu aux esprits… », bredouillaient certains des badauds avec pitié.

Scott se précipita et fit signe à Dang Kai-zong de maintenir les épaules de l'homme immobiles pour éviter que les convulsions ne provoquent de trop gros dommages à sa colonne vertébrale. Il regarda attentivement le modèle du bras : un « Spirit Claw III », fabriqué par la compagnie Foster-Miller. Six degrés de liberté, équipé de micro-batteries intégrées qui pouvaient rester alimentées pendant trente minutes. Un modèle semi-militaire assez basique, désormais obsolète, mais largement utilisé autrefois par la police pour le contrôle des émeutes, la sécurité publique et le déminage.

Toi, tu es à la fois chanceux et malchanceux. Scott se sentait impuissant. Heureusement pour la victime, la force de préhension maximale du bras n'était que de 520 newtons. Avec un modèle industriel, la tête de l'homme aurait été transformée depuis un moment en une bouillie de tofu. Mais son malheur, c'était qu'en raison de son utilisation dans des activités de déminage, le bras était fait dans un alliage spécial renforcé, dans lequel un outil ordinaire ne pouvait même pas faire une entaille.

« Poussez-vous, faites place ! » Il y eut une clameur dans la foule, qui s'écarta pour laisser passer deux hommes, munis de découpeurs plasma. L'un d'eux jeta à Dang Kai-zong un regard reconnaissant, mais laissa traîner sur Scott des yeux suspicieux.

Ça ne servira à rien, pensa Scott. *Ce sera même pire.* Mais il ne dit rien, et resta simplement debout à côté du blessé.

Le découpeur plasma cracha un arc de lumière bleu pâle qui entra en contact avec les articulations des griffes robotiques en produisant un sifflement grésillant. La lumière changeait de couleur à mesure qu'étaient incinérées les différentes matières de la prothèse. L'entaille dans le métal devint noire, rouge, puis blanche. Les curieux réunis tout autour eurent un léger espoir et retinrent leur souffle, mais ils continuaient à observer la scène sur la pointe des pieds, sans oser s'approcher.

L'homme dont la tête était prise en étau se débattit soudain plus violemment, laissant échapper des gargouillements misérables.

Le résultat du contact entre des tessons de métal et du liquide fondu à température extrême. Scott détourna ses yeux de la victime.

Les cheveux de ce dernier s'étaient enflammés et on pouvait déjà voir des cloques cristallines et translucides apparaître sur son cuir chevelu, suivies par du sang suintant des fissures. Les hommes qui maniaient le découpeur s'arrêtèrent aussitôt et cherchèrent des chiffons humides pour éteindre le feu. Une fumée blanche s'éleva et se dispersa, répandant une odeur de chair brûlée. Certains se couvrirent le nez, d'autres commencèrent à vomir.

Mon Dieu... Scott savait qu'à ce stade, le seul moyen était de se connecter au module de charge du Spirit Claw par l'intermédiaire de l'interface standard, afin de désactiver le mode actif des servomoteurs. Mais il n'avait pas les outils nécessaires et ne savait pas si le module de traitement des commandes de ce robot fonctionnait encore.

Dang Kai-zong et un autre homme pressaient fermement le blessé au sol. L'interprète sentait le corps de la victime faiblir et perdre progressivement toute capacité de résistance, comme s'il se vidait silencieusement de sa substance. Pour finir, il lâcha prise. La victime était complètement immobile.

Le bras mécanique s'ouvrit soudain avec un bruit sourd et tout le monde sursauta. Après quoi, le crâne de l'homme retomba mollement sur le sol.

Scott regarda la foule devant lui. Il vit un mélange d'impuissance, d'engourdissement, d'effroi et d'excitation sur les visages des déchetiers. Il remarqua le dégoût affiché par le directeur Lim, nota le choc de Dang Kai-zong, et crut se voir lui aussi, un visage blanc au milieu des visages jaunes. Quel sentiment exprimait-il ? Il ne le voyait pas très bien, tout lui semblait flou.

Scott Brandle se souvint soudain de ces mots en italien qu'il avait oubliés depuis longtemps :

Vous qui entrez ici, abandonnez toute espérance.

Le dernier vers figurant sur la Porte qui accueillait les damnés en Enfer.

2

Au milieu d'une pile de photos aux couleurs clinquantes, mais assez ennuyeuses, de paysages et de vie quotidienne, les yeux de Dang Kai-zong se posèrent sur un cliché en noir et blanc. Il avait du mal à croire que ce fût là l'œuvre d'un enfant. La photo avait été prise près d'un atelier de recyclage par un enfant de la région ; ses parents avaient dû à maintes reprises tenter de le dissuader d'y aller. Devant un amas chaotique de déchets électroniques, était assis un individu – un déchetier – tenant dans sa main un membre prothétique sectionné en deux. Ses cheveux et ses vêtements ne permettaient pas de déterminer son sexe, mais une expression étrange se lisait sur son visage juvénile. Il ou elle ne regardait pas directement l'objectif, ses yeux étaient fixés vers un endroit hors champ, comme plongés dans une profonde méditation.

Une image magnifique, un chef-d'œuvre comme on en voit peu. Dang Kai-zong referma l'album regroupant les meilleures photos d'élèves de l'école, et porta son regard vers la cour de récréation.

Les enfants étaient exposés au soleil brûlant depuis déjà deux heures. De la sueur perlait sur leurs visages rougis ; sous leurs yeux plissés, se cachaient des ombres sibyllines.

Ils se tortillaient constamment comme des vers, déplaçant leur centre de gravité d'un pied à l'autre, se grattant le front ou essuyant leur sueur, tout en s'efforçant de limiter leurs mouvements pour ne pas éveiller l'attention des enseignants.

Sur l'estrade, le directeur de l'école discourait avec passion. Il racontait comment l'éducation fondamentale allait changer l'avenir de l'île de Silicium. Deux puissants climatiseurs étaient placés de part et d'autre de l'estrade et crachaient un air froid qui se condensait immédiatement en une brume blanche, dérivant comme un amas de nuages au-dessus des officiels protégés sous des parasols rouges.

Ça suffit. Dang Kai-zong se pencha vers Scott et lui murmura quelques mots à l'oreille. Scott haussa les sourcils et chuchota quelque chose en retour à son interprète. Dang Kai-zong se leva et s'approcha du directeur Lim. Encore des chuchotements. Le directeur fronça les sourcils, réfléchit un instant, écrivit quelque chose sur un bout de papier, et demanda à une jeune hôtesse de transmettre la note au directeur d'école.

Les sifflements nasillards du haut-parleur s'arrêtèrent net. Le directeur s'empressa alors de conclure brièvement son discours, et ce fut sous des applaudissements enthousiastes que les invités de marque du jour furent raccompagnés vers la sortie.

« Monsieur Brandle, tout va bien ? demanda le directeur dans un anglais empreint d'un fort accent.

– Je vais bien, merci. J'ai juste un peu mal à la tête, c'est peut-être la climatisation, dit-il en souriant.

– Et pour l'excursion de cet après-midi ?

– Annulez-la. J'ai des affaires à régler. »

Dang Kai-zong savait que cette dernière phrase lui était destinée. Il s'était plaint plus tôt – sans trop d'espoir – qu'il n'avait pas eu la chance de rendre visite à sa famille sur l'île depuis une semaine qu'il était là, même si d'un point de vue généalogique, il ne partageait avec les Dang de l'île qu'un arrière-arrière-arrière-arrière-grand-père.

Cette visite dans l'*alma mater* de Dang Kai-zong s'était donc achevée dans cette ambiance nostalgique, quoique embarrassante.

Depuis qu'il avait quitté le village de Hialeng, Dang Kai-zong s'était pris d'un intérêt redoublé pour son employeur. Google lui avait donné les mêmes résultats que son CV officiel : aucun élément suspect à signaler. Il devinait que les réflexes athlétiques de Scott avaient été acquis grâce à ses deux années de service militaire, mais cela ne levait pas le voile sur la zone de mystère qui l'entourait et qui dérangeait Dang Kai-zong.

Il commençait lui aussi à avoir mal à la tête. Il n'était plus habitué à l'atmosphère, à l'odeur, au vacarme et au désordre qui régnaient sur l'île. Il ne comprenait pas cette habitude qu'avaient prise les jeunes hommes de la région d'appliquer sur leurs épaules nues des membranes corporelles OLED en polyimide, afin d'afficher par projection des textes et des images. Cette particularité était rendue possible grâce à un procédé d'électrophorèse musculaire, une technique en temps ordinaire utilisée comme outil de diagnostic pour détecter des signes biologiques chez des malades aux États-Unis. Elle était cependant devenue ici un phénomène culturel, une façon de se montrer.

Il n'avait pas su expliquer à Scott que le « *pu* (普) » que les jeunes gens arboraient sur les épaules ne renvoyait pas au *pu* de *putong* « 普通 » (« ordinaire », en mandarin), mais à un juron équivalent à « nique » dans le dialecte de l'île.

L'île de Silicium de sa mémoire était certes pauvre mais pleine de vie. Les gens étaient généreux, toujours prêts à aider leur prochain. À cette époque, l'eau des étangs était encore claire et on sentait dans l'air la fragrance salée des vagues ; on pouvait ramasser des coquillages et débusquer des crabes sur la plage ; les chiens étaient des chiens, et les seules choses qui rampaient sur le sol étaient des chenilles. Aujourd'hui, tout était devenu si étrange qu'une faille semblait s'être creusée dans son esprit : d'un côté, la réalité ; de l'autre, des souvenirs, désormais hors de portée.

Dang Kai-zong se rappela ce qu'avait dit son père quand il l'avait informé de son départ sur l'île : « Oui, je crois que tu devrais y aller. C'est là d'où tu viens. Mais souviens-toi, ne t'approche pas trop près, tu verras mieux. »

Il avait cru que son père avait simplement énoncé un aphorisme un peu inepte.

Dang Kai-zong remarqua que l'homme d'âge moyen qui se tenait devant lui, avec ses hautes arcades sourcilières, son nez droit, et un soupçon de candeur à la commissure des lèvres, ressemblait étonnamment à son père, même s'ils n'étaient que des cousins éloignés. Celui qui avait jadis été son associé, le dénommé Dang Hieng-ung, était aujourd'hui le directeur exécutif du clan Dang. Sa position au sein de la famille était certes inférieure à celle du grand patriarche du clan, mais il en contrôlait en vérité toutes les affaires, internes ou externes. Il ouvrit ses bras à ce parent, à qui il ne savait pas vraiment comment s'adresser, anticipant une accolade, mais ce dernier lui présenta une main épaisse.

« Bonjour, oncle Dang, fit Dang Kai-zong en mettant maladroitement fin à son étreinte, et en lui serrant la main. Mon père m'a beaucoup parlé de vous, je suis heureux de vous rencontrer enfin en personne.

– Hé hé ! Tes parents ont toujours la santé ?

– Oui, ils vont bien, merci. Ils pensent revenir sur l'île l'an prochain pour rendre visite à la famille.

– Très bien, très bien. Tu déjeunes avec nous, n'est-ce pas ? Nous sommes en plein festival, ce n'est pas la nourriture qui manque ! »

Dang Kai-zong avait humé dès son arrivée les délicieux arômes provenant de la cuisine. Il avait si mal mangé ces derniers jours dans les restaurants où il avait suivi Scott que rien ne pouvait lui faire plus plaisir que de déguster des plats faits maison. Il n'insista donc pas à décliner poliment l'invitation de l'oncle. Ce qui le mettait particulièrement en joie, ce n'étaient ni les plats de viande ni ceux de poisson, mais cette friandise qu'il n'avait pas goûtée depuis des années : le *chhau-a-koe* – une sorte de gâteau fait à partir d'une herbe sauvage qu'on cueillait au bord des rizières et qu'on faisait bouillir pour en extraire le jus. On la mélangeait ensuite à du saindoux et de la farine de riz gluant pour obtenir une pâte noire, qu'on fourrait de pâte de haricots, de riz glutineux, de cacahuètes, de crevettes et de porc, et à laquelle on donnait une forme de cœur grâce à des moules en bois. Les gâteaux étaient ensuite cuits à la vapeur sur un lit de feuilles fraîches de bambou ou de banane. Cela leur donnait un parfum unique. On n'en préparait généralement sur l'île qu'à l'occasion du Nouvel An.

Alors que se déroulait une conversation somme toute banale, Dang Kai-zong en avait déjà avalé trois. Accompagnés d'un bon thé servi de manière traditionnelle, ils n'étaient finalement pas si lourds à digérer.

L'oncle Dang semblait également de très bonne humeur, et ne cessait de lui poser des questions sur la vie à l'étranger, hochant pensivement la tête entre deux réponses, mais s'abstenant de tout commentaire. Dang Kai-zong avait remarqué que son interlocuteur avait délibérément évité de parler du projet de Wealth Recycle, s'en tenant au minimum. Mais en retour, ce silence piquait encore plus sa curiosité. Il était impatient de savoir ce que sa famille – son propre sang – pensait de ce projet.

« Oncle Dang, commença-t-il en pesant chacun de ses mots. À vrai dire, je voulais connaître votre avis sur le projet de création du parc de recyclage. »

Dang Hieng-ung semblait s'attendre à cette question. Il eut un sourire discret, posa ses baguettes, montrant qu'il était peu désireux d'y répondre frontalement.

« Kai-zong, toi qui as fait des études d'histoire, tu pourras peut-être me dire pourquoi nous maintenons encore un système clanique aussi arriéré alors que nous sommes au milieu du XXIe siècle ? »

Dang Kai-zong resta un instant sans voix devant la réplique de son aïeul. Il avait bien sûr lu plusieurs ouvrages sur le sujet, mais il n'avait aucune expérience pratique de la manière dont s'organisaient ces clans patrilinéaires nés il y a des milliers d'années. Il savait à peu près tout ce qu'enseignaient les livres : que l'économie de ces sociétés reposait sur de petites fermes familiales, qu'elles avaient un nom de famille et des ancêtres communs, qu'elles partageaient généralement un même temple, ou un même sanctuaire clanique, et qu'elles disposaient aussi de biens communs. Tous les individus appartenant à ce type de communauté, liés par une même loi clanique, participaient à des rituels collectifs, et étaient la plupart du temps inhumés ensemble.

« Je suppose que c'est parce que les systèmes claniques se sont aussi adaptés à leur époque. Aujourd'hui, un clan s'apparente davantage à une société d'actionnariat. Tous les membres détiennent des actions, reçoivent des dividendes en fonction de leurs positions et adhèrent à un même règlement intérieur et à une même culture d'entreprise. À la différence près que tous ces employés ont un ancêtre et un nom de famille en partage, ce qui rend d'autant plus fort le sentiment d'appartenance à leur entreprise, et facilite donc sa gestion. » Dang Kai-zong versa une autre tasse de thé pour l'oncle Dang.

« Fort bien expliqué. On voit que tu as bu l'encre de l'Occident ! Mais tu négliges un point pourtant central. »

Dang Hieng-ung joignit son index et son majeur, les courba légèrement, et tapota sur le plateau de la table, en guise de remerciement.

« La sécurité ! Si un employé est volé ou battu, l'entreprise qui l'emploie n'a absolument aucune obligation de lui porter secours. Demander l'aide de la justice ? S'il a de la chance, cela marchera peut-être. Mais lorsque toutes les voies légales se révèlent inefficaces, les seuls sur lesquels il peut encore s'appuyer, ce sont les membres de son clan. De la même manière, si tu bénéficies du soutien d'une famille puissante, celui qui veut s'en prendre à toi y réfléchira à deux fois avant d'agir. Car le coût pourrait être bien plus élevé. »

Toutes ces rumeurs au sujet des habitants de l'île de Silicium qui se comporteraient parfois comme des truands n'étaient peut-être pas sans fondement, pensa Dang Kai-zong, mais sa bouche rétorqua :

« Mais ne vivons-nous pas dans une société fondée sur un État de droit ? »

Dang Hieng-ung eut un rire franc. Il observa le jeune homme devant lui avec compassion.

« Souviens-toi, depuis la nuit des temps jusqu'à ce jour, nous n'avons jamais eu qu'une seule société : celle fondée sur la loi de la jungle. »

Dang Kai-zong fut parcouru d'un frisson : sa raison luttait pour trouver des arguments contestant cette théorie mais, au fond de lui, il ne pouvait s'empêcher d'admettre que son oncle avait saisi une sorte de vérité générale, non pas écrite dans les livres, mais enracinée dans la terre, et mise à l'épreuve par le sang et le feu.

« Pour en revenir à ta question, ce que je pense de ce projet n'a pas d'importance. Ce qui importe c'est ce que tout le monde pense. Si tout le monde ressent la même chose, alors mon avis n'a aucune espèce d'importance. »

Dang Hieng-ung se leva et tapota l'épaule de Kai-zong.

« Mais je dois t'avertir d'une chose, tu es l'un des nôtres. Tant que tu resteras sur le territoire du clan Dang, je te garantis qu'il ne t'arrivera rien. En revanche, sois très prudent si tu te rends en territoire Lo. Mais, trêve de bavardage, profite de ta présence ici. Ce soir, je t'emmène voir les célébrations de la fête des Fantômes, au sanctuaire. Tu verras, c'est très animé ! »

Paraissant encore perdu dans ses pensées, Dang Kai-zong ne répondit pas tout de suite à son invitation.

Sa conscience était revenue deux ans plus tôt, sur le campus de l'université de Boston, sur les rives de la Charles River, où il suivait un cours d'histoire mondiale dispensé par le professeur Toby Jameson. Le vieil homme à la barbe et aux cheveux blancs, qui évoquaient le colonel Sanders de la marque KFC, venait de demander à la classe de lui donner des exemples de ce qu'était la mondialisation.

Le garçon désigné par l'enseignant s'était levé et était demeuré hésitant un bon moment, avant d'ouvrir son tiroir et de prendre un hamburger en répondant « McDonald's ». La classe avait explosé de rire.

« Excellente réponse, avait fait le professeur, et encore meilleure que vous ne le pensez. Eh oui, ce n'est pas le genre de réponse clichée à laquelle vous auriez tous pensé : McDonald's, Nike, les films d'Hollywood, les téléphones

Android… non. Lorsque vous entrez dans un McDonald's et que vous commandez un menu à 5,95 dollars, qu'obtenez-vous ? Des pommes de terre originaires des Andes, du maïs du Mexique, du poivre noir d'Inde, du café d'Éthiopie, du poulet de Chine, et bien entendu, la spécialité américaine, le Coca-Cola.

» Vous voyez maintenant où je veux en venir. La mondialisation n'a jamais été un problème en soi, c'est un processus qui a cours depuis des milliers d'années, à travers les grandes expéditions, le commerce, l'écriture et la religion, mais aussi les insectes, les oiseaux migrateurs, le vent ou même les bactéries et les virus. Le problème est que nous ne sommes jamais parvenus à un consensus, que nous n'avons jamais essayé de créer un ordre équitable qui profiterait à tous. À la place, nous nous sommes livrés à des actes incessants de pillage, d'exploitation et d'extraction forcée de l'Amazonie, de l'Afrique, de l'Asie du Sud-Est, du Moyen-Orient, de l'Antarctique et même de l'espace. À l'ère de la mondialisation, il n'y a pas de gagnants permanents, car ce que vous gagnez, vous finissez toujours par le perdre un jour, et vous devez le rembourser avec des intérêts. »

Le professeur avait lourdement tapé sur son pupitre, comme un juge donnant son verdict final.

« Fin du cours. »

Dang Kai-zong était de retour dans la réalité : cette réalité, c'était que Wealth Recycle voulait offrir une solution technologique à ces insulaires pour contrer les effets pervers de la mondialisation, en d'autres termes, les sauver d'eux-mêmes. Mais cette réalité, c'était aussi qu'ils avaient répondu : Non, nous préférons encore avoir les déchets pour compagnons.

Putain, c'était si absurde.

Sa frustration ne naissait pas seulement de l'échec probable du projet : il était conscient des attentes qu'il avait lui-même élaborées pour son retour au pays.

Pendant longtemps, il y avait eu un blanc, une crevasse dans la mémoire de Dang Kai-zong : cette période de transition entre sa petite enfance sur l'île de Silicium et son parcours scolaire américain, comme si on avait monté ensemble deux bobines de film en ignorant délibérément la partie centrale.

La désorientation avait été totale. Un enfant arraché à son environnement, à ses amis, à sa famille, projeté dans un monde complètement étranger. En une nuit, sa langue et ses accents s'étaient mués en syllabes bizarres, incompréhensibles. Aussi loin qu'il pouvait voir, s'offraient à son regard des individus à l'allure et à l'apparence physique si fondamentalement différentes des siennes… Il ne pouvait pas lire, pas écrire, pas bien dormir, pas bien manger non plus – même sa notion du temps devenait confuse. Il lui fallait dix minutes après son réveil pour se rappeler où il était. Durant six mois, Dang Kai-zong avait suivi ses parents de ville en ville, en quête d'un endroit où s'installer. Il n'avait eu ni l'occasion ni, pour tout dire, le courage, de converser avec ces étrangers.

Il ne parlait même plus à ses deux parents.

Cette anxiété ne s'atténua finalement qu'après son entrée à l'université, bien qu'il fût toujours incapable de s'intégrer correctement aux communautés qui l'entouraient. Il se sentait différent des ABC (*American born Chinese*) nés et ayant grandi aux États-Unis, et se distinguait aussi de ces étudiants chinois internationaux qui, ayant terminé leurs études secondaires au pays, venaient faire des études supérieures ici. Quels que fussent ses efforts, quel que fût son talent, un mur invisible le séparait toujours du reste du monde. Comme une créature piégée dans un interstice entre deux mondes parallèles, il pensait être incapable de trouver sa place. Il avait finalement décidé de se spécialiser en histoire, choisissant à dessein un monde séparé de la réalité par le temps, qui lui faisait se sentir en sécurité.

Quand il avait vu passer l'offre d'emploi de Wealth Recycle, il avait cliqué sur « postuler » sans aucune hésitation, poussé par un désir depuis trop longtemps réprimé. Il aspirait à rentrer chez lui, dans ce monde auquel il avait appartenu, à parler sa langue maternelle, à manger la nourriture de son enfance, à revoir les tracés autrefois si familiers des collines et des cours d'eau. Il se disait qu'il pourrait utiliser son intelligence et ses connaissances pour introduire dans l'île la technologie et l'expérience de gestion de Wealth Recycle, et ainsi apporter sa contribution à la transformation de son pays. Il croyait que cet effort lui permettrait de percevoir à nouveau quelle était sa place dans le monde, de retrouver le sentiment d'exister, et même de combler le fossé qui se creusait toujours plus avec ses parents.

Toutefois, Dang Kai-zong comprenait maintenant que ce n'était pas son pays qui lui avait manqué, mais son enfance.

C'était aujourd'hui le quinzième jour du septième mois du calendrier lunaire – la traditionnelle et populaire fête des Fantômes, aussi appelée fête de la mi-année par les taoïstes, et fête d'Ullambana par les bouddhistes. L'une des légendes qui lui était associée racontait qu'en ce jour, le roi Yanluo – le souverain des enfers – ordonnait l'ouverture des portes de l'au-delà et permettait aux fantômes enfermés toute l'année de revenir dans le monde des vivants et d'y profiter d'un bref répit pour consommer de la nourriture terrestre. Les êtres du monde Yang – les vivants – avaient pour devoir de leur préparer des offrandes : plats traditionnels, fruits, mais aussi bâtons d'encens et papier-monnaie funéraire à brûler. Il s'agissait en particulier de prendre soin des âmes errantes et des fantômes sans descendants pour leur rendre un culte. Mais au-delà de l'hommage aux défunts, l'objectif était aussi de renforcer le karma, et d'accumuler les bénédictions.

« C'est un peu comme votre fête américaine d'Halloween, non ? » demanda Dang Hieng-ung à un Dang Kai-zong abasourdi.

Sur la place devant le sanctuaire du clan Dang, les habitants avaient érigé un autel d'une dizaine de mètres de haut, sur lequel était enchâssée une statue de Dashiye – le dieu des Fantômes –, la divinité ayant autorité sur les âmes errantes, installée ici pour intimider les esprits malveillants. Devant l'autel, se trouvait la table des offrandes, où étaient déposées de hautes piles de viandes, de fruits et de légumes en tous genres, de la fausse monnaie, des lingots d'or et d'argent en papier, apportées par toutes les familles du clan. L'épaisse fumée des bâtons d'encens de deux mètres de haut flottait sur la scène. Devant la table, trois montagnes artificielles en papier mâché avaient été érigées, sur lesquelles étaient fixées des mains de Bouddha couvertes de mantras bouddhistes tels que « Ici se réunit l'Assemblée d'Ullambana », « La lumière du Bouddha brille sur toute chose », ou encore « Ouvrez les portes du Nirvana ».

Toutes ces structures provisoires étaient hautes en couleur et riches en motifs truculents : nuages, vagues, herbes ondulant dans le vent, dans des tons de rouge, d'or ou de turquoise qui tranchaient avec la solennité que Dang Kai-zong avait imaginée. Une foule bruyante convergeait depuis rues et ruelles vers les bannières de dragons flottant au vent pour y déposer leurs offrandes. Il y avait aussi des troupes d'opéra folklorique qui chantaient l'histoire de Mulian sauvant sa mère, tirée d'un soutra bouddhiste, des artistes de rue jonglant et exécutant des tours, des artisans qui apprenaient aux gens à appliquer des membranes corporelles sur leur corps, et un large éventail d'échoppes de nourriture, vite prises d'assaut par des troupes d'enfants gloutons.

Non, non, ça n'avait rien à voir avec Halloween, pensa Dang Kai-zong. C'était plutôt comme mardi gras. Mais il garda cette pensée pour lui : elle aurait pu être perçue comme une entorse à la politesse. La scène qui se déroulait devant lui se superposait à ses souvenirs d'enfance. Ce n'était d'ailleurs pas tant la vision de la scène, mais son odeur, ce puissant parfum d'encens, qui l'avait immédiatement ramené dans ces années lointaines du début du XXIe siècle. Tout à coup, il revit sa grand-mère l'accompagner à la fête, brandir l'encens et le papier-monnaie au-dessus de leurs têtes, se frayer un chemin dans la foule, s'agenouiller, faire trois révérences, puis déposer leurs offrandes sur la table. Après quoi, elle fermait les paupières et inclinait la tête, psalmodiant des prières pour ses ancêtres et ses proches dans le monde Yin – le monde de l'au-delà.

Les yeux de Dang Kai-zong étaient étonnamment humides, même s'il n'avait jamais cru à l'existence d'un monde après la mort.

« Avant, ça se passait à la tombée de la nuit, il y avait des lumières accrochées partout, c'était encore plus impressionnant. »

L'oncle Dang, à qui les gens d'ici donnaient du « patron », ne cessait d'adresser des signes de tête à des membres du clan qu'il croisait, ce qui ne l'empêchait pas de continuer à parler à Dang Kai-zong :

« Puis, une année, les lignes électriques ont surchauffé et ont déclenché un incendie. Alors, depuis, nous sommes obligés d'organiser ça de jour. Tiens, on dirait que l'inflation touche aussi l'au-delà ! Les montants affichés sont plus gros au fil des ans ! »

Dang Hieng-ung tendit en souriant à Dang Kai-zong un bout de papier qu'il avait ramassé sur le sol – un billet pour les fantômes. Le « 1 » était suivi d'un grand nombre de « 0 ».

Ce dernier remarqua que les faux billets et les faux lingots qui débordaient de la table d'offrande étaient récupérés par des participants à la fête et empilés sur des chariots.

« Ils vont les brûler, n'est-ce pas ?

– C'est ce que voulait la coutume, autrefois. Avant, chaque famille incinérait le papier-monnaie dans un petit brasero placé sur le seuil de leur maison. Mais c'est interdit, maintenant, c'est une source de pollution, qu'ils disent. Les billets sont directement ramenés à l'usine pour être réduits en pâte à papier recyclée. Tout ça pour protéger l'environnement. C'est votre truc à vous, ça. »

Dang Kai-zong examina de plus près le papier-monnaie : il était frappé d'un numéro de série et d'une année de fabrication, et comportait même l'adresse d'un site web.

« Pour quoi faire, le site ?

– Pour faire des opérations bancaires dans l'autre monde ! Tu peux ouvrir un compte pour un proche décédé, et y mettre de l'argent : des billets, des lingots, et même des cartes de crédit. Ils ont cours là-bas, ils permettent d'acheter divers articles, de payer son logement ou des services. Naturellement, il y a aussi des taxes à payer. »

Un Second Life *de l'au-delà, en fait.* Dang Kai-zong s'amusa discrètement de cette tradition millénaire en apparence immuable, mais qui s'effaçait peu à peu devant la technologie.

« Mais quel intérêt ? C'est si artificiel, si facile à contrefaire ! »

Dang Hieng-ung contemplait les épaisses volutes d'encens et les gens qui s'agitaient devant la place où trônait la table d'offrandes. Ses pensées semblaient dériver vers des rivages lointains. Lentement, solennellement, il répondit :

« Si tu crois qu'il existe un autre monde où rejoindre ceux que tu aimes et qui ne sont plus, si tu crois qu'il est possible de leur faire sentir de cette manière que tu penses à eux, alors tout ça est réel. »

Le père de Dang Kai-zong lui avait raconté que l'épouse de l'oncle Hieng-ung était décédée l'année précédente d'une leucémie. Les derniers temps avant sa mort, elle avait beaucoup souffert et avait supplié son mari de la débrancher pour pouvoir partir plus vite. Mais jusqu'aux derniers instants, Dang Hieng-ung n'avait pas eu le cœur de le faire. Avant de lui dire adieu, sa femme, tellement ravagée par la maladie qu'elle n'avait déjà plus forme humaine, avait saisi sa main et lui avait glissé : « Je ne t'en veux pas, ne crains rien, je t'attendrai là-bas. » En entendant ces mots, Dang Hieng-ung avait éclaté en sanglots. Il regrettait de ne pas avoir respecté le désir de sa femme. Le plus effrayant, ce n'était pas de mourir, c'était de perdre sa dignité devant la mort.

Il avait ensuite mis en place un système de contrôles médicaux réguliers au sein du territoire tenu par les Dang, non seulement pour les natifs de l'île, mais aussi pour tous les travailleurs migrants venus ici trier les déchets.

Les données récoltées montraient que sur l'île de Silicium, l'incidence des maladies respiratoires, des calculs rénaux et des troubles sanguins était de cinq à huit fois plus élevée que dans les régions environnantes. On constatait en outre un nombre anormalement élevé de cancers parmi les insulaires. Dans un des villages, cas extrême, on comptait un malade du cancer dans chaque foyer. Il n'était également pas rare de pêcher d'étranges poissons porteurs de tumeurs cancéreuses dans certains étangs piscicoles. Le taux d'enfants mort-nés était atrocement élevé, et une rumeur voulait même qu'une femme migrante avait un jour donné naissance à un bébé mort dont le corps vert foncé dégageait une effroyable odeur métallique. Les anciens disaient de l'île qu'elle était devenue un lieu malsain et maudit.

Dang Kai-zong observa l'air grave de son oncle ; il observa ces jeunes gens faire des photographies et enregistrer des vidéos qui seraient plus tard envoyées dans les boîtes mails de leurs proches décédés ; il observa les visages juvéniles ou marqués par l'âge dans le brouillard d'encens, et quelque chose le bouleversa au plus profond de lui-même. Un jour viendrait peut-être où tout ce qu'il observait serait remplacé par une réalité virtuelle, technologique. Mais ce qui ne pouvait pas être remplacé, c'était le souvenir d'un être aimé. Les gens auraient toujours besoin de cérémonies, d'autels, de passages permettant de franchir la frontière entre la vie et la mort, de relier le passé au présent, de matérialiser des pensées et des souvenirs informes en objets, en actes ou en performances complexes, afin de réveiller des émotions progressivement émoussées par le temps, cette douleur de la perte, gravée à même les os, et la mémoire sans fin de cette douleur.

L'histoire est le processus par lequel les événements finissent par s'affranchir de l'émotion. Dang Kai-zong comprenait enfin pourquoi il avait choisi cette filière. Peut-être que l'expérience de la migration perpétuelle connue pendant son enfance l'avait rendu méfiant à l'égard de ses propres émotions. Il faisait preuve d'un détachement à toute épreuve, qu'il se fût agi de sa famille, de sa scolarité, ou bien de tout groupe ou de toute relation interpersonnelle. Ce détachement, savamment construit, lui était utile dans ses recherches d'historien, car il représentait, croyait-il, la neutralité absolue.

Mais Dang Kai-zong comprenait maintenant le poids de l'expression « l'un des nôtres » utilisée par Dang Hieng-ung.

Un visage parmi la foule attira son attention. C'était une figure apeurée, qui détonnait au milieu des mines tranquilles et mélancoliques de l'assemblée. Ses traits étaient jeunes et fins, mais on ne pouvait déterminer son sexe à sa coupe de cheveux et à ses vêtements. L'inconnu essayait de se fondre dans l'atmosphère de prière de la foule, mais ses yeux alertes ne cessaient de regarder par-dessus son épaule, ce qui donnait du relief à sa figure : comme une pierre jetée dans un lac, elle se détachait du fond en provoquant des rides à la surface. Une chose était cependant certaine, ce n'était pas un autochtone de l'île. Malgré ses efforts pour se faire passer comme tel, l'individu était trahi par les traits de son visage et les détails de ses vêtements.

Sans trop savoir pourquoi, Dang Kai-zong eut une impression de déjà-vu. Il ne pouvait expliquer cette sensation étrange de familiarité, comme si les caractéristiques régionales de ce visage avaient activé une reconnaissance dans le gyrus fusiforme de son cerveau, et que celui-ci avait sécrété des neurotransmetteurs entraînant une accélération de son rythme cardiaque.

Il suivit le regard de celui ou celle qui avait provoqué chez lui un tel émoi et vit plusieurs jeunes membres d'un gang local qui jetaient des coups d'œil autour d'eux. Leur accoutrement ne passait pas inaperçu : ils étaient vêtus de gilets moulants en Lycra blanc, de pantalons de survêtement larges de couleur vive, et chaussés de baskets. Leurs cheveux, rasés uniformément, présentaient des motifs complexes, réalisés par des rasoirs spécialisés. Leurs membres et leurs visages étaient ornés de piercings mécaniques et électroniques. Leurs gilets, cousus avec des motifs phosphorescents, s'illuminaient comme des mini-sapins de Noël à mesure qu'ils marchaient.

Dang Kai-zong avait été averti plus d'une fois de se tenir à l'écart de tels individus, derrière lesquels s'étendait une toile complexe et souvent dangereuse.

L'un d'entre eux se retourna brusquement, comme s'il avait repéré quelque chose. Son sourire était à glacer le sang. Au moment où le clou de sa lèvre supérieure entra en contact avec l'anneau de son nez, la membrane corporelle appliquée sur son épaule s'illumina d'une flamme rouge carmin. Il cria quelque chose, et deux comparses le rejoignirent. Ils commencèrent à se frayer lentement un chemin à travers la foule, leurs expressions pareilles à celle de chasseurs épiant une proie blessée tombée dans un piège, prêts à la torturer sans ménagement.

Au fond de lui, Dang Kai-zong comprenait que quelque chose ne tournait pas rond. Il détourna son regard. La « proie » le fixait, lui. Ces yeux doux étaient remplis de peur, de désespoir et de supplication. Son cœur ne fit qu'un bond. Il se souvint brusquement d'où venait le sentiment de familiarité du visage : c'était celui qui figurait sur la photo en noir et blanc qu'il avait admirée dans l'album de son ancienne école.

La proie se faufila non sans mal à travers la foule et s'échappa dans une étroite ruelle derrière le sanctuaire du clan Dang. À une vitesse incroyable, les jeunes membres du gang se lancèrent à sa poursuite.

Si cela s'était passé aux États-Unis, Dang Kai-zong se serait abstenu d'intervenir pour éviter de s'attirer des problèmes inutiles, car il aurait su que quelqu'un appellerait la police. Mais sur l'île de Silicium, il se demandait si une telle scène n'était pas si fréquente dans la vie quotidienne des gens que les témoins demeuraient parfaitement indifférents. Dang Kai-zong resta un moment immobile et muet, les yeux braqués dans la direction où les membres du gang avaient disparu. Il serra les poings, les relâcha, puis les serra à nouveau.

« Oncle Dang, attendez-moi, je reviens tout de suite ! »

La ruelle étroite était bardée d'étals vendant des offrandes en papier et des bâtons d'encens, dont l'odeur âpre lui agressait les narines. Au-dessus de sa tête, ne restait plus qu'une étroite ligne de ciel grisâtre. Les visiteurs étaient encore nombreux, mais il n'y avait plus aucun signe des fugitifs. Dang Kai-zong interrogea certains passants, mais tous répondirent qu'ils n'avaient rien vu. Ce fut finalement une vieille dame vendant des rouleaux de printemps frits qui, après mûre réflexion, lui indiqua timidement une discrète boutique un peu plus loin.

Il eut la surprise de découvrir l'existence d'une allée à peine plus large que le corps d'un homme, flanquée entre deux échoppes. À moins d'y regarder de près, elle était indétectable.

L'allée ressemblait à un égout sombre, et les effluves de pourriture étaient si repoussants qu'il pensa aussitôt à l'image de la ville de Los Angeles dans le film *Predator 2*, en dix fois plus sale encore. Il songea un instant prévenir la police, mais il s'en abstint aussitôt. Un cri glacial avait retenti devant lui. Il accéléra le pas, se demandant comment il pourrait se défendre contre ces adversaires. Son diplôme d'histoire ne ferait guère le poids dans un combat de rue.

Il avait maintenant la certitude que la proie était une fille. Elle avait été soulevée et balancée dans une flaque d'eau sale. Quelques rats effrayés avaient détalé le long du mur. Elle haletait, mais ne pleurait pas, elle ne parlait pas non plus.

L'homme avec la flamme sur l'épaule lui dit quelque chose, puis lui asséna un violent coup de pied dans la tête, tandis qu'un autre homme défit son pantalon et commença à lui uriner dessus.

« Arrêtez ! » cria Dang Kai-zong, sans avoir eu le temps de penser à un plan.

Les hommes regardèrent avec une certaine incompréhension cet intrus bien habillé qui venait de surgir derrière eux.

« D'où il vient, ce fils de pute ? cracha l'homme à la flamme à l'adresse de ses compagnons, en ignorant Dang Kai-zong.

– Pas un gars d'ici, en tout cas… et ça n'a pas non plus l'air d'être un de ces putains de migrants ! » répondit un des hommes.

Dang Kai-zong le soupçonnait d'utiliser un équipement de réalité augmentée pour le sonder, mais il ne voyait aucun dispositif apparent, à moins qu'il puisse se payer des implants de projection rétiniens.

« Peu importe qui je suis, si vous connaissez le directeur Lim Ek-ru. »

En entendant ce nom, ils s'arrêtèrent un bref instant, mais la satisfaction de Dang Kai-zong ne dura pas plus de trois secondes.

« *Pu* ! Bordel, je le reconnais ! C'est ce faux étranger qui veut construire l'usine », lança le gaillard qui n'avait pas encore fini d'enfiler son pantalon.

Dang Kai-zong était sous le choc. Il savait que le journal local avait fait quelques articles sur Wealth Recycle, mais il ne s'imaginait pas que même les plus vils des voyous de rue pourraient le reconnaître. C'était le prix à payer pour la célébrité.

« Oh ? Pas étonnant qu'il parle si mal la langue d'ici, et qu'il tente de bluffer en sortant le nom du directeur Lim… mais maintenant que nous savons qui tu es, est-ce que tu sais qui nous sommes, hein, petit malin ? », railla l'homme à la flamme, tandis que trois autres encerclaient lentement Dang Kai-zong.

Ce dernier tendit les muscles de son corps et s'efforça de se souvenir des séances de taekwondo qu'il avait suivies à l'école. Hélas, il avait sauté tellement de cours qu'il ne se rappelait que quelques bribes d'un mouvement intitulé « bond de chat à trois pattes », qui ne lui servirait probablement pas ici. Il serra les poings, dévisageant ses adversaires, essayant de paraître cruel.

Les hommes cessèrent soudain leur approche et l'un d'eux fit même quelques pas en arrière.

Est-ce que ça aurait marché ? Avant que Dang Kai-zong n'ait eu le temps de réagir, une lourde main s'était posée sur son épaule.

« Alors, Do-gian, on a le culot de venir pisser sur notre seuil ? Chez nous, les Dang ? »

C'était Dang Hieng-ung, accompagné par deux hommes de main à l'allure tout aussi féroce.

« Oh, mais c'est Dang-le-patron… Toutes nos excuses, monsieur. C'est cette fille que nous devons rapporter à M. Lo, nous ne faisons qu'obéir aux ordres ! », fit l'homme à la flamme en inclinant la tête et en adoucissant légèrement sa voix, tandis que le troisième s'empressait de refermer sa fermeture Éclair, qui se coinça à mi-chemin et lui arracha un gémissement de douleur.

« Peu importe qui l'a demandé. Ce ne sera ni aujourd'hui, ni ici, trancha Dang Hieng-ung avec force.

– Bon, bon, tout ce que vous voudrez, patron. »

La flamme sur l'épaule du malfrat s'éteignit, et il cracha rageusement sur le sol. Ses comparses et lui s'éloignèrent en prenant soin de frôler le corps maigre de Dang Kai-zong. À mi-chemin de l'allée, l'homme se retourna et lança d'un air lugubre :

« Alors le sanctuaire de la famille Dang sert aussi à abriter des ordures, hein ? M'étonne pas qu'on en sente la puanteur depuis la rue Boihpou. »

Un homme dont le caractère « Dang » était gravé en bleu sur son épaule jura. Il était prêt à se ruer sur son rival, mais Dang Xianyuan l'en empêcha.

« C'est vrai, alors ? Les gars du clan Dang, ce sont les trente demoiselles de la lune, haha ! »

Le rire strident finit par s'éteindre une fois les membres du gang parvenus au bout de la ruelle.

« Oncle Dang, comment avez-vous su où j'étais ? demanda Dang Kai-zong, dont le corps se dénoua dans un soupir de soulagement.

– Kai-zong, j'ai vécu toute ma vie ici. Comme tu peux le voir, rien ne peut m'échapper. »

Dang Kai-zong se souvint de la jeune fille qui venait d'être piétinée. Il la releva délicatement et essaya de lui faire reprendre connaissance. Elle ouvrit les yeux et le repoussa avec horreur, puis elle se recroquevilla dans un coin du mur, tremblant de tous ses membres. Son corps était humide et sale, comme un sac de déchets alimentaires abandonné en pleine rue.

« Tout va bien, tout va bien, glissa Dang Kai-zong, qui passa au mandarin pour apaiser la jeune fille. Quel est ton nom ? Où habites-tu ? Nous allons te ramener chez toi. »

Il fallut un certain temps à la jeune fille pour se remettre de ses émotions et ce ne fut qu'une fois sûre de ne plus être en danger qu'elle répondit timidement :

« Je m'appelle Xiaomi, j'habite dans le village de Nansha.

– Sur le territoire de la famille Lo, constata Dang Hieng-ung à voix basse, avant de lui poser une nouvelle question : Pourquoi voulaient-ils t'attraper ? Tu as volé quelque chose ?

– Non ! explosa Xiaomi. Je n'ai absolument rien fait ! Je voulais juste venir voir la fête, sortir un peu, voilà tout. Ils m'ont suivie tout le long du chemin, alors j'ai couru, jusqu'à ce que j'arrive ici.

– Ah, ces chiens fous du clan Lo… ce n'est pas la première fois. »

Dang Hieng-ung semblait n'avoir détecté aucun signe de mensonge dans son récit. Las, il ordonna à ses hommes de la ramener dans son village sans que les Lo ne la voient.

« Non ! cria Dang Kai-zong en se levant, lui-même surpris de sa propre réaction. La ramener chez elle, c'est envoyer un agneau dans la gueule du tigre !

– Mais c'est une déchetière du clan Lo, rétorqua Dang Hieng-ung, en évitant le regard bouillonnant de Dang Kai-zong.

– Quand bien même ! Ça reste un être humain, non ? Mon oncle, vous ne pouvez pas faire ça, pas aujourd'hui, *ils* regardent tous ! »

Dang Kai-zong pointa le ciel. Il savait que les hommes de la génération de son aïeul croyaient aux fantômes et à l'idée selon laquelle ceux-ci rendaient des rapports sur les vivants aux puissances supérieures. Plutôt qu'en appeler à des principes de bienveillance, de moralité et de bienséance, il préférait s'en remettre à un principe plus efficace : le châtiment ou la rétribution dans la prochaine vie.

Dang Hieng-ung demeura un moment dans ses pensées avant de reprendre la parole. Finalement, il ordonna à ses hommes de raccompagner Xiaomi chez elle pour qu'elle récupère ses effets personnels, et de veiller à ce qu'elle s'installe ensuite dans un atelier de la famille Dang.

« J'espère simplement que ce Do-gian ne faisait que prétendre suivre les ordres de Lo Gim-sian pour justifier leurs comportements de pervers. »

Kai-zong remarqua le trouble sur le visage de son oncle. Il réalisa que les choses étaient loin d'être terminées. Il commençait à comprendre l'usage de l'expression « sentiment de sécurité » à laquelle son aïeul s'était référé plus tôt. Les clans étaient des sortes de petits royaumes qui se taillaient leurs propres territoires où ils établissaient leurs propres règles. Pour la famille Lo, un déchetier n'était pas vraiment un être humain, mais plutôt un mouton, un outil agricole, un sac de graines… Si un déchetier du clan Lo était amené à vivre sur le territoire des Dang, la chose serait vécue comme une trahison, une humiliation. Et à leurs yeux, Dang Kai-zong deviendrait un voleur, les ayant ouvertement provoqués.

Xiaomi était déconcertée par la conversation des deux hommes, qui entremêlait dialecte et mandarin. Il fallut un certain temps à Dang Kai-zong pour lui faire comprendre la situation et qu'elle lui lâche difficilement un petit « Merci ».

Il se faisait tard. La place devant le sanctuaire du clan Dang était sens dessus dessous. L'autel, à moitié démonté, se dressait dans le soleil couchant comme un squelette intrigant ; la statue du dieu des Fantômes, une coquille en plastique, gisait à présent sur le sol, son sourire énigmatique encore accroché aux lèvres ; la table d'offrandes pour les âmes errantes avait été emportée, mais quelques restes de bâtons d'encens se consumaient encore çà et là. Il restait par terre une poignée de billets funéraires et quelques fruits et légumes piétinés. Les drapeaux de dragons flottaient dans la brise pourpre. Les esprits solitaires et les fantômes avaient été rassasiés et étaient partis. Les vendeurs des étals comptaient leur recette et donnaient les restes invendables à des chiens à puce, qui dévoraient sans réfléchir ce qui leur passait sous les crocs, remuant la queue de façon mécanique. Le rendez-vous avait été pris pour l'année suivante, à la même date.

« Pensez-vous vraiment que la vie des déchetiers a moins de valeur que celle des gens d'ici ? » demanda Dang Kai-zong.

Le visage de Xiaomi défilant devant ses yeux comme une image rémanente. Quelque chose dans ce visage avait percé sa rétine et s'était inscrit de manière indélébile dans sa mémoire.

La silhouette de Dang Hieng-ung, étirée par le soleil, traversait la place – un carré baigné d'une lumière cuivrée et incrustée de scintillements dorés émis par les détritus jonchant le sol. Il ne lui répondit pas.

Dang Kai-zong se souvint d'un ancien étudiant de son université, un docteur en théologie systématique, diplômé en 1955, dont le rêve était célèbre dans le monde entier.

Un rêve qui n'avait pas encore vu le jour. Celui du Dr Martin Luther King.

3

Sur l'île de Silicium, le traitement des déchets n'était pas aussi simple qu'on pouvait le croire. Une fois sortis de leurs conteneurs, les appareils encore en bon état étaient censés être récupérés, avant d'être réparés puis vendus sur le marché d'occasion. Mais il en était toujours quelques-uns qui passaient entre les mailles du filet, repérés par des ouvriers avisés et conservés comme des trésors. Xiaomi avait vu de ses propres yeux un de leurs aînés – Frère Wen – découper des sections en silicone d'un corps prothétique féminin de fabrication japonaise, qu'il avait furtivement caché sous ses vêtements. Dans l'ouverture laissée entre les cuisses de la femme artificielle, on voyait dépasser un fouillis de fils et de tubes, comme si le corps avait été abandonné sur une herbe grise et sèche par un chirurgien après une opération ratée.

Xiaomi n'avait pas interrogé Frère Wen sur ses motivations. Elle avait dix-huit ans et comprenait ce qu'elle devait comprendre. Elle obéissait à sa mère et gardait ses cheveux coupés à la longueur demandée. Elle s'efforçait de porter des vêtements unisexes et suffisamment amples pour dissimuler les courbes de son corps. Elle n'avait pas envie de se retrouver un jour abandonnée sur une pelouse comme cette poupée japonaise.

Frère Wen et elle venaient de la même région. Il était arrivé ici un an avant elle. Il ne travaillait pas, mais il gagnait pourtant plus que n'importe qui d'autre, et même les insulaires semblaient le respecter. Il ne se pavanait pas et ne jouait pas les durs, comme les voyous d'ici. Comme son nom en chinois – Wen – l'indiquait, il était frêle et civilisé. Mais il n'avait qu'à ouvrir la bouche pour rallier à lui des centaines de déchetiers venus des quatre coins du pays. Ces derniers mois, il avait eu plusieurs fois affaire aux autorités, pour avoir pris la tête de mouvements sociaux protestant contre leur environnement de travail ou leurs salaires. Traditionnellement, les patrons avaient l'habitude de licencier les travailleurs indisciplinés et de les remplacer par de nouvelles recrues, ce qui faisait peu de vagues. Mais, astucieusement, Frère Wen avait organisé les émeutes la veille des inspections gouvernementales. Les contremaîtres, terrifiés à l'idée d'avoir des ennuis avec leurs responsables, avaient cédé à ses exigences.

La réputation de Frère Wen était montée en flèche, et des rumeurs commençaient à se répandre selon lesquelles les patrons locaux auraient mandaté des tueurs à gages pour avoir sa peau. Tandis que tout le monde s'inquiétait pour sa sécurité, il avait pris lui-même l'initiative de rendre visite au directeur Lim Ek-ru, et avait réussi à le convaincre de jouer le rôle d'intermédiaire pour organiser une rencontre avec les chefs de clan, autour d'un thé. Depuis ce jour, personne ne parlait plus de tête mise à prix ou d'assassinat. Frère Wen était en quelque sorte devenu le représentant syndical des déchetiers. C'était lui qui négociait avec les patrons et qui recueillait les doléances des ouvriers. Et dans la majeure partie des cas, il obtenait un résultat qui satisfaisait les deux parties. Cependant il vivait encore dans sa vieille cabane branlante, et passait son temps à récupérer des pièces étranges, qu'il empilait devant sa porte. Il bricolait sans cesse, comme une sorte d'inventeur vivant sur un tas d'ordures.

Pour Xiaomi, Frère Wen était une énigme. Même si tous deux étaient originaires de la même région, elle avait toujours eu l'impression qu'il dissimulait un secret.

« Tu me rappelles A-hui, ma petite sœur », lui disait Wen, puis il lui tapotait la tête. Mais lorsque Xiaomi l'interrogeait, il plissait les yeux et changeait de sujet, prenant un air encore plus mystérieux. Depuis son plus jeune âge, Xiaomi avait l'habitude de jouer seule, et elle enviait plus que tout les enfants qui avaient des frères et sœurs plus âgés pour prendre soin d'eux. Frère Wen donnait corps à ce désir, mais une voix en elle lui disait qu'il y avait quelque chose d'indéfiniment dangereux chez cet homme, qui exigeait d'elle une vigilance constante.

Un mois plus tôt, il avait ramené un gadget étrange.

Xiaomi s'amusait avec des sœurs d'atelier, en se bagarrant avec des prothèses. En voyant Frère Wen arriver, leurs rires s'étaient éteints et elles étaient restées immobiles. Wen avait salué quelques-unes des femmes, puis il avait agité l'objet qu'il tenait dans la main en direction des jeunes filles.

« Frère Wen, qu'est-ce que c'est que ça ? avait demandé Lanlan, qui travaillait dans le même hangar.

– Je n'en sais rien, avait répondu Wen en secouant la tête.

– Alors mets-le-nous ! avaient gloussé les filles en continuant à se chamailler.

– Il est bien trop grand pour vos têtes ! » avait fait Wen en souriant.

Les jeunes femmes l'avaient encerclé et avaient poussé des soupirs d'admiration en regardant l'objet, comme si elles contemplaient une couronne.

« Frère Wen, je ne suis pas sûre que cet objet soit fait pour une tête humaine », avait dit Xiaomi.

L'appareil avait la forme d'un bol et pouvait probablement couvrir l'arrière de la tête, mais il y avait une arête proéminente au sommet et un creux au-dedans, si bien qu'aucun crâne humain n'aurait pu s'en accommoder. L'intérieur portait des traces de quelque chose qui aurait été retiré avec force, laissant des taches d'un liquide jaune non identifiable.

« Xiaomi, vraiment, tu es la plus maligne et la plus mignonne de toutes ! Je suis sûr qu'il t'ira comme un gant, ce casque ! »

Les filles aussi se montraient enthousiastes, et Xiaomi avait dû, bien contre son gré, laisser Frère Wen la coiffer de l'objet.

Sa tête était trop grosse, et il y avait un espace important entre son crâne et la surface incurvée. Frère Wen avait appuyé fort et, dans un grand bruit, Xiaomi avait senti quelque chose de froid et de pointu percer la peau juste sous son os occipital.

Elle avait poussé un cri, retiré le casque et l'avait jeté sur le sol.

« Grand frère, je saigne », avait dit en tremblant Xiaomi, tandis qu'elle touchait une blessure suintante sur sa nuque.

« Tout va bien, ne t'en fais pas. »

Wen avait sorti une lingette désinfectante de sa poche et l'avait pressée sur sa blessure. Le saignement s'était vite arrêté.

Xiaomi s'était assise sur un tas d'ordures et avait machinalement tripoté un moignon de prothèse. Wen ne s'était pas plus inquiété pour elle alors qu'il examinait avec gravité l'aiguille qui avait jailli du casque. Une idée avait brusquement traversé l'esprit de Xiaomi : peut-être que tout ce que faisait cet homme pour le bien des déchetiers servait un autre motif, une autre pulsion, plus inavouable. Elle s'était surprise d'avoir de telles pensées, c'était comme si elle n'avait jusqu'ici regardé que la silhouette des gens, sans avoir jamais réfléchi à leur âme, tapie dans l'ombre.

L'âme. Xiaomi recomposait mentalement ce mot, qu'elle n'avait entendu que dans des paroles de chansons un peu clichés, et dont elle n'avait jamais fait l'expérience directe. Une chose informe, invisible, mais qui existait pourtant sans conteste. Et si elle pouvait voir une âme, à quoi ressemblerait-elle ? À un coquillage sur le sable ? À un nuage dans le ciel ? Les âmes des hommes devaient avoir des couleurs, des formes et des textures bien différentes.

Tandis qu'elle laissait divaguer ses pensées, elle n'avait pas remarqué que, non loin d'elle, son image était capturée par un objectif Leica de trente-cinq millimètres.

« Hé, sale mioche, qu'est-ce que tu fais ? » avait brusquement crié Wen.

Le garçon était un enfant insulaire, vêtu d'un uniforme d'écolier. Les déchetiers n'avaient pas les moyens de payer les frais de scolarité de leurs enfants, ils devaient se contenter de fréquenter des classes itinérantes animées par des bénévoles, où les manuels étaient partagés. Naturellement, ils ne possédaient pas d'uniformes. Dans les mains du garçon, l'appareil photo semblait grossièrement disproportionné. Il devait savoir qu'il n'avait rien à faire ici et, au cri de Wen, il était resté immobile, comme paralysé par la peur.

« Tu crois qu'ici tu peux prendre des photos comme tu veux ? Il faut payer !

– Je… je n'ai pas d'argent, mon papa…

– Je me doute bien que ton père a du fric, il va te mettre une rouste quand il saura que tu es venu ici ! »

Wen s'était approché de lui, le casque entre les doigts, et un sourire s'était dessiné sur son visage.

« Mais on va faire autrement : tu mets ce casque pour moi, et je ne te fais rien payer. Mmh ?

– Frère Wen ! » s'était offusquée Xiaomi.

Wen avait fait volte-face et lui avait adressé un « chut » avec le doigt.

Le garçon avait observé le casque et, après un instant de réflexion, avait accepté d'un signe de tête.

Xiaomi avait détourné le regard, jusqu'à entendre le craquement familier, suivi du hurlement et des pleurs de l'enfant. Elle avait fermé les paupières, pris une profonde inspiration, compté jusqu'à trois, puis avait rouvert les yeux et s'était dirigée directement vers le garçon. Elle l'avait aidé à retirer le casque et avait nettoyé sa blessure. Son cuir chevelu ensanglanté était percé d'un petit trou de la taille d'une épingle.

« Ce n'est rien, ne t'en fais pas. »

Elle s'était efforcée de ne pas regarder Wen, craignant que sa fureur ne fasse jaillir ses yeux de leur orbite.

« Tu es un bon garçon, dépêche-toi de rentrer chez toi ! »

Xiaomi l'avait embrassé sur le front, comme sa mère le faisait toujours chaque fois qu'elle trébuchait ou se blessait étant enfant. Comme si ce simple petit geste pouvait soulager la douleur. Elle lui avait donné un autre baiser. L'enfant avait relevé la tête. Son visage était strié de larmes couleur de boue. Il lui avait lancé un regard reconnaissant puis s'était enfui à toute allure, comme si sa vie en dépendait.

Sa petite silhouette avait disparu au-delà de la bordure de la route poussiéreuse.

« Eh bien quoi ? C'était juste un morveux insulaire ! avait protesté Frère Wen en haussant la voix. Tu as oublié comment ils nous traitent ? Et comment ils traitent nos gosses ? Je fais ça pour toi aussi, au cas où tu…

– Ce n'est pas sa faute, avait répondu Xiaomi à voix basse, puis elle s'était dirigée vers l'atelier.

– Tôt ou tard, ça le sera ! Tôt ou tard, crois-moi ! »

La voix de Wen avait résonné dans son dos, avant de s'évanouir peu à peu.

La veille de la fête des Fantômes, soit un mois exactement après que le garçon eut porté le casque, la famille Lo organisa une bien singulière cérémonie.

Le visage de la *lohsengpua* – une sorcière du folklore local – était particulièrement hideux à la lumière de la membrane verte plaquée contre son front. Sous l'ombre projetée par ses arcades sourcilières, ses yeux semblaient être deux puits secs et insondables, et aucune lumière ne se reflétait sur ses iris. Comme une bête aveugle, elle ânonnait des incantations incompréhensibles à un rythme lent, qui paraissait d'un âge archaïque, accompagnée par le grésillement d'une machine à prières électronique. À l'aide d'une branche de grenadier, elle aspergeait la pièce d'une mixture consistant en une infusion d'une dizaine d'herbes (pérotides d'Inde, herbe des Immortels, feuilles de pêcher ou épines de sapin de Chine…) mélangée à l'huile de carthame.

Un peu de cette huile sainte aux vertus exorcisantes tomba sur le corps frêle qui gisait inconscient au milieu de la pièce.

Des gouttelettes cristallines s'accrochèrent aux joues pâles du garçon, comme des larmes n'ayant pas été essuyées.

Lo Gim-sian observait la scène avec inquiétude. Il n'avait de toute façon pas d'autre choix. Les spécialistes avaient diagnostiqué chez son jeune fils Lo Ze-him une forme rare de méningite virale. Le virus isolé du liquide céphalo-rachidien n'avait pas pu être identifié, mais il semblait que la pression intracrânienne était stable, pour le moment du moins. Malgré tout, il était plongé dans un coma profond, et son électroencéphalogramme était diffus et lent. Les médecins avaient expliqué que son cerveau était comme un ordinateur en veille : tous les indicateurs fonctionnels paraissaient intacts, mais l'activité corticale était inhibée, comme si la machine attendait l'activation d'une commande pour se réveiller.

Les problèmes que ce monde ne pouvait résoudre, disaient les anciens, devaient être confiés à des entités supérieures.

La *lohsengpua* prétendait que le petit Ze-him était tombé sur quelque chose d'impur. Le garçon avait de toute évidence rencontré un fantôme, et son âme s'était fragmentée sous l'effet de la peur. Pour la rassembler, il fallait organiser un rituel d'« assemblage de l'âme ».

En écoutant les incantations hypnotiques de la sorcière, Lo Gim-sian eut l'impression d'être renvoyé à son enfance, à ce jour où il avait été témoin d'un rituel d'exorcisme. Rétrospectivement, il lui semblait que la cérémonie avait davantage relevé de la médiation d'un conflit économique ayant dépassé la frontière séparant les vivants et les morts. Comme dans le monde terrestre, la plupart des problèmes pouvaient être résolus par l'argent. Après que le médium eut énoncé le prix exigé par les fantômes, les proches de la victime possédée avaient réuni la somme demandée, mandaté les anciens du clan pour apporter le papier-monnaie jusqu'à la victime, auprès de laquelle ils s'étaient agenouillés, et inclinés autant de fois que l'âge de la personne à exorciser. L'argent fantôme avait ensuite été dispersé dans les ruelles du village et à l'extérieur, au cours d'un rituel désigné sous le nom de « délivrance ». À l'époque, le gouvernement n'avait pas encore interdit l'exploitation forestière, et le papier était bon marché. Les fantômes ne semblaient pas trop en demander.

Si l'état de santé de la victime était grave, il fallait effectuer une cérémonie dite d'« oblation du carrefour », qui consistait à organiser un somptueux festin au carrefour de plusieurs routes, pour contenter les fantômes en mal de sollicitude. En signe de dévotion, la cuisine devait être faite avec des mains purifiées et il était interdit aux cuisiniers de consommer les aliments, y compris pour en tester la cuisson ou le goût. Les passants qui rencontraient un banquet d'oblation de carrefour devaient à tout prix se garder de montrer de la peur ou de la panique, et devaient passer à côté des tables sans les regarder et surtout sans jamais tourner la tête, sans quoi le mal qui touchait le possédé serait transféré sur leurs corps. Les habitants insulaires savaient qu'il ne fallait jamais toucher des offrandes offertes à des fantômes, mais il n'était pas rare que les déchetiers, impies et ignorants de ces traditions, picorent de temps à autre dans ce festin à ciel ouvert. Tant et si bien que le rituel avait progressivement disparu, ne serait-ce que pour éviter la profanation des offrandes.

Lo Gim-sian n'avait jamais imaginé qu'il jouerait un jour le rôle principal d'une telle cérémonie. C'était un fervent bouddhiste qui avait installé un autel au sein de sa propre maison, où il brûlait quantité d'encens pendant le Nouvel An et les autres fêtes religieuses. Il souhaitait ainsi préserver son karma et conjurer les catastrophes, bien que certains plaisantent en disant que les affaires de M. Lo étaient si nombreuses et si répandues dans le monde entier que Bouddha lui-même avait du mal à veiller sur chacune de ses activités. Il était conscient que, comme la majorité des Chinois aujourd'hui, il était davantage un adepte du pragmatisme que du bouddhisme. Et ce qu'il cherchait au fond dans ce genre de rituel, c'était la tranquillité de son esprit.

Est-ce le karma ? À cette pensée, Lo Gim-sian frissonna, comme si une paire d'yeux froids le fixait depuis l'autre monde, évaluant son âme. La rumeur disait qu'il y avait eu un mort sur le *Prospérité*, le cargo du New Jersey, lors de son transit à Hong Kong. Par superstition, les chefs des autres clans avaient refusé de prendre la cargaison, mais lui l'avait rachetée à bas prix. L'audace avait toujours été la clef de son succès dans ce monde et, de ce point de vue, son fils était son digne hériter.

Son fils. Son cœur se serra à nouveau, comme si sa cage thoracique était reliée à une puissante pompe tournant à vide.

Ayant perçu quelque chose d'inhabituel, la sorcière se tourna brusquement vers le bureau de son fils. Le caractère 敕 (« édit ») clignotait en vert sur son front, comme si elle recevait à grande vitesse des données issues du néant. Devant elle se dressait une photo magnifiquement encadrée, portant le nom de Lo Ze-him et une mention imprimée en lettres dorées sur le bord du cadre : « Premier prix du concours de photographie "Île verte"de l'école primaire du bourg de Silicium ».

« C'est elle, avait affirmé avec certitude la *lohsengpua* en désignant la photo en noir et blanc.

– Elle ? »

Lo Gim-sian prit la photo pour mieux la regarder. L'arrière-plan lui semblait familier mais, à vrai dire, tous les hangars se ressemblaient.

« Que faut-il faire pour que Ze-him aille mieux ?

– Ramène cette fille ici et, le huitième jour du prochain mois lunaire, nous devrons conduire le rituel de l'huile enflammée ! »

Lo Gim-sian était resté sous le choc. Il avait entendu les anciens parler de cette cérémonie mais ne l'avait jamais vu pratiquer. On prétendait que c'était un rite de dernier recours réservé aux familles riches dont les proches étaient mourants. La sorcière devait se peindre le visage avec de l'huile d'abrasin colorée, de façon à ressembler à un fantôme. Après quoi, elle se dénudait les épaules, enfilait une jupe colorée, prenait un bol de porcelaine rempli d'une huile bénie par elle et l'enflammait. Enfin, munie de ce bol enflammé, elle déambulait dans les ruelles en pleine nuit, en sifflant et en gémissant comme une âme errante. Si un passant effrayé criait, la sorcière devait alors immédiatement frapper le bol contre le mur le plus proche et pousser à son tour un grand cri. L'individu ayant hurlé de terreur mourait alors à la place de la victime, dans un dernier acte du rituel appelé « échange de mandats ».

À l'ouest, le soleil se couche
Les maisons ferment leurs portes
Poules, oies, corbeaux remontent à leurs perchoirs
Petit garçon, rentre à la maison

La *lohsengpua* avait entamé une chanson de retraite pour les esprits, sur un air classique d'opéra folklorique *suonanzhi*, aux accents mornes et lugubres, qui glacèrent l'échine de Lo Gim-sian. La sinistre lumière verte sur le front de la sorcière s'éteignit et Lo Gim-sian avait désormais hâte de rallumer les bougies de son autel bouddhiste pour que tout retrouve une apparente atmosphère de réalité.

Xiaomi courait, mais ses jambes paraissaient comme enfoncées dans le sable. Plus elle poussait et plus il lui était dur de poursuivre sa course.

Elle ignorait depuis combien de temps elle courait, et elle ne savait pas non plus où elle se trouvait, mais une intuition la tiraillait, aiguisant son désir désespéré de fuite. Il n'y avait personne à ses trousses, aucune menace tangible, seulement un pressentiment, sans forme et sans nom, qui balayait la mer depuis l'horizon lointain. Du coin de l'œil, elle semblait percevoir une lueur irréelle, le genre d'irisation que l'on retrouvait dans l'éclat d'un revêtement métallique, ou dans la réfraction d'un cristal. C'était une clarté aussi imprévisible que des vagues ou des nuages en mouvement, engloutissant l'espace sombre derrière elle.

Xiaomi sentit la lumière toucher son corps et, brusquement, le monde entier bascula de façon incompréhensible. Elle qui courait à la surface de l'eau se retrouva en train d'escalader une falaise verticale, la direction de la gravité passant tantôt de sous ses pieds à derrière son dos. Puis elle glissa rapidement vers un point de l'horizon infini. Dans un effort désespéré, elle essaya de s'agripper à quelque chose, mais tout autour d'elle était aussi lisse et transparent qu'un miroir. Elle cria, mais aucun son ne sortit, il n'y avait qu'une chute, une chute sans fin.

Au secours. La sensation de chute libre fut bientôt suivie par celle d'un contact bien réel. Elle réalisa soudain qu'elle était allongée sur son lit en planches de bois moisi. La lumière trouble à travers ses paupières lui rappela qu'un nouveau jour avait commencé. C'était déjà le huitième depuis qu'elle avait été secourue sur les terres de la famille Dang.

Xiaomi avait débarqué sur l'île après avoir été trompée par quelqu'un de son village, puis elle avait peu à peu commencé à se faire à cette nouvelle vie.

Chaque matin, vers sept heures, les huit occupantes de la bicoque se réveillaient à intervalles de cinq minutes chacune. Elles n'avaient pas besoin de réveil, de chant du coq ou d'autres appareils, c'était comme si un rayon de lumière activait leurs horloges biologiques internes. C'était devenu une habitude. Elles se mettaient en rang, se débarbouillaient grossièrement devant une auge en pierre couverte de mousse verte et pourpre. Une écume blanche s'écoulait en suivant l'inclinaison de l'auge jusqu'au milieu d'un bassin carré, d'où elle rejoignait une cuve d'évacuation recouverte d'une pellicule huileuse et irisée. Enfin, elle serpentait en suivant les eaux usées de l'île dans leur cours inexorable vers l'océan.

C'était ce que l'escroc de son village avait raconté à sa mère : le Sud. *C'est dans le Sud que ça bouge. Tous ceux qui cherchent du travail vont vers le Sud, il n'y a pas à réfléchir.* Mais plus que tout, c'était la phrase suivante qui avait irrité Xiaomi : *Tu as une idée de combien rapportent à la maison les pépettes des autres familles ? Tu crois encore que son père reviendra, quand il aura touché le pactole ?*

Xiaomi avait eu beaucoup de mal à contrôler sa fureur, mais elle ne savait pas si c'était à cause de la franchise du villageois, ou parce qu'elle prenait conscience que le récit soigneusement construit par sa mère pouvait être brisé aussi facilement qu'un vulgaire pot en argile.

Si elle n'avait pas commencé à travailler dès seize ans, comme les autres filles du village, c'était parce que son père lui avait fait la promesse qu'il gagnerait assez d'argent pour qu'elle puisse aller à l'université. Mais aujourd'hui, les nouvelles de son père se faisaient de plus en plus rares, et on ne voyait pas la trace de l'argent qu'il avait promis. Tout le monde disait à sa mère qu'un homme partant travailler dans une région lointaine finissait toujours par refonder une autre famille, et qu'elle ferait tout aussi bien de s'en séparer dès que possible. Quant à sa gamine, elle ne pouvait plus attendre, elle avait déjà dix-huit ans.

Sa mère n'avait pas répondu. Elle s'était contentée d'aider en silence Xiaomi à faire ses bagages. Elle l'avait aidée à emballer un gros bocal de sauce piquante maison, puis elle s'était appliquée à lui couper les cheveux jusqu'à ce qu'ils soient encore plus courts que ceux des garçons du village.

Souviens-toi, garde tes cheveux à cette longueur, et coupe-les dès qu'ils repoussent, l'avait-elle exhortée. *Et si la maison te manque, prends une cuillère de ma sauce.*

Xiaomi l'avait serrée dans ses bras et avait tant pleuré que les manches de sa mère étaient trempées.

Après deux jours et deux nuits de train, puis encore plusieurs longs trajets cahoteux à bord de camions noirs qui convoyaient des porcs, six autres personnes et elle avaient enfin posé le pied sur cette terre du Sud, presque avec soulagement. Tout ici était nouveau et étrange, comme un monde futur. L'air était aussi humide qu'une éponge imbibée d'eau. Le moindre mouvement, et vous étiez aussitôt trempé de sueur ; la nuit était aussi lumineuse qu'en plein jour, d'innombrables écrans éclairaient les rues comme des feux follets, des publicités pour des boîtes de nuit ou des médicaments contre des maladies vénériennes s'exhibaient côte à côte ; les accoutrements des passants avaient quelque chose de surréaliste, et leurs yeux semblaient percer la carapace de Xiaomi et des autres étrangers.

Toutefois, rien ici ne leur appartenait. Ils venaient du village de Nansha, à trois kilomètres d'ici, où régnait un autre ordre au sein d'un monde inimaginable.

Le villageois leur avait affirmé :

« Tu travailleras dans le recyclage du plastique, l'industrie principale de l'île de Silicium. C'est ici, chez le patron Lo, que le terrain est le plus vaste, et que les ouvriers sont les mieux traités. Si tu travailles bien, l'avenir t'appartiendra. »

Mais à compter de ce jour, elle n'avait plus revu l'homme et Xiaomi s'imaginait qu'il apparaissait dans d'autres villages de montagne pauvres et reculés, et racontait à une autre mère : *Le Sud. C'est dans le Sud que ça bouge.*

Et ainsi allait la vie des pauvres.

Un tas de débris plastiques de différentes couleurs et de différentes textures était empilé devant Xiaomi, comme autant d'os prélevés sur la carcasse d'un macro-organisme. Qu'est-ce que c'était ? Un chien ? Avec la force de l'habitude, les ouvrières triaient le plastique avec une rapidité déconcertante : ABS, PVC, PC, PPO, MMA… En cas d'incertitude, elles se servaient d'un briquet pour enflammer le plastique et l'identifiaient à l'odeur.

Elle avait ouvert les narines et pris une simple bouffée : elle n'osait pas renifler davantage. La sensation était aussi désagréable que si on lui avait introduit un asticot dans la gorge. Xiaomi avait rapidement plongé le morceau de plastique enflammé dans l'eau d'où s'était élevée une colonne de fumée sombre. Le visage plein de dégoût, elle avait jeté le fragment dans un seau étiqueté « PPO ». Ici, au village de Nansha, elle manipulait chaque jour des dizaines, parfois même des centaines de seaux remplis de ces matières plastiques. Le soir venu, elle vomissait plus qu'elle ne mangeait.

Elle avait entendu parler d'un appareil appelé « nez électronique », capable d'identifier automatiquement l'odeur et la nature de différents plastiques. Mais l'argent nécessaire pour acheter une seule machine suffisait à employer une centaine d'ouvrières comme elle, d'autant que la machine n'aurait pas forcément été aussi performante qu'une humaine ; en cas de panne, il fallait la réparer, tandis que les filles tombées malades pouvaient être renvoyées chez elles avec quelques sous de compensation, sans même avoir besoin d'une assurance maladie.

Les vies humaines étaient tellement moins chères que les machines, s'était dit Xiaomi. Mais si les patrons n'embauchaient plus que des machines pour s'acquitter de leurs tâches, où iraient-elles pour trouver du travail ? Au moins, ici, elle gagnait plus en deux mois que ses parents en un an dans leur village de montagne. De plus, elle avait de quoi manger à sa faim, et de quoi économiser de l'argent pour sa famille. Elle travaillerait quelque temps, puis elle pourrait rentrer, ouvrir une petite boutique, et couler des jours paisibles. La même scène se jouait devant ses yeux : son père était enfin de retour. Seul sur le seuil de la porte. Elles l'aidait à prendre sa valise trop lourde. La famille était assise autour d'une table : elle, sa mère, son père, dînaient ensemble, avec une sérénité qui semblait ne jamais devoir prendre fin.

Toutes les rencontres et les découvertes qu'elle faisait ici étaient en outre bien plus enthousiasmantes que dans son village natal, où même les chiens étaient trop paresseux pour sortir de leurs niches. *Les rencontres, c'est ce qui détermine jusqu'où un homme peut aller*, leur disait Frère Wen.

Elle avait cligné des yeux et hoché la tête, comment si elle comprenait vraiment.

Et maintenant qu'elle y pensait, même les odeurs n'étaient pas si nauséabondes que ça.

« Prends-toi une pause », lui lança une sœur ouvrière. Xiaomi se rappela en sursautant qu'elle ne travaillait plus sur le territoire du clan Lo. Depuis qu'elle avait été envoyée ici par le patron de la famille Dang, les gens étaient très attentionnés à son égard, et ne lui confiaient pas de trop grandes charges de travail.

Les déchetiers prétendaient que les insulaires étaient tous les mêmes, qu'ils vous regardaient comme on regarde des ordures, qu'ils s'éloignaient en se bouchant le nez. Mais Xiaomi n'était pas du même avis. Elle notait la différence entre les Lo et les Dang. Ce qu'elle ignorait, en revanche, c'était si les Dang étaient vraiment plus aimables ou si c'était en raison de la protection d'un membre haut placé de la famille. Un vieillard du coin grimaça un sourire et lui offrit une bouteille d'eau. Ça, elle en était sûre, ça n'arriverait pas en territoire Lo.

Avec un peu de gêne, elle regardait ses congénères nettoyer les déchets plastiques, enlever les étiquettes et les autocollants avec des brosses métalliques, puis transporter les pièces dans un hangar voisin, où des machines les broyaient et les pulvérisaient. Xiaomi haïssait s'approcher de trop près de ces machines. Elles étaient si bruyantes qu'elle avait l'impression que ses entrailles allaient être arrachées. La fine poudre blanche produite par les machines rendait sa peau rouge et irritée, et même si elle semblait partir après une bonne douche, elle s'était déjà insinuée dans les pores où elle avait pris racine.

Il était dit que le plastique, une fois broyé, était fondu, refroidi et changé en granulés puis vendu à des usines de la côte, qui le transformaient en différents produits bon marché, dont la plupart étaient ensuite exportés et vendus à l'international. Tous les habitants du monde pouvaient donc acquérir ces marchandises abordables et estampillées « Made in China ». Après quoi, les produits redevenaient déchets, et étaient renvoyés en Chine, dans un cycle continu.

C'était sur ce fondement que fonctionnait le monde et Xiaomi trouvait ça fantastique. Cycle des machines grondantes et éternelles, et des humains, laborieux et indéfectibles.

Le troisième jour après son sauvetage, Dang Kai-zong apparut devant la bicoque où elle avait élu refuge. Ses gestes étaient prudents et il s'exprimait avec raideur, comme s'il voulait garder une certaine distance avec elle. Il se présenta très formellement, puis il fit part à Xiaomi de son souhait qu'elle lui accorde quelques brefs entretiens pour qu'il puisse mieux connaître la vie et les conditions de travail des migrants chargés de l'élimination des déchets sous la direction du clan Lo.

Dès la première question de Dang Kai-zong, Xiaomi se retrouva à court de mots.

« Que pensez-vous de l'île de Silicium ?

– Je ne sais pas… »

Xiaomi réfléchit au sens qu'il pouvait y avoir derrière cette question, et lui retourna :

« Et vous, qu'en pensez-vous ? »

Dang Kai-zong jeta un coup d'œil autour de lui, et compléta :

« Je veux dire : est-ce que vous voudriez changer de vie ? »

Ressentant la supériorité qui transpirait de cette question, Xiaomi se mit instantanément en colère. Elle lui jeta un regard furieux et lança :

« Je gagne dur pour gagner de l'argent et subvenir à mes besoins. Je mène ma vie comme bon me semble ! »

Dang Kai-zong manifesta un certain embarras et agita les bras en signe de dénégation.

« Ce n'était pas ce que je voulais dire…

– Alors qu'est-ce que vous voulez dire, au juste ? » insista Xiaomi avec virulence.

Dang Kai-zong réfléchit sérieusement à la façon de s'exprimer correctement, mais il finit par abandonner l'idée.

« Je ne sais pas non plus ce que je voulais dire…

– Abruti », lâcha Xiaomi, qui le regretta aussitôt.

Elle était trop habituée à parler de cette façon. Dang Kai-zong était décontenancé. Dans son expérience sociale certes limitée, il n'avait jamais rencontré une fille aussi directe – on aurait même pu dire grossière. Il ne la trouvait pas plus détestable pour autant.

Xiaomi tourna son visage d'un côté, jeta un regard sur les autres sœurs qui écoutaient à la porte de la cabane, et tenta quelque chose :

« Abruties. Je parlais d'elles… »

Des éclats de rire résonnèrent dans la cabane. Cet interlude rompit la gêne et la coque qui enveloppait Dang Kai-zong laissa entrevoir un noyau plus doux. Il regarda Xiaomi et, sur le ton de la plaisanterie, lâcha :

« Vous êtes bien plus gentille que mes camarades de classe. Eux m'appelaient "le timbré". »

Xiaomi gloussa. En regardant les yeux clairs du jeune homme, son cœur s'accéléra.

« Ils avaient raison, dans votre classe. Vous avez l'air un peu timbré ! »

Avant de venir sur l'île de Silicium, elle avait croisé moins d'hommes dans sa vie que de cartes dans un paquet ordinaire. Tout ce qu'elle savait des relations amoureuses provenait des émissions de télé-réalité. Sa mère répétait de manière compulsive que les hommes étaient tous les mêmes : ils vous mettaient sur un piédestal pour vous draguer, mais c'était pour mieux vous piétiner ensuite. À ces mots, son père restait silencieux dans son coin, fumant sa cigarette. Xiaomi demandait alors comment son père avait fait pour l'avoir. Sa mère balbutiait un instant mais finissait toujours par dire que ça avait été un échec. Elle exhortait Xiaomi à ne pas tomber amoureuse trop tôt, à attendre avant de se marier, à ne pas fréquenter de garçons avant d'avoir trouvé le bon. À quoi Xiaomi rétorquait : Si je ne les fréquente pas, comment je saurais que j'ai trouvé le bon ? Alors sa mère se mettait en rogne et son père ne pouvait s'empêcher de rire.

C'était l'un des rares moments joyeux de la famille. Dès qu'elle pensait à ses parents, le nez de Xiaomi la picotait et le désir de rentrer la reprenait.

Le rêve étrange de Xiaomi avait commencé à la suite de sa blessure. Elle était sûre que cela avait un rapport avec le casque bizarre que Wen lui avait fait porter. La lueur iridescente qui la poursuivait dans ses songes n'était au début qu'un éclair dans l'horizon, puis elle s'était étendue progressivement jusqu'à la surface de la mer, pour la couvrir complètement, comme une variante des marées rouges saisonnières, charriant des milliards de petites créatures vivantes, qui se multipliaient furieusement et la poursuivaient, allant jusqu'à ronger son corps. Ce n'étaient certes que des illusions créées par le rêve, mais son esprit s'en trouvait très perturbé.

Elle ignorait si elle devait en parler à Dang Kai-zong. Si elle le faisait, il faudrait tout lui révéler, y compris ce qui s'était passé avec le petit garçon. Et si Kai-zong la soupçonnait, comme Frère Wen, de nourrir de l'hostilité envers la population locale ? Depuis ce jour, Xiaomi se sentait coupable de ne pas être intervenue pour empêcher l'enfant de se blesser. Sans trop savoir pourquoi, elle n'avait pas envie que Dang Kai-zong l'apprenne. Du moins pas maintenant.

Pourquoi tu te soucies tant que ça de ce qu'il pense de toi ? Xiaomi secoua la tête, essayant de dissiper le tumulte de ses pensées. *Tu n'es rien d'autre qu'une partie insignifiante de son projet de recherche, un sujet pour ses entretiens, un spécimen du peuple des déchets. Tu n'es rien.*

Elle pensait savoir d'où lui venaient ces sentiments stupides ! De ces films hollywoodiens ringards et de ces feuilletons de *soap opera* où le héros sauve la belle, et où la belle, romantique et reconnaissante, tombe amoureuse. Mais elle n'était pas belle, et il n'était pas un héros - tout au mieux un gosse de riche un peu charitable. Pourtant Dang Kai-zong venait la voir de temps en temps pour s'assurer qu'elle était en sécurité et il lui posait des questions auxquelles elle avait du mal à répondre. Puis il répondait patiemment à celles qu'elle lui posait en retour.

Il racontait à Xiaomi beaucoup de choses sur l'autre rive du Pacifique, des choses qu'elle n'aurait jamais pu apprendre elle-même. En contrepartie, Xiaomi l'emmenait voir des coins secrets de l'île de Silicium, que même les locaux ne connaissaient pas. Des endroits d'où l'on pouvait contempler le va-et-vient des marées, le coucher de soleil aux teintes rosées, les eaux noires et polluées se déversant dans la mer, ou bien les convulsions mécaniques des carcasses de chiens à puce.

« Tu n'as pas peur qu'ils parlent de toi ?

– Qu'est-ce qu'ils diraient ?

– Que tu passes ta journée avec des déchetiers. Que tu ruines la réputation de la famille Dang. »

Ces mots dits, Xiaomi baissa les yeux, pensive. L'eau de la marée clapotait doucement sur la plage, débordant par-delà ses chevilles et les encerclant dans une écume blanche. Il n'y avait ici ni crabes ni coquillages, rien que des déchets jetés à la mer et ramenés sur le rivage par les marées, et qui exhalaient une odeur fétide.

« Et toi, tu n'as pas peur ?

– Qu'ils disent quoi ?

– Que tu passes tes journées avec un faux étranger. Que tu ruines la réputation des déchetiers, enfin ! » affirma Dang Kai-zong sur un ton faussement sérieux, ce qui fit éclater de rire Xiaomi, son visage scintillant sous les rayons du soleil.

Depuis que Xiaomi avait été affectée à un atelier du clan Dang, Kai-zong lui rendait visite tous les jours, dans l'espoir de mieux comprendre la vie des ouvriers travaillant au recyclage des déchets. Comme avec tout le monde, elle avait d'abord réagi avec méfiance, et lui parlait avec le même ton froid que celui qu'on utilise pour répondre à un sondage dans la rue. Il lui arrivait même de s'agacer. Mais lorsque Dang Kai-zong commença à manger avec eux, à travailler à l'atelier, à se remplir les narines de la puanteur de plastique brûlé, à plonger ses mains dans le bassin d'eau aux produits chimiques pour laver les déchets, elle accepta progressivement le fait que le jeune homme qu'elle avait en face d'elle n'était peut-être pas celui dont il avait l'air. Il n'était pas l'un de ces bons à rien d'insulaires qui regardaient les gens de sa condition avec des lunettes teintées. Ses expressions et ses manières donnaient le sentiment que sa peau jaune n'était qu'un camouflage et qu'elle cachait une race étrange qu'elle ne pouvait identifier.

Leurs sujets de conversation devinrent plus variés. Xiaomi posait d'innombrables « pourquoi » à Dang Kai-zong, à propos de l'autre rivage de l'océan. En réponse à ses explications un peu sèches, elle hochait la tête, perplexe, et après un « oh », laissait surgir une autre question sans rapport.

Certaines questions la hantaient depuis longtemps.

Par exemple, celle d'un chien mort.

Le corps de l'animal, plein de lacérations et d'entailles, gisait à côté d'un tas de circuits imprimés incinérés. En raison de la chaleur, son ventre était grossièrement distendu, comme un poisson-globe, menaçant d'exploser et de révéler ses viscères pourris, plein d'asticots frétillants. La puanteur de la carcasse se mêlait à celle des ordures alentour. C'était une scène qu'on ne pouvait oublier.

Dang Kai-zong se demanda pourquoi personne n'avait pris la peine de ramasser le cadavre. Mais il en apprit vite la raison.

« J'avais l'habitude de le nourrir. Pauvre bête, son maître n'en voulait pas, il n'était pas aimé des autres chiens. »

Xiaomi s'accroupit un peu plus loin, comme si elle voulait transmettre son chagrin par télépathie.

« Comment s'appelait-il ?

– Bonchien. Je l'appelais Bonchien, répondit Xiaomi en souriant à l'évocation d'un souvenir. Il remuait sa queue devant n'importe qui, ce qui n'est pas la caractéristique la plus appréciée chez un chien de garde. »

Dang Kai-zong fit deux pas de plus vers le cadavre de l'animal. Xiaomi voulut l'en empêcher, mais il était trop tard. La queue du chien commença à s'agiter furieusement, comme un fil sous tension, soulevant un nuage de poussière sur le sol dans une scène à la fois comique et terrifiante. Kai-zong fit un bond en arrière et la queue du chien retrouva son silence mortel. Il avança une nouvelle fois, et la queue se tordit de nouveau.

« Effrayant, non ? C'est comme si son âme était encore prisonnière de son corps – si tant est que les chiens aient une âme, dit Xiaomi timidement. Mais c'était un bon chien ! Pas comme ces méchantes bêtes qui aboient pour un rien, qui sautent et qui mordent à la vue d'un inconnu. Pourquoi a-t-il dû subir ça ? »

Dang Kai-zong remarqua qu'il existait chez les déchetiers une forme relativement primitive d'animalisme. Ils priaient le vent, la mer, la terre ou bien les fourneaux. Ils espéraient que les déchets des conteneurs expédiés depuis des rives lointaines soient remplis de trésors, faciles à traiter et non toxiques, et ils se repentaient même lorsqu'il leur arrivait de démonter des corps humains artificiels. Mais il fallait avouer que ces marchandises japonaises étaient parfois si réalistes qu'on pouvait avoir l'illusion de charcuter un véritable être humain.

Il comprit vite ce qui était arrivé à ce Bonchien.

C'était une expérience ratée de créature à puce. Tel qu'il avait été conçu à l'origine, il aurait dû se comporter comme n'importe quel autre chien porteur d'une puce et attaquer tous les visiteurs qui n'émettaient pas le signal désigné, mais pour une raison ou pour une autre, le processus d'implantation avait connu une avarie et, au lieu d'attaquer, le chien remuait simplement la queue. Dans un environnement sensible, où chacun était sur le qui-vive, un bon chien était comme une bonne personne : il pouvait être sûr de ne pas recevoir de traitement équitable.

« Idiote, il n'a pas d'âme. Il est mort, mais les circuits d'asservissement de la puce fonctionnent toujours. »

Dang Kai-zong consacra un long moment à expliquer à Xiaomi les raisons techniques de cette réaction. Elle regarda sans enthousiasme Kai-zong sortir son téléphone portable – le directeur Lim lui avait accordé, ainsi qu'à Scott, des codes d'autorisation temporaires, en cas d'attaque accidentelle. Il envoya le signal de la bande universelle au cadavre du chien, puis fit signe à Xiaomi de s'approcher. Elle avança sur la pointe des pieds, hésitante.

La queue de Bonchien demeurait absolument immobile.

Xiaomi poussa un soupir de soulagement, et regarda Dang Kai-zong avec quelque chose d'indéfinissable dans les yeux, un mélange d'admiration et de compréhension, comme si le rideau de brume qui lui cachait le monde avait été tiré. En contrepartie, il lui semblait cependant que le monde perdait un peu de son éclat. Dang Kai-zong ressentit une pointe de regret ; peut-être certaines réalités ne devaient-elles pas être réduites à des explications matérialistes, et qu'il était tout aussi bon de conserver une parcelle de beauté innocente.

C'était toujours un dilemme de savoir s'il fallait laisser les enfants s'accrocher à leurs fantaisies ou les faire appréhender le plus tôt possible la cruauté du monde réel.

Mais cette nuit, sur les rivages océaniques, sous le ciel garni d'étoiles scintillantes, Dang Kai-zong avait fait un choix différent.

Ils louèrent un sampan motorisé et partirent au crépuscule. Lorsqu'ils approchèrent des limites parfaitement nettes de la côte artificielle, le ciel et la mer s'étaient déjà fondus dans un intense bleu indigo. L'air était rempli d'un grondement sourd, accompagné par le clapotis harmonieux des vagues contre le rivage et le cri des oiseaux de mer qui traversaient la voûte.

« Est-ce… une centrale électrique ? »

Dang Kai-zong désigna plusieurs bâtiments imposants en forme de dômes situés non loin de là où ils s'étaient arrêtés. Il y avait aussi une grande cheminée peinte de bandes rouges et blanches se dressant comme un symbole phallique. On aurait dit un totem tribal et primitif voué au culte de la fertilité.

Avant que Xiaomi n'ait eu le temps de répondre, le batelier qui conduisait le sampan prit la parole :

« Oui ! Regardez de quelle couleur est la mer par ici : noire ! Regardez les poissons morts qui peuplent les eaux depuis qu'ils déversent les eaux usées dans la mer. J'étais pêcheur dans le temps, mais je ne peux plus, aujourd'hui, que servir de guide aux touristes. »

Il s'arrêta brutalement de parler, son visage basané à peine distinct dans l'obscurité nocturne.

« Écoutez ! C'est le bruit de la pompe. Chaque jour, ils pompent de l'eau de mer pour leur système de refroidissement. Et avec l'eau, ils aspirent aussi deux camions entiers de poissons et de crustacés. Et après, ils vendent ces fruits de mer toxiques au marché. Quelle infamie !

– Oncle…, l'interrompit poliment Xiaomi. Nous sommes juste ici pour voir les lumières sur la mer. »

Le batelier arrêta docilement de se plaindre, et tourna le gouvernail pour amener le sampan à l'autre extrémité du rivage. Les flots y étaient plus chauds et plus fétides. C'était probablement l'endroit où étaient évacuées les eaux du système de refroidissement.

« Regarde ! » cria Xiaomi en attrapant soudain le bras de Kai-zong, et en pointant la surface noire de la mer.

Dang Kai-zong fixa l'endroit qu'elle avait désigné. Une fois ses yeux adaptés à la pénombre, sa sensibilité à la lumière augmenta. Dans les profondeurs couleur de jade de la mer, apparaissaient des points luminescents bleu-vert. Ce n'étaient au début que quelques taches de lumière éparses mais elles s'étendirent bientôt pour former des lignes, des sections, et se soulevaient au rythme des ondulations de la surface. Leurs contours devinrent nets : des centaines de milliers d'objets translucides en forme d'ombrelles se dilataient et se contractaient de manière régulière. Avec grâce, ils dansaient dans une mer qui paraissait à présent éclairée par d'innombrables LED roses, bleues et vertes, à la manière d'un tableau de Van Gogh et de ses tourbillonnants ciels étoilés. Le sampan flottait sur une mer d'étoiles et ses passagers, étourdis par le roulement vertigineux des vagues, dérivaient dans un rêve.

« C'est magnifique, n'est-ce pas ? »

Le visage de Xiaomi reflétait la lueur luminescente, elle semblait grisée par la scène.

« Je n'avais jamais vu autant de méduses, et aussi brillantes, fit Dang Kai-zong qui se rappela l'aquarium de la baie de San Francisco qu'il avait déjà visité. Pourquoi se rassemblent-elles ici ? Je croyais que l'eau était toxique ?

– D'après ce qu'ils ont dit à la télévision, c'est à cause d'une concentration élevée d'ions calcium dans ces eaux usées qui entrent en réaction avec une protéine contenue dans le corps des méduses. C'est ce qui explique leur éclat. Ce que vous voyez maintenant est déjà la deuxième génération.

– Comment ça ? demanda Xiaomi.

– La centrale électrique chauffe l'eau des environs et le rivage artificiel réduit l'impact des marées, si bien que chaque hiver, les méduses donnent naissance à des larves ressemblant à des hydroïdes, et leur taux de survie ne fait qu'augmenter. L'été suivant, si les conditions sont réunies, chacune bourgeonne en plusieurs larves en forme de soucoupe, puis elles évoluent ensuite pour devenir adultes. Ce sont elles que vous observez à présent.

– Je ne comprends toujours pas. »

Dang Kai-zong eut une mine interrogatrice en désignant un courant sous-marin un peu plus éloigné des turbulences bleues et rougeoyantes.

« Elles sont aspirées par le courant… »

C'était peut-être un tuyau de pompage. Tout ce que l'on pouvait voir, c'était cette masse dense d'êtres translucides en forme d'ombrelles qui pivotaient lentement, convergeant en un tourbillon incandescent, accélérant brusquement tandis qu'ils s'approchaient de l'entrée du tuyau. Leurs corps lumineux se déformaient ou finissaient par disparaître. Leur voyage dans la vie avait à peine commencé qu'il s'achevait brutalement.

« Cela coûte une fortune chaque année de régler le problème des canalisations bouchées. Les méduses se reproduisent trop vite », râla le batelier.

Xiaomi resta interdite quelques instants. Elle comprenait à présent à quoi rimait ce spectacle. Elle lâcha, pleine de colère :

« Quel genre de parents sont assez cruels pour faire venir au monde des bébés dans un endroit aussi toxique et aussi dangereux ? Ils n'aiment donc pas leurs enfants ? »

Dang Kai-zong réprima un sourire. Cette fille était si candide qu'elle en tirait un certain charme.

« Ma petite demoiselle, s'ils n'étaient pas nés ici, je crains qu'encore moins d'entre eux auraient survécu, affirma le batelier.

– Je me demande simplement pourquoi les gens ne font pas preuve de plus de compassion et n'attendent pas que ces créatures soient parties avant de pomper l'eau. Vouloir plus d'argent ne donne pas le droit de tuer !

– Ils ne se soucient pas de la vie des hommes, il ne faut pas s'attendre à ce qu'ils se soucient de celles des méduses ! »

En temps normal, Dang Kai-zong se serait probablement lancé dans un exposé théorique sur la survie du plus fort, et il aurait conclu que la présence de la centrale électrique avait en réalité favorisé l'évolution de la population de méduses, afin que leurs progénitures survivantes s'adaptent mieux à leur environnement, qu'elles soient plus réactives et plus fécondes. Mais aujourd'hui, il resta muet. La jeune femme en face de lui était la première victime de ce que supposait cette théorie : elle avait quitté son foyer natal pour venir ici, en principe pour le « développement économique », et avait enduré la pollution, la discrimination et l'exploitation des insulaires, et mourrait peut-être loin du pays où elle était née. Il n'arriverait pas à lui dire que ce serait pour le bien de ses enfants et de ses petits-enfants, quand bien même c'était la vérité.

« Tu as raison, se surprit-il à dire. Tôt ou tard, on est forcément rattrapé par son karma.

– Tôt ou tard », répéta le batelier.

La lueur bleu-vert s'estompa progressivement du visage de Xiaomi. Elle s'enfonçait dans l'obscurité, ne laissant que ses iris refléter la pâle clarté ambiante, comme deux étoiles solitaires et non identifiables, ondulant gracieusement sur la surface de l'eau. Dang Kai-zong ne put détourner son regard des contours flous de sa silhouette. Il semblait happé par cette image distordue par la gravité, de sorte que toutes les autres étoiles paraissaient blafardes à côté.

Xiaomi leva la main et désigna un point dans la nuit.

« Regarde ! »

Dang Kai-zong plissa les yeux mais ne sut dire ce qu'elle voulait lui montrer.

« Je croyais que les étrangers comme toi portaient tous des lentilles augmentées… »

Xiaomi tourna la tête pour le dévisager.

« Mais toi, ce n'est pas pareil, tu es un faux étranger, on dirait bien !

– Il ne faut pas faire de généralités, rétorqua Kai-zong en passant une main maladroite dans ses cheveux ébouriffés par les rafales de vent. Mes parents se sont convertis au christianisme sur le tard. Leur Église fondamentaliste insiste sur le fait que l'humanité doit se contenter de regarder le monde tel que Dieu le donne à voir. Par conséquent, toute augmentation prothétique est considérée comme une entorse à la volonté divine. Le monde ne doit pas être perçu et compris autrement que tel que Dieu l'a originellement créé.

– Oh… Et… donc, tu crois en Dieu ?

– Je suis athée, mais comme tu le sais, pour les Chinois, la piété filiale passe avant tout. »

Xiaomi resta silencieuse, comme si un souvenir lui revenait en mémoire. Elle se retourna pour observer la surface sombre de la mer, sur laquelle des ombres noires paraissaient se détacher, comme les échines de bêtes étranges.

« C'est le pavillon d'observation des marées.

– Oncle, pouvez-vous nous amener sur la plage ?

– Ma petite demoiselle, il est trop tard. Pourquoi vouloir vous rendre dans un endroit aussi maléfique ? »

Dang Kai-zong entendit l'anxiété dans la bouche du batelier.

« Je voudrais juste jeter un coup d'œil, c'est tout », répondit doucement Xiaomi sans la moindre émotion apparente.

La plage d'observation des marées et le pavillon d'observation n'étaient pas situés au même endroit. L'île formait un long tentacule incurvé qui encerclait un lagon de quelques kilomètres carrés. Le pavillon se trouvait à l'extrémité du tentacule tandis que la plage longeait sa partie incurvée. Lorsque la marée montait dans la lagune, les récifs sous-marins situés au-delà de la pointe faisaient déferler l'eau en un croissant argenté ; après quoi, la marée se prolongeait jusqu'à atteindre la plage. Ce phénomène était appelé par les insulaires « double marée reflétant la lune ». Mais malgré sa beauté étourdissante, peu de gens venaient ici pour l'admirer.

Avec une légère secousse, le sampan traversa le croissant extérieur. Les nuages s'écartèrent et la mer fut tachetée d'un clair de lune inégal. Les ombres des nuages se déplaçaient à la vitesse du sampan, si bien que les passagers avaient l'illusion d'être à l'arrêt, jusqu'à ce que la plage de sable blanc se dessine plus clairement dans leur champ de vision.

Le batelier arrêta le bateau, puis dit :

« Nous n'irons pas plus loin.

– Comment ça ? »

Mais avant même que Kai-zong ait pu en dire plus, il entendit un plongeon ; Xiaomi se tenait déjà dans l'eau, qui lui arrivait à la taille. Dang Kai-zong se dépêcha d'enlever ses chaussettes et ses chaussures, mais Xiaomi le tira par le bras et le fit tomber, soulevant des éclats de vague.

« Oh, toi, tu… ! », lança un Kai-zong trempé jusqu'aux os, et adressant à Xiaomi un regard furieux.

« Faites attention à vous deux. Une fois sur le rivage, suivez la route principale pour retourner au village », les avertit le batelier en secouant la tête, puis il démarra le moteur et repartit de là où il était venu.

Splash. Profitant de l'inattention de Xiaomi, Dang Kai-zong se servit de son bras comme d'une pagaie pour asperger cette dernière.

« Maintenant, nous sommes quittes », lança-t-il avec un air triomphal.

À la lumière de la lune, les cheveux de Xiaomi paraissaient incrustés de perles d'argent qui glissaient le long de ses mèches mouillées et laissaient des sillons étincelants sur ses joues. Son tee-shirt noir trempé s'enroulait étroitement autour de son corps, reflétant la clarté lunaire comme des écailles de poisson. La brise balaya les ombres nébuleuses qui hantaient le ciel, et ses yeux humides s'illuminèrent soudain, dévoilant deux mers scintillantes sous ses cils de cristal. Elle était auréolée par l'éclat de la lune. Dang Kai-zong retint sa respiration en contemplant cette déesse lunaire fendre les eaux et s'avancer vers lui.

La déesse le fixa, puis glissa un « Abruti ! » avant de se retourner et de patauger vers la rive.

Épuisés, ils s'allongèrent sur la plage de sable fin. Comme peu de monde fréquentait l'endroit, la plage y était beaucoup moins sale que d'autres plages plus prisées de l'île. Les vagues clapotaient en cadence contre le rivage, tandis que les étoiles dérivaient lentement à travers les fissures des nuages. Dang Kai-zong entendit la respiration de Xiaomi, ample et douce, tel un son provenant des tréfonds du lointain univers.

Elle est si différente. Dang Kai-zong repensa aux femmes qu'il avait connues. Ses camarades de la côte Est, issues de familles aisées et bien comme il faut, étaient socialement très intégrées. Non, ce n'était pas qu'une étiquette démographique, c'était quelque chose de plus profond, un contraste qu'il ne pouvait pas décrire mais dont il sentait l'incontestable existence. Une âme. Le mot qui s'accrochait si souvent aux lèvres de Xiaomi, et qui était peut-être le seul à même de définir sa nature.

« Qu'est-ce que tu voudrais faire dans le futur ? demanda Kai-zong en regardant fixement le ciel étoilé, comme si cette question s'adressait aussi bien à elle qu'à lui.

– Gagner de l'argent, rentrer chez moi, et ouvrir une petite boutique, pour que mes parents n'aient pas à travailler si dur.

– Je veux dire, toi, qu'est-ce que tu souhaiterais le plus ? »

Il y eut un long silence.

« Je ne sais pas. Je ne me suis jamais posé la question. »

Elle parut à nouveau absorbée dans ses pensées.

« Je voudrais partir loin, très loin, connaître beaucoup de choses nouvelles, comme toi. Peut-être dans ma prochaine vie ! » fit-elle en se mettant à rire, se forçant à paraître légère.

Dang Kai-zong ne sut comment réagir.

Dans le courant de la longue histoire de ce peuple, une idée avait toujours prospéré, sans décliner, un culte voué à l'ordre de l'univers, une croyance dans l'équilibre naturel du monde, et l'idée que Dieu était juste envers chacun de ses enfants, que le Ciel, comme le disait le philosophe Laozi, ôtait à ceux qui avaient trop pour aider ceux qui n'avaient pas assez. On racontait que la vie d'une personne était prédéterminée. Lorsqu'on voyait des injustices, on cherchait toujours une preuve pour se rassurer, on se disait que Dieu leur avait donné le statut, la richesse, la beauté, la santé… mais que quelque chose avait nécessairement été pris en échange. Et lorsque aucune preuve ne pouvait être trouvée, on inventait une théorie de la réincarnation, on étirait la ligne de comptabilité à des dimensions temporelles plus vastes. Autrefois, Dang Kai-zong aurait raillé cette théorie de la conservation, mais peut-être était-elle nécessaire, non pas tant parce qu'elle était la vérité, mais parce qu'elle offrait un réconfort dans cette existence limitée.

Le fil de ses pensées fut interrompu par le visage rieur de Xiaomi qui le tira pour qu'il se lève, et ils coururent ensemble vers l'autre bout de l'obscurité.

Mais c'est un insulaire ! C'était ce que les autres sœurs lui répétaient. C'était un natif qui ne ressemblait pas aux autres natifs et, en dépit du fait qu'elle le trouvait un peu idiot de temps en temps, il n'utilisait jamais le mot « déchetiers » pour les désigner. Son regard était amical et curieux, il ne craignait pas de les fixer dans les yeux, il ne crachait pas en public, il ne jurait pas et, plus étrange encore, il n'avait pas de prothèses implantées et n'avait pas recours à la réalité augmentée. Dang Kai-zong était un astronaute revenu sur Terre après un périple de plusieurs années-lumière dans l'espace. Il venait de sortir de sa capsule stérile et avait mis les pieds dans un enfer envahi par la crasse.

Elle en était venue à l'attendre quotidiennement et se sentait même dépendante de lui. Naturellement, elle faisait l'objet de la raillerie des autres filles. Mais elle tremblait à l'idée qu'un jour il ne vienne plus.

Elle savait ce qu'elle redoutait vraiment. Elle était terrifiée à l'idée de ne pas être attirée par Dang Kai-zong lui-même, mais par ses vêtements élaborés, son mandarin si excessivement standard qu'il lui paraissait malgré tout excentrique, ses connaissances, en somme, ce quelque chose de lointain dont il était l'incarnation. Tout cela prenait le déguisement d'une première histoire d'amour pour une jeune fille dans la fleur de l'âge, le fantasme irréaliste qu'elle était elle-même spéciale à ses yeux, aussi unique et singulière qu'il l'était pour elle.

Elle se rappela une anecdote de sa jeunesse. Elle était encore élève dans son petit bourg natal. Dans la classe voisine de la sienne, il y avait un beau garçon, grand, mince, un personnage qu'on aurait cru sorti d'un manga. Chaque fois que Xiaomi passait devant la fenêtre de sa salle de cours, elle ralentissait volontairement le pas, attardait un peu son regard, et si par hasard il levait les yeux vers la fenêtre, elle devenait aussi nerveuse qu'un lapin en captivité. *Est-ce qu'il me regarde ? De quoi ai-je l'air ? Est-ce que je suis son genre ? Est-ce que nous sommes compatibles ?*

Le fantasme avait fini par se transformer en torture. Un jour, elle avait demandé à une camarade d'aller l'interroger pour elle. Le regard vide, il avait indiqué qu'il ignorait l'existence de Xiaomi. Toutes les histoires qu'elle avait soigneusement imaginées avaient volé en éclats.

Elle ne se laisserait pas aller à une nouvelle illusion de ce type, elle ne se le permettrait pas.

Lorsque Dang Kai-zong avait plaisanté en lui parlant de sa coupe à la garçonne, elle avait été prise d'un désir impulsif, celui d'ignorer la recommandation de sa mère et de se laisser pousser les cheveux jusqu'à la taille. Pour lui. Et tant pis pour les problèmes sans fin qu'une telle décision provoquerait, comme à l'époque, dans le village. Toutefois, une seconde plus tard, elle lui avait répondu sur un ton froid : « Ce sont mes cheveux. Ça m'est bien égal qu'ils ne plaisent pas aux hommes. »

Dang Kai-zong n'était toujours pas apparu à cette intersection familière et sale.

Un sentiment un peu absurde d'abandon envahit Xiaomi. Elle prit une grande inspiration et expira lentement, essayant de se débarrasser de cette angoisse bourdonnante qui l'assaillait comme une nuée de moustiques. Elle savait de quoi elle aurait besoin. De *l'hier doré*.

Elle irait voir Frère Wen.

4

Lo Gim-sian se tenait sur la plateforme faisant face à la mer. La brise marine filtrait à travers les motifs du parapet recouvert de carreaux de ciment colorés. Elle charriait un air de changement. Contrairement aux habitants d'ici, dont les fenêtres étaient équipées d'épaisses grilles métalliques ne permettant de voir que des fragments de ciel, le manoir des Lo était bâti sur un affleurement rocheux escarpé qui surplombait la mer. Il était étroitement gardé par des chiens à puce et un système de vidéosurveillance en circuit fermé, de sorte que Lo Gim-sian jouissait d'une vue large et dégagée jusqu'au port animé de la ville. Par temps clair, on pouvait même voir les câbles argentés du pont qui enjambait la mer, tels les fils de soie d'une araignée.

Si la famille Dang avait bel et bien rejoint le camp de Wealth Recycle, les choses devenaient plus compliquées. Depuis que les prix mondiaux de l'acier et du cuivre avaient commencé à chuter, trois ans plus tôt, le clan Dang était en retrait. Les familles Lim et Lo en avaient profité pour s'approprier une plus grande part de marché. Elles avaient fait main basse sur un grand nombre de marchandises à forte marge, allant jusqu'à s'entendre avec les fournisseurs pour baisser le prix du recyclage. Mais le clan avait surmonté la crise grâce aux efforts concertés des membres de sa diaspora. Tout portait à croire désormais que les Dang s'étaient alliés à des étrangers pour fomenter un complot qui leur permettrait de reprendre les devants.

Do-gian avait fait son rapport : cette déchetière, Xiaomi, avait été interceptée par la famille Dang, et quelqu'un de Wealth Recycle avait également pris part à l'opération.

Mais pourquoi se donnent-ils tant de mal pour cette fille ? Lo Gim-sian n'arrivait pas à trouver la réponse à cette question. Il avait la certitude que le secret de la maladie de Ze-him n'avait pas été ébruité. La *lohsengpua* appartenait au clan Lo, et elle n'était pas assez stupide pour divulguer l'information à l'ennemi. De plus, ça ne ressemblait pas à Dang Hieng-ung, à moins que la fille fût impliquée dans quelque chose de louche. Il demanda à Do-gian de ne pas agir de manière irréfléchie en territoire Dang, mais de ne pas hésiter si une seconde opportunité se présentait, car ce serait sa dernière chance.

Il n'existait pas d'inimitié profonde entre la famille Dang et la sienne. Pour lui, c'était simplement une compétition commerciale, rien de plus. Mais l'arrivée des étrangers – qu'ils eussent la peau blanche ou jaune – avait changé la donne. Il ne leur faisait pas confiance, et cette méfiance venait du fond de ses entrailles.

Lo Gim-sian avait visité de nombreux pays à travers le monde et avait même essayé de vivre à Melbourne pendant un certain temps. Il avait fini par rentrer chez lui, sur l'île de Silicium. Il ne s'était jamais senti à l'aise en présence de ces Occidentaux à la discipline et à la politesse excessives et, pour tout dire, pathologiques et morbides. Il ne pouvait s'habituer à attendre que le feu change pour traverser une rue vide, à s'excuser pour un oui ou pour un non ; il ne s'était pas fait à ces sourires si amicaux et pourtant si faux, ni à ces visages exagérément surpris quand il annonçait venir de Chine. L'air enjoué, ils louaient le développement économique de son pays, le pouvoir d'achat exubérant de ses compatriotes et, bien entendu, leur cuisine.

Au début, Lo Gim-sian l'avait pris comme une forme de courtoisie, mais lorsqu'il avait été témoin des manifestations anti-Chinois dans les rues de Melbourne, il avait compris que ces compliments dissimulaient en fait une peur et un dégoût bien tangibles. Il ne connaissait pas assez l'anglais à l'époque pour comprendre les panneaux brandis, mais il n'avait aucun doute quant à la signification des drapeaux chinois incendiés par les manifestants. Les locaux croyaient que les Chinois avaient délibérément fait grimper le prix de l'immobilier et volé leurs emplois, et ils se révoltaient contre les importations de produits chinois bon marché, jugées agressives. Ils comparaient les Chinois à des sauterelles pillant toutes les ressources sur leur passage et amassant des richesses colossales, sans rien laisser pour le bien commun et les groupes défavorisés.

« Chinois égoïstes », avait-il pu lire sur une pancarte écrite en gros caractères, sous laquelle avait été peinte une croix rouge sang.

Comme un piéton effrayé par un bol d'huile enflammée au milieu de la nuit, Lo Gim-sian avait acheté dès le lendemain son billet de retour chez lui. Il avait abandonné l'idée d'émigrer dans un autre pays étranger, mais il avait commencé à apprendre l'anglais. Il avait engagé un tuteur à prix élevé qui lui faisait chaque jour lire le journal en anglais et l'initiait même à quelques accents régionaux, afin de négocier au mieux avec ses partenaires étrangers.

Lo Gim-sian savait, bien sûr, qu'il était moins motivé par la perspective de comprendre l'Autre que mû par un puissant sentiment d'insécurité. Il voulait connaître ses ennemis et rester maître de la situation en toutes circonstances, au lieu de s'en remettre à un interprète ou à un appareil de traduction simultanée. Mais c'était la visite inattendue d'un parent éloigné qui avait définitivement ravivé son inquiétude.

Une bonne partie des locaux avaient de la famille à l'étranger, ayant clandestinement transité depuis Hong Kong vers les mers du Sud pendant les guerres du XXe siècle, où ils avaient fini par prendre racine. Mais ces membres de la diaspora conservaient intacts les accents de leur région d'origine et entretenaient à l'égard de celle-ci un même sentiment de nostalgie. Certains de ceux qui étaient devenus riches revenaient parfois sur l'île et investissaient dans des usines. Ceux-ci étaient communément appelés par les habitants les *huangkah* – les « hôtes d'outre-mer ». Un cousin du père de Lo Gim-sian avait ainsi émigré aux Philippines avec sa famille à la veille de la Seconde Guerre mondiale. Après les réformes et l'ouverture de la Chine dans les années 1990, il avait emmené son fils et sa fille rendre visite à leurs parents de l'île de Silicium, et avait rencontré Lo Gim-sian à plusieurs reprises. Cependant, leurs interactions s'étaient jusqu'ici limitées à partager quelques repas.

Aussi, quand il avait vu son cousin attendre seul, assis sur un fauteuil devant la table des huit immortels[1], Lo Gim-sian avait aussitôt compris qu'il était venu quérir de l'aide.

Après avoir échangé quelques banalités, Lo Gim-sian avait souri et demandé :

« Nous sommes de la même famille, sens-toi libre de me demander ce dont tu as besoin. »

1. Table carrée chinoise où peuvent s'asseoir huit personnes, à laquelle il est coutume de prendre le thé. Elle est ainsi nommée en référence aux huit immortels de la religion populaire taoïste. (Note du traducteur.)

Le cousin avait caressé maladroitement l'accoudoir en poirier puis, après quelques hésitations, il avait serré les dents et lâché :

« Quatre-vingts. »

Lo Gim-sian était resté interdit. Il savait que son oncle avait une usine au pays et que ses affaires marchaient bien. Un tel montant n'aurait pas dû lui poser problème. Était-ce le jeu ? Ou la drogue ? Son esprit avait évalué la situation à toute vitesse. C'étaient les deux principaux obstacles karmiques auxquels se heurtaient les gens d'ici, et en particulier le second, que tous considéraient comme un puits sans fond. Cependant, Lo Gim-sian savait que son oncle avait beaucoup aidé sa famille quand elle avait été dans le besoin, et il avait bien l'intention de lui accorder cette faveur.

Je t'en donnerai cent. Il n'était pas dans son intention de chercher à en savoir plus. Non seulement cela n'était pas ses affaires, mais il craignait plus encore le fait que connaître les détails risquait de l'obliger davantage.

Les coins de la bouche du cousin avaient tressailli, mais il n'avait finalement prononcé qu'un « merci. » Pour les habitants de l'île de Silicium, il n'était guère honorable de venir faire l'aumône.

Avant de partir, son cousin lui avait laissé une longue lettre, mettant par écrit toutes les choses qu'il n'avait pas pu dire à haute voix. S'il avait choisi de ne pas parler, c'était tout d'abord par crainte de perdre ses moyens et, deuxièmement, il ne pouvait pas accabler Lo Gim-sian d'un fardeau supplémentaire. Arrivé à cette phrase, le cœur de Lo Gimsian s'était rempli de culpabilité.

Tout avait commencé avec l'implantation d'une entreprise américaine aux Philippines. Elle avait soudoyé des fonctionnaires de Manille et obtenu l'autorisation d'investir et de construire une station de recyclage du caoutchouc, supposée plus respectueuse de l'environnement. L'usine d'origine, qui appartenait au cousin de Lo Gim-sian, avait été contrainte d'arrêter sa production. Ses actifs avaient été gelés, les machines saisies et les travailleurs licenciés. En tant que représentant légal de l'usine, le cousin avait été arrêté et jeté en prison, avec l'obligation de payer une amende astronomique sous le motif de « pollution environnementale sur le long terme ».

Certains groupes de population locale avaient profité de la situation et étaient partis brûler et piller des magasins tenus par des immigrés chinois et violenter leurs familles. Eux qui convoitaient depuis longtemps les richesses accumulées par le dur labeur de ces gens venus de l'étranger pouvaient à présent agir en brandissant la bannière de la « loi » et de la « protection de l'environnement ».

Le cousin était venu demander de l'argent pour payer au gouvernement la caution nécessaire pour faire sortir son père de prison et emmener sa famille loin de cet enfer. *Mais y a-t-il seulement un vrai havre de paix sous le Ciel ?* C'était par ce point d'interrogation désespéré que se terminait la lettre.

Depuis lors, Lo Gim-sian n'avait plus jamais reçu de nouvelles de la famille de son cousin. Toutes les tentatives de communication étaient comme perdues en mer. Comme évanouies dans le néant. Il avait rêvé d'un pays lointain et inconnu où, à travers la végétation tropicale chaude et humide, il voyait des maisons en feu, d'où s'élevaient des colonnes de fumée noire dont l'apparence hallucinée était celle de ses proches. À son réveil, il avait été si perturbé qu'une seule solution lui était apparue possible : continuer à prier Bouddha pour leur sécurité. Il avait regretté de ne pas avoir donné plus d'argent à son cousin et de ne pas l'avoir interrogé. *Mais qu'aurais-je pu changer ?* Lo Gim-sian s'était résigné, ce n'était pas la première fois que cela arrivait, et ce ne serait pas la dernière.

C'est le destin. C'était une maigre consolation, certes, mais c'était le seul moyen qu'il avait trouvé pour échapper à ses tourments.

Et maintenant, les Américains se tenaient aussi sur le sol de l'île de Silicium, tentant de reproduire leurs exploits de Manille. Lo Gim-sian avait fait ses recherches : ce n'était certes pas la même entreprise qu'aux Philippines mais, pour lui, c'était du pareil au même. Le clan Dang était actuellement le plus proche des Américains. La famille Lim n'avait pas encore fait connaître sa position, en raison de ses relations spéciales avec le gouvernement local. Mais le directeur Lim Ek-ru traitait les Américains avec un tel zèle qu'il y avait de quoi se méfier. L'avenir de l'île de Silicium chancelait, comme prise dans un typhon à la trajectoire incertaine.

Cela faisait presque six mois maintenant que les trois familles n'avaient pas pris le thé ensemble. Parmi les *dim sum* servis à table, c'étaient surtout les raviolis aux crevettes de chez Iong-gi qui manquaient à Lo Gim-sian. Mais avant de verser du thé pour qui que ce soit, il fallait d'abord avoir la main sur la théière. C'était la leçon à retenir.

Celle de la dernière fois, lorsqu'il s'était fait manipuler par ce migrant nommé Li Wen.

Xiaomi se rappelait encore ce lointain après-midi d'été, un an plus tôt. L'air était chaud et moite, comme si des tentacules visqueux s'enroulaient autour d'elle. Quand Frère Wen lui avait demandé où elle souhaitait appliquer sa membrane, elle avait réfléchi, s'était retournée, avait palpé sa nuque, sous les proéminences des premières vertèbres. « Ici. »

Wen n'avait pas compris pourquoi elle avait choisi un endroit qu'elle-même ne pouvait voir, alors que tout le monde souhaitait faire apparaître les membranes sur les parties du corps les plus exposées.

« Ce que veulent les autres, ce sont des sensations fortes. Moi, je cherche la paix. »

Wen avait appliqué la membrane corporelle à l'endroit souhaité. Contrairement aux autres, ce n'était que lorsque ses muscles étaient complètement détendus qu'émergeait le caractère 米 (*mi*), celui de son prénom. La plupart du temps, la membrane en forme de triangle inversé restait grise, comme sur un négatif non développé.

Elle non plus n'était pas sûre de bien saisir sa motivation. Pour avoir l'air différente ? Pas entièrement. La vie sur l'île de Silicium l'avait mise dans un état de tension incontrôlable, si bien que même dans son sommeil elle pouvait sentir des élancements de douleur dans son dos trop raide. Xiaomi devait constamment se rappeler d'ajuster sa respiration pour mieux se relaxer. Elle ne savait même pas d'où venait cette tension. Peut-être était-ce l'environnement inconnu ? Peut-être l'hostilité excessive des autochtones ? Peut-être les regards malveillants des voyous locaux ?

« Tu auras sans doute besoin de ça », avait glissé Frère Wen.

Il avait sorti un objet qui n'était pas inconnu pour Xiaomi – une paire de lunettes de réalité augmentée, un accessoire possédé par la majorité des gens d'ici. On disait que les citadins avaient depuis longtemps abandonné ces vieux modèles encombrants au profit de lentilles de contact, plus légères et plus flexibles, ou bien en subissant une opération chirurgicale de projection rétinienne. Mais ici, les déchetiers ne pouvaient s'offrir que des produits d'occasion, et la réalité augmentée n'avait pas la même signification pour eux que pour les habitants des régions à débit illimité. Là-bas, pour quelques centaines de yuans par mois, vous pouviez consulter n'importe quelle information, tant qu'elle était obtenue dans le cadre des autorisations prescrites : météo, trafic, recherche instantanée, comparateurs d'achat, jeux virtuels, films immersifs, réseaux sociaux... ou même partager le champ de vision de votre mari en voyage d'affaires – à condition qu'il soit d'accord.

Ces gadgets à la mode ne signifiaient rien pour les déchetiers. Ils n'avaient pas autant d'argent à dépenser, et ils n'avaient pas besoin de ces informations futiles. Ils avaient déjà assez de maux de tête avec les déchets qu'ils devaient traiter chaque jour.

Les oreillettes en forme de dôme argenté appuyaient sur les os temporaux de Xiaomi. L'appareil comportait des capteurs de contact intégrés qui permettaient de lire les signaux des ondes cérébrales et de les traduire en commandes simples, via une micropuce. Une lentille incurvée en carbone nanostructuré reliait les deux oreillettes en formant un pont sur l'arête de son petit nez. Le placage d'ions argon réfractait une faible lueur glycine.

Après quelques réglages, les lunettes étaient en mesure de reconnaître les schémas de base des ondes cérébrales de Xiaomi.

Wen avait souri et dit :

« C'est ce que je pensais, il n'y a que ma petite sœur pour porter ça aussi bien ! »

Il avait sorti une boîte noire, tiré un fil et l'avait branchée sur les lunettes.

« Le téléchargement est terminé, avait-il annoncé au bout de trente secondes. Pour une première fois, il est plus sûr de commencer avec de l'Hier doré. »

Wen avait hésité un instant, puis il lui avait fait promettre de n'acheter ce type de marchandises qu'à lui. Il ne pourrait pas la protéger complètement de ces choses-là, mais il aurait au moins l'assurance qu'elle ne subirait pas de dommages irréversibles.

Xiaomi avait hoché la tête, sans la moindre idée de ce qu'il adviendrait. Un faible bruit statique s'était échappé de ses oreillettes, mais qui semblait suivre un certain rythme. Sans aucun signe avant-coureur, elle avait soudain été frappée d'un violent vertige, comme un tremblement de terre de magnitude huit. Frère Wen l'avait retenue par le bras et aidée à s'asseoir sur le sol. Elle le regardait, sans comprendre. Le vertige avait persisté, mais ce n'était plus le même. Le monde à travers les lunettes s'était recouvert d'une sorte de feuille d'or, comme baigné par un coucher de soleil, mais en plus subtil. Les contours des choses étaient flous et scintillaient de points lumineux. Une déferlante d'émotions avait jailli de son cœur, comme si une source souterraine depuis longtemps retenue s'épanchait pour de bon. Elle avait compris brutalement que c'était là le goût de la nostalgie.

Bien que sa raison fût totalement convaincue qu'elle se trouvait toujours sur l'île de Silicium, tout avait changé autour d'elle. L'air était saturé de l'odeur des jours passés, un peu comme si deux points de l'espace-temps avaient été repliés en un seul. Le ciel, les arbres, la terre et même les déchets semblaient s'être animés, irradiant de chaleur et de beauté. Xiaomi avait l'impression que sa mère était à ses côtés, qu'elle tenait l'enfant qu'elle avait été, qu'elle la caressait. Elle pouvait sentir le léger parfum des feuilles de bambou sur le corps de sa génitrice. Aucune angoisse, plus de tension, elle aurait voulu s'enfoncer pour toujours dans cette illusion.

Tout aussi brusquement, le filtre doré de ses souvenirs avait été arraché à ses yeux, et tout était retombé cruellement dans l'ici et le maintenant, terne, banal, laid, âcre. Xiaomi avait relevé la tête et vu que Frère Wen la tenait dans ses bras, la cajolait. Une vague de nausée était montée en elle de façon incontrôlable, se dirigeant droit vers sa gorge.

« Ça passera, c'est toujours comme ça la première fois. »

Wen avait souri et tenté de la rassurer, paraissant deviner son émoi.

« Ce n'était qu'une version d'essai », avait-il ajouté.

Rien n'est donné sous le Ciel : chaque dose téléchargée ne durait généralement que cinq minutes, car elle risquait de causer des dommages irréversibles au système vestibulaire. Naturellement, certains drogués s'en fichaient éperdument. Ces hallucinations électroniques étaient créées en flux continu aux quatre coins du monde et tombaient facilement entre les mains d'amateurs de sensations fortes ou de personnes cherchant désespérément à fuir la réalité ; pour la plupart, des individus désœuvrés ou du tiers-monde. Sur le marché noir, des prodiges du codage s'efforçaient de percer la recette pour obtenir des trips gratuits ou produire des variantes encore plus sinistres, en les combinant avec des substances synthétiques plus traditionnelles, ce qui rendait ce commerce dangereux et imprévisible.

Afin d'éviter d'avoir des ennuis avec la loi, la plupart des dealers de drogues électroniques hébergeaient leurs bases de données dans des fermes de serveurs sur des stations spatiales, d'où elles étaient transmises à des stations terrestres, avant d'être distribuées aux consommateurs. Les drogués avaient pris l'habitude d'appeler ces fermes spatiales les « diamants de Lucy »[1].

Xiaomi n'osait se fournir en champignons numériques qu'auprès de Frère Wen. Elle avait essayé quantité de variétés différentes. Certaines drogues provoquaient de surréalistes hallucinations visuelles ; d'autres pouvaient être guidées par une partie rémanente de la conscience, comme un voyage d'initiation spirituelle ; une autre affichait le sourire mystérieux d'une belle femme occidentale mais ne produisait aucun effet – c'était celle que Wen appelait « HEMK Ekstase », probablement originaire d'Europe de l'Est, bien qu'il ne sût pas très bien quelle était sa nature. Elle s'était juré qu'elle n'en toucherait plus certaines, mais l'une d'entre elles était inoubliable. C'était la drogue qui la ramenait à son enfance, à son pays, à ses hiers dorés aux côtés de sa mère.

Wen lui disait que ce n'était qu'en consommant cette drogue-là que son « Mi » brillait sur sa nuque.

Lo Gim-sian avait pensé que le thé de ce matin-là avait été organisé à l'initiative du clan Lim mais, à sa grande surprise, la première assiette de *dim sum* venait à peine d'être servie qu'un déchetier disant s'appeler Li Wen avait surgi d'on ne sait où. Il s'était d'abord incliné respectueusement devant les trois chefs des familles avant de demander la permission de s'asseoir. Les représentants des Lo et des Dang étaient restés muets, et seul celui des Lim avait

1. Référence à la célèbre chanson des Beatles, « Lucy in the Sky with Diamonds », dont on a soupçonné que les initiales de son titre évoquaient le LSD. (Note du traducteur.)

acquiescé d'un geste de tête. Lim Ek-ru, qui l'accompagnait, affichait une mine soucieuse.

Ce dernier était présent à la fois en tant que représentant du clan Lim et en tant que directeur du bureau d'investissement du bourg de Silicium en charge d'attirer de nouveaux investisseurs sur l'île. Ce double rôle le plaçait dans une position délicate et il était évident qu'il peinait à arborer une expression impassible.

Li Wen s'était assis, avait souri et indiqué qu'il ne boirait pas de thé. Il avait expliqué que sa présence était liée à son fils, qui ne dormait pas bien et faisait un peu de neurasthénie. Il était venu demander une prescription médicale aux chefs de clan.

Lim Ek-ru avait eu une quinte de toux sèche, laissant entendre qu'il ferait mieux d'entrer dans le vif du sujet au lieu de jouer la comédie.

Li Wen fixait le panier à vapeur fumant de raviolis de crevettes impériales posé sur la table. Il avait entendu dire que sa tête avait été mise à prix, et qu'il se sentait à présent comme un ravioli dans un panier.

Lo Gim-sian avait compris que la lance était maintenant braquée sur lui. Il avait demandé à Do-gian de répandre la rumeur pour effrayer Li Wen et le dissuader de créer d'autres problèmes. De toute évidence, Do-gian avait exécuté ses ordres. C'était pourquoi Lo Gim-sian appréciait ce garçon : Do-gian se contentait de quelques indices subtils pour exécuter aussitôt les ordres esquissés par son patron, avec un zèle et une férocité dix fois plus grands que le projet original. C'était certes une façon de se mentir à soi et aux autres, mais il se rassurait en se disant qu'il pourrait s'éviter un mauvais karma en rejetant la faute sur Do-gian.

Pour autant, il n'arrivait pas à comprendre pourquoi les clans Lim et Dang semblaient si chamboulés de la présence de ce déchetier en un tel endroit.

Li Wen, remarquant que personne n'était disposé à reprendre la conversation, avait continué comme s'il se parlait à lui-même.

« Je suis arrivé sur l'île de Silicium il y a un an et demi, et je m'y plais beaucoup, je m'y sens comme chez moi. J'ai visité un grand nombre de villages et fait quelques calculs, mais je n'arrive pas bien à comprendre les chiffres que j'obtiens. Voici pourquoi je sollicite votre aide, messieurs. »

Il avait sorti un bloc-notes graisseux, qu'il avait fait tournoyer un instant, puis il l'avait poussé respectueusement jusqu'à Lo Gim-sian.

Celui-ci l'avait regardé de travers avant de le feuilleter. Le dédain sur son visage avait rapidement fait place à la surprise. Le bloc-notes contenait une quantité astronomique de données, parmi lesquelles le volume quotidien de déchargements des différents types de déchets dans chaque village, leur taux de recyclage, les cycles de traitement, la fluctuation des prix du marché pour les différents métaux et plastiques, le coût de la main-d'œuvre, les coûts en eau et en électricité, les loyers, l'amortissement des machines… Lo Gim-sian savait que toutes ces données étaient accessibles auprès de sources publiques, mais jamais personne n'avait pris la peine de les classer et de les rassembler en un seul document.

Sur la dernière page, ne figuraient que quelques simples chiffres en rouge indiquant le montant de leurs impôts ainsi que le montant réellement versé. Il y était spécifiquement indiqué que les informations avaient été obtenues à partir d'une note publiée sur la page web du bureau des impôts, intitulée « Contribution annuelle des plus grands imposables locaux ».

Lo Gim-sian comprenait. Ce jeune homme frêle qui leur faisait face était bien plus dangereux que ne le suggérait son apparence. Il avait jeté un coup d'œil aux représentants des Dang et des Lim, dont l'expression disait manifestement qu'ils avaient eu l'occasion de s'assurer de l'exactitude des données du bloc-notes.

« Tu es futé, gamin. Dis-nous ce que tu veux. Allez, rien n'est tabou. »

Lo Gim-sian lui avait rendu le carnet. Il savait pertinemment qu'un homme aussi averti ne conservait pas toutes ses données dans un simple bloc-notes en papier.

Li Wen avait eu un sourire.

« Tout ce que je veux, c'est que vous nous traitiez comme des êtres humains, pas comme des déchets. »

Un silence gêné s'était abattu autour de la table. Au bout d'un long moment, Lim Ek-ru avait répondu sur le ton officiel dont il était coutumier.

« Jeune Wen, beaucoup de choses pourraient être résolues en prenant le temps de discuter ensemble. Nous travaillons dur depuis des années pour améliorer le bien-être et les droits des travailleurs migrants. Naturellement, nous pouvons faire encore plus, je conviens qu'il serait nécessaire de parvenir à un consensus sur ce sujet. »

Li Wen leva sa tasse de thé.

« Ce bloc-notes vaut bien plus que ma propre vie, n'est-ce pas ? »

Sa tasse flottait dans les airs, attendant, légèrement tremblante. La tasse du représentant des Lim s'était levée à son tour, suivie par celle du représentant des Dang. Lo Gim-sian avait compris qu'il était acculé ; ils étaient maintenant trois poissons aux mâchoires accrochées à un fil, un mouvement de canne, et les trois seraient piégés. Bien que le clan Lo dominât les clans Dang et Lim, il ne pouvait ignorer les intérêts fondamentaux de l'industrie dans son ensemble, et il n'était dans l'intérêt de personne de percer une ouverture dans un filet rempli de poissons morts.

Lo Gim-sian avait donc soulevé lentement sa tasse et les convives avaient trinqué dans un bruit sonore.

En y repensant aujourd'hui, les yeux de cet étranger lui étaient apparus sournois, impitoyables. C'était une bombe à retardement déjà enclenchée. Mais Lo Gim-sian ne pouvait rien contre lui en ce moment. Si les données qu'il avait recueillies venaient à fuiter, non seulement les trois clans et les autorités fiscales auraient des ennuis, mais les Américains en profiteraient pour prendre l'avantage et placer leurs pions. C'est ce qui l'inquiétait le plus.

Et tout cela s'ajoutait maintenant à la maladie de son petit Ze-him. Sa vie était récemment devenue un cauchemar. Lo Gim-sian ne pouvait rien faire d'autre que s'agenouiller devant son autel de Bouddha chaque matin et chaque soir, et prier avec dévotion devant la statue illuminée, pour son fils, pour le clan, pour l'île de Silicium. Il regardait l'étrange sourire doré accroché au visage de la divinité et se promettait que si ses prières étaient exaucées, il ferait acte de charité pour rénover le temple, et organiserait chaque année un grand festival pour fêter son anniversaire, auquel seraient conviés tous les habitants de la ville.

C'était comme négocier une transaction. Cette pensée lui traversa rapidement l'esprit, puis elle s'évanouit rapidement. C'est alors que le téléphone sonna.

C'était Do-gian. Il avait passé la semaine à chercher et avait enfin trouvé la déchetière, avec une longueur d'avance sur le clan Lim.

« Saisissez-la, et amenez-la dans la salle de la charité et de la piété », ordonna-t-il, puis il raccrocha le téléphone.

Pourquoi la famille Lim est-elle impliquée là-dedans ? Lo Gim-sian s'agenouilla devant le Bouddha, étendit les mains sur le sol, paumes vers le haut, et se prosterna trois fois, son front touchant le sol. Les coins de sa bouche se soulevèrent dans un sourire aussi mystérieux que s'il avait reçu un édit d'une autre dimension.

Marché conclu, entendit-il au plus profond de lui.

Le voyant LED « Merci de faire le ménage » à côté de l'entrée de la chambre d'hôtel était éteint. Scott ouvrit la porte et alluma la lumière. Le personnel d'entretien était passé, tout était propre et à sa place. Un discret parfum d'agrume flottait encore dans l'air. Il mit en marche le poste de télévision mural, choisit une chaîne au hasard et monta le volume. Après quoi, il se rendit dans un coin de la pièce comme il le faisait d'ordinaire. Un rapide balayage de la bande de fréquence lui confirma l'absence de toute émission électromagnétique inhabituelle.

L'endroit était propre. C'était le meilleur hôtel de la région, ce qui signifiait qu'il était la propriété du clan Lo.

Scott sortit l'ordinateur portable qui ne le quittait jamais et lança un programme de conversation chiffrée. Il savait qu'il n'y avait pas de canal sécurisé ici. Sur une chaîne de téléachat, plusieurs femmes et hommes d'origine caucasienne vantaient dans un mandarin impeccable et de façon insistante les mérites d'implants pour animaux de compagnie améliorés, lancés en Amérique du Nord lors du Noël précédent.

Pour une meilleure perception de l'humeur de son maître, pour une meilleure relation entre l'homme et l'animal, SBT est fière de vous présenter son tout nouveau produit pour les fêtes de demain.

Il repensa au chien à puce. Peut-être que d'ici à quelques mois, le marché électronique de Huaqiangbei à Shenzhen verrait déferler toutes sortes de produits contrefaits du même style, encore plus performants que les originaux et encore mieux adaptés aux besoins locaux. Ils seraient ensuite exportés aux États-Unis, pour approvisionner les classes populaires n'ayant pas eu les moyens de s'offrir des implants SBT, dont ils affubleraient leurs bâtards non castrés.

Terribles, ces Chinois, ils piratent tout.

La situation devenait absurde : les travailleurs américains s'insurgeaient contre la main-d'œuvre chinoise bon marché qui les privait d'emplois, tout en étant reconnaissants pour les biens à faible coût que ces derniers produisaient et qui leur permettaient de maintenir un niveau de vie décent. Pendant ce temps, en Chine, les dollars étaient convertis en yuans et remplissaient les poches des nouvelles élites du pays, propriétaires d'usines, intermédiaires financiers, technocrates et bureaucrates, qui n'éprouvaient que mépris pour la contrefaçon locale, trop attachés qu'ils étaient au style et à la qualité de vie de l'Upper East Side de Manhattan ou de la baie de San Francisco, et à la vitesse de renouvellement des produits.

Et ainsi, le yuan redevenait dollar.

Statut : en cours de connexion. Cryptage : actif

Kobun Otogawa : Clean ?

Changfengsha : Clean.

Kobun Otogawa : Comment ça se passe ?

Changfengsha : Il y a quelques candidats, je progresse.

Kobun Otogawa : Très bien. Rappelle-toi les contraintes de temps.

Changfengsha : Mais qu'est-ce que c'est, exactement ? Et quel est l'impact sur les candidats ?

Kobun Otogawa : Tu connais les règles.

Changfengsha : Je demande juste.

Kobun Otogawa : Un petit accident, rien de plus. Concentre-toi sur ta mission.

Changfengsha : C'est plus difficile que prévu.

Kobun Otogawa : Oui, j'ai cru comprendre. Les Chinois...

Changfengsha : Je vais suivre mon guide... Ah, attends un instant.

Une légère brise caressa les joues de Scott. En raison de la forte pollution atmosphérique, l'air était filtré et renouvelé par le système de climatisation central. D'où venait ce vent ? Il salua son interlocuteur, celui qui se faisait appeler Kobun Otogawa, puis il ferma sa boîte dc dialogue et baissa l'écran de son ordinateur. Il se glissa ensuite à pas feutrés jusqu'à la fenêtre. Un interstice à peine perceptible montrait qu'elle avait été ouverte, ce qui expliquait la présence d'une brise chaude et humide en cette nuit d'été.

L'hôtel avait la forme d'un fer à cheval ; l'entrée faisait face à la mer, ce qui, selon les principes du *fengshui*, attirait richesse et prospérité. La chambre de Scott était située à l'extrémité d'une des ailes, avec une vue dégagée sur la mer. C'était la chambre la plus chère. La fenêtre ouverte donnait sur la façade intérieure du bâtiment.

Il plissa les yeux. Dans la pénombre, une mosaïque de lumières courait sur la façade en verre de l'hôtel. Le bruit des vagues clapotant contre le rivage lui parvenait indistinctement. Ses sens étaient rigoureusement aiguisés et il sentit que quelque chose de subtilement anormal avait surgi dans son champ de vision. Soudain, un point lumineux rouge traversa une fenêtre non éclairée de l'étage d'en face.

Un laser. Scott comprit que la fenêtre avait été entrouverte afin d'obtenir un meilleur angle, et pour augmenter la sensibilité du verre aux vibrations de sa voix.

Il se rua hors de la pièce, traversa le long couloir en calculant où se trouvait la fenêtre de la chambre éteinte. Un homme avança, lui faisant barrage. Quand il vit Scott, il se retourna subitement et poussa une série de portes d'urgence. On entendait la cage d'escalier résonner de pas précipités. *C'est lui !* Scott claqua la porte et se lança à la poursuite de l'homme.

Les vingt-deux volées d'escalier en spirale semblaient sans fin. L'homme ne montrait aucune intention de s'arrêter, le bruit de ses pas continuait à résonner dans les couloirs vides, créant une forte réverbération. Le cœur de Scott battait si violemment qu'il semblait proche de jaillir de sa poitrine. Il respirait difficilement et un signal d'avertissement rouge se mit à clignoter devant lui : celui de son pacemaker, le résultat d'un accident qu'il avait eu jadis.

Les pas en dessous changèrent brusquement de direction. Scott claqua la porte de secours derrière lui et une alarme stridente se mit à hurler quelques secondes plus tard. Ils avaient atteint le garage, situé au sous-sol. L'individu se dirigeait vers la lumière vive de la sortie, il était apparemment épuisé lui aussi. Scott ralentit sa course, ajusta sa respiration et attendit que le pacemaker se remette en marche. Il estima que celui qu'il poursuivait mesurait environ un mètre soixante-dix et avait une foulée proportionnellement plus courte que la sienne. Ce ne devait être qu'une question de temps avant qu'il ne le rattrape.

Le vrombissement d'un moteur se fit entendre et le sol trembla légèrement, comme si une bête géante s'était réveillée dans l'obscurité et s'ébrouait. Une vague d'angoisse traversa l'esprit de Scott et il se lança à la poursuite de l'homme sans réfléchir davantage. Le crissement strident des pneus se rapprocha depuis l'autre côté, sans aucune volonté manifeste de ralentir. L'homme se retourna pour regarder la direction depuis laquelle la voiture arrivait en sens inverse. Les phares éclairèrent son visage, il semblait n'éprouver ni joie ni soulagement. Au contraire, son expression se mua rapidement en terreur.

Au moment où il était sur le point d'être percuté, Scott bondit sur le côté et heurta violemment le mur. La voiture ne freina pas, elle remonta la pente de la sortie du parking et disparut dans la lumière.

Scott était allongé sur le dos, la respiration terriblement saccadée. Il ne se souciait même pas de la douleur, son cœur brûlant tremblait férocement, comme en surchauffe. Il avait commis une erreur de jugement et il le payait cher. Le fugitif se releva, encore frappé de terreur, et il regarda Scott, hésitant.

Ce dernier se força à esquisser un sourire.

« Je… je ne sais rien…, déclara l'homme qui s'exprimait en chinois. Ils m'ont payé pour que je coure, alors j'ai couru, à toute vitesse, je ne sais rien… »

Scott comprit ce qu'il disait. Il se mit soudain à rire. *Une diversion. Rusés, ces Chinois.* Il comprit que leur véritable cible était son ordinateur et les documents qu'il contenait. Il se détendit soudain. Avec son expérience dans le domaine, la probabilité de percer son cryptage en si peu de temps était presque nulle. S'ils essayaient de démonter la machine pour accéder au disque dur, cela déclencherait un processus d'autodestruction automatique, et s'ils emportaient l'ordinateur avec eux, ils prenaient le risque d'être tracés et retrouvés.

« Pouvez-vous m'aider ? », demanda Scott.

L'homme eut du mal à soulever la carcasse massive de l'Américain, qui finit par tomber et l'écrasa sous son poids, remuant un nuage de poussière.

La chambre avait été enregistrée sous une fausse identité. Les images de surveillance avaient montré que celui ou celle qui s'était faufilé dans la chambre de Scott s'était déguisé en agent d'entretien. Le directeur Lim Ek-ru se montra fou de colère devant l'incapacité de l'hôtel à fournir une explication. L'individu avait profité de la poursuite du leurre, et avait pu rester dans la pièce pendant trois minutes et quarante secondes avant de repartir précipitamment, sans doute prévenu par un complice.

L'ordinateur de Scott était resté fermé et en mode veille, à l'exception du ventilateur qui était légèrement chaud.

L'intrus avait pris le monte-charge pour descendre dans le hall, s'était changé dans les toilettes, puis il était sorti de l'hôtel de façon désinvolte et sereine, avant de héler un taxi.

« Nous avons localisé la voiture, expliqua le directeur Lim dans la suite VIP, traduisant pour Scott tout en restant en ligne avec la police grâce à un casque Bluetooth. Ne vous inquiétez pas, monsieur Scott, il ne nous filera pas entre les doigts. »

Scott hocha la tête et eut presque envie de rire. Le voleur qui criait au voleur, la situation était cocasse. Il n'était pas inquiet qu'on ait pu pirater ses données, mais plutôt curieux de voir comment cette farce allait tourner.

Le médecin appelé en urgence vérifia ses indicateurs biologiques. Son pacemaker était de nouveau en état de marche et Scott ne souffrait d'aucun inconfort, si ce n'était une grosse fatigue.

« Arythmie cardiaque ? demanda la jeune médecin en faisant sa prise de sang.

– Un vieux problème, chronique. Tachycardie paroxystique.

– J'ai entendu dire qu'avant qu'ils n'inventent les batteries virales, il fallait changer les piles des stimulateurs cardiaques tous les deux ans. Il y a le cas de ce Britannique et de son cœur électronique qui devait recharger sa batterie toutes les quatre heures. Sa vie dépendait de l'allume-cigare de sa voiture. »

Scott eut un petit rire poli, tandis qu'un spasme de douleur lui traversait le bras. Elle avait retiré l'aiguille. Les blagues des médecins avaient toujours pour objectif de détourner l'attention de leurs patients, même si l'anecdote que venait de raconter la jeune femme était vraie.

Longtemps après l'implantation de son pacemaker, Scott avait souffert d'une terreur sans nom centrée sur les batteries virales. Les scientifiques lui avaient expliqué que les peptides actifs trouvés dans les virus avaient comme effet d'optimiser les nanostructures des batteries, améliorant ainsi considérablement leur autonomie et la stabilité de l'alimentation électrique. Mais l'idée qu'un virus vivant fût scellé dans sa cage thoracique le rendait mal à l'aise.

« Rien de grave, mais vous avez besoin de repos. »

La médecin inséra l'échantillon sanguin dans un analyseur portable et observa le changement des données.

« Votre cœur, est-ce congénital ?

– Un accident. »

Scott sourit, il n'avait pas l'intention d'en dire plus. Cependant, les souvenirs scellés dans son cœur s'échappèrent de nouveau, rouvrant sans pitié ses blessures. Il se convulsa, comme si le muscle défectueux dans sa poitrine avait été lardé par une broche d'acier froid.

La vieille photo dormait toujours dans son portefeuille : une forêt pluviale traversée par un ruisseau, sous un soleil tropical ; deux jolies enfants qui riaient ; la lumière de l'astre du jour mouchetant leur peau en lignes rococo, comme des veines végétales.

C'était il y a une décennie. Tracy avait trois ans et Nancy, sept.

C'était lors d'un voyage en Papouasie-Nouvelle-Guinée. Scott avait été engagé par le groupe Rimbunan Hijau pour étudier l'impact de l'exploitation forestière illégale sur l'environnement et les tribus indigènes. Le but du programme était de forcer le gouvernement local à sanctionner ces pratiques illégales et de permettre au groupe qui employait Scott d'accaparer le monopole de l'exploitation des ressources forestières papoues. Le prétendu « développement durable » n'était, aux yeux de Scott, qu'un autre nom pour du pillage légalisé.

Au moins, le salaire était plus que correct, les paysages étaient sublimes, et le plan s'était déroulé sans accroc. Alors que le projet touchait à sa fin, Scott avait fait venir sa femme et ses filles pour profiter de vacances tropicales en famille.

En quittant la capitale Port Moresby, Scott s'était aperçu que la recherche d'un petit coin de paradis était bien plus ardue que ce qu'il aurait imaginé. Le rugissement des tronçonneuses brisait la quiétude de la jungle, chassant les oiseaux et les animaux vers des profondeurs plus reculées. Les pipelines installés par la compagnie Oil Search Ltd. composaient un réseau de capillaires nus traversant les forêts, les rivières et les villages, aspirant l'essence noire d'un sol jadis fertile pour étancher la soif toujours plus intarissable du monde développé. Même les indigènes avaient perdu leur innocence ; avec la destruction des forêts tropicales, ils étaient désormais contraints de vendre leur force de travail aux sociétés d'exploitation forestière, brandissant des tronçonneuses et abattant les arbres-mères qui avaient autrefois porté le nom de leurs ancêtres.

Leurs regards furtifs dissimulaient haine et dégoût, mais ils ne manquaient pas une occasion d'encercler les touristes blancs et de leur refourguer tout objet artisanal local susceptible d'être échangé contre des devises.

Scott avait fini par trouver un endroit appelé Kemaru, ce qui signifiait « arc et flèche » dans la langue locale. Il y avait des cascades et un bassin en forme de croissant qui lui valait probablement son toponyme. Sur les berges, des palétuviers étendaient leurs longues racines aériennes dans l'eau. Non loin de cette mangrove, une large rivière rejoignait la mer de Bismarck, bordée par une plage de sable et, au-delà, les autres îles de l'archipel.

Scott avait refusé de céder au marchandage incessant du guide local et avait même fini par lui demander de disparaître de leur vue. L'homme de petite taille et à la peau foncée lui avait lancé un regard méprisant, puis était parti.

Ils étaient inondés par les rayons du soleil, les chants d'oiseaux, envahis par le charme de la végétation luxuriante et de la mélodie d'une eau claire et limpide. Scott et Susan se comportaient ici comme des touristes américains typiques. Ils se prélassaient sur les rochers à côté du bassin, laissant le soleil leur rôtir le dos, écoutant leurs deux filles barboter non loin en poussant des gloussements angéliques. *Le voilà, notre paradis*, avait pensé Scott.

« Papa, on aimerait aller là-bas, pour voir ! avait dit Nancy.

– N'allez pas trop loin, et prends bien soin de Tracy ! »

Scott avait repéré le site à l'avance. L'eau n'était pas profonde et il n'y avait aucune créature dangereuse dans la zone.

« Je peux me débrouiller toute seule ! avait déclaré Tracy de sa voix de crécelle.

– Bien entendu, ma puce, mais ne vous absentez pas trop longtemps, d'accord ? Nous irons à la plage tout à l'heure, ça sera super, tu verras. »

Scott n'avait même pas pris la peine de lever la tête.

Dix minutes étaient passées. Susan avait commencé à s'inquiéter. Elle avait crié le nom de ses filles.

Aucune réponse.

Nancy ! Tracy ! Scott avait ôté ses lunettes de soleil et nagé jusqu'au bord du bassin. La surface de l'eau était vide. Il avait nagé vers l'autre côté, toujours rien. Son anxiété était croissante. Les cris de Susan étaient accompagnés de sanglots frénétiques.

Il avait plongé, écarquillant les yeux, essayant de se rattacher au moindre indice. Enfin, il lui avait semblé voir quelque chose de bleu retenu dans les racines denses de la mangrove, comme une flamme sur le point de s'éteindre : le maillot de bain de Tracy. Il avait pris une profonde inspiration et s'était rué comme un dément dans sa direction. Les chevilles de Tracy étaient coincées dans les racines d'un palétuvier. Comme elle se débattait, prise de panique, ses pieds étaient encore plus enchevêtrés. Heureusement, elle était si légère et si menue que Scott était parvenu à la libérer sans efforts et à la ramener à la surface.

Tracy était pâle, son corps était mou, et elle ne donnait aucune trace de vie. Il l'avait confiée à Susan.

« Rappelle-toi la vidéo des premiers secours, fais sortir l'eau de ses poumons et pratique la réanimation cardiopulmonaire. Vite ! »

Sans hésiter, Scott avait immédiatement replongé dans l'eau. Nancy ne pouvait pas être loin, il nageait, sans relâche, les yeux toujours écarquillés. De l'autre côté du palétuvier où il avait repéré Tracy, autour d'un bouquet de racines brunes ressemblant à des tentacules, il avait vu le visage de poupée de Nancy, les yeux mi-clos et la bouche ouverte. Ses poumons étaient manifestement déjà remplis d'eau. S'efforçant de contenir son effroi, Scott s'était acharné à délivrer le corps raide de Nancy qui semblait s'être plié pour descendre sauver sa sœur.

Prends bien soin de Tracy. Était-ce à cause de cette phrase que Nancy avait craint de prévenir ses parents et avait mis sa vie en danger ? Le cœur de Scott battait contre les parois de sa poitrine, l'air de ses poumons était épuisé. Mais ces racines étaient si dures et si resserrées qu'il ne pouvait pas les démêler seul. Il avait l'impression d'être sur le point d'imploser.

Scott avait jailli hors de l'eau et pris une grande bouffée d'air. Son petit guide à la peau brune se tenait sur la rive.

« Bordel, descends et aide-moi ! » avait-il beuglé.

Le guide avait secoué la tête avec indifférence, comme s'il n'avait pas compris.

« Cent mille kinas, avait-il fait.
– Je te les donnerai, viens m'aider !
– Maintenant, avait dit le guide.
– Fils de pute ! »

Scott avait juré de désespoir, ôté sa montre de plongée Rolex et la lui avait jetée.

« Elle vaut plus de cent mille ! » avait-il menti.

Le guide l'avait examinée un instant puis avait plongé à son tour.

Mais c'était déjà trop tard.

Scott avait frappé le guide jusqu'à ce que son visage ne soit plus qu'une bouillie sanglante. Nancy gisait à côté, immobile, aussi pâle et belle que l'Ophélie de Millais. Susan sanglotait en étreignant une Tracy sous le choc. Une fois arrivés sur les lieux, les secouristes indigènes avaient dit une prière pour le repos de l'âme défunte et, comme le voulait la coutume locale, avaient posé leur front sur l'arbre meurtrier et prononcé des paroles sacrées. Les gens d'ici croyaient aux esprits, mais Scott n'arrivait pas à imaginer ce qu'ils avaient bien pu dire aux arbres. Il ressentait simplement une douleur lancinante au cœur, comme si une partie de sa vie lui avait été arrachée.

Les médecins lui avaient diagnostiqué une tachycardie ventriculaire paroxystique causée par l'hyperventilation et lui avaient conseillé de se faire implanter un stimulateur cardiaque. Mais Scott savait que ce n'était pas seulement le rythme de son cœur qui avait été bouleversé, c'était sa vie entière.

Dix ans plus tard, Tracy avait treize ans, et Nancy, toujours sept.

Xiaomi accéléra le pas, n'osant pas regarder derrière elle. Elle courait vers le hangar familier du territoire Lo et, aussitôt qu'elle eut traversé la cour, plusieurs insulaires firent irruption par la porte, une photo à la main. *Merde !* Xiaomi s'esquiva instinctivement et se cacha derrière un tas d'ordures. Elle sortit la tête et remarqua que ce n'étaient pas les hommes de main du clan Lo. Elle ne connaissait pas la plupart d'entre eux, mais ils étaient vêtus différemment des jeunes voyous qui terrorisaient les déchetiers. Il ne faisait cependant aucun doute qu'eux aussi étaient à sa recherche.

Tandis que Xiaomi se demandait si elle devait attendre que le groupe s'éloigne ou s'enfuir, elle fut surprise par une lourde tape sur le dos. Elle sursauta comme un chat effrayé.

« Xiaomi ! Tu as fini par rentrer ! J'étais morte d'inquiétude ! »

C'était Lanlan, une sœur qui travaillait dans le même atelier qu'elle. Elle n'avait pas vu Xiaomi depuis une semaine et son départ pour le territoire des Dang. Elle arborait son habituel sourire innocent.

Ayant entendu sa voix, les membres du groupe tournèrent la tête. Désespérée, Xiaomi repoussa Lanlan et courut comme si sa vie en dépendait. Elle laissa derrière elle la route de gravier, le hangar et le tas d'ordures. Elle entendait les cris se rapprocher qui, mêlés au chuintement de l'air, ressemblaient aux sifflements d'une horde de serpents venimeux. Les graviers s'enfonçaient dans ses chaussures, écorchant la plante de ses pieds et lui causant des douleurs vives. Elle poussait de plus en plus fort sur ses jambes, comme pour puiser dans la douleur l'énergie nécessaire à son instinct de survie.

Les voix de ses poursuivants parvenaient maintenant à ses oreilles.

Alors que Xiaomi était sur le point d'abandonner, elle vit un tricycle électrique transportant de l'eau. Son conducteur, qu'elle appelait oncle He, venait de la même région qu'elle et s'était toujours montré amical à son égard. Sans hésiter, elle accéléra et sauta sur l'appareil qui tangua si fort que les barils d'eau s'entrechoquèrent dans un bruit sourd. L'oncle He se retourna brusquement et reconnut Xiaomi. Il n'eut pas le temps de prononcer le moindre mot qu'elle lui hurla : « Roule ! »

Le moteur électrique rugit et le tricycle s'élança en grondant sur le chemin de terre en direction du bourg. Xiaomi écarta sa frange trempée de sueur et reprit son souffle, non sans mal. Elle jeta un coup d'œil dans le rétroviseur et aperçut plusieurs silhouettes lancées à sa poursuite.

La dizaine de barils transportés par le véhicule ralentissait leur progression. Ceux qui l'avaient pris en chasse paraissaient en excellente forme. Au milieu des nuages de poussières, ils parvenaient à garder une courte distance avec le véhicule, comme une meute de loups traquant une proie blessée, attendant que leur cible commette une erreur.

Xiaomi se mordit la lèvre inférieure puis, d'un coup de pied, fit tomber un des barils d'eau qui rebondit sur la route plusieurs fois avant de foncer vers les hommes comme une boule de bowling. Les deux premiers poursuivants l'évitèrent avec agilité mais le troisième, dont la vision avait été obstruée par ses comparses, fut frappé de plein fouet et tomba en poussant un cri perçant.

« Mon eau ! cria l'oncle He en gémissant.

– Je te rembourserai ! » fit Xiaomi.

Elle expédia d'autres barils qui percutèrent quelques-uns des coureurs derrière eux. Forcés de ralentir, leur distance avec le tricycle augmenta. L'écart se creusait et le tricycle prenait de la vitesse. Xiaomi sentait que l'appareil était devenu plus léger, et la route plus cahoteuse.

« Cramponne-toi ! » l'avertit l'oncle He.

Devant eux se dressait un pont en pierre qui franchissait un grand fossé. C'était le chemin pour se rendre en ville, et il était trop tard pour ralentir. L'oncle He tordit le guidon de toutes ses forces. Dans un crissement, le tricycle prit un virage serré à quatre-vingt-dix degrés, fonçant vers le pont de pierre. La manœuvre n'aurait pas été ardue si le tricycle avait encore été chargé de barils ; le véhicule perdit l'équilibre et sa roue extérieure s'éleva dans les airs, faisant s'incliner l'engin comme un planeur. Les marchands ambulants qui avaient installé leurs étals sur le pont s'enfuirent, en panique.

L'oncle He fit de son mieux pour que son véhicule ne heurte pas la foule, mais l'accélération produite par la gravité lui fit perdre le contrôle. Xiaomi ressentit une violente secousse et se vit voler dans les airs. Le tricycle avait percuté l'un des piliers du pont avec un bruit sonore. L'oncle He avait été projeté contre la tête du pont, où il gisait comme un morceau de viande suspendu attendant d'être vendu.

Xiaomi retomba lourdement sur la chaussée. Elle avait terriblement mal et sa bouche était remplie d'un goût salé et ferreux. Au milieu de ce chaos, il lui sembla entendre les voix des hommes qui couraient dans sa direction. Désespérément, elle rampa en avant, bien décidée à s'accrocher à n'importe quel brin de paille qui pourrait la sauver. Elle s'agrippa à un pied qui s'était arrêté près d'elle et dont le mollet était aussi dur que la pierre.

« Sauvez-moi… »

Le visage de Dang Kai-zong émergea dans l'esprit de Xiaomi. Elle espérait tant qu'il la sauverait encore une fois. Elle leva les yeux, le visage de l'homme était flou dans le contre-jour, mais ses contours qui se dessinaient peu à peu montraient qu'il souriait. Xiaomi entendit un bruit sec, comme deux morceaux de jade qui s'entrechoquent, puis elle vit une flamme rouge monter de l'épaule du jeune homme.

Elle comprit que, cette fois-ci, la chance n'était pas de son côté.

5

La faible lueur du jour qui pénétrait dans le long couloir sombre venait frapper les bouteilles et les bocaux de l'armoire, où elle se réfractait en un éclat jaune-vert. Dang Kai-zong regardait avec curiosité cette collection d'un autre monde : des spécimens d'animaux et de plantes trempés dans de l'alcool médicinal vieilli, toutes sortes de serpents, avec leurs mues desquamées et leurs organes reproducteurs, des bois de cerfs sika, des os de tigre de Chine méridionale – disparu depuis longtemps –, de la bile d'ours noir, des mille-pattes géants, des insectes inconnus, du ginseng du mont Paektu et d'autres racines de plantes. Il vit des exosquelettes de chitine ramollis par le liquide dans lequel ils baignaient, ressemblant à des petits vaisseaux spatiaux miniatures flottant dans un déroutant paysage extraterrestre.

Les natifs de l'île de Silicium, en particulier ceux de la vieille génération, étaient convaincus que l'essence vitale de ces plantes et de ces animaux, une fois trempés dans l'alcool, avait pour effet de prolonger la vie et d'améliorer les performances sexuelles.

Dang Kai-zong était terrifié à l'idée de tomber sur un bocal contenant un spécimen de fœtus mutilé, dont le placenta était jadis considéré comme un tonique très efficace.

De nombreux praticiens en avaient autrefois fait commerce. La mère de Dang Kai-zong avait elle-même goûté à cette précieuse « barque de la rivière pourpre », que son corps avait délivrée à l'issue de son accouchement.

Une belle idée de slogan pour la WWF, se dit Dang Kai-zong. *Tu es ce que tu manges.*

Au bout du couloir se trouvait une porte étroite d'où filtrait une lumière blafarde, et qui s'ouvrait sur une large terrasse circulaire ensoleillée, entourée de bâtiments en briques de mortier, brutes mais solides. Un vieil homme à la silhouette mince était assis confortablement dans un fauteuil inclinable en bambou, et se balançait légèrement. Le sol était couvert de feuilles de nori et de calamars séchés. La puissante odeur saumâtre apportée par la brise marine vint emplir les narines de Dang Kai-zong.

Lorsque Dang Hieng-ung l'avait informé que le patriarche du clan, le véritable chef de la famille Dang, consentait à le voir, Dang Kai-zong avait essayé de se l'imaginer. Mais son imagination était si contaminée par Hollywood que les seules représentations qui lui venaient en tête étaient tirées de films de gangsters : Marlon Brando dans *Le Parrain*, ou Robert De Niro dans *Il était une fois en Amérique.*

Il ne s'attendait certainement pas à ce vieil homme desséché, rachitique, portant débardeur et bermuda.

Le visage du vieillard était aussi plissé que du papier ciré. Ses paupières légèrement closes papillonnaient, révélant le blanc de ses yeux. Il avait quatre-vingt-douze ans. Comme s'il avait détecté un changement dans la direction du vent, il ouvrit lentement les yeux, vit Dang Kai-zong et sourit. Les rides de son visage se contractèrent en lignes radiales aux coins de ses yeux et autour de ses sillons nasogéniens.

« Bonjour, grand-oncle.

– Bonjour, bonjour. Alors c'est toi…
– Kai-zong.
– Oui, oui, c'est ça. Kai-zong, Kai-zong. C'est un bon nom, ça, un nom vertueux, qui vient du *Classique de la piété filiale.* »

Le vieillard se leva avec difficulté. Kai-zong se précipita pour stabiliser son fauteuil à bascule. On lui avait raconté que l'un des ancêtres du vieil homme avait été un lettré de renom et avait réussi l'examen mandarinal à la cour impériale, se classant même au deuxième rang de tous les diplômés.

« Accompagne-moi jusqu'au toit, le coucher de soleil y est magnifique. Ce serait un drame que tu repartes sans l'avoir vu. »

Kai-zong aida le patriarche à monter l'escalier de pierre menant à une terrasse sans parapet, qui avait la forme d'un bracelet de pierre brut flanqué entre les montagnes et la mer. On y avait étendu du linge et des draps et fait sécher des fruits de mer. Des panneaux solaires monocristallins disposés en quinconce achevaient de créer un tableau chamarré. Le soleil plongeait à la surface de la mer, passant du blanc à l'or, avant de s'assombrir jusqu'à devenir d'un rouge ardent qui enflamma les nuages cotonneux à l'horizon. La brise marine, porteuse d'une fraîcheur humide et salée, eut pour effet de revigorer Kai-zong, qui attendait que le vieillard prenne la parole.

Les rides du vieil homme scintillaient comme des pierres de Taihu dans la lumière du crépuscule. Tandis qu'il contemplait le paysage, une étrange clarté se ficha dans les profondes orbites de ses yeux.

« Hier, j'ai tiré une fiche de bambou », dit l'homme en lui tendant un morceau de papier rouge.

Oracle de Mazu du Temple des Enfers
58e signe, chèvre d'eau (tige céleste gui, *branche terrestre* wei*),* ○○● ○●●*, élément du Bois, convient à l'Orient et au Printemps*
Le serpent solitaire veut devenir dragon, mais le destin prend un autre virage ; au corps malade, le repos reste le meilleur des breuvages ; beaucoup de mots prononcés, mais bien peu de sages

Dang Kai-zong savait que les pêcheurs de Chine et de Taïwan avaient pour coutume de vénérer la déesse Mazu, dont ils imploraient la bénédiction lors de leurs voyages en mer, mais il n'avait aucune idée de ce que ce poème oraculaire pouvait bien à voir avec lui.

« De qui parle cette fiche de bambou ?

– Bonne question, fit le vieillard, qui ne se retourna pas. Je l'ai tirée pour l'île de Silicium. »

Kai-zong ne s'était pas attendu à cette réponse, mais il comprit immédiatement les inquiétudes que laissaient sous-entendre les vers du poème tiré par le patriarche. Qu'il l'eût ou non demandé à Mazu, ces quelques mots exprimaient sans détour la position du clan Dang à l'égard du projet de Wealth Recycle. En outre, comme l'oracle était supposé annoncer la volonté du Ciel, aucun des arguments que pourrait proposer Dang Kai-zong ne pourrait faire le poids.

« J'aurai bientôt un siècle de vie, et je n'ai jamais quitté l'île de Silicium. J'ai vu les rizières se dessécher, le sol se transformer en friche empoisonnée, les îles des récifs coulées par des explosifs, les baies comblées pour agrandir les terres, les ports et les ponts surgir plus vite que les récoltes ; j'ai vu des navires de guerre dénuder leurs épines grises à l'horizon, tandis que les bancs de poissons de plus en plus clairsemés partaient de plus en plus loin ; j'ai entendu le flot incessant des hymnes festifs crachés par les haut-parleurs, la radio et la télévision, alors que les chants qui savaient le mieux exprimer la détresse de nos peuples s'effaçaient des mémoires.

» L'île de Silicium est malade, très malade, mais le mal dont elle souffre ne peut être guéri par une forte dose de médicaments ; au contraire, pour le dire dans le langage de la médecine traditionnelle, elle risquerait d'attiser un feu plus mauvais encore. »

Égoïsme. En écoutant le soliloque du vieil homme, la première réaction éprouvée par Dang Kai-zong fut le dégoût.

Il savait très bien comment les gens étaient exploités et opprimés. Cela s'était produit à toutes les époques de l'histoire, que les peuples soient étrangers les uns aux autres, ou de la même ethnie. Il y avait toujours une classe supérieure qui, au nom des dieux, de la nation ou du progrès, faisait les lois, imposait les normes et parvenait à posséder la vie des autres, leur chair et leur âme.

Tout ce qui est réel est rationnel, disait Hegel. Il était facile de s'en convaincre à la lecture d'un manuel, mais c'était une autre affaire quand tout prenait vie sous nos yeux.

Au cours des derniers jours, Dang Kai-zong s'était immergé dans la vie et dans le travail des déchetiers. Il avait vu le teint blafard des jeunes filles et leurs mains corrodées par les produits chimiques. Il avait senti les odeurs répugnantes des ordures, avait partagé leur nourriture peu ragoûtante et appris le salaire incroyablement bas qui leur était versé. Il repensa à Xiaomi, aux particules de métal lourd piégées dans les parois de ses vaisseaux sanguins, sous son visage souriant et candide, à ses récepteurs olfactifs dégénérés et à son système immunitaire endommagé. Elle était une machine disciplinée qui n'avait pas besoin d'entretien régulier, comme les centaines de millions d'autres ouvriers qualifiés de ce pays. Elle travaillerait sans relâche, jour après jour, jusqu'à la fin de sa vie.

À cette pensée, le cœur de Kai-zong fut traversé par un spasme, dont il ne sut pas expliquer l'origine ou la nature. Il constata que le vieil homme s'était retourné et l'observait, un sourire au coin des lèvres. Il continua sur un ton détaché :

« J'ai entendu dire que tu t'étais rapproché d'une fille, une fille des déchets.

– Elle s'appelle Xiaomi. »

Dang Kai-zong avait compris le sens de la remarque derrière le propos du vieil homme, et le corrigea délibérément.

« C'est ça oui, je n'ai pas tellement l'habitude de les appeler par leurs prénoms.

– Vous vous y ferez, avec le temps. »

Dang Kai-zong refoula sa colère dans sa poitrine. Il ne voulait pas offenser son aïeul.

« Hé hé, les jeunes, toujours à penser que la Grande Muraille s'est construite en une nuit.

– Non, mais elle pourrait s'écrouler en une nuit.

– Eh bien, attendons de voir. Tu lui as encore donné rendez-vous ce soir ? »

Dang Kai-zong sursauta. Le vieillard ne le regardait pas, ses yeux étaient plongés dans le lointain.

Les images des scènes qu'il avait vécues avec Xiaomi repassèrent rapidement devant ses yeux : le chien mort qui vibrait encore, la mer scintillante, l'esprit nocturne des marées… Il se demandait jusqu'où exactement le vieil homme les avait fait suivre. Il fut soudain surpris de constater que ce n'était pas la lueur du couchant qui se reflétait dans les yeux creux du vieillard : de minuscules points de lumière bleus défilaient comme des stroboscopes ultrarapides en train de lire les données du néant.

À la surprise de Scott, ils avaient fini par attraper l'intrus.

La salle d'interrogatoire était propre et lumineuse, très différente de ce qu'il avait imaginé. L'homme, au visage juvénile et aux traits bien dessinés, avait une main menottée à une chaise. Quand il vit Scott, ses yeux se décalèrent légèrement vers le haut et la droite, comme s'il essayait de faire correspondre la réalité avec une image mentale. Il prit l'initiative de parler le premier, s'exprimant dans un anglais empreint d'un accent cantonais.

« Nous nous rencontrons enfin, monsieur Scott Brandle. J'attendais ça depuis longtemps.

– Vous me connaissez ?

– Plus que vous pouvez l'imaginer.

– Tiens donc, dites-m'en plus.

– Est-il vraiment utile de prendre le temps de rappeler votre parcours ? Exxon-Mobil, Evergreen, la Banque mondiale, Wealth Recycle – et le géant qui tire les ficelles et qui porte un seul et même nom : Monsieur Cupide, n'est-ce pas ? »

L'homme sourit, manifestement satisfait de son bon mot.

« Une bonne blague, jeune homme. Mais ai-je besoin de rappeler que les personnes les plus cupides ont le bras long, et qu'il vaudrait mieux pour vous d'en venir au fait, avant que votre joli minois ne soit défoncé par mon poing.

– Vous ne ferez rien, affirma le jeune homme en inclinant la tête vers un coin du plafond. Ils nous regardent, et sans doute même qu'ils nous écoutent. Si j'étais vous, je ferais attention à ce que je dis. »

Scott ajusta la position inconfortable de son siège, dont les pieds provoquèrent un crissement sur le sol.

« Qui êtes-vous ? Que voulez-vous ? »

Il baissa délibérément le son de sa voix, comme s'il ignorait la sensibilité de l'appareil de captation.

« Pas moi, nous. Nous connaissons vos trucs habituels, vous, le sauveur qui vient faire tourner les économies locales et crée des emplois au Venezuela, en Papouasie-Nouvelle-Guinée, aux Philippines et en Afrique de l'Ouest. Bien joué. Mais nous nous en fichons. C'est ainsi que le monde tourne. Ce qui nous intéresse, ce sont vos petites entorses, ces petites fissures qui peuvent faire dérailler les montagnes russes. Croyez-moi, vous ne souhaitez pas être impliqué dans ce scandale. Ce serait incroyablement sale, même si, je dois dire, vos mains sont loin d'être immaculées. »

Scott se mura dans le silence. De toute évidence, le jeune homme et ses complices disposaient d'informations dont il n'avait pas connaissance.

La tâche aurait dû être simple. Il se rendait sur l'île de Silicium sous le nom de Scott Brandle, cadre et chef de projet chez Wealth Recyle. Grâce à une série d'avantages dont il maîtrisait la promotion, technologies de pointe en matière de protection environnementale, projection d'augmentation de la production économique, modèles de ration entrée-sortie, promesses d'avantages sociaux à moyen et long terme, perspectives de créations de nouveaux emplois, privilèges sexuels… il jouerait rapidement ses cartes et inciterait le gouvernement local à signer l'accord pour développer conjointement un parc industriel de recyclage sur l'île. Wealth Recycle apporterait la technologie et une partie des fonds, tandis que le gouvernement insulaire allouerait les terres, coordonnerait les relations entre les clans locaux, consoliderait les ressources des entreprises de traitement des déchets existantes et fournirait une grande quantité de main-d'œuvre bon marché nécessaire à la croissance ultérieure de l'industrie.

Le marché semblait honnête, et la balance paraissait même pencher légèrement en faveur de l'île de Silicium, ne serait-ce qu'en raison des fonds supplémentaires accordés par Wealth Recycle pour traiter le sol et l'eau contaminés de la région.

En contrepartie, la compagnie représentée par Scott aurait le droit de racheter les ressources recyclées à un prix avantageux, ce qui résoudrait du même coup le casse-tête majeur du gouvernement local et procurerait un flux de trésorerie stable pour rembourser le prêt bancaire contracté et les intérêts élevés qui en découlaient, le tout en entraînant un important taux de croissance du PIB.

C'était aussi la raison du changement d'attitude du directeur Lim, qui était à présent impatient de conclure l'accord, en dépit des avis fluctuants des autres responsables locaux. Lim Ek-ru était né et avait grandi dans la région. Tout le sang et les gènes de sa famille étaient condensés dans cette terre, il voulait agir de façon concrète pour les générations futures de l'île de Silicium, et laisser derrière lui une réputation honorable. Mais la réalité était trop pesante. Il était coincé entre les deux panneaux d'une double porte, tentant de se frayer un chemin entre la pression exercée par les clans et les intérêts poursuivis par le gouvernement. Il se trouvait aussi désemparé qu'un chien après la mort de ses maîtres.

Scott savait que les choses étaient un peu trop parfaites pour être vraies. Il n'y avait que les voyous de rue pour sortir leurs couteaux dans un combat ; un tueur de haut niveau gardait toujours sa lame cachée au fond de son fourreau, mais son geste n'en demeurait pas moins létal, et sans verser la moindre goutte de sang.

« J'ai entendu dire qu'ici les enquêtes aboutissent souvent au décès accidentel des suspects, dont les autopsies officielles paraissent sans faille, dit froidement Scott avec un air interrogateur.

– Je m'y suis préparé dès que j'ai mis le pied sur l'île. Et je ne serai certainement pas le dernier », lança le jeune homme, qui affronta le regard de son interlocuteur avec aplomb.

Les deux hommes se turent un moment.

« Parlez, qu'est-ce que vous voulez ? »

Scott était soudain fatigué de ce jeu de rôle. Il jouait depuis trop longtemps, il avait changé trop de fois de costumes et de personnages, à tel point qu'il en avait oublié à quoi était censé ressembler son moi authentique.

« Laissez-moi passer un coup de fil. Mon patron vous contactera directement. Ce n'est pas propre, ici. »

Propre. Le terme arracha un rire à Scott. Il y était devenu allergique. Le jeune homme le dévisagea avec colère, comme s'il essayait de coudre ses lèvres avec ses seuls yeux. *Il n'y a rien qui soit parfaitement propre.*

« Eh bien, nous allons faire du nettoyage », fit Scott.

Après quoi, il se leva et quitta la pièce. Tout ce qui restait capturé par la caméra du coin de la chambre était une minuscule silhouette déformée par l'objectif ; un cafard aplati, dont les pattes rigides se dépliaient lentement au rythme de sa désarticulation.

Le soleil couchant se transforma en une lueur rouge sang à l'horizon.

Le visage du vieil homme ressemblait à un livre dont les pages réduites en lambeaux par les années se ratatinaient dans des flammes bondissantes, jusqu'à n'être plus que cendres. Ses paupières étaient baissées, mais il voyait à travers tout. Sans prononcer un mot, il était plus sonore qu'une gigantesque cloche de bronze.

Dang Kai-zong comprit que le vieillard en face de lui n'était pas aussi décati qu'il en avait l'air. La lumière qui émanait de ses yeux provenait de toute évidence d'un modèle récent de lentilles de contact à réalité augmentée, même si Dang Kai-zong n'était pas sûr de ce qu'elles permettaient d'améliorer. Dans cette zone à débit restreint, un vieil homme ainsi équipé avait quelque chose de terrifiant. C'était comme s'il pouvait d'un instant à l'autre arracher son déguisement et se transformer en guerrier à sang froid.

Mais celui-ci se contenta de secouer la tête et de dire avec douceur, un sourire aux lèvres :

« Je sais que vous êtes allés à la plage d'observation des marées. Ce n'est pas bon, là-bas. »

Et ces seuls deux mots « pas bon » plongèrent Dang Kai-zong dans un abîme d'angoisse.

« Je sais que certaines rumeurs disent que…

– Les rumeurs sont vraies, avait répondu le vieil homme avant qu'il ne termine sa phrase. C'est ce qu'on appelle la divination des marées. »

De là où ils se trouvaient, il leur était impossible de voir la plateforme. Seul le sommet pointu du pavillon émergeait de derrière les toits, disposés comme une pile de carapaces de tortue. Et encore, il était difficile à repérer. La mer perdait de son éclat doré et cramoisi tandis que le soleil continuait à descendre, puis l'eau prenait une teinte grise et froide, comme du plomb fondu. Les fines lignes blanches à la surface ressemblaient aux motifs d'un oscilloscope : elles bondissaient, disparaissaient et réapparaissaient comme une partition musicale sans fin, un chant vieux de plusieurs milliards d'années.

Alors que Dang Kai-zong écoutait le récit sans émotion du vieil homme sur une anecdote qui n'était consignée dans aucun livre d'histoire, il sentit soudain un frisson lui parcourir l'échine. Ce n'était que la brise. Ou du moins il l'espérait.

On racontait que le pavillon avait été construit du temps où le philosophe Han Yu, vice-ministre de la justice sous la dynastie Tang, avait été frappé de disgrâce pour avoir osé conseiller à son souverain d'accueillir à la cour les reliques osseuses du Bouddha. Cette action lui avait valu d'être rétrogradé au poste de gouverneur de Chaozhou par l'empereur Xianzong. Lors d'une visite sur l'île de Silicium, qui relevait de sa juridiction – mais ne portait bien sûr pas ce nom à l'époque –, Han Yu avait fait ériger le pavillon, ainsi qu'une stèle en pierre à l'extérieur. Il y avait calligraphié de sa propre main : *Celui qui observe les marées peut connaître le monde, celui qui pratique la bienveillance et la vertu en est le guide.* La stèle avait plus tard été engloutie par les eaux lors du passage d'une tempête tropicale.

Certains prétendaient que ce couplet était l'expression du ressentiment de Han Yu à l'endroit de l'empereur Xianzong, mais c'était ignorer que les deux vers faisaient aussi écho à une ancienne coutume des indigènes de l'île de Silicium – la divination des marées.

La divination des marées était une pratique connue depuis longtemps mais dont on ignorait l'origine exacte. Tout au plus supposait-on qu'elle était le résultat d'une longue tradition de pêcheurs. Semblable aux principes des autres méthodes de divination, elle interprétait les positions, les conditions et les traces des objets rejetés sur le rivage par les marées pour prédire le futur. Cependant, tandis que les autres méthodes s'appuyaient sur des objets sans vie – branches, carapaces de tortue, os d'animaux, tas de sable, pièces de monnaie ou tiges de bambou –, la divination des marées s'appuyait sur des êtres vivants.

Les anciens habitants de l'île croyaient que dans le bref instant qui précédait la mort, les esprits vivants parvenaient à entrer en contact avec les dieux et recevaient des informations sur les temps futurs, aidant les devins à obtenir de façon plus exacte des visions de ce qui allait advenir.

La topographie unique de l'île et de sa lagune en faisait l'endroit idéal pour cette pratique divinatoire. Depuis le sommet du récif, les habitants jetaient à la mer l'objet du sacrifice, puis ils se rendaient sur la plage en attendant que la mer rejette la carcasse. On racontait qu'auparavant, la plage d'observation des marées avait été artificiellement divisée en douze parcelles d'égale superficie, marquées par des dalles de granit sur lesquelles étaient gravées des inscriptions oraculaires. Mais elles furent réduites en poussière pendant la révolution culturelle, au nom de la destruction des « quatre vieilleries »[1].

« Quand vous dites "êtres vivants"..., osa demander Dang Kai-zong en se raclant la gorge.

– Des veaux ou des agneaux nouveau-nés, parfois des chiens », répondit le vieil homme.

Les offrandes vivantes étaient attachées à l'aide de cordes et de nœuds spéciaux afin que la créature ne puisse pas s'échapper, tout en laissant suffisamment d'espace pour qu'elles puissent se débattre et prolonger la noyade, de sorte

1. L'un des objectifs de la « grande révolution culturelle » (1966-1976) était de mettre un terme à toutes les pratiques et les modes de pensée hérités de la Chine traditionnelle, jugés contre-révolutionnaires. Parmi ces « quatre vieilleries » : les « vieilles idées », la « vieille culture », les « vieilles coutumes » et les « vieilles habitudes ». (Note du traducteur.)

qu'après ce douloureux voyage en mer, les corps rejetés sur le rivage étaient tordus dans des postures hideuses, comme traumatisés du dialogue qu'ils venaient d'avoir avec les dieux. Leur expression était terrifiée, leurs yeux étaient vides, et leurs âmes détrempées.

S'ils survivaient malgré tout, leur sort dépendait du message rapporté de l'au-delà. Si l'augure était favorable, la créature était autorisée à vivre, puis enterrée à sa mort selon les rites appropriés, mais si l'augure était défavorable, elle était tuée à coups de pierre et enterrée sous un monticule quelconque, sans laisser aucune trace, de sorte que la malchance ne la suive pas jusqu'à la maison du devin.

Dang Kai-zong ne connaissait rien de la vie et de l'œuvre de Han Yu mais, selon les mots du vieil homme, c'était un être paranoïaque, prêt à offenser l'empereur et à risquer sa tête plutôt que, comme cela avait été écrit, « jeter les os du Bouddha dans le feu ou l'eau, pour couper le mal à la racine, libérer le peuple d'une fausse foi et délivrer les générations futures du fléau de la superstition ». Il était presque inconcevable qu'un athée aussi convaincu que Han Yu eût pu écrire que « celui qui observait les marées connaissait le monde », car ces mots contenaient l'éloge d'une pratique divinatoire.

Le patriarche raconta que c'était parce que Han Yu, au destin politique contrarié, avait lui-même sollicité une cérémonie de divination des marées pour connaître son propre avenir. On avait attaché un chien par ses pattes et on l'avait jeté à la mer, le ventre en l'air. Une demi-heure plus tard, le ventre gonflé, mais la posture inchangée, il avait été rejeté sur la plage. Une deuxième vague avait suivi, retournant la carcasse, le museau dans le sable, comme s'il se préparait à nager.

Le devin des marées avait interprété les signes et indiqué à Han Yu que cette marée (cette dynastie[1]) était pour l'heure sans espoir, mais qu'il lui fallait faire profil bas et attendre son heure, car la prochaine lui serait favorable et lui permettrait de retourner dans la capitale. Les augures lui étaient majoritairement favorables.

Et en effet, lorsque Muzong, fils et successeur de Xianzong, avait accédé au trône, il avait rappelé Han Yu à la cour et l'avait nommé doyen de l'Académie impériale, puis vice-ministre de la Défense et enfin vice-ministre de la Fonction publique. Le pavillon et la stèle jadis construits sur l'île avaient été une offrande de Han Yu pour remercier la bénédiction des dieux.

« Comment expliquer le deuxième vers du couplet ? »

Dang Kai-zong avait du mal à imaginer Han Yu, le héros légendaire qui avait chassé les crocodiles des rivières de Chaozhou, comme un fervent militant de la cause animale.

« Il peut arriver, répondit le vieil homme dont les yeux se mirent à scintiller, que des humains soient sacrifiés lors des cérémonies. »

1. En chinois, le terme pour « marée » (*chao* 潮) est homophone de « dynastie » (*chao* 朝), bien que leur graphie diffère légèrement. (Note du traducteur.)

6

« Eh, faux étranger ! Tu comprends maintenant pourquoi le batelier du sampan n'a pas voulu accoster ? » demanda Xiaomi cette nuit-là, en regardant la marée.

C'était une fosse commune, un champ sombre recouvert de plaques de bois en guise de sépultures, indiquant simplement l'année de décès. Pas d'année de naissance, et encore moins de nom. Quelques morceaux de papier monnaie éparpillés et des bâtons d'encens brûlés brillaient au clair de lune. Xiaomi joignit ses mains, baissa la tête et murmura quelques mots.

« Ces morts, ce sont… »

Dang Kai-zong baissa la voix comme s'il craignait de déranger des fantômes tapis sous terre.

« Des corps anonymes rejetés par la mer, des clandestins, mais aussi des locaux, probablement des femmes et des enfants, tués par les insulaires lors de leurs rites. »

Même en athée convaincu, Dang Kai-zong ne put s'empêcher de frissonner en entendant ces mots. Il retrouva toutefois vite son sang-froid. Ce n'était probablement qu'une légende lancée par les travailleurs migrants pour faire paraître les locaux plus cruels.

« Tu ne m'as tout de même pas traînée en plein milieu de la nuit pour… ça ?

– Bien sûr que non. Ce qui vaut le coup d'œil, c'est ça, là-bas, regarde ! »

Xiaomi désigna du menton une gigantesque silhouette sombre dans un coin du cimetière. Dang Kai-zong s'arrêta devant l'objet et laissa échapper une exclamation, pétrifié devant sa taille et son aspect sinistre.

Il sortit son téléphone portable à triple protection et essuya l'eau qui s'était condensée sur l'écran. L'appareil émit une lumière pâle, éclairant la divinité tutélaire du cimetière. C'était un mécha, un robot doté d'un exosquelette de près de trois mètres de haut, dont l'armure en alliage spécial était entièrement recouverte d'amulettes taoïstes, si bien qu'on ne pouvait plus identifier sa couleur d'origine. Des chaînes de perles de prière bouddhistes en plastique ou en bois étaient suspendues à l'armure, et elles s'entrechoquaient dans la brise du soir. Même ses articulations étaient recouvertes de rubans rouge vif représentant des souhaits de bonne fortune.

Comparé aux chasseurs Su-35 mis aux enchères sur eBay, ce mécha n'avait rien d'impressionnant, c'était juste un jouet jeté au rebut, le caprice d'un individu fortuné. Les progrès de la science des matériaux et de leur fabrication avaient fait de la rétro-ingénierie une technique de plus en plus ardue. Les fibres musculaires artificielles électroactives, qui remplaçaient les actionneurs hydrauliques traditionnels dans la fabrication de l'exosquelette, auraient été impossibles à répliquer, même en connaissant tous les détails de leur composition. Il était loin le temps où l'interception et le démantèlement d'un chasseur ennemi permettaient de faire un pas de géant dans le développement de la technologie aéronautique d'une nation.

Dang Kai-zong était curieux : comment ce mécha était-il arrivé ici ? Et pourquoi cette forme si peu orthodoxe ?

Xiaomi, qui avait terminé sa prière, rouvrit les yeux. Comme si elle avait deviné sa question, elle hésita avant de répondre :

« C'est Frère Wen. »

À peine cet objet arrivé au port, il avait été confisqué par Wen, qui l'avait emmené dans son atelier personnel. Il avait réparé tous les dommages visibles du mécha et changé la batterie virale. Une fois tout en place, il avait remarqué qu'il comportait deux modes de contrôle. Tout d'abord, un contrôle à distance : Wen avait essayé de déchiffrer les protocoles de communication mais, pour une raison inconnue, il n'avait pas pu activer le système. En désespoir de cause, il avait dû se tourner vers l'autre mode : la liaison par détection de force. Pour cela, il fallait qu'une personne grimpe dans la cabine de contrôle du mécha et s'équipe des capteurs de force. L'armure détectait les mouvements de l'occupant du cockpit et les reproduisait à l'identique.

Bien sûr, il ne voulait pas prendre le risque de le tester lui-même. À la place, il avait choisi Ah Rong, un orphelin.

Ah Rong, à la silhouette frêle, avait pénétré plein de candeur dans le volumineux corps d'acier, donnant l'impression étrange d'une alliance contre-nature. Il avait placé puis verrouillé ses membres au bon endroit et, une fois les voyants allumés, Frère Wen lui avait ordonné avec excitation de bouger. La machine n'étant manifestement pas conçue pour accueillir un tel gabarit, ses mouvements étaient lents et maladroits, comme ceux d'un astronaute sur la Lune. Des centaines de milliers de fois par seconde, les capteurs de force envoyaient les données correspondantes à l'ordinateur central qui, après avoir effectué les calculs nécessaires, transmettait les signaux aux fibres musculaires électroactives, qui s'étiraient ou se contractaient pour accomplir le mouvement. Si un décalage s'immisçait dans l'un des maillons du processus, l'individu dans le cockpit pouvait avoir l'impression d'être sous l'eau, effectuant des gestes en retard vis-à-vis de leur intention.

Grâce à la description de Xiaomi, Kai-zong pouvait se faire une idée assez précise de la scène.

Au milieu du flot de jurons de Frère Wen, les mouvements de Mécha-Ah Rong s'étaient progressivement faits plus agiles et plus fluides. Ah Rong lui aussi s'enthousiasmait, et avait commencé à balancer son bras mécanique pour écraser le tas de déchets qui se trouvait sur sa route. Il s'était même mis à courir, suivi par la foule de spectateurs qui assistaient à la scène.

C'était une incroyable combinaison de force et de vitesse. Mécha-Ah Rong courait avec la foulée légère et caractéristique de son âge, mais chacun de ses pas s'écrasait sur le sol dans un bruit sourd. Il courait désormais comme une mouche sans tête, ou bien comme un Hercule aveugle en recherche d'un exutoire où employer sa force.

Frère Wen, haletant, le suivait de près, lui criant de s'arrêter. Mais il s'était vite rendu compte que quelque chose n'allait pas.

Mécha-Ah Rong semblait essayer de se débarrasser de quelque chose, il balançait ses bras et ses jambes de façon brutale, détruisant maisons, arbres et véhicules sur son passage. La foule terrifiée s'était écartée du chemin de ce monstre d'acier devenu hors de contrôle. Elle le regardait s'éloigner du territoire de la famille Lo, traînant derrière lui un nuage de briques, de terre, de branches et de verre. Il se dirigeait vers la plage d'observation des marées, une zone où personne ne se rendait d'ordinaire.

Les enfants de déchetiers qui couraient devant lui hurlaient joyeusement : « Ah Rong est en feu ! Ah Rong est en feu ! »

En effet, des volutes de fumée noire s'échappaient de la cabine de contrôle du monstre devenu fou, accompagnées d'une odeur de chair brûlée. Ils avaient alors compris ce qu'avait tenté Mécha-Ah Rong : rejoindre la mer.

Mais il n'avait pas pu aller jusqu'au bout.

Quand Xiaomi les avait rattrapés, elle avait couru à travers la foule dense des badauds et avait vu Mécha-Ah Rong debout, bien droit, figé au bord du charnier, le corps carbonisé, brûlant dans l'armure en alliage blanc, fumant comme un morceau de viande oublié dans le four. Frère Wen avait en vain essayé d'étouffer le feu à coups de brassées de sable et de terre, mais les fils avaient provoqué un court-circuit et des étincelles volaient de partout. Tous les visages affichaient l'horreur, ainsi qu'une pointe de satisfaction, comme s'ils avaient assisté à un formidable drame. Xiaomi avait vu le regard complexe de Wen où se mêlaient culpabilité, impuissance et tristesse.

En moins de trois jours, la tragédie était devenue une légende et le garçon orphelin, Ah Rong, l'allégorie de celui qui avait péché dans une vie antérieure et devait rembourser sa dette dans celui-ci.

Personne ne se souvenait du rôle joué par Frère Wen.

Dang Kai-zong examina les traces de brûlure à l'intérieur du cockpit : de la graisse humaine était encore présente sur le siège et des cristaux de silicate laissés par la combustion étaient collés autour du logo Lockheed Martin[1]. Un court-circuit avait provoqué une surchauffe. Il se

1. Le plus grand entrepreneur mondial de l'industrie de la défense en termes de chiffre d'affaires. (Note de l'auteur.)

remémora la scène du village de Hialeng avec une sensation de dégoût.

« Personne n'ose toucher à des objets associés à la mort, fit Xaomi qui joignit à nouveau ses mains dans une prière. Tout le monde pense que cet endroit est maudit, et que si quelqu'un vient par erreur, il doit ensuite brûler de l'encens et de l'argent en papier pour vénérer… cette divinité. Ils disent tous que c'est elle, la divinité, qui a fait payer sa dette d'une autre vie à Ah Rong. »

Il y avait de l'incertitude dans la voix de Xiaomi, comme si elle n'en était pas si convaincue, mais qu'elle redoutait l'armure de métal.

Dang Kai-zong n'aurait pas su dire de quoi elle avait peur et trouva même sa superstition un peu ridicule. Cependant, lorsqu'ils s'éloignèrent et qu'il jeta un regard à l'exosquelette, il lui sembla voir un éclair bleu et froid à l'intérieur de cette armure infernale, autrefois fondue par des âmes innocentes. Il regarda à nouveau, mais ce n'était que le reflet d'un phare qui balayait de son faisceau les tombes désolées et la plage blanchâtre, traçant une traînée éphémère sur l'eau, et culminant pour finir en un seul point lumineux.

La nuit, la mer était comme une bête noire assoupie dont la respiration régulière et puissante dégageait un pouvoir hypnotique. C'était un lieu où on ne mettait normalement pas les pieds. Il y a des années, l'endroit avait été un charnier, rempli des corps anonymes de ceux qui avaient voulu passer clandestinement à Hong Kong. Lo Gim-sian regarda par la fenêtre de la voiture le littoral qui serpentait le long de la colline. C'était comme un rouleau mortuaire qui se déployait lentement sous les reflets du phare et de la lune. À la fin du rouleau, se trouvait une lueur orange qui apportait un peu de chaleur à la scène glaciale.

C'était sa destination. Un endroit connu sous le nom de « salle de la charité et de la piété ». Sur Silicium, les vivants n'avaient pas besoin de charité. Elle n'avait de sens que pour les morts.

La fille était encore plus jeune que ce qu'il avait imaginé. Ses seins juvéniles se soulevaient violemment, le sang de ses écorchures était encore frais et des gémissements d'animal sortaient de sa bouche bâillonnée. Ses yeux étaient remplis de terreur, mais ils ne trahissaient aucun doute, comme si elle savait que ce jour viendrait.

Lo Gim-sian fit un geste pour qu'on la détache, et le chiffon sale coincé dans la gorge de la fille roula sur le sol après une quinte de toux, accompagnée de mucus, telle une boule de poils crachée par un chat.

« N'aie pas peur. »

Il s'agenouilla et lui sourit gentiment.

« Réponds à quelques questions, et je te laisserai repartir. »

La peur sur le visage de la fille ne diminua pas du tout.

« As-tu déjà vu ce gamin ? » demanda Lo Gim-sian en lui montrant le fond d'écran de son téléphone.

Les pupilles de la jeune fille se dilatèrent instantanément, avant de s'assombrir.

« Dis-moi, toi, qu'est-ce que tu lui as fait ? »

Le ton de Lo Gim-sian était placide, et les témoins de la scène auraient même pu croire qu'il éprouvait de la pitié pour elle.

La jeune fille garda les yeux fixes pendant un moment, puis secoua convulsivement la tête.

Lo Gim-sian tourna son attention vers les plafonniers. Leur lumière jaune se répandait uniformément sur tout le monde, créant une atmosphère confortable et chaleureuse, presque comme sur le plateau d'une sitcom. Sans leurs outils métalliques, les acteurs de la scène auraient pu faire illusion.

« Pourquoi le Yankee traîne-t-il avec toi ? », demanda Lo Gim-sian.

Une expression rêveuse se dessina sur le visage de la jeune fille. Elle paraissait se poser la même question. Après un moment, elle finit par lâcher ses premiers mots :

« Il dit qu'il aime me parler. »

Do-gian et ses deux autres sbires éclatèrent d'un rire hystérique et maniaque, un rire si perçant que les lampes suspendues se mirent à trembler.

Lo Gim-sian se retourna avec un regard furieux qui fit aussitôt taire les rires. Il secoua la tête, regardant cette fille des déchets en face, si fragile qu'elle pouvait se briser à tout moment. *Bordel, c'est une perte de temps.* Il cessa de lui poser des questions et se leva.

« Occupez-vous d'elle, et le huitième jour du mois lunaire, ramenez-la-moi. »

Lo Gim-sian se dirigea vers la porte mais parut se souvenir de quelque chose. Il fit demi-tour, prenant note des expressions grivoises sur les visages de ces jeunes hommes qui le suivaient depuis des années. Il eut l'impression de se voir plus jeune. Il haussa la voix :

« Je précise : ramenez-la vivante ! »

Dang Kai-zong courait, paniqué. Il avait déjà dépassé l'heure de son rendez-vous avec Xiaomi. Il avait le sentiment qu'une main invisible s'agrippait à son estomac, le tordant frénétiquement au rythme des battements de son cœur. Un mélange de suffocation et de nausée dégringolait à chaque foulée dans sa cavité abdominale. L'horreur de la scène était gravée à jamais dans son esprit. Il ne pouvait croire qu'une telle barbarie puisse avoir cours depuis des milliers d'années dans sa région natale, et que le sang qui coulait dans ses veines portait un héritage aussi violent.

Il avait du mal à reprendre son souffle, comme s'il était lui-même ce chien misérable aux membres attachés, puis jeté dans le tumulte des vagues, luttant jusqu'à la mort au milieu de l'écume jaillissante et des veines de lumière turquoise, emporté par une force invisible mais irrésistible et projeté vers la grève. Le chien se transformait en bébé, un enfant bâtard dont la peau douce pâlissait et se ridait au contact des flots saumâtres, comme un asticot gorgé d'eau tournoyant et culbutant dans les tourbillons de la marée, dansant comme une algue à la dérive. Puis le bébé s'étirait pour prendre la forme longiligne d'une femme, la taille légère courbée en arrière sous l'emprise des courants, s'agitant telle une marionnette au fil brisé, dans des positions d'une beauté fragile et cruelle.

Femmes dévergondées et leurs graines sauvages. Les mots du vieil homme le hantaient, comme s'il avait été maudit. *Ils ne laisseront aucune trace dans l'histoire de l'île de Silicium.*

Mais comment pouvez-vous le savoir ? Dang Kai-zong avait regretté ses mots au moment même où il avait posé la question.

Le cadavre féminin qu'il s'était imaginé pivotait lentement dans l'eau de la marée, ses longs cheveux semblables à des algues s'écartant pour révéler un visage exsangue.

Celui de Xiaomi.

Dang Kai-zong trouva enfin le hangar où elle travaillait. Il s'accroupit pour reprendre son souffle, transpirant et haletant, sans se soucier des regards étonnés que lui lançaient les déchetières. Elle n'était pas au travail, ni dans sa bicoque.

Xiaomi était partie, mais personne ne savait où. L'angoisse s'abattit sur Dang Kai-zong comme une volée de corbeaux, et son corps tout entier se mit à trembler sous le coup de cette nervosité écrasante, comme lorsqu'il avait vu des éclats de lumière bleue jaillir des yeux du vieux patriarche Dang.

Il ne pourrait jamais oublier l'expression du vieil homme lorsqu'il avait prononcé son énigme.

« Je suis moi aussi un observateur des marées », avait-il dit avec une aisance déconcertante.

Il semblait que tout le dialogue entre eux n'avait servi qu'à préparer le terrain pour ces quelques mots. Ou peut-être, simplement, pour lui faire rater son rendez-vous.

Dang Kai-zong se tenait dans le crépuscule sombre et humide, le regard perdu vers les confins de la route. Elle était vide. Il s'attendait à quelque chose qui ne viendrait jamais plus. Il s'efforçait de chasser une pensée tenace qui bourdonnait comme une mouche autour de lui. Mais plus il essayait, plus la prémonition enflait et se multipliait, comme des cellules cancéreuses proliférant dans son esprit.

Dang Kai-zong ne reverrait plus jamais la déchetière.

Deuxième partie

VAGUES IRIDESCENTES

For All Tomorrow's Parties

Slogan de la SBT
(Silicon-Bio Technology)

7

Toutes les quinze secondes, une clarté opalescente perçait l'unique fenêtre de la pièce avant de s'éteindre aussitôt, blanchissant momentanément le crépuscule. Les ombres semblaient dotées de vie ; effrayées, elles esquivaient le rayon de lumière avec des mouvements circulaires et rampaient le long des murs moisis et fissurés jusqu'à se fondre dans les ténèbres.

La première fois qu'elle vit pointer le faisceau de lumière, Xiaomi crut entrevoir un espoir. Elle frappa frénétiquement contre la paroi, appelant à l'aide d'une voix rauque et ensanglantée. Mais la lumière disparut, suivie d'un silence de mort, à l'exception du soupir des vagues.

Lorsque le rayon réapparut pour la septième fois, la bouche de Xiaomi avait été bâillonnée par du ruban adhésif. Les sourcils froncés, les cheveux hirsutes, elle n'avait réussi à créer qu'un petit creux dans la surface lisse et argentée de son bâillon. Ses mains étaient solidement attachées dans son dos, ses bras tirés en arrière, et ses omoplates pliées dans un angle obtus. Des larmes et de la sueur se mélangeaient sur son visage, trempant son col, lui piquant les yeux. Elle ressentait une douleur brûlante dans tout le corps mais n'aurait su dire où précisément elle avait mal, comme si d'innombrables fourmis grignotaient ses terminaisons nerveuses avec un plaisir de tortionnaire.

Xiaomi n'avait que ses deux jambes de libre. Plus tôt, elle s'en était servie pour donner des violents coups de pied dans l'entrejambe des hommes qui la retenaient captive, et elle avait essayé de s'enfuir par la porte de métal de la cellule. Ils l'avaient facilement rattrapée puis traînée à genoux dans un coin de la pièce, où ils l'avaient jetée comme un chat errant.

Le faisceau passa pour la quinzième fois. Les visages des hommes s'illuminèrent, et les membranes appliquées sur leurs épaules parurent s'atténuer. Elle pouvait voir les poils sur leurs bras transpirant, les veines dans le creux de leurs coudes, leurs yeux injectés de sang, leurs mouvements lents dans la chaleur étouffante de la pièce, les gouttes de sueur dégoulinant sur leurs visages, les coins de leurs bouches grimaçantes, l'émail jaune et cireux de leurs dents. L'un d'eux dit quelque chose, et leurs éclats de rire couvrirent le bruit de la marée et le bourdonnement du réfrigérateur. Xiaomi regarda ses cuisses blanches, elle ne savait pas ce qu'ils avaient fait de son pantalon de travail. Il se dégageait d'elle une odeur repoussante de déchets. Le chauve et le balafré lui saisirent fermement les genoux et les chevilles et les écartèrent pour dévoiler la partie la plus intime de son corps.

L'homme qu'on appelait Do-gian s'accroupit entre les jambes de la jeune femme. Une flamme rouge sang s'alluma sur la membrane de son épaule, se reflétant dans ses pupilles, éclairant son visage anguleux et imprégné de vice. Le clou de sa lèvre supérieure effleura son anneau nasal tandis qu'il scrutait les jambes de Xiaomi, comme s'il étudiait un phénomène mystérieux.

« Oh ! la belle moule, bien charnue, et qui n'a pas encore été ouverte ! fit-il avec un air surpris. Ma petite poulette des déchets ! »

Ses deux comparses furent saisis d'un spasme de rire.

Le faisceau passa pour la vingt-deuxième fois. Xiaomi avait maintenant compris que c'était un phare, et qu'il n'y avait plus aucun espoir à attendre.

Les doigts longs et fins de Do-gian remontèrent jusqu'aux seins de Xiaomi, les grattant deux fois, mimant les pattes d'un arthropode, puis ils commencèrent à pétrir son mamelon gauche à travers ses vêtements. Une expression étrange, comme celle d'un drogué, traversa son visage, tandis qu'il regardait durcir la minuscule protubérance. Il s'attaqua ensuite à son téton droit.

Xiaomi le fixait avec une rage intense, se tortillant furieusement pour échapper à cette humiliation. Elle avait envie de mordre les doigts qui souillaient son corps, de les mâcher jusqu'à réduire ses os en miettes puis de les cracher au sol.

« Elle mouille, elle mouille ! », hurla le chauve, le teint huileux.

Il s'était exprimé délibérément en mandarin, comme si le fait que Xiaomi le comprenne l'excitait davantage. Il serra avec encore plus de force les cuisses qui se débattaient.

Xiaomi regardait désespérément Do-gian. Sa pomme d'Adam tressaillait, sa respiration s'accélérait, ses pupilles se dilataient, sa conscience se relâchait. Cependant, ce dont elle avait le plus peur ne se produisit pas. Do-gian ne déboucla pas sa ceinture et n'ôta pas son ample pantalon militaire. À la place, il chaussa un casque à la forme excentrique et se dressa devant Xiaomi.

Le casque était relié à une sorte d'organe augmenté en forme de pieuvre à six tentacules, lequel, sorti d'un bocal rempli d'un fluide protecteur, dégoulinait encore sur le sol.

Le chauve et le balafré enroulèrent les tentacules diaphanes autour du torse et des membres de Xiaomi. Ils étaient si froids qu'elle en eut la chair de poule.

Do-gian fit signe à ses deux compères de reculer. Il ferma les yeux, comme s'il voulait que toute son énergie converge dans l'organe artificiel. Il eut un grand souffle, et la lumière rouge du casque s'alluma. *Connexion réussie.*

Xiaomi frissonnait tandis que les tentacules paraissaient prendre vie, se dilatant puis se resserrant brusquement, prenant une teinte rouge. Les nanoélectrodes enfouies sous la peau artificielle lancèrent une attaque insidieuse sur ses nerfs, générant des sensations indescriptibles. Un gémissement d'animal mourant s'échappa de la gorge de Xiaomi et des larmes coulèrent sur son visage. Elle tourna des yeux implorants vers l'homme dont le corps était pris de convulsions, comme s'il était victime d'une crise d'épilepsie.

Mais il l'ignorait. Ce monde ne semblait plus le concerner. Les signaux de rétroaction biologique du corps de Xiaomi étaient transmis au casque via des câbles à haute vitesse, et se transformaient chez lui en signaux de plaisir.

Quarante-neuvième passage de la lumière. Elle transperça le corps de Xiaomi, en une sensation de déchirement qu'elle n'avait jamais connue jusqu'ici, et engloutit comme un raz-de-marée ce qui restait de sa conscience. Les muscles de ses cuisses furent pris de spasmes incontrôlables. Elle sentit un liquide chaud couler le long de ses jambes. Sa colonne vertébrale se cambra, son visage s'inclina à l'extrême vers l'arrière, son cou parut sur le point de se rompre. Une immense douleur fit tressauter ses paupières et d'innombrables petits points de lumière jaillirent depuis les bords de son champ de vision jusqu'à son centre. Le monde entier était déformé.

Puis tout commença à se mouvoir à un rythme régulier et puissant, celui du tremblement du corps de Do-gian et de la flamme rouge qui giclait de son épaule.

Le faisceau de lumière ralentit et les intervalles entre chacune de ses apparitions s'étirèrent. Xiaomi savait pourtant que ce n'était qu'une illusion. Elle comptait en vain les visites de la lumière : des centaines, peut-être des milliers de fois, et chaque attente était plus longue, plus interminable que la précédente. À chaque assaut humide des tentacules sur son corps, le monde vacillait, se contractait, puis rejaillissait en taches de lumière étincelantes. Elle ne ressentait plus de douleur, seulement un engourdissement et une lassitude profonds.

Les taches de lumière, telles de petites créatures unicellulaires en sommeil depuis des dizaines de milliers d'années, s'éveillaient à chaque stimulation de ses terminaisons nerveuses. Elles s'épanouissaient d'abord en éclairs fluorescents, puis elles se dévoraient les unes les autres, fusionnaient ou se fondaient en un même halo qui rayonnait comme un battement de cœur en ondulations rythmées. Après quoi, elles s'effaçaient progressivement à mesure qu'elles s'embourbaient dans la fange de la réalité.

L'effet produit était similaire à celui d'un champignon numérique augmenté.

Xiaomi ne savait pas très bien quel genre d'émotion elle ressentait : colère, humiliation, désespoir, tristesse, haine... probablement toutes à la fois. Aucune n'aurait suffi à décrire ce qu'elle vivait. Elle peinait à mettre des mots sur cette sensation qui changeait au rythme des apparitions du faisceau, de l'écoulement de fluides corporels chauds, des mouvements des tentacules, des stimuli perçus par chacun de ses pores. Des images et des scènes familières défilaient devant ses yeux : les arbres bordant sa maison, les larmes de sa mère, sa sauce pimentée, le va-et-vient des marées sur la plage, les tas de déchets, le cadavre gonflé d'un chien à puce, la puanteur du plastique brûlé, le soleil couchant, l'horizon ondulant dans la nuit, les lueurs bleu-vert des méduses, l'étrange prothèse de Frère Wen, le clair de la lune, Kai-zong au clair de lune, Kai-zong venant à son secours lors de la fête des Fantômes, Kai-zong allongé sous un manteau d'étoiles…

Ces fragments de souvenirs lointains et irréels s'empilaient dans une confusion croissante à mesure que les mouvements des tentacules se renouvelaient. Xiaomi sentait l'intérieur de son corps brûler, les gouttes de sueur sur sa peau grésillaient, puis se transformaient en vapeur qui brouillait sa vision. Tout dans la pièce avait pris une apparence difforme, lugubre, tel un mirage dans le désert, un cauchemar dont elle ne pouvait pas se réveiller.

Les deux comparses de Do-gian discutaient avec excitation de la toute nouvelle attraction du quartier rouge de Ueng-sian, et de la marchandise venue d'Europe de l'Est : système de suspension lombaire modifié pour satisfaire les clients aux goûts les plus exigeants, prothèses sphinctériennes renforcées et réglables, putes européennes pourvues de moteurs électriques… Le balafré eut un rire lubrique et les traits de son visage semblaient se tordre et s'agiter comme de la gelée. La cicatrice sur sa joue gauche se gorgea de sang. Ils avaient l'air de deux spectateurs distraits ; le spectacle violent qui s'offrait à eux ne paraissait être rien d'autre qu'un feuilleton de série Z.

Xiaomi sursauta soudain quand le ruban adhésif gris qui recouvrait sa bouche fut arraché. Une chaleur de métal brûlant agressa sa peau et, avant qu'elle ne puisse recentrer sa vision, elle sentit des doigts épais se refermer sur sa gorge, la forçant à écarter les lèvres pour respirer. On glissa un objet chaud dans sa bouche, qui commença à frapper son palais et sa langue de manière incontrôlable. Le tentacule essayait d'entrer en elle.

L'homme qui se faisait appeler Do-gian se redressa et laissa bientôt échapper un râle inhumain.

Xiaomi était consciente du lien entre l'homme et l'objet qui avait pénétré dans sa bouche. En une fraction de seconde, elle referma ses mâchoires comme un piège.

Il poussa de terribles rugissements de douleur, au-delà du supportable. Xiaomi fixa avec une colère destructrice le visage convulsé et les veines saillantes de Do-gian. Xiaomi mordit plus fort, le tentacule se tordit et se contracta violemment, sécrétant une substance gluante au goût métallique. Les deux complices semblaient désemparés, cherchant futilement un outil qui permettrait d'écarter les mâchoires. La lumière blanche revint, figeant les postures et les expressions de chacun comme dans une pantomime.

« *Pu-bho !* Sale pute ! » hurla Do-gian en la maudissant, achevant de briser ce tableau vivant.

Xiaomi vit un éclair bleu vif jaillir du coin de son œil. Le chauve avançait vers elle avec un taser, l'arc de lumière entre ses électrodes clignotant comme la langue d'une vipère noire. Instinctivement, elle lâcha prise et tenta de se dégager, mais il était trop tard : une puissante énergie surgit dans son esprit et sa vision explosa en un million de marguerites bleues et violettes, qui se mirent à tournoyer à toute vitesse, papillonnant pour former des bandes orange qui s'emmêlaient et se resserraient, s'empilant les unes sur les autres, creusant leurs propres tunnels, retournant à leur origine.

Obscurité froide, dispersée, et sans fin.

La mer. Pâle comme la peau d'un cadavre, elle s'étendait jusqu'à rejoindre le ciel gris plomb. À première vue, la mer ressemblait à un bloc de polyester solidifié ; elle n'était agitée d'aucun mouvement, ni vagues ni oiseaux effleurant sa surface. Un calme plat comme la mort, aussi immobile que la ligne de l'horizon.

Xiaomi s'aperçut que son corps était à moitié plongé dans cette mer morte. L'eau lui arrivait à la taille, elle n'était ni froide ni chaude. C'était comme si ses membres immergés étaient dénués de tout stimulus sensoriel, comme engourdis. Elle essaya de se retourner mais, avant même de pouvoir bouger les muscles de ses jambes, son visage avait pivoté de cent quatre-vingts degrés. Elle voyait le rivage, tout aussi pâle et incolore, mais qui semblait plus mat, comme du papier de verre. Elle ne percevait aucune profondeur.

Une silhouette apparut sur la plage. Elle était immobile, sans doute allongée sur le sable. Pourtant, Xiaomi pouvait voir l'intégralité de son corps, quoique de façon déformée, comme si elle l'avait regardée par-dessus. Les perspectives étaient complètement fausses.

Elle était en train de s'interroger sur l'identité de l'individu, lorsque son visage augmenta brutalement de volume et se porta devant ses yeux, si près qu'elle pouvait distinguer les pores de sa peau et les ridules sous ses paupières. Dang Kai-zong fixait le ciel, hypnotisé. Ses yeux transperçaient le corps de Xiaomi et se concentraient sur les tréfonds de l'Univers. Une clef semblait avoir remonté le ressort d'une horloge dans le corps de Xiaomi. Elle s'était renfermée en elle-même, comme si toutes ses forces avaient été comprimées et racornies dans l'espace minuscule qu'était son cœur, attendant l'heure de son inévitable libération.

Une anxiété familière parcourut les nerfs de Xiaomi tandis que Dang Kai-zong se réduisait à des dimensions lointaines.

Elle tourna la tête : la scène cauchemardesque qui l'avait tourmentée un nombre incalculable de fois était bien réelle. À la jonction de la mer et du ciel, une lueur s'approchait, scintillant de la nacre des coquillages et de l'irisation des films d'huile, qui s'abattit sur elle comme une tempête grondante, engloutissant rapidement les bordures de ce monde si pâle.

Elle ne savait pas ce que c'était, mais tous ses sens lui dirent instinctivement : fuis ! Mais elle avait beau s'efforcer de coordonner ses muscles pour déplacer ses jambes, la distance avec le rivage ne se réduisait pas d'un pouce.

Xiaomi ouvrit la bouche. Elle voulait crier, appeler à l'aide, elle voulait que l'homme qui l'avait sauvée détourne son regard des étoiles pour se poser sur elle. L'image de Dang Kai-zong oscillait, tantôt proche et tantôt lointaine, comme la silhouette spectrale d'une bougie dans le vent. Mais au lieu d'une voix humaine, claire et distincte, ce qui sortait de sa bouche n'était qu'un gémissement métallique et strident, accompagné par le rythme vibrant de sa propre panique. La vague iridescente ressemblait à des microorganismes aérobies mutants qui se reproduisaient et se répandaient sauvagement sur la surface, rayonnant en d'innombrables chemins lumineux et complexes, comme Moïse émergeant de la mer Rouge.

Elle ne se tourna pas, mais put voir la scène derrière elle. La mer était une feuille de silicium terne gravée de motifs incompréhensibles, sans significations apparentes, des symboles du passé ou de l'avenir, et la destination de toutes ces lignes, arêtes et bosses, quelles qu'elles soient, était sa propre chair.

Xiaomi cria le nom de Dang Kai-zong. Son hurlement électronique se décomposa dans l'air trop rapidement pour ébranler la posture figée de l'homme, dont le visage s'élevait dans le ciel comme une statue de pierre géante, passant de la clarté haute définition à la désintégration au gré des émotions de Xiaomi. Elle tendit la main, désespérée, pour constater que sa propre peau reflétait une étrange irisation.

Une vague s'élevait derrière elle, se solidifiant en un arc complexe orné de motifs fractals, semblable à un modèle électronique d'architecture baroque. Tous les creux et les traces de glissement de ces composants suggéraient sans ambiguïté à Xiaomi que sa chair torturée et fragile était la clef de voûte indispensable à l'achèvement de ce chef-d'œuvre.

Elle vit un visage qui tressaillait légèrement dans le revêtement métallique et lisse de la vague, un visage aux couleurs délicates de l'arc-en-ciel : son visage à elle, mais avec une expression différente, une expression qui ne lui appartenait pas, qui n'appartenait à aucun être humain qu'elle connaissait. Une expression de paix au-delà de l'imagination, comme un miroir se reflétant lui-même, incapable de déchiffrer la plus subtile des émotions. Un visage qui ne semblait représenter que l'existence elle-même.

Le visage de Xiaomi se convulsa de peur, tandis que l'autre visage souriait, étincelant, et prenait peu à peu les traits d'une femme occidentale. Celle-ci lui évoquait un sentiment familier, mais Xiaomi ne parvenait pas à se souvenir quand elle avait déjà croisé ce visage, à moins que ce ne soit au cours de la prise d'un champignon numérique acheté au marché noir.

Loin de là, Dang Kai-zong émergea une dernière fois dans le champ de vision de Xiaomi, avant de s'évaporer aussitôt. Elle ouvrit les bras, comme si elle acceptait son destin, prête à se laisser engloutir par cette vague qui avait à présent pris la forme d'une hydre à neuf têtes. Elle entendit un sifflement à haute fréquence provenant de ses propres os, et tous ses nerfs résonnèrent en écho, avant de se briser puis d'éclater en d'innombrables mandalas tournoyants. Ses rétines clignotaient, des milliards de couleurs faisaient fondre les dernières défenses de sa conscience. Xiaomi perçut une odeur familière, celle du lait de sa mère. Elle luttait pour en garder le souvenir, comme chaque fois qu'elle s'efforçait, en vain, d'échapper à ses cauchemars.

Mais, cette fois, elle réussit.

La première goutte de pluie perça l'obscurité sans fin et mouilla le visage de Xiaomi.

Puis le linceul en plastique bleu qui enveloppait son corps résonna des tambours et des claquettes de l'averse. Dc l'eau de pluie glacée coula dans sa bouche, son nez, ses yeux, et ses voies respiratoires se convulsèrent instinctivement. Elle cracha un caillot de sang, puis prit une grande bouffée d'air comme elle n'en avait pas pris depuis longtemps. Sa poitrine se souleva violemment, aussi rapidement qu'un soufflet électronique. Le chaos s'empara de sa conscience, ses membres se relâchèrent et, avant qu'elle ne s'en rende compte, elle gisait dans un trou d'un demi-mètre de profondeur, encerclée par un charnier, surplombée par des pierres tombales qui se dressaient avec morosité comme des dents cassées, luisant de façon phosphorescente dans la lumière du phare.

« Do-gian, elle… elle est encore vivante ! », fit quelqu'un d'une voix tremblante.

Do-gian s'accroupit au bord de la fosse, la douleur lancinante de son entrejambe lui arracha un faible gémissement, tandis qu'il examinait son visage démuni. Après un moment, il grimaça un sourire.

« On dirait que le Ciel a voulu que cette salope meure lentement. »

D'un geste de la main, il fit signe à ses comparses d'envoyer une pelletée de terre noire dans la tombe, qui atterrit sur la bâche en plastique bleue. Quelques pelletées de plus étouffèrent bientôt le joyeux craquement du plastique.

La boue éclaboussait son visage pâle, comme des corbeaux se posant sur un champ de neige. Les paupières de Xiaomi battirent deux fois, rapidement, en un acte de résistance silencieux. La boue noire et fétide tapissait à présent son joli front. Suivant la courbure de son visage, elle recouvrit la délicate arête de son nez et coula lentement entre ses lèvres et ses dents. Il lui sembla tousser deux fois, mais cette petite quinte fit un bruit aussi insignifiant que le bris d'une tige de roseau dans le flot torrentiel de la pluie.

La dépression dans le sol s'était progressivement remplie et aplanie. Comme si rien ne s'était jamais passé ici.

Suis-je morte ?

Xiaomi savait que ce n'était pas un rêve. Sa conscience s'était répandue hors de sa chair mutilée et s'infiltrait à travers les minuscules fissures de la terre gorgée d'eau. Elle montait, montait encore, comme une bulle de savon quittant le sol et planant dans les airs. Cette altitude lui était familière, mais elle ne voyait plus ni son corps ni ses jambes. Elle regardait le rectangle de terre où elle était inhumée, mais pas avec ses yeux. Elle ne comprenait pas comment cela avait pu arriver, tout comme elle ne comprenait pas ses cauchemars. La veille, Xiaomi reniflait encore des morceaux de plastique brûlés pour vingt-cinq yuans par jour, dans l'espoir de pouvoir sortir ses parents de la misère. Mais en cet instant, son corps meurtri gisait à un mètre sous terre, et son âme dérivait au gré d'une averse nocturne, sa conscience indifférente aux assauts des gouttes de pluie.

Elle ressentit un frisson, mais la sensation n'était pas éprouvée par son épiderme, c'était davantage une hallucination générée par la forme des gouttes de pluie et les trajectoires qu'elles suivaient dans leur chute effrénée.

Presque inconsciemment, Xiaomi tendit la main pour creuser la terre afin de se sauver. Mais elle n'avait pas de mains.

Les trois hommes fumaient non loin de là. Debout sous la pluie dense, dans la lueur rouge vacillante et la fumée blanche des cigarettes. Ils parlaient à voix basse, s'arrêtant de temps à autre pour rallumer leurs cigarettes éteintes par la pluie, comme s'ils revenaient simplement d'une partie de pêche. Au loin, une colonne de lumière perçait l'épaisse obscurité de la mer, qui s'allongeait à mesure qu'elle balayait le monde de la nuit. Les lignes cristallines de la pluie brodaient dans l'air un tissu de cachemire noir torsadé de fils d'argent. Les silhouettes de ces hommes qu'elle connaissait trop bien émergeaient alors, et elle voyait leurs corps se tordre en expressions de rire.

En un éclair, tous ses souvenirs lui revinrent comme une tempête : les visites des faisceaux lumineux et leurs intervalles toujours plus longs, le mélange de douleur et de plaisir, les fluides corporels humides et visqueux, l'humiliation, la saveur sucrée du poison, la colère qui montait lentement comme un tourbillon jusqu'à se transformer en fureur. Elle se précipita sans réfléchir vers les hommes, sa conscience comme une peau de caoutchouc, à la fois tendue et malléable, effleurant le coupable qui avait abusé d'elle. Elle lui arracherait les yeux, lui ouvrirait le crâne et le viderait de sa moelle pulpeuse, elle lui couperait les parties géniales et les lui enfoncerait dans la bouche, elle le torturerait de toutes les manières possibles, même si elle n'y connaissait pas grand-chose à la torture.

Le désespoir envahit Xiaomi alors qu'elle se sentait à présent passer à travers les corps de Do-gian, du chauve et du balafré, comme une rafale de vent soufflant dans la pluie, sans collision, sans friction, sans chaleur corporelle, sans rien, à l'exception d'un sentiment croissant d'impuissance.

Est-ce mon âme ?

Elle reconnut soudain la plage d'observation des marées, où les eaux lentes et miroitantes s'enfonçaient dans le sable, où les vagues étaient des cicatrices argentées alternant entre des phases d'accroissement et de guérison. Xiaomi réalisa où elle se trouvait, c'était l'endroit interdit, le charnier des bébés nés hors mariage et des femmes coupables d'adultère. Le saint patron noir de Lockheed Martin se dressait droit dans la tempête, et elle se demanda brusquement si elle n'avait pas offensé les dieux pour arriver là.

En un clin d'œil, elle bondit avec grâce devant la divinité meurtrière, mais elle ne retomba pas dans la position prostrée et révérencieuse habituelle, elle piqua en diagonale depuis les airs. Si elle avait eu un corps physique à cet instant, on aurait cru voir une Apsara volante comme on en voit sur les fresques des grottes de Dunhuang, nymphe céleste aux jambes levées, à la poitrine bombée et à la tête haute, affrontant le regard du grand robot, les plis de sa jupe ondulant derrière elle comme des vagues déferlantes.

Le cockpit vide lui apparaissait comme un gouffre. Xiaomi fixa les ténèbres et détecta une odeur familière. Ce n'était pas un ensemble de molécules en suspension dans l'air, perceptibles par son nez, mais une trace portant un message, une trace laissée par Frère Wen. Elle sentit une paroi invisible, érigée entre sa conscience et le robot, qui s'étendait à l'infini dans toutes les directions. C'était comme la porte d'un coffre-fort qui aurait été forcée puis laissée à moitié fracturée. Une dernière impulsion, une dernière chiquenaude, et un tout nouveau monde s'offrirait à elle.

Xiaomi ne put résister à la tentation de l'abîme, c'était comme l'appel d'un instinct primitif ; elle n'avait plus rien à perdre, pas même la vie.

Les tentacules de sa conscience s'insinuèrent à travers la paroi comme des algues souples, à la recherche des brèches du mécanisme complexe qui la maintenait fermée. Xiaomi s'étonna de voir à quel point tout se déroulait naturellement, elle n'avait même pas besoin de diriger ses mouvements. À vrai dire, elle ne savait rien de ce qu'elle faisait – tout ce dont elle se souvenait, c'étaient des mystérieux rituels de possession chamanique pratiqués par Wen, dont les longs doigts s'agitaient tandis qu'il brisait les serrures et modifiait les codes de programmation. À ses yeux, Frère Wcn était un dieu d'un autre monde.

Et maintenant, elle pouvait accomplir ce que même un dieu ne pouvait faire.

La paroi ne s'était pas ouverte ni effondrée, elle avait simplement disparu dans les airs. Laquelle était la plus invraisemblable ? La paroi informe qui s'évaporait ou la femme morte qui s'acharnait à revivre ? Bientôt, Xiaomi fut aspirée dans l'abîme.

Son appréhension inversée de l'espace lui provoqua de violents vertiges. Le gouffre se transforma en sommet. Xiaomi luttait pour s'adapter à ces nouveaux signaux sensoriels, comme si son âme avait été intégrée à un corps complètement inconnu. Elle avait besoin de temps. Elle attendrait patiemment que l'énergie circule en elle et s'accumule. Un tremblement subtil saisit sa poitrine. Contrairement aux battements du cœur humain, l'amplitude était faible mais la fréquence extrêmement élevée, comme une bête furieuse dérangée dans son sommeil qui émettrait un grognement léger mais terrifiant.

Elle eut un soubresaut, suivi d'un autre, venu non pas de sa chair mais des profondeurs de sa conscience, tandis que d'invisibles tentacules d'électricité caressaient des milliards de neurones, provoquant des ondulations bleues cristallines qui se propageaient le long d'une topologie tridimensionnelle. Il y eut une autre secousse violente, comme si elle actionnait un interrupteur. Et elle le vit : un monde hérissé de lumières, un univers inédit.

Les gouttes de pluie étaient presque immobiles, des cristaux étincelants, aussi nombreux que les grains de sable du Gange, comme pétrifiés dans le ciel nocturne. Confuse, Xiaomi essaya de cligner des yeux mais elle n'avait pas de paupières. Alors que l'exosquelette frémissait, les lumières cristallines se mirent à vibrer avec lui, comme pour montrer qu'elles étaient bien réelles. Le ciel était d'un vert pâle et la mer indigo. Partout, à perte de vue, son champ de vision s'éclairait et devenait limpide, rayonnant à partir du centre et se déformant petit à petit, comme à travers une lentille. Il y eut un silence mortel. L'alliage spécial qui composait la coque du robot semblait absorber et filtrer toutes les ondes, sur toutes les bandes de fréquence.

Les gouttes de pluie commencèrent à se déplacer lentement, comme un train quittant le quai. Elle perçut soudain l'effet de la gravité et se sentit chuter. Instinctivement, elle tenta de trouver une prise où s'accrocher, avant de comprendre qu'elle ne contrôlait plus un corps de chair et d'os mais un squelette d'acier.

Mécha-Xiaomi resta tout d'abord immobile. La sensation était étrange. Elle avait conscience que son vrai corps gisait toujours à un mètre sous terre mais, ici et maintenant, elle secouait la pluie accumulée dans les anfractuosités de l'épaule de son armure. Elle écoutait le bourdonnement oppressant des fibres musculaires artificielles électroactives en train de se contracter. Elle ne respirait pas, n'était pas anxieuse, elle ne se limitait plus. Elle savait soudain ce qu'elle devait faire.

Non loin de là, trois silhouettes humanoïdes, baignées dans un halo vert sombre, tremblaient dans l'obscurité.

Mécha-Xiaomi avança de quelques pas, creusant des cratères profonds dans la boue fraîche et humide, tandis que le ciel nocturne émeraude commençait à scintiller de manière erratique et que la vitesse des gouttes semblait s'accélérer, quoique celles-ci demeurassent tout de même plus lentes que dans le monde physique. Elle se demandait si elle n'était pas victime d'une hallucination provoquée par la prise de champignons numériques.

L'armure noire fracassa la matrice des gouttes de pluie et le vent nocturne s'engouffra dans ses fissures, calculées par un superordinateur, en sifflant comme un renard ou une chouette. Mécha-Xiaomi s'émerveillait de la vitesse de déplacement de ce corps massif. Les trois visages s'illuminèrent au centre de son champ de vision, leurs traits se tordant au ralenti, affichant une expression verdâtre teintée d'effroi.

Mécha-Xiaomi lança son bras droit en diagonale dans la direction du visage du balafré et de sa cigarette : une ligne rouge, nette et précise, suivit la vieille cicatrice sur sa joue et traversa le reste de son visage. La moitié supérieure de sa tête glissa légèrement. Xiaomi visa son omoplate et arracha son bras droit. Elle vit un liquide brillant couleur pastel jaillir de cette coupure presque parfaite. Elle réalisait que l'éclat de couleur représentait sa chaleur.

Un vert mentholé chaud et bientôt laiteux.

Presque aussitôt, son autre bras de fer enserra la tête du chauve et le souleva du sol. Ce dernier se débattit comme un poisson-chat au bout d'un hameçon, ses coups de pied et de poing frappant l'armure en alliage avec des bruits sourds. Une tache humide grandissait rapidement dans l'entrejambe de son pantalon. Xiaomi augmenta lentement la pression des pinces, regardant le crâne chauve se bosseler, se fendiller et fuser d'un liquide blanc nacré entre ses doigts de métal. Elle observa ce processus avec fascination jusqu'à ce que le corps mutilé de l'homme retombe sur le sol et que tout ce qui reste dans la paume de Mécha-Xiaomi soit un mélange d'os, de sang et de matière cérébrale, le tout brillant comme un jade de piètre qualité.

Elle avait consacré trop de temps à ce jeu et en avait presque oublié son véritable objectif. Do-gian avait déjà parcouru plusieurs centaines de mètres sur la plage. La flamme sur son épaule tremblait violemment dans la nuit, comme si elle allait s'éteindre à tout instant.

Mécha-Xiaomi fit deux bonds immenses et tomba lourdement à genoux dans le sable. Sa conscience se faisait de plus en plus floue, de plus en plus chétive, elle ne parvenait plus à rassembler suffisamment de force pour manipuler l'exosquelette. Il lui fallut un moment pour comprendre qu'elle n'était pas une âme libre ; elle était toujours liée à ce morceau de chair frêle, enfoui et mourant. Quand elle serait morte, sa conscience se dissiperait totalement.

Elle se leva péniblement et, à pas lourds, elle retourna vers la fosse commune, décidée à trouver sa propre tombe.

Son champ de vision avait changé, le sol était divisé en une grille lumineuse et nette, et les yeux de Xiaomi pouvaient la traverser. Elle voyait des squelettes, des cercueils et des objets funéraires destinés à chasser les esprits malfaisants. Elle scruta les cadavres et leurs positions étranges. Il y avait des chats, des chiens en plus grand nombre, et des êtres entrelacés, indiscernables, qui évoquaient des dieux ou des monstres terrifiants à trois têtes ou six bras. Elle vit une minuscule créature recroquevillée, un gros crâne au sommet d'un corps sous-développé : un nourrisson semblable à une larve de cigale dormant dans l'obscurité du sous-sol. Les fibres musculaires du robot se contractèrent, comme s'il frissonnait avec elle.

Xiaomi se vit, une ombre grise et mince, délavée, raide comme un chien mort, couchée paisiblement dans un caisson carré, pas plus lumineuse que les autres dépouilles autour d'elle.

Elle plongea ses bras mécaniques dans la terre humide, en retira des brassées de boue noire, puis les replongea. Xiaomi creusait avec une détermination telle qu'elle ne semblait pas s'inquiéter de déchirer sa chair. Elle voyait tout, elle maîtrisait tout avec une précision millimétrique. Une bâche en plastique bleue émergea peu à peu, comme une mer qui se soulève et engloutit progressivement le continent jusqu'à ce qu'il ne reste que des îlots noirs.

Mécha-Xiaomi tendit les bras et attrapa délicatement son corps avant de le déposer sur le sol. Le linceul en plastique se déroula et révéla une peau blanche et moite, avec de faibles taches sombres, semblable à la chair d'une palourde. Son corps meurtri était rendu bouffi par l'eau de pluie. Xiaomi regarda un visage à la fois inconnu et familier, et une sensation étrange émergea dans son esprit. Ce n'était pas comme regarder dans un miroir. Dans un miroir, on ajuste inconsciemment nos muscles faciaux pour obtenir le meilleur effet esthétique mais, à présent, elle observait un visage complètement relâché, sans la moindre trace de vie.

Les doigts froids en alliage caressèrent le corps de la jeune fille. Xiaomi ignorait comment se sauver. Elle vit que le vert clair situé dans sa poitrine se refroidissait peu à peu et devenait plus foncé, se fondant dans l'indigo glacé qui régnait tout autour. Sa vie échappait au contrôle de sa conscience. Xiaomi tendit deux doigts épais et les plaça entre ses petits seins. Elle commença à presser avec rythme le centre de son sternum, comme elle l'avait vu faire à la télévision. La chair molle se convulsait par intermittence sous la force mécanique, mais le cœur ne donnait aucun signe de vie.

Lève-toi ! Mais lève-toi !

Xiaomi hurlait sans voix son désespoir. Elle ne maîtrisait plus sa force, et vit son thorax s'enfoncer sous les assauts des doigts métalliques. Son corps s'engluait plus profondément dans la boue lorsqu'elle se vit cracher un mélange de sang et de boue par le nez et la bouche. Il lui sembla que c'était l'espoir lui-même qui exsudait de ses orifices.

Le cœur ne montrait cependant toujours aucun signe d'activité.

Il me faut de l'électricité !

À la vitesse d'un éclair, cette pensée enflamma les faisceaux nerveux de Mécha-Xiaomi. En trente microsecondes, les fibres musculaires électroactives de ses bras se contractèrent pour créer un circuit en formant des bornes positive et négative.

Elle ignorait comment elle avait réussi à faire cela, elle se sentait comme un soldat aguerri qui ne saurait dire si sa première réaction, en entendant un coup de feu, provenait de souvenirs complexes stockés dans sa structure musculaire, ou bien d'une commande consciente de son cerveau.

Crac. Des étincelles bleutées. Le courant électrique circulait du côté gauche du sternum vers le cœur, puis ressortait par l'omoplate droite.

Dans la pénombre, son cœur vert, en forme de bourgeon, se contracta.

Augmentation du courant. *Crac.* Son corps entier se souleva puis retomba, projetant de la boue tout autour.

Le bourgeon vert se contracta encore violemment, puis se détendit. Xiaomi sentit soudain une force qui tirait sa conscience vers l'extérieur, essayant de l'arracher à la coque de l'exosquelette. La fille nue allongée sur le sol en était la source.

Crac. Une autre secousse violente. Elle fut brusquement submergée par une sensation de nausée. Pendant un instant, il lui sembla qu'elle était de retour dans ce corps humain froid, humide et blessé. Cela ne dura que quelques microsecondes, avant qu'elle ne retrouve la solidité rassurante de son château d'acier.

Crac. Crac. Crac.

La conscience de Xiaomi oscillait à présent rapidement entre le robot et le corps humain. Sa vision vacillait tandis que son cœur reprenait un rythme régulier et que sa force vitale se régénérait lentement. En même temps, elle avait l'impression de perdre le contrôle de son armure en alliage. Ses articulations inhibées n'étaient plus capables de supporter le poids de l'exosquelette et elle sentait le corps mécanique tituber et s'effondrer sous l'effet de la gravité.

Or, sous l'énorme armure, reposait le corps de la jeune fille inconsciente.

Douleurs. Froid. Frissons. Nausées. Fatigue extrême. Ces sensations humaines occupaient peu à peu le centre de la conscience de Xiaomi. La dernière vision de Mécha-Xiaomi fut celle d'une machine tanguant au-dessus de la silhouette fragile étendue sur le sol. Elle pouvait presque voir le cœur qui venait de se remettre à battre dans la poitrine immaculée, mais qui serait bientôt broyé par les tonnes de métal de ce jouet de guerre.

Non !

Xiaomi fut surprise d'entendre sa propre voix dériver faiblement dans la tempête. Elle ouvrit les yeux avec peine. Devant elle se tenait l'énorme et hideuse figure mécanique noire. L'eau de pluie ruisselait sur les nervures de l'armure et gouttelait entre ses lèvres. Au moment de s'écraser, le robot avait déplié ses bras et les avait plantés dans la boue, pour supporter le poids considérable de sa carcasse.

Entre elle et la mort, la distance avait été celle d'un baiser.

Xiaomi luttait pour bouger ses membres endoloris. Elle s'extirpa centimètre par centimètre de l'entrejambe du robot. La pluie battante perçait la nuit et se déversait sur elle, brouillant sa vision. Elle avait froid, elle tremblait, elle se sentait confuse et impuissante, et son corps, qui aurait dû lui être familier, lui paraissait à présent lourd et incontrôlable. La lumière blanche reparut, balayant négligemment le ciel nocturne, la surface de la mer, la plage, le cimetière. Elle frappa Xiaomi puis la quitta aussitôt, en silence, sans la moindre trace de chaleur ou de compassion.

Elle se souvint de tout, du cauchemar qui avait été le sien, et elle vomit sous la pluie.

8

Lo Gim-sian observa la silhouette masculine tremblante recroquevillée dans un coin. La flamme au-dessus de son épaule était éteinte, son corps empestait l'urine, des traînées de bave coulaient de ses lèvres. Ses yeux écarquillés, injectés de sang, semblaient incapables de rester fixes. Il était méconnaissable. Lo Gim-sian ne se souvenait pas avoir jamais vu Do-gian dans un état de terreur aussi pathétique. Le garçon avait fui sa famille à l'âge de neuf ans et avait rejoint un gang de rue, les yeux gorgés de haine. Il avait plus tard été recueilli par Lo Gim-sian après une bagarre, et ce dernier en avait fait un chien fidèle du clan Lo.

Le gamin était aussi maigre qu'un germe de haricot, mais, ce jour-là, Lo Gim-sian l'avait vu brandir sa chaîne de vélo comme un serpent d'argent au milieu de la foule. Des gouttes de sang éclaboussaient son visage juvénile tordu par la rage. Lo Gim-sian ne pourrait jamais oublier son regard, c'était comme s'il voulait anéantir le monde entier.

C'est un bâtard. C'est ce qu'avaient dit les autres à Lo Gim-sian. Sa mère avait eu une histoire avec un ouvrier migrant et, après la naissance de Do-gian, l'homme était parti. Ses proches avaient conseillé à la mère de se débarrasser de l'enfant, mais elle avait insisté pour l'élever. Le gamin avait grandi sous le regard méprisant et désapprobateur de son entourage. Ses sourcils longs et effilés comme des lames de couteau ressemblaient à ceux du migrant – c'était du moins ce que prétendaient ceux qui avaient croisé son père.

Plus tard, sa mère s'était remariée avec un insulaire. Le beau-père attendait que la génitrice de Do-gian soit absente pour enfermer l'enfant dans le poulailler ou dans la niche du chien. Il le forçait à se battre avec les volailles et les chiens pour quelques restes de nourriture et l'obligeait à ramper sur le sol et dans le fumier. Puis il racontait à sa mère que c'était un bâtard qui préférait la compagnie des animaux. Une nuit, la mère de Do-gian l'avait serré dans ses bras en pleurant et lui avait dit : « Va-t'en, il n'y a que de la souffrance, ici, avec moi. » Les yeux brillants de Do-gian n'avaient pas versé une larme.

Après que Do-gian s'était enfui de chez lui, sa mère n'avait pas cherché à le retrouver, même si elle ne vivait qu'à quelques encablures et qu'elle aurait pu sentir son odeur quand il pissait. Il avait plusieurs fois frôlé sa mère, son beau-père et son demi-frère dans la rue. Mais aucun ne l'avait jamais reconnu. Il avait grandi trop vite : sa musculature s'était épaissie – héritage de ses fréquentes bagarres –, il avait coupé et teint ses cheveux et portait désormais une fine barbe aux reflets bleutés. En outre, s'il venait à les croiser, il accélérait le pas et baissait les yeux, de peur que son regard ne le trahisse.

Son demi-frère avait mystérieusement disparu à l'âge de quatre ans. On l'avait cherché en vain. Puis la rumeur avait circulé qu'il avait été enlevé par des migrants et vendu quelque part dans le nord-ouest de la Chine. Le beau-père avait pleuré pendant presque un mois et avait vieilli d'un coup. Étrangement, Do-gian avait éprouvé de la sympathie pour lui.

J'aurais dû leur laisser un souvenir. Dommage, c'est trop tard, maintenant, avait-il pensé.

La vengeance était un instinct profondément ancré en lui. Quand il avait frappé l'enfant, il n'avait pas eu l'ombre d'une hésitation en fixant ce visage ressemblant au sien, quoique bien plus jeune.

Il se détestait, autant qu'il détestait le monde. Lo Gim-sian l'avait parfaitement compris, c'était la clef de l'invincibilité du jeune homme. Mais maintenant, comme un chien castré, il avait perdu toute son impétuosité, il serrait les jambes et répétait des délires incohérents.

Un fantôme, disait-il. Il y avait un fantôme.

Les meurtres avaient été presque trop bizarres pour être réels. La scène comprenait, outre les cadavres mutilés, une fosse profonde, l'exosquelette d'un robot mis au rebut qui, faute de batterie, s'était affalé sur le sol, ainsi que plusieurs empreintes de pas sur la plage et dans la boue. Des empreintes lourdes, inhumaines.

Lo Gim-sian avait étouffé l'affaire. Malgré ses nombreuses années passées dans le milieu du crime, et malgré toute la richesse de ses expériences et de son imagination, il était dans l'incapacité de reconstituer la scène. Il manquait à ce labyrinthe sanglant une pièce maîtresse, une clef pour percer le mystère : cette déchetière, en apparence si faible et si fragile.

Il n'ignorait pas les penchants sexuels morbides de Do-gian. Malgré la témérité dont il faisait preuve sur un champ de bataille, ce robuste gaillard était incapable d'avoir des relations sexuelles normales, même en prenant de puissants aphrodisiaques. Il possédait un goût inhabituel pour la violence. Plus la fille violée résistait, plus il était excité.

Lo Gim-sian avait deviné que cette tendance était liée à ses traumatismes d'enfance, mais il n'avait jamais eu le cœur de lui demander, comme un secret gênant partagé entre un père et son fils.

Cette Xiaomi était à la fois une victime et un témoin, et peut-être même une suspecte en fuite.

Le rituel du bol enflammé que mènerait la *lohsengpua* approchait, et son fils était toujours dans le coma sur son lit d'hôpital, se ratatinant comme une pomme trop sèche. Lo Gim-sian ressentait de l'angoisse, il avait besoin une nouvelle fois de la bénédiction et du réconfort des dieux.

Notre accord est-il toujours valable ?

Il rapprocha deux blocs de bois en forme de croissant et les brandit au-dessus de sa tête. Il ferma les yeux, pria à haute voix, puis laissa tomber les deux objets sur le sol. Ceux-ci s'immobilisèrent, leurs deux côtés incurvés vers le bas. Les *jiaobei* indiquaient si le dieu ou l'esprit invoqué était favorable à la demande du fidèle, mais la position des deux blocs lancés par Lo Gim-sian signifiait que les dieux se riaient de sa demande. Lo Gim-sian, ne souhaitant pas se résigner, relança encore trois fois les *jiaobei*, pour le même résultat.

Li Wen était assis dans sa cabane de fortune malodorante, écoutant la pluie frapper en cadence le toit de tôle ondulée. Toutes sortes de prothèses en mauvais état étaient éparpillées autour de lui. Des muscles artificiels augmentés de différentes épaisseurs ainsi que des outils métalliques étaient accrochés aux murs. La pièce ressemblait à un abattoir exsangue, et il était le boucher froid et tranquille, son couteau à la main.

Devant lui étaient accroupis plusieurs jeunes déchetiers, dont les vêtements en tissu synthétique gris étaient imbibés d'eau de pluie. Chacun portait une paire de lunettes de réalité augmentée, dont les fils étaient reliés et branchés à une délicate petite boîte reposant dans la main de Li Wen. Ils semblaient impatients de poser leurs questions, mais le rythme lent de Li Wen les en dissuadait.

« Frère Wen, c'est toi qui as trouvé Xiaomi ? Où ça ? »

Li Wen hocha la tête, puis la secoua aussitôt après, les yeux scintillants.

« À l'entrée du village, elle est venue en marchant. Toute seule. À l'entrée du village.

– Qu'est-ce qu'il lui est arrivé ? Ces porcs, il faut leur couper les couilles ! Ils ne doivent avoir aucune descendance !

– Elle est à l'hôpital, toujours inconsciente et sous surveillance policière. Nous ne pouvons pas entrer, mais la famille Lo n'osera rien tenter non plus.

– Putain ! On sacrifie nos vies pour leur fortune et dès qu'on regarde ailleurs, ils tabassent nos filles. Mais dans quel monde vit-on ?

– Frère Wen, allons brûler le manoir des Lo ! Massacrons-les jusqu'au dernier et donnons-les à manger aux chiens ! »

Cette proposition outrageuse récolta l'approbation générale.

« Vous ne pouvez pas vous servir de vos cerveaux, non ? »

Les veines des tempes de Li Wen palpitèrent, son expression était celle d'une grande souffrance. À cet instant, un visage familier lui apparut, celui de sa petite sœur, et son visage se confondit avec celui, pâle et ravagé, de Xiaomi, sans qu'il sache s'ils se ressemblaient à cause de leurs traits ou à cause du désespoir qu'ils exprimaient. Il n'avait pas réussi à protéger sa sœur, et voilà qu'il arrivait la même chose à cette fille à laquelle il tenait. Sa douleur était insupportable.

« Sur quoi vous basez-vous pour dire que ce sont les Lo qui ont fait le coup ? Qui les a vus ? Qui a filmé ? Vous gueulez et vous mordez au hasard comme une meute de chiens sauvages, exactement comme eux. »

Li Wen avait répondu froidement. Il contrôlait la colère qui grandissait dans sa poitrine, cette fureur qui le poussait à devenir une bête sauvage, à réduire toute raison en cendres, à commettre l'irréparable. Mais il ne pouvait pas. Il avait besoin de temps pour analyser, pour réfléchir. Pour Xiaomi, il se devait de rester sur la bonne voie.

Les jeunes ne bronchèrent plus. Un moment passa avant qu'ils n'osent timidement demander à Li Wen ce qu'il convenait de faire.

« Ils vont agir comme d'habitude, ils vont sûrement surveiller nos lignes de communication, et même activer leurs caméras de surveillance intelligentes à tous les coins de rue, pour garder un œil sur les déchetiers. Ils feront même des analyses des mouvements de nos lèvres. Ne croyez pas qu'ils n'ont pas les moyens de récolter toutes ces données, même si l'île de Silicium est une zone à débit restreint.

» J'ai conçu un programme qui agit comme un virus sous contrôle. Lorsqu'il est activé, si deux paires de lunettes se trouvent à moins d'un demi-mètre, l'une peut craquer les paramètres de partage de l'autre et répliquer des données visuelles. Dans les jours qui viennent, nous devrons utiliser nos yeux plutôt que nos bouches et nos oreilles pour communiquer. Vous pourrez prendre des vidéos de vous-mêmes face à votre miroir, puis les diffuser autour de vous, ou transmettre toute scène inhabituelle que vous parviendrez à capturer. Vous comprenez ce que je veux dire ? »

Quelques jeunes eurent besoin d'un peu plus de temps pour saisir la stratégie de Li Wen, mais tous le regardèrent avec des yeux pleins d'admiration, comme s'il était une divinité supérieure. Li Wen essaya d'échapper à leur adoration, en ajoutant maladroitement :

« J'ai configuré presque toutes les lunettes de réalité augmentée du bourg. C'est assez facile de fabriquer la clef qui ouvrira les serrures que j'ai installées moi-même.

– Alors qu'est-ce que nous devons faire, maintenant ?

– Regardez-moi, répondit Li Wen en tournant la tête vers l'un des déchetiers. Nous allons faire le test. C'est une guerre. Une guerre entre eux et nous. Xiaomi appartient à notre famille, elle est notre sœur et notre enfant. Elle représente la dignité que nous voulons défendre, tout comme nous défendons notre terre, notre air et notre eau. »

Le visage solennel de Li Wen esquissa soudain un sourire amer, laissant paraître une trace de culpabilité.

« Les Lo veulent Xiaomi, ils ont leurs propres réseaux de surveillance et d'intelligence. Mais nous, nous avons des espions humains. S'ils osent prendre Xiaomi par la force, vous devrez diffuser la scène à tout le monde. Nous crierons haut et fort que le peuple des ouvriers de l'île de Silicium veut de la justice, et que les sanctions doivent être équitables. »

Le jeune homme que fixait Li Wen débrancha ses lunettes et attendit qu'une lumière verte s'allume dans le coin supérieur de la lentille. Il inclina légèrement la tête vers son compagnon, et les deux s'adressèrent un signe de compréhension. Comme leurs fronts se rapprochaient, un autre point vert s'alluma, telle une luciole désireuse de s'accoupler.

À présent, il ne faut plus compter que sur soi-même.

Lo Gim-sian était plongé dans ses pensées. Il regardait le jour pluvieux à travers la fenêtre de sa voiture. Ses hommes lui avaient rapporté que Xiaomi, toujours inconsciente, se trouvait actuellement dans l'unité de soins intensifs de l'hôpital central de l'île de Silicium, veillée par Dang Kai-zong. L'Américain et le directeur Lim venaient de partir, et il ne se trouvait plus que quelques gardes devant la porte.

« C'est le bon moment pour agir », dit-il d'une voix pressante au téléphone.

De fines gouttes de pluie, ballottées par les courants d'air, roulaient sur la vitre, convergeant les unes vers les autres, s'unissant en minuscules ruisseaux enchantés, peignant des motifs complexes sur le fond flou, avant de se séparer, de se désintégrer et de redevenir des gouttes cristallines.

Comme le destin des hommes, marmonna Lo Gim-sian pour lui-même.

On croit tenir notre vie entre les doigts mais, en réalité, personne ne contrôle sa destinée, elle suit son propre chemin.

Tout ce qu'il faisait avait peut-être été prédestiné, un peu comme la trajectoire des gouttes d'eau portées par un vent invisible, par les vibrations de la voiture, par les minuscules grains de poussière à la surface des fenêtres, et par bien d'autres forces inconnues. Plus jeune, Lo Gim-sian aurait dit de ces forces qu'elles provenaient d'une aptitude naturelle, d'une vision du monde particulière, d'une volonté obstinée ou simplement de la chance. Mais il était maintenant clair à ses yeux que si tout ça était vrai, tout était faux en même temps. On ne pouvait jamais contempler qu'un fragment de l'immense fresque du monde, comme un aveugle ne peut connaître la morphologie d'un éléphant en touchant sa queue. Et surtout, cette fresque s'élargissait plus rapidement chaque jour.

La voiture s'arrêta à l'entrée de l'hôpital. Quelques-uns de ses hommes lui ouvrirent la voie. Ils s'étaient vêtus sobrement, espérant être pris pour de la famille, mais ils étaient trahis par leur démarche mécanique et leur attitude méfiante, si bien que les gens leur cédèrent la voie, le visage anxieux.

Des gardes postés à l'entrée de l'unité de soins intensifs remarquèrent leur présence. Alors qu'ils s'apprêtaient à appeler des renforts, ils furent très vite immobilisés et forcés de s'agenouiller dans un coin. Des lames de couteau scintillaient froidement devant leurs yeux.

Lo Gim-sian hocha la tête et poussa seul la porte de la chambre. Dang Kai-zong leva un visage bouffi de fatigue, le regard suspicieux et alerte.

« Qui êtes-vous ?

– Lo Gim-sian. »

Le jeune homme marqua une pause. Il essayait de retrouver ce nom dans sa mémoire. Soudain, ses sourcils se nouèrent en une expression de fureur.

« Vous n'êtes pas le bienvenu ici ! »

Lo Gim-sian secoua négligemment la tête. Il s'approcha du lit pour mieux voir la patiente, mais Dang Kai-zong fit barrage avec son corps.

« Partez d'ici ! Immédiatement ! grogna-t-il à voix basse.

– Jeune homme, fais attention à tes manières ! »

Lo Gim-sian sortit un prestigieux paquet de Zhongnanhai bleues, en tira une cigarette qu'il tapota avant de la glisser entre ses lèvres.

« N'écoute pas les rumeurs, tu veux ? Je n'ai pas touché à un doigt de ta petite amie. Je ne me trompe pas, non ? C'est bien ta petite amie ? »

Il désignait la femme sur le lit, bardée de câbles et de cathéters de toutes sortes. Sans attendre que Lo Gim-sian ne saisisse son briquet, Dang Kai-zong lui arracha la cigarette des lèvres et l'écrasa avec sa chaussure.

« Vous allez payer pour ça ! » cria Dang Kai-zong, le regard enflammé.

Il serrait ses poings tremblants, comme si deux forces antagonistes luttaient en lui. Il finit par desserrer ses mains, mais cracha sur le sol, un geste qui l'aurait dégoûté un mois plus tôt.

« Oui, je vais payer. Mais avant cela, j'ai besoin que Xiaomi me rende un service. »

Les yeux de Dang Kai-zong se posèrent sur le bouton d'appel d'urgence situé à côté du lit, où se trouvait également son téléphone portable.

Lo Gim-sian agita un doigt, lui intimant de ne pas agir de manière irréfléchie.

« Des hommes à moi attendent dehors, mais je suis entré seul dans cette chambre. C'est un gage de bonne volonté, non ? »

Dang Kai-zong prit une profonde inspiration, comme s'il évaluait la situation.

« Qu'attendez-vous exactement de Xiaomi ?

– Tu poses des questions ! C'est un bon début. »

Lo Gim-sian sortit son téléphone et son doigt glissa plusieurs fois sur l'écran. Puis il le tendit à Dang Kai-zong.

« Ça te dit quelque chose ? »

C'était la photo en noir et blanc de Xiaomi, assise devant le tas d'ordures, les yeux dans le vague, une prothèse de jambe à la main. Cette image était la première impression qu'il avait eue de la jeune fille. Il résista à la tentation de se tourner vers son visage meurtri, aux yeux étroitement clos, dissimulé derrière un masque à oxygène.

« Le cliché a été pris par mon fils, Lo Ze-him. »

Le ton de Lo Gim-sian était devenu conciliant et plein de tendresse.

« Après quoi, il est étrangement tombé malade et se trouve maintenant dans le coma. Les médecins sont impuissants…

– Comme si Xiaomi avait pu…, fit Dang Kai-zong avec une pointe d'ironie dans la voix.

– Nous devons organiser un rituel », expliqua Lo Gim-sian, qui semblait un peu embarrassé.

Il répéta avec soin les mots utilisés par la sorcière :

« La *lohsengpua* tiendra le bol enflammé. À travers Xiaomi, elle chassera la mauvaise fortune de mon fils. »

Dang Kai-zong se figea. Il semblait dépenser l'énergie d'un cerveau supplémentaire pour comprendre le sens de ces mots. Puis, incapable de se contenir, il éclata de rire. L'atmosphère tendue de la chambre semblait devenir joyeuse, et plusieurs hommes de main jetèrent un coup d'œil par la fenêtre.

« Vous avez de l'humour, monsieur Lo, c'est hilarant. »

Dang Kai-zong cessa soudain de rire, brisant l'illusion qu'il était de meilleure humeur.

« Risquer la mort de quelqu'un pour des croyances aussi stupides… C'est comme ça que vous pensez sauver votre fils ?

– Quand j'avais ton âge, j'éprouvais le même mépris pour ces superstitions. »

Lo Gim-sian hocha la tête pour montrer qu'il comprenait. Puis il reprit sa placidité habituelle.

« Quand on est vieux, on a vu plus de choses, et on ne peut pas s'empêcher de croire… Continue à faire défiler les images. »

Perplexe, Dang Kai-zong sélectionna les photos suivantes sur le téléphone. Après avoir survolé quelques fleurs d'intérieur et des paysages marins, il se sentit traversé par un souffle glacé, ses pupilles se contractèrent, et le téléphone trembla légèrement dans sa paume.

« Ce sont mes gars. Ils ont désobéi à mes ordres. Dans mon dos, ils ont fait à Xiaomi des choses qu'il ne fallait pas. Ils en ont payé le prix. »

Lo Gim-sian se tut un instant et fixa Dang Kai-zong.

« Mais ce n'est pas moi qui leur ai fait ça. »

Les images de cadavres horriblement mutilés glissèrent lentement sur l'écran du téléphone, remplacées par celle d'un robot noir et or baigné par la lumière de l'aube. Son chef était suspendu au-dessus du sol, ses bras plongés dans la terre. Sous sa poitrine, on distinguait un renfoncement de forme et de taille humaine, aux contours familiers.

« Je ne comprends pas… »

Les sourcils de Dang Kai-zong se froncèrent tandis que devant lui se tissait une toile complexe d'informations, au milieu de laquelle semblait manquer un morceau.

« Ce chien de Lim Ek-ru. Il ne tendra pas la patte tant que la viande ne sera pas assez grasse et juteuse. »

Lo Gim-sian scrutait les réactions de Dang Kai-zong.

« Oh ? On dirait que ton patron ne t'a pas tout dit ? Lui aussi cherche Xiaomi, il a fait appel au gouvernement local. Je suppose que le clan Lim pense en tirer quelque chose.

– Mais pourquoi ?

– C'est la raison de ma venue ici. La réponse à toutes ces énigmes, c'est elle. »

Lo Gim-sian regarda la silhouette de Xiaomi allongée sur son lit d'hôpital, et il ajouta à voix basse :

« Peut-être aussi le salut de mon fils. »

Dang Kai-zong s'approcha du lit. Il posa un regard doux et triste sur les ecchymoses et les cicatrices rougeâtres qui bardaient la peau blanche de Xiaomi, puis leva les yeux sur les lentes ondulations du moniteur de surveillance. Il se mordit la lèvre et grimaça de douleur : une colonne d'air sembla gonfler dans sa gorge, qu'il eut du mal à refouler. Il baissa la tête, et donna l'espace d'un instant l'illusion d'être un prince sur le point d'embrasser une jeune femme endormie, mais il demeura impavide.

« Ça n'aurait aucun sens pour vous de la kidnapper maintenant, dit lentement Dang Kai-zong. Vous ne comprenez pas ? La guerre a déjà commencé. »

Lo Gim-sian se tenait sous la lumière tamisée, le visage sombre, la mâchoire serrée, les bras croisés. Il eut un haussement d'épaules, comme pour se débarrasser du malaise provoqué par les paroles de Dang Kai-zong.

Lim Ek-ru et Scott Brandle étaient assis à l'arrière de la berline, chacun fixant en silence les scènes floues et pluvieuses derrière les fenêtres du véhicule. Les rues couleur ardoise de l'île de Silicium glissaient lentement comme une audacieuse peinture postimpressionniste.

Le téléphone de Scott sonna. Il jeta un coup d'œil, mais rejeta l'appel. L'appareil sonna à nouveau.

Le directeur Lim le regarda et l'invita à décrocher. Scott refusa encore une fois l'appel, et rendit à Lim Ek-ru un sourire excessivement poli. Le directeur Lim marmonna quelque chose dans le dialecte insulaire.

« Ne soyez pas si poli, directeur Lim. Je sais bien que vous comprenez l'anglais.

– Juste un peu. L'interprète intérimaire… il va arriver, Dang Kai-zong, occupé…

– Vous jouez au modeste, directeur Lim. Vous n'avez pas besoin d'interprète. J'ai lu votre CV. Vous étiez autrefois l'un des meilleurs élèves de l'île de Silicium, ajouta Scott sans se départir de son sourire.

– Mais vous, vous avez besoin d'un interprète, monsieur Brandle, glissa d'un ton glacial le directeur Lim, abandonnant son aimable expression.

– Vous avez enfin décidé d'arrêter de m'appeler monsieur Scott ? Sauf votre respect, la comédie était un peu grossière.

– Sur l'île de Silicium, jouer un rôle se révèle parfois nécessaire à la survie. Si vous voulez faire des affaires, ici, il faudra apprendre à respecter cette règle.

– Je le comprends parfaitement. Ce que je ne comprends pas, c'est de quel côté vous êtes. Vous voyez bien qu'on ne peut pas plaire à tout le monde.

– Surtout aux Américains, répliqua le directeur Lim, une lueur sournoise dans les yeux. Vous pensez que je joue un double jeu, ou un triple, et que je ne m'exprime que dans le but de défendre mon gouvernement, ou les trois grandes familles, sans aucun souci des habitants de l'île. Mais ce sont pourtant eux, nos parents, ceux qui nous donnent le gîte et le couvert. Sans parents, nous ne sommes plus rien. »

Scott leva les sourcils, comme s'il se souvenait d'une anecdote amusante.

« Vous savez quoi ? Quand j'étais gosse, une fois, j'ai surpris mes parents nus, allongés dans leur lit. Rien n'était beau dans ces deux corps dénudés. Je n'ai rien éprouvé d'autre qu'un choc et de la honte. J'ai finalement choisi de faire comme si je n'avais rien vu, et j'ai quitté la pièce sans faire de bruit. Mais si je devais aujourd'hui revivre cette scène, peut-être que je choisirais de les border d'une couverture. Parce que, comme vous, j'aime mes parents.

– Je ne crois pas que votre analogie soit pertinente. Chaque problème a toujours deux faces, mais vous n'en voyez jamais qu'une seule.

– C'est-à-dire ? Vous n'allez pas vous mettre à me parler du yin et du yang, quand même ? pouffa Scott.

– Par exemple…, commença le directeur Lim Ek-ru en prenant une profonde inspiration. Wealth Recycle considère depuis le début les trois grandes familles comme des obstacles, sans envisager qu'il pourrait être plus pertinent de s'allier avec l'une d'entre elles pour mettre au pas les deux autres. Wealth Recycle s'attend encore à ce que le gouvernement émette des directives contraignantes en matière d'énergie, ignorant l'historique de ces décisions sur l'île, qui l'incite à être plus pondéré à ce sujet. Votre compagnie essaie de séduire les insulaires en mettant en avant la protection de l'environnement et la productivité. Mais vous ne savez pas que les robots peuvent être plus efficaces et plus écologiques. Ce qui inquiète les habitants, c'est de savoir où ira la main-d'œuvre du secteur de l'élimination des déchets, et si elle deviendra une force mobile et instable. Et puis il y a aussi Guo Qidao, le directeur du Bureau de protection environnementale, dont vous avez…

– Hum ? fit Scott en dressant l'oreille.

– Vos bases de données semblent limitées. Le jeune homme qui a essayé de voler les données de votre ordinateur était membre d'un groupe environnementaliste radical appelé "Tussilage", dont le fondateur est Guo Qide, qui n'est autre que le frère jumeau du directeur Guo. Ne soyez donc pas si prompt à tirer des conclusions hâtives sur tout et n'importe quoi. En Chine, nous disons toujours qu'il faut définir une stratégie avant d'agir. »

Scott garda le silence, l'air pensif. Le ton du directeur s'adoucit. Il changeait si habilement de masque que ses auditeurs avaient du mal à suivre ses métamorphoses.

« Faites-moi au moins confiance sur un point : sur toute l'île, je suis votre meilleur allié. »

La sonnerie stridente de son téléphone interrompit sa confession. Il jeta un regard à Scott, décrocha et son visage se transforma à nouveau. Il s'empressa d'adresser un signe au conducteur de faire demi-tour, puis composa un autre numéro.

« Quelqu'un s'est introduit dans l'unité de soins intensifs. »

Ses mots restèrent suspendus dans l'air, comme des sacs-poubelle gorgés d'eau accrochés à un câble à haute tension.

Ils nous appellent « le peuple des déchets ». Les déchets sont sales, inférieurs, inutiles et pourtant omniprésents. Ils produisent des déchets chaque jour et ils ne peuvent pas vivre sans eux.

Ils croient que nous sommes confinés dans nos cabanes, nos ateliers, nos bassins d'eau polluée, nos incinérateurs ou nos champs en friche, mais ils se trompent. Nous sommes aussi dans les pièces de sécurité de leurs hôtels, dans les arrière-cuisines de leurs restaurants, dans les salles stérilisées de fournitures médicales de leurs hôpitaux. L'eau potable qu'ils boivent, les voitures qu'ils conduisent, les filles qui les escortent en boîte de nuit, et même celles qui gardent leurs enfants – partout où ils risqueraient de se salir, nous, peuple des déchets, gagnons notre vie à la sueur de notre front. Croient-ils qu'ils puissent se cacher de nous ?

Quand ils ont attrapé Xiaomi, nous avons vu, mais nous n'avons rien dit. Nous sommes habitués à leurs démonstrations d'autorité, habitués à être maltraités, piétinés, utilisés et jetés, puis à disparaître sans faire de vague. Nous pouvons même imaginer toutes les tortures subies par la fille : coups, poison, feu, étouffement, eau, entailles, décharges électriques, enterrement vivant, démembrement. Et nous éprouvons même un plaisir coupable à imaginer un tel supplice.

Nous prions simplement pour ne pas être les prochains malchanceux sur la liste.

Cependant, elle est revenue vivante. Par une nuit pluvieuse, nue, meurtrie, sanguinolente, elle a déambulé dans les rues des villages, comme un cadavre revenu de l'au-delà, rappelant à tous les témoins qu'elle n'était que la morte d'un temps futur. C'était un oracle rapportant une révélation divine : si nous vivons, ce n'est pas juste pour survivre.

La guerre a commencé.

« C'est plutôt bien écrit, affirma avec sincérité Lo Gim-sian à Dang Kai-zong. En es-tu l'auteur ?

– Ça circule clandestinement.

– Je devine que ce n'est pas toi, dit Lo Gim-sian en souriant. Les Américains n'ont aucun intérêt à se mêler de ces histoires.

– Ils s'arrangent pour que les insulaires tombent tous dessus.

– Ça ne mènera nulle part. Crois-moi, je connais les Chinois mieux que toi.

– Je suis chinois, moi aussi. La pression, le conflit, tout cela mijote depuis trop longtemps. Il ne manque qu'une étincelle pour tout embraser. Enlever Xiaomi maintenant, ce serait verser de l'huile sur le feu. »

Lo Gim-sian devait admettre que le jeune homme avait raison.

« Et que suggères-tu ? »

Il avait changé d'avis. Son plan était à l'origine très simple, s'introduire dans l'unité et enlever la déchetière. Mais ses tripes lui disaient que ce plan était irréalisable.

« Révéler la vérité, punir sévèrement le coupable, et établir de nouvelles règles. »

Dang Kai-zong semblait avoir tout prévu.

« Hum, tu penses bien comme un Américain, fit Lo Gim-sian en grimaçant. La vérité se trouve actuellement dans le coma, sur un lit d'hôpital. Les responsables sont morts. Les règles ? Il n'y en a jamais eu qu'une seule : les faibles sont la proie des forts, et seuls les forts survivent. »

Avant que Dang Kai-zong eût pu répondre, une alarme rompit le silence de l'hôpital et se mit à hurler sans discontinuer.

« Patron ! » cria une voix tendue derrière la fenêtre.

Lo Gim-sian sortit de la chambre avec précipitation et constata que le couloir était déjà rempli de policiers munis d'armes automatiques. Il leva les mains et ralentit le pas, se dirigeant là où les deux camps se faisaient face.

« Tout ça est un malentendu ! »

Il sourit amicalement et tourna la tête pour exiger à ses hommes de lâcher leurs couteaux, qui tombèrent avec fracas sur le sol carrelé.

L'officier en charge de l'escouade reconnut Lo Gim-sian. Il donna un ordre, et les canons des armes furent rangés à l'unisson. Il s'avança, le sourire aux lèvres, et serra chaleureusement la main du chef de la famille Lo. La situation avait changé si rapidement que Dang Kai-zong, décidément bien étranger aux mœurs locales, était resté bouche bée.

« Monsieur Lo, que se passe-t-il ici ? Nous avons reçu une information sur un groupe de criminels ayant pénétré dans l'hôpital et pris des otages. C'est le directeur Lim qui a donné l'alerte, il sera là dans quelques instants. »

Un spasme d'agacement passa sur le visage de Lo Gimsian, il ne voulait pas se lancer dans un conflit frontal avec la famille Lim.

« Vous savez comment les jeunes peuvent parfois exprimer leur colère. Il ne s'est pas passé grand-chose. Nous partons, je m'y engage.

– Je… je crains de devoir faire un rapport, dit l'officier qui affichait une mine contrariée. Nous allons devoir emmener quelques-unes de ces personnes et leur demander une déclaration, vous êtes d'accord ?

– Nous coopérerons, nous coopérerons, naturellement », fit Lo Gim-sian en hochant la tête.

Plusieurs de ses sbires s'avancèrent docilement et se laissèrent menotter et embarquer au poste de police. Lo Gim-sian s'inclina légèrement devant Dang Kai-zong, resté dans l'autre coin de la pièce, signifiant qu'il reviendrait bientôt.

Il n'avait pas fait trois pas qu'il entendit soudain quelqu'un appeler son nom. Il tourna la tête vers Dang Kai-zong qui, stupéfait, se tenait debout à côté du lit.

Ce n'était pas un son ou, du moins, pas un son détectable par des oreilles humaines. Cela venait du sol, de sous ses pieds, un tremblement inquiétant, comme le foehn qui souffle dans les Alpes, et cela se répandait à toute vitesse dans la pièce. La poitrine de Lo Gim-sian semblait comprimée par une forte pression, sa respiration se faisait laborieuse, son cœur battait à tout rompre, comme si une main remuait ses organes et en modifiait la position. Les veines de ses tempes saillaient et il eut la sensation que d'innombrables aiguilles d'acier s'enfonçaient dans son crâne. Il tomba à genoux, pris de nausée, de panique et de vertige, puis il eut de violents haut-le-cœur.

Le monde devant lui chancelait. Le contour des objets se brouillait et libérait un halo de lumière colorée. Il réalisa que c'était ses propres globes oculaires qui tremblaient de manière incontrôlée, mais pas à la même fréquence que les vibrations des reflets dans la vitre devant lui. Le très petit angle de polarisation de la fenêtre donnait au ciel et aux nuages qui s'y reflétaient une impression de profondeur. La fréquence des tremblements s'accéléra. Un oiseau noir traversa l'image et le verre explosa vers l'extérieur du bâtiment, comme s'il avait été brisé par le vol de l'oiseau. Les éclats jaillirent telles des perles avant de se disperser sur le sol.

Lo Gim-sian remarqua la présence de sang par terre. Il avait coulé de sa bouche et de son nez. Du coin de l'œil, il aperçut les policiers qui, eux aussi, se contorsionnaient douloureusement dans des positions grotesques qui leur donnaient l'apparence de démons errants.

Il comprit qu'il allait mourir ainsi : sans véritable raison, de façon extrême, injustifiée, absurde, cruelle, comme son cousin disparu et sa famille, comme son fils encore dans le coma. Comme si son clan avait conclu un pacte faustien avec une force maléfique qui les avait couverts de richesse, de pouvoirs et d'opportunités, mais qui les avait maudits jusque dans leur chair.

Ce doit être le karma. Ce fut l'idée qui traversa l'esprit de Lo Gim-sian. La loi de la cause et de la conséquence. L'image de ceux qu'il avait fait tuer, les mauvaises actions qu'il avait commises, tout défilait à toute vitesse dans sa tête comme un train passant dans un tunnel, quoique de façon étrangement saccadée, comme en stop motion, rejouant le tumulte de toute une vie. Le train se précipitait vers une sortie lointaine qui annonçait une autre rive, chaude et chatoyante.

Nous nous reverrons dans une prochaine vie, murmura-t-il, faisant ses adieux au monde.

Soudain, les vibrations cessèrent, et tout revint à la normale. Sa conscience avait de nouveau atterri dans le monde réel et solide.

Lo Gim-sian leva la tête, se forçant à concentrer son regard. À travers la fenêtre brisée et la porte ouverte, il vit Dang Kai-zong indemne, à moitié agenouillé à la tête du lit, qui paraissait en transe. Entre eux, des instruments médicaux, disposés en éventail, semblaient avoir tracé une ligne de défense. Les cordons d'alimentation auxquels était branchée Xiaomi étaient tendus au maximum et formaient comme un pont suspendu. L'écran du moniteur s'était fissuré et les formes d'ondes étaient devenues chaotiques, s'agitant sur un fond de bruit blanc. Les panneaux au-dessus de l'appareil respiratoire et du défibrillateur oscillèrent plusieurs fois, avant de se décrocher et de choir sur le sol.

« C'était une attaque infrasonique… Bordel, qu'est-ce que… »

Certains hurlaient, d'autres gémissaient.

« Appelez des renforts ! Appelez des renforts ! » entendait-on siffler dans les talkies-walkies, à une fréquence si haute que Lo Gim-sian eut l'impression que son crâne allait se fendre.

Les silhouettes des policiers se matérialisèrent peu à peu et leurs contours se précisèrent. Certains étaient inconscients, saignaient du nez, tandis que d'autres étaient encore en proie à la panique, cherchant un abri ou criant à l'aide. Toute la scène avait l'air d'une farce grotesque, sans aucune logique.

Lo Gim-sian brossa les fragments de verre tombés dans ses cheveux et essuya le sang de son visage. Il se redressa, encore chancelant, et entra à nouveau dans la chambre. Le voyant lumineux se balançait au-dessus de la porte, maintenu en suspension par un fil unique, mais continuait à clignoter en vert. Il voulait voir de ses propres yeux pour confirmer une hypothèse qui frisait l'absurde.

Il s'arrêta devant la barrière défensive formée par les instruments, comme s'il craignait que ces objets inanimés ne se réveillent tout à coup et se jettent sur lui, toutes mâchoires dehors. Mais rien de tel ne se produisit. Les appareils restèrent immobiles, oscillant encore faiblement, ou émettant des bourdons irréguliers, signes de leur dysfonctionnement. Dang Kai-zong se tenait dans un endroit qui semblait avoir été épargné par les effets de l'onde et il ne paraissait avoir subi aucun dommage physique. Toutefois, il avait l'air terrifié. Son visage était empreint d'une expression muette et impuissante. Il s'était allongé sur le corps de Xiaomi pour la protéger.

« C'était elle », dit Lo Gim-sian.

Dang Kai-zong le regarda. Son corps se raidit et son visage se teinta d'épouvante. Sa terreur provenait de ce que venait d'affirmer Lo Gim-sian et du vertige de sens offert par cette possibilité. Il luttait pour maintenir le contrôle sur son esprit. Il ouvrit la bouche, mais aucun mot n'en sortit.

Lo Gim-sian fit un pas en avant, puis un autre. Il ne se passa rien. Au moment où il fut sur le point de franchir la ligne de défense constituée par les instruments, on entendit quelque craquement, puis tous les cathéters, les fils, ainsi que le masque de Xiaomi se libérèrent et se jetèrent sur Lo Gim-sian, comme de longues cravaches blanches fouettant l'air avec fracas.

Mais ce dernier s'y était préparé et il se baissa pour les esquiver. Après avoir manqué leur coup, les fils tombèrent au sol lamentablement, comme des tentacules ayant perdu leur influx nerveux. Lo Gim-sian fixa Dang Kai-zong avec une expression complexe, mais n'osa pas faire un pas de plus en direction du lit.

Dang Kai-zong se leva d'un bond, comme victime d'une décharge électrique, et il s'éloigna du lit.

Le corps de la jeune fille, qui était quelques instants plus tôt aussi raide que du bois mort, vibra légèrement. Dang Kai-zong et Lo Gim-sian, deux ennemis acharnés une minute auparavant, partageaient à présent un mélange de peur, de suspicion et d'espoir. À cet instant, leurs consciences étaient parvenues à la compréhension tacite que cette déchetière, autrefois appelée Xiaomi, avait depuis longtemps dépassé ce qu'eux, et avec eux l'humanité tout entière, avaient jamais pu imaginer.

Le visage pâle et balafré de Xiaomi se convulsa et le coin droit de sa bouche se souleva doucement en un sourire mystérieux et dangereux, qui ondula un instant avant de s'effacer aussitôt. Ses paupières frémirent, comme si elle s'apprêtait à ouvrir les yeux pour contempler une fois de plus ce monde froid et incompréhensible. Dang Kai-zong attendit, les paumes humides et les poings serrés. Ce tremblement se prolongea pendant quelques dizaines de secondes, ou peut-être plusieurs minutes mais, pour les deux hommes présents dans la pièce, il dura l'éternité.

Les tremblements cessèrent et les paupières translucides de Xiaomi se refermèrent comme des pétales de rose. Dang Kai-zong et Lo Gim-sian laissèrent échapper un long soupir.

Trois secondes plus tard, les tremblements reprirent.

9

Scott descendit du taxi, remonta la fermeture Éclair de son imperméable North Face et baissa sa capuche pour dissimuler son visage blanc trop ostensible. Il marcha d'un pas rapide dans la pénombre du petit jour jusqu'à la jetée, évitant les vendeurs de fruits de mer et l'odeur pestilentielle des étals. Il cherchait quelque chose parmi la foule dense des bateaux de pêche et des sampans.

Il repéra rapidement sa cible : un hors-bord vétuste qui venait d'accoster pour décharger sa cargaison. Sa peinture écaillée était mouchetée de rouille, comme le corps vieillissant d'un requin blanc qui aurait survécu à de longues années de luttes acharnées. Le batelier cria quelque chose en dialecte aux débardeurs. Sa coque se balançait légèrement dans le ressac, au milieu d'une multitude de détritus.

Scott sauta sur le pont en produisant un bruit sourd. Le batelier lui jeta un regard furieux. Il était sur le point de l'inonder de jurons mais se ravisa en voyant la liasse de billets que lui mit Scott sous le nez.

« Y a-t-il assez de carburant ? demanda Scott dans un mandarin approximatif.

– Pour aller où ? demanda le batelier, qui fit répéter plusieurs fois Scott avant de comprendre ce que voulait cet homme à l'accent étrange.

– En mer. N'importe où. »

Scott prit une expression insouciante et regarda autour de lui avec désinvolture. Personne ne leur prêtait attention.

« Je ne peux pas aller trop loin, je dois rentrer pour le petit déjeuner. »

Le batelier alluma le moteur, produisant un rugissement assourdissant et un bouillon d'écume. Le hors-bord quitta le chaos et la cacophonie du quai pour le large, traînant un sillage blanc derrière lui.

La température des jours précédents, qui avait avoisiné les quarante degrés, avait fortement chuté avec l'approche du typhon tropical. Portées par une brise glaciale, des gouttelettes piquaient sporadiquement le visage découvert de Scott, mais il n'aurait su dire si c'était de la pluie ou des embruns. Il consulta le système de localisation sur son téléphone et fit des gestes de la main pour guider le batelier. La terre avait disparu et seuls quelques récifs noirs saillaient de l'océan comme des rangées de canines.

« Si nous nous éloignons encore, nous n'aurons plus assez de carburant pour le retour, dit le batelier qui semblait regretter sa décision et se mit à ralentir.

– Là-bas. »

Le nez sur son téléphone, Scott pointa la mer vide devant eux. Le batelier bougonna quelque chose en dialecte et guida le hors-bord à contrecœur.

« Arrêtez-vous. »

Le bruit du moteur se tut dans l'obscurité. Sous l'effet de l'inertie, le bateau continua à avancer pendant un moment, puis dodelina entre ciel et mer.

Le batelier dévisagea Scott d'un air méfiant, se tenant prêt à saisir le pied-de-biche posé sur le pont en cas de besoin, même si son passager le dépassait d'au moins une tête.

Scott lui sourit et fouilla dans ses poches. Il n'avait pas de cigarettes à lui offrir et se contenta de hausser les épaules et d'écarter les mains, dans l'espoir de détendre le batelier. *C'est l'heure.* Il plissa les yeux et scruta la mer, mais la surface demeurait fâcheusement vide.

Le batelier à la peau sombre et rugueuse semblait lutter contre la volonté de le passer par-dessus bord avant de rebrousser chemin vers des eaux plus sûres. Le faible bruit d'un autre moteur se fit entendre dans leur dos. Une vedette de deux étages, utilisée pour le transport de passagers et le convoi de marchandises, s'approchait, sa coque peinte dans un vert désuet. On ne voyait aucun signe de son équipage.

Scott fit un nouveau sourire au batelier, pressé de lui prouver son innocence.

L'appareil s'arrêta le long du hors-bord secoué par la houle, et une porte de cabine latérale s'ouvrit sur un individu dont les traits du visage laissaient penser qu'il était originaire d'Asie du Sud-Est.

« Monsieur Scott Brandle ? demanda-t-il dans un anglais à l'accent prononcé.

– C'est moi. »

Scott tendit le bras, espérant une poignée de main, ou bien être hissé sur le pont de l'autre embarcation. À la place, on lui donna un téléphone satellite.

« Je ne comprends pas. Où est votre patron ? fit Scott sans cacher son agacement.

– Téléphone, répondit de façon télégraphique son interlocuteur, accompagnant ses mots d'un geste de la main.

– Non, ce n'est pas une façon de faire, fit Scott en esquissant un sourire forcé. Je veux voir votre patron, compris ? Sinon, l'accord ne tient plus.

– Téléphone, répéta l'homme d'équipage qui lui sourit en retour et lui adressa dans un anglais maladroit : Vous, voir, elle. »

Le téléphone satellite en forme de navette spatiale sonna dans la main de Scott. C'était un rythme de bips jamaïcains peu communs, et il lui fallut un moment pour comprendre qu'il s'agissait d'un vidéophone. Impuissant, il balaya du regard la mer autour de lui, inspira un grand coup et prit l'appel.

« Veuillez m'excuser d'échanger avec vous dans de telles circonstances. C'est l'unique moyen de garantir notre sécurité, la vôtre comme la mienne. Il s'agit d'un canal satellite commercial hautement crypté. Le bateau que vous voyez dispose d'équipements permettant de générer des ondes de brouillage. Toute tentative d'écoute ou d'enregistrement de notre conversation n'obtiendrait que des bruits parasites. »

Sur l'écran était apparue une femme asiatique d'environ trente-cinq ans, qui parlait dans un anglais courant à l'accent britannique. Elle avait les cheveux coupés court, la peau cuivrée, et était visiblement habituée à gérer ce type de situation, car son attitude était posée et son regard inflexible.

« C'est un plaisir de faire votre connaissance, monsieur Scott Brandle. »

La femme pencha légèrement la tête et lui adressa un salut poli, à l'image des chanteuses japonaises à la fin de leur concert.

« Je me présente, Ho Suk-yee, commandant en chef de cette opération. »

Scott lui rendit son salut d'un signe de tête et alla droit au but, sans autre forme de cérémonie :

« Madame Ho, avez-vous donné l'ordre à un de vos hommes de voler des secrets commerciaux sur mon ordinateur ? »

Surprise, Ho Suk-yee ajusta rapidement son expression et répondit sans détour :

« En effet, et j'en assume l'entière responsabilité. Mais je vous prie de bien vouloir suspendre votre jugement jusqu'à ce que vous ayez entendu la fin de mon histoire.

– Je vous écoute.

– Il y a plus de deux mois, nous – je veux dire l'organisation Tussilage – avons reçu un rapport de renseignement interne selon lequel des conteneurs de fret en provenance du New Jersey et à destination de l'île de Silicium via Kwai Chung, à Hong Kong, contenaient des déchets de prothèses infectés par un virus très dangereux. Celui-ci était vraisemblablement issu du programme de recyclage printanier de l'entreprise Silicon-Bio Technology. Nous avons pu remonter l'itinéraire des conteneurs grâce aux étiquettes RFID, dans l'espoir d'intercepter le fret avant que le cargo ne rejoigne les quais de Kwai Chung. Nous voulions faire connaître la vérité au public.

» Cependant, en raison d'un accident, nous avons été contraints d'interrompre l'opération. La cargaison déchargée par le *Prospérité* a été divisée et expédiée dans différentes régions de la Chine, et les conteneurs sont désormais intraçables. Nous avons néanmoins une bonne raison de croire que les déchets infectés par le virus se trouvent maintenant sur l'île de Silicium. Et c'est vous, monsieur Brandle, qui êtes notre bonne raison. »

Scott haussa les sourcils et ne réagit pas immédiatement. Le jeune homme dans la salle d'interrogatoire avait été clair, l'organisation Tussilage avait découvert sa véritable identité grâce à des sources internes, et elle savait que « Scott Brandle » n'était qu'un de ses nombreux noms d'emprunt. Sa profession était souvent qualifiée, de manière excessive, de « tueur à gages économique », et bien que Scott fût agacé par le sensationnalisme des médias, il ne niait pas que tuer pouvait faire partie du métier.

La rédemption exige le sacrifice. Il en a toujours été ainsi.

Il s'en était du moins convaincu. Il jouait les rôles d'expert en énergie, d'analyste financier chevronné, de chercheur en écologie, d'ingénieur en infrastructures, employé tant par des ploutocrates que par des conglomérats internationaux. C'était un chasseur de fauves parcourant de vastes contrées du tiers-monde. Des forêts tropicales de l'Amazonie aux prairies du Mozambique, des bidonvilles infernaux du sud de l'Inde aux généreuses mers de l'Asie du Sud-Est, il promettait aux autorités locales un avenir radieux : une croissance économique à deux chiffres, un grand nombre d'emplois, et surtout ce qui constituait leur principale préoccupation, la paix sociale. Ceux qui l'employaient apportaient des parcs industriels, des centrales électriques, de l'eau potable et des aéroports. Il demandait aux populations locales de leur faire confiance, puis celles-ci s'entassaient dans les usines, et commençaient de longues heures d'un travail mécanique et répétitif, dans des environnements souvent hostiles, et pour des salaires inférieurs à ceux de la génération précédente.

C'est ainsi que le monde tourne. Scott se rappela cette phrase sortie de la bouche du jeune homme, la main menottée à une chaise dans la salle d'interrogatoire. Au nom du progrès et du développement, les tueurs à gages économiques attiraient les gouvernements locaux avec des appâts tels que la technologie de pointe, le crédit facile et des conditions d'achat favorables, et les incitaient à signer des accords qui les engageaient à lancer de grands projets d'ingénierie. Cela signifiait généralement un lourd endettement public et la cession de ressources précieuses : gisements de pétroles ou de minéraux, ou encore pools génétiques de plantes et d'animaux menacés.

Les tueurs touchaient leurs primes, les fonctionnaires leurs pots-de-vin, et le peuple se retrouvait avec une dette à rembourser et un jardin ravagé par la pollution.

« Je ne vois pas le rapport, dit Scott en feignant l'ignorance.

– Vous devriez envisager une carrière d'acteur, Scott. Je peux vous appeler Scott ? »

Ho Suk-yee eut un sourire aimable qui avait pour but de désamorcer la suspicion de l'Américain.

« Wealth Recyle et SBT ont un actionnaire commun, une institution appelée "Fondation Arashio", sur laquelle aucune information publique n'est disponible. »

Scott ne répondit rien.

« Cette fondation est aussi actionnaire de l'ensemble de vos anciens employeurs, ajouta Ho Suk-yee négligemment.

– Est-ce du chantage ? finit par demander Scott, qui ne pouvait plus se contenir.

– Plutôt une main tendue, pour vous aider à laver le sang qui a maculé les vôtres.

– Merci, mais je préfère me savonner seul.

– Scott, c'est votre dernière chance. L'île de Silicium pourrait bien se transformer en une seconde Ahmedabad. Voulez-vous voir une telle tragédie se reproduire ?

– C'était un accident ! »

Scott avait perdu le contrôle de sa voix, qui était devenue plus stridente.

« Cent vingt-huit personnes ont perdu la vie et plus de six cents sont totalement ou partiellement invalides, c'est ce que vous appelez un accident ? Pouvez-vous regarder ces enfants dans les yeux ?

– J'y étais… »

Scott baissa la voix, le visage pâle de sa fille Nancy dériva dans l'eau sous ses yeux. Il était prêt à rendre les armes.

« Je vous écoute, qu'attendez-vous de moi ?

– Des preuves ! Des preuves suffisamment solides qui feront tomber la compagnie SBT ! Comment elle exporte ses déchets prothétiques toxiques dans des pays en développement, et comment elle arrive à dissimuler ses activités.

– Madame Ho, je risque ma vie dans cette histoire. Pourquoi devrais-je me sacrifier ? Pour satisfaire le sens de supériorité morale d'une organisation écologique extrémiste ? »

La femme eut un sourire malicieux, comme si elle s'attendait à cette réplique.

« Nous pouvons vous offrir davantage. Souvenez-vous de la réaction des marchés boursiers après la révélation du scandale d'Enron Corp[1].

– Vous avez l'intention de vendre SBT à découvert ? » demanda Scott après un rapide calcul mental.

Le profit pouvait représenter pas moins d'un milliard de dollars – soit une opération extrêmement lucrative.

« Et moi qui croyais que vous étiez de purs idéalistes.

– Tussilage est dans le camp des idéalistes pragmatiques. »

Les réponses de Ho Suk-yee étaient aussi précises qu'un répondeur automatique.

1. Enron Corporation, autrefois l'une des plus grandes sociétés de gaz et d'électricité au monde, est devenue un symbole de la fraude et de la décadence des entreprises lorsqu'elle a été déclarée en faillite en 2002 pour délits de fraude sur titres, délit d'initié et falsification de bénéfices. (Note de l'auteur.)

« Alors, racontez-moi… »

Scott avait enfin l'occasion de lever le voile sur le mystère qui le tracassait depuis un moment déjà. Sur l'écran, le sourire de son interlocutrice se figea et elle prit une expression sérieuse.

« Avez-vous entendu parler du programme Arashio ? »

Dans la faible clarté de l'aube, Dang Kai-zong aperçut des silhouettes blanches se mouvant derrière les fenêtres lointaines de l'unité de soins intensifs. Il se précipita vers l'hôpital, persuadé qu'il s'agissait du personnel médical qui l'attendait.

Un quart d'heure plus tôt, il avait reçu un appel urgent de l'hôpital lui signalant que Xiaomi s'était réveillée. Sans en informer quiconque, sans même prendre le temps de se débarbouiller, Dang Kai-zong avait sauté dans un taxi pour retrouver celle à qui il pensait nuit et jour. L'autoradio avait annoncé l'heure avec le motif de *L'Ouverture 1812* de Tchaïkovski. Il était 06 h 01 – heure de Pékin. La mélodie entraînante, accélérée d'un demi-ton, planait encore dans sa tête, comme un message augurant une nouvelle ère.

L'air était rempli du parfum des magnolias qui se mêlait à l'odeur du liquide désinfectant. La douceur de l'atmosphère était altérée par un soupçon d'anxiété.

Dang Kai-zong ne prit pas la peine d'attendre l'ascenseur, il monta les escaliers quatre à quatre jusqu'au troisième étage, mais s'arrêta à la porte de la chambre, le temps de reprendre son calme. Quand il ouvrit, la pièce était éteinte et le lit était vide. Il s'apprêtait à presser le bouton d'appel lorsqu'il remarqua soudain une silhouette immobile, dos à lui, face à la fenêtre. Le lever de soleil encore blafard qui filtrait à travers la vitre dessinait un profil qui lui était familier.

« Xiaomi ? » demanda timidement Dang Kai-zong, le cœur toujours inquiet.

La jeune fille resta figée dans sa posture et, après quelques secondes, la membrane corporelle sur sa nuque s'alluma. Le caractère « mi » brillait d'un éclat doré à travers sa blouse blanche. Elle se tourna en souriant, et la ligne qui séparait la lumière et l'obscurité balaya lentement son visage jusqu'à ce que son sourire soit complètement noyé dans l'ombre du contre-jour.

« Kai-zong, tu es venu ! »

Le ton de sa voix était cristallin, enfantin, comme autrefois.

Dang Kai-zong resta un instant muet. Il alluma le plafonnier et s'approcha de Xiaomi, examinant avec attention son visage souriant. Ses blessures avaient cicatrisé et il ne lui restait que quelques stigmates sur le front.

« Alors ? Tu ne me reconnais pas ?

– Mais si, bien sûr… Comment te sens-tu ? »

Par habitude, Dang Kai-zong tendit la main vers l'épaule de Xiaomi, avant de se rappeler qu'il n'était pas aux États-Unis. Sa main s'arrêta maladroitement en l'air.

Xiaomi prit sa main et la plaça dans sa paume, aussi naturellement que si sa conduite avait été dictée par un programme informatique.

« Un peu comme si… j'étais revenue d'entre les morts. »

Dang Kai-zong était pétrifié de surprise. Son corps paraissait secoué de décharges électriques. Il était à court de mots, ne savait comment répondre.

La candeur guillerette de Xiaomi fit place à une expression plus soupçonneuse, puis elle sembla comprendre, et elle lâcha la main de Dang Kai-zong avant de baisser la tête.

« Je les ai entendus dire que tu avais pris soin de moi pendant tout ce temps. Sans toi, je serais sans doute morte à l'heure qu'il est. »

Dang Kai-zong poussa un soupir de soulagement, puis il reprit la main de Xiaomi.

« Ne dis pas de bêtise, le directeur Lim a promis de te faire surveiller vingt-quatre heures sur vingt-quatre. Tu ne seras plus en danger, désormais.

– En danger ?

– Hum. Tout ça, c'est du passé. Mais ce jour-là, j'aurais dû te trouver un endroit plus sûr. »

Dang Kai-zong se mordit la lèvre, il avait l'impression de dire quelque chose de stupide, d'insignifiant. Il se sentait plus bas que terre.

Un instant d'hésitation presque imperceptible traversa les yeux de Xiaomi.

« Que s'est-il passé, au juste ? Je crois que j'ai tout oublié…

– Le médecin a dit que tu aurais besoin de temps pour récupérer complètement. »

Le visage souriant de Xiaomi sur la plage d'observation des marées apparut devant ses yeux, et ce fut comme un million d'aiguilles d'acier qui poignardèrent son cœur. Il essaya de contenir sa rage.

« Repose-toi encore un peu, je vais chercher le médecin, et demander si tu dois rester en observation ou si tu peux rentrer à la maison.

– Rentrer à la maison ? » fit Xiaomi, l'air confus.

Pendant un instant, Dang Kai-zong resta sans voix. Les maisons des déchetiers étaient à des milliers de kilomètres d'ici, inaccessibles, et aucun logement de l'île de Silicium, si humble ou luxueux fût-il, n'était susceptible de leur procurer un sentiment d'attachement. Un lieu sans souvenirs ne pouvait pas être appelé « maison ». Dang Kai-zong comprenait très bien cette sensation.

« Ta vraie maison. »

Dang Kai-zong lui sourit chaleureusement pour la réconforter. Il se retourna pour quitter la chambre quand il entendit un bourdonnement derrière lui. Une mélodie familière, l'*Ouverture 1812*, la même qu'il avait entendue un peu plus tôt dans le taxi. Le visage de Dang Kai-zong se métamorphosa, c'était comme si la mélodie avait été volée à sa conscience et implantée dans les cordes vocales de la jeune fille. Xiaomi le regardait droit dans les yeux, la figure inexpressive et les lèvres entrouvertes comme une boîte à musique délicatement sculptée. La séquence musicale sortait de sa bouche avec une précision parfaite. Même le demi-ton supplémentaire était imité. Elle se répéta encore un moment, sans que Xiaomi ne fasse montre de la moindre émotion, puis elle s'arrêta.

Un frisson parcourut la nuque de Dang Kai-zong, qui résista à la tentation d'examiner Xiaomi de plus près. Il s'enfuit de l'unité de soins intensifs, loin de la fille qu'il avait sauvée.

De retour à l'hôtel, Scott se sentit pris de nausée, sans doute en partie à cause de la mer agitée, mais aussi à cause du terrible sentiment d'avoir été dupé. Il essaya de se connecter au programme de conversation cryptée mais son interlocuteur Kobun Otogawa ne lui répondit pas. Il prit conscience qu'il était 2 h 30 du matin sur la côte Est américaine. *Putain de menteur !* Scott frappa les touches de son clavier avec colère, il voulut évacuer un peu de sa fureur sur un site pornographique, mais le navigateur affichait toujours « 451 Forbidden » – un code d'erreur HTTP qui signifiait que le site web ne pouvait être affiché pour des raisons propres à la juridiction locale, et une référence au fameux roman de Ray Bradbury.

Dans cette zone à débit restreint, on ne vous accordait pas le droit de vous masturber tranquillement.

Scott n'arrivait même pas à en rire. Il avait cru que sa mission sur l'île de Silicium serait plus propre, du moins comparée aux exploits sordides dont il avait été le protagoniste en Asie du Sud-Est, dans le sud de l'Inde et en Afrique de l'Ouest. Il réalisait maintenant à quel point il avait eu tort.

Le secret résidait dans les métaux dits « terres rares » – une ressource non renouvelable, plus précieuse que l'or. Les terres rares étaient à l'image de la poudre magique qu'on trouve parfois dans les contes de fée : une pincée suffisait à améliorer considérablement les performances techniques des matériaux ordinaires et à faire des bonds spectaculaires dans le domaine de la technologie militaire.

L'Art de la guerre. Scott repensa à ce vieux livre chinois enseigné dans le programme militaire de West Point. À présent, grâce à la technologie, c'était plutôt *L'Art de tuer*. Il se souvenait encore des vidéos montrées au personnel de Wealth Recycle.

Pendant la guerre froide, dans les années 1960 et 1970, les sous-marins soviétiques de classe P, de classe Alpha, de classe M et de classe S parcouraient les océans comme des fantômes, atteignant des vitesses de plus de quarante nœuds et plongeant à des profondeurs allant de quatre cents à six cents mètres. Les torpilles américaines, par comparaison, étaient appelées des « tortues rampantes » par l'URSS. L'Union soviétique avait utilisé du rhénium, une terre rare qui renforçait considérablement les alliages de titane, créant ainsi des sous-marins ultra-résistants, dotés de vitesses très élevées et capables de descendre à de grandes profondeurs.

Dans les flammes de la guerre du Golfe, les télémètres laser des chars américains M1A2 Abrams renforcés à l'yttrium avaient une portée de quatre mille mètres et étaient capables de repérer rapidement un char T-72 irakien – dont les télémètres ne proposaient une portée que de deux mille mètres –, de viser, de verrouiller leur cible, de tirer sur l'ennemi et de le réduire en miettes bien avant qu'il ait pu riposter. Son dispositif de vision nocturne, contenant du lanthane – encore une autre terre rare –, permettait aussi à l'armée américaine de conserver une vision claire de l'ennemi la nuit, et d'agir au moindre doute.

La magie des terres rares s'était révélée essentielle dans tous les aspects de la guerre moderne, de la détection à la défense, en passant par le contrôle, l'attaque et la manœuvre. Celui qui maîtrisait les terres rares maîtrisait l'initiative sur le champ de bataille, et c'est souvent à lui que revenait la victoire.

Le problème, c'était que plus de 90 % des ressources en terres rares étaient concentrées en Chine. Depuis 2007, le gouvernement chinois avait imposé un système de quotas strict et considérablement réduit le volume total de leurs exportations, ce qui avait provoqué une flambée des prix sur le marché international. « Le siècle de la Chine », s'exclamaient unanimement les médias occidentaux. L'ère des terres rares bon marché à laquelle les pays développés s'étaient habitués était révolue, et l'hégémonie technologique et stratégique qu'ils avaient si laborieusement maintenue allait bientôt s'éteindre, provoquant la redistribution du pouvoir mondial, sur une planète confrontée à la raréfaction des ressources.

Refrénant ses émotions, Scott ouvrit son logiciel VPN et attendit qu'il crée un tunnel via un protocole chiffré vers un serveur à l'étranger, où toutes les données d'accès seraient cryptées et envoyées hors de Chine avant d'être redirigées vers leur cible ultime – un site pornographique hardcore d'Europe de l'Est. Même si la connexion serait lente, il pourrait au moins contourner le grand pare-feu chinois.

Huitième stratagème : L'avancée secrète vers Chencang[1].

Telle avait été la ruse choisie par Wealth Recycle.

La compagnie avait mis au point une technologie permettant de récupérer des terres rares dans les déchets électroniques des consommateurs. Ce procédé permettait de recycler 80 % des métaux concernés, présents dans des composants électroniques tels que des puces, des batteries ou des écrans mis au rebut. Cependant, la pollution générée par le processus dépassait de loin les normes fixées par l'Agence américaine de protection de l'environnement (APE), ce qui exigeait de la compagnie qu'elle subventionne des fonds de protection de l'environnement en réparation de ses préjudices. De plus, en dehors des coûts de main-d'œuvre déjà très élevés, la loi américaine imposait à l'employeur qu'il souscrive à une assurance très onéreuse afin de prévenir l'apparition éventuelle de maladies professionnelles pouvant se déclencher des décennies plus tard. En somme, l'affaire était très peu rentable.

C'était l'inconvénient des systèmes démocratiques. Le temps que ces stupides membres du Congrès réalisent la gravité de la menace et qu'ils soumettent des projets de loi, le temps que les groupes d'intérêt en finissent avec leurs

1. Référence aux *Trente-six stratagèmes*, ouvrage anonyme datant probablement de la dynastie chinoise Ming (1368-1644), qui présente trente-six ruses utilisables pour emporter un combat. (Note du traducteur.)

querelles et se mettent d'accord sur une politique industrielle commune, les États-Unis d'Amérique seraient devenus un pays de troisième ordre, voire un simple satellite de la sphère économique de la Grande Chine. La désintégration de l'Union européenne en était le parfait exemple, comme l'illustrait le drapeau rouge à cinq étoiles qui flottait sur les plages d'Ibiza, après son rachat par un consortium chinois.

Par conséquent, Wealth Recycle avait dû concevoir une stratégie d'externalisation créative dans le cadre des réglementations existantes. Sous la bannière de « l'économie circulaire », la compagnie transférait ses déchets – et la pollution qui en résultait – à l'étranger, dans des pays en voie de développement, officiellement pour les aider à créer des parcs industriels et développer des chaînes de production, mais surtout pour bénéficier d'une offre inépuisable de main-d'œuvre bon marché et, enfin, pour racheter, sous contrat, les précieuses terres rares. Cela revenait à acheter au prix de légumes des ressources plus chères que l'or.

Scott se souvenait de l'énorme triangle équilatéral sur la dernière page du rapport interne, avec ces mots dans trois cercles de couleur : « WIN-WIN-WIN ».

Le gouvernement veut le développement économique, nous leur donnons une croissance du PIB.

Les gens veulent manger, nous leur donnons du travail.

Tout ce que nous voulons, ce sont des terres rares bon marché : tous les coûts ont été soigneusement calculés.

Scott ne s'était pas senti rassuré pour autant. Depuis la fuite accidentelle de gaz toxique à Ahmedabad, il faisait des cauchemars récurrents de corps gonflés jonchant le sol au milieu de miasmes verts, et de leurs yeux devenus gris et troubles à cause de la dégénérescence de leur cristallin. Afin de réduire les coûts, il avait embauché des fabricants locaux de vannes à gaz ayant répondu à l'appel d'offres. Ceux-ci avaient proposé des prix plus bas en échange de pots-de-vin plus élevés.

Les pupilles grises se mettaient à clignoter en même temps, comme des milliers de perles d'eau douce non polies. Scott criait et se réveillait le corps trempé de sueurs froides. Les psychiatres n'avaient pas réussi à le sauver. Mais Jésus-Christ, oui.

Toutefois, il allait à présent de nouveau mettre les pieds sur une terre impie pour commettre un autre blasphème.

Scott avait senti qu'il fallait faire quelque chose. Il avait convaincu le conseil d'administration d'allouer une partie des investissements du programme à l'assainissement de l'environnement local, en guise de bonne volonté, pour prouver qu'ils tenaient à l'équilibre des écosystèmes locaux. Même si, selon les normes imposées par l'APE, les améliorations apportées seraient loin de contribuer à rendre l'endroit moins infernal.

Dans ce monde, il existe de nombreuses formes de propreté, de nombreuses formes d'équité et de nombreuses formes de bonheur. Tout ce que nous pouvons faire, c'est choisir parmi elles, ou faire en sorte que nos choix se conforment à ce que nous sommes, se consola Scott. *Je ne peux faire que ce que je peux.*

Et à présent, sans s'expliquer davantage, Tulissage lui laissait entendre que l'île de Silicium laisserait du sang sur ses mains.

Les données du site pornographique furent cryptées avec succès par le serveur VPN et renvoyées vers la zone locale, où elles furent décryptées et apparurent sur l'écran de Scott dans un fond violet au design fantaisiste. Des modèles charnus de femmes ukrainiennes se déplaçaient sur la page, faisant tout ce qui pouvait inciter les visiteurs à cliquer pour accéder à des canaux payants qui satisferaient leurs primitifs désirs virtuels. Il était même possible de personnaliser le visage et la taille de l'objet de votre désir. Il/elle pouvait devenir votre patron, votre voisin, votre professeur, votre étudiant, l'employé du fast-food du coin, une star en vogue, un criminel, un politicien, un passant, un animal de compagnie, votre mari, votre épouse… ou bien vous-même.

Scott était quelqu'un de sexuellement anxieux et irritable. Sa souris errait sans but sur la page tandis que différentes personnalités virtuelles lui renvoyaient des poses mécaniques et des gémissements surjoués en réponse au mouvement de la flèche. Ayant soudain trouvé ce qu'il voulait, il cliqua sur un moteur de recherche et tapa « Arashio ». En 0,13 seconde, il obtint plus de 5 100 résultats.

Il cliqua sur un des liens intitulé « Programme Arashio ». Il s'assura que son VPN serait capable d'accéder au site, qui bénéficiait d'une sécurité renforcée. Le traceroute lui indiqua que la vidéo était hébergée sur un serveur en orbite terrestre basse, à quatre cents kilomètres du sol. Ce serveur, nommé « Nuage d'anarchie », avait été mis en place pour esquiver les organes de censure de différents pays. Le processus en tâche de fond mit deux fois plus de temps à charger que d'habitude. L'écran vide se remplit lentement, comme sur une imprimante matricielle.

10

« Qu'est-ce qui est arrivé à Xiaomi ? » demanda Dang Kai-zong au médecin d'une voix tremblante.

Ce n'était pas Xiaomi, ou du moins ce n'était pas la Xiaomi qu'il connaissait. C'était plutôt quelque chose qui imitait délibérément les gestes et les façons de s'exprimer de Xiaomi. Quelque chose d'inhumain. Il fut parcouru d'un frisson.

Xiaomi ne l'avait jamais appelé « Kai-zong », elle l'avait toujours surnommé « Faux étranger ».

« La situation est un peu complexe… », commença le médecin, qui hésita à poursuivre.

Il fit apparaître des scans tridimensionnels sur sa tablette.

« Je n'avais jamais vu de telles… images cérébrales. Voici le BEAM – la topographie électroencéphalographique – d'une personne ordinaire. »

Un cerveau aux couleurs sombres était suspendu dans l'espace virtuel, animé de telle façon à montrer différentes coupes transversales. Des blocs lumineux irréguliers et des bandes de couleur ne cessaient d'apparaître et de disparaître, indiquant des niveaux d'activité variés selon la région du cerveau.

« Et voici maintenant celui de Xiaomi. »

Dang Kai-zong fixa l'image agrandie et vacillante et écarquilla les yeux.

Si l'électroencéphalogramme d'un individu lambda avait été la peinture d'un paysage réalisée à grands coups de pinceau, selon le style *xieyi*, le cerveau de Xiaomi aurait été une peinture réaliste, dans le style *gongbi* de l'époque Tang. À mesure que défilaient les différentes coupes transversales, on pouvait observer une multitude de structures tridimensionnelles complexes et éclatantes, où les différentes régions colorées, qui paraissaient très raffinées, s'assemblaient parfaitement, comme un cortège de carnaval fantasque et bariolé dans une cité gigantesque. Cette parade apparaissait malgré tout suffisamment ordonnée pour présenter, à grande échelle, une harmonie et une beauté incontestables.

« Comment est-ce arrivé ?

– Bonne question. Certains indicateurs biochimiques montrent que son cerveau a été infecté par un virus, et qu'il a même subi plusieurs infections, dont la plus récente a eu lieu il y a un mois. Ce virus pourrait expliquer cette lésion organique rare, mais ce n'est pas la seule cause. Nous avons également découvert ceci dans son cerveau. »

Une autre carte cérébrale s'afficha, translucide cette fois. Le contour des sillons et des gyrus était à peine visible, peut-être en raison de la résolution de l'affichage. Dang Kai-zong avait la sensation qu'un brouillard obscurcissait certaines zones du cerveau, rendant le tout plus énigmatique.

« Voici le cortex préfrontal cingulaire intérieur », expliqua le médecin.

Il étira une zone de l'image, comme s'il se servait de Google Earth pour descendre à travers la couverture nuageuse et zoomer sur un pays, puis une ville, une rue, avec la perspective d'un démiurge.

« Il s'agit d'une zone importante qui régit la cognition, le comportement, les émotions, l'apprentissage ou encore la douleur… Vous l'observez sous un grossissement d'un million de fois. »

La couche de brouillard se dissipait peu à peu, comme si une nébuleuse dans l'espace nocturne s'approchait et se divisait en étoiles individuelles à l'éclat métallique, suspendues dans un vaste univers rempli de neurones et de transmetteurs de collagène.

« Ces particules métalliques n'ont un diamètre que de 1 à 2,5 microns, soit plus petit encore que les cellules neuronales. Normalement, ces particules nocives se déposent dans les poumons en suivant la respiration, provoquant des pneumonies et des fibroses pulmonaires, en altérant même parfois certaines fonctions immunitaires spécifiques. Mais, ici, j'ignore comment, elles ont traversé la barrière hémato-encéphalique et pénétré dans le cortex cérébral. »

Dang Kai-zong observa la jungle bleue des axones produite par la simulation numérique : des particules semblables aux monolithes noirs de *2001, l'Odyssée de l'espace*, qui formaient une matrice s'étendant jusqu'aux confins de cet univers de conscience. Il se souvint de Xiaomi reniflant le plastique brûlé, l'atmosphère visqueuse et sale du village infernal de Hialeng, des jouets électroniques hors d'usage, des champs stériles, des déchets calcinés, des enfants souriant avec fantaisie, debout sur un sol toxique.

Comme le disait le vieux dicton : tout arrive toujours trop tôt ou trop tard. Les châtiments de l'histoire sont empreints d'incertitude, ils peuvent frapper une ethnie entière, ou s'abattre comme un éclair sur un arbre sec au milieu d'une plaine désolée, l'enflammant comme une torche dans la nuit, illuminant le ciel étoilé.

Xiaomi était cet arbre malchanceux frappé par hasard au milieu de milliards d'autres.

« Sa vie est-elle en danger ? demanda anxieusement Dang Kai-zong.

– À vrai dire, je ne sais pas. C'est au-delà de mon champ d'expertise. Ces particules métalliques incrustées dans son cortex cérébral forment une structure qui semble travailler en synergie avec son réseau neuronal. Ne me demandez pas comment cela est possible. Xiaomi présente des signes de blessures dues à une décharge électrique, c'est peut-être ce qui a, d'une certaine manière, activé le processus. Tout ce que je sais, c'est que les techniques neurochirurgicales actuelles ne sont pas encore capables d'implanter des particules avec une telle précision, et nous savons encore moins comment il serait possible de procéder à l'ablation de cette structure.

» C'est comme si son cerveau avait été transformé en champ de mines. On ne sait jamais quand une impulsion peut se produire sur une de ses terminaisons nerveuses, ajouta le docteur, la mine grave, puis il claqua des doigts : et ainsi provoquer une réaction en chaîne. »

Dang Kai-zong plongea dans le silence. Il avait nourri l'espoir qu'après cet épisode tragique, il serait capable de protéger Xiaomi de nouvelles menaces. Au fond de lui, il attribuait l'attaque de la jeune fille à son propre retard à leur rendez-vous, et il n'avait eu de cesse de ressasser la même question : tout aurait-il pu être différent s'il avait eu le pouvoir de remonter le temps, s'il avait pu abréger sa conversation avec le patriarche du clan Dang, s'il était arrivé à l'heure au cabanon de Xiaomi ?

Mais il savait que l'histoire ne laissait jamais de place aux « si ».

Dang Kai-zong ne pouvait nier que, dans son cœur, il s'était imaginé être un émissaire retournant dans son pays natal, apportant avec lui des trésors lointains, comme si tous les problèmes de l'île de Silicium pouvaient être résolus une fois qu'il aurait ouvert sa grande hotte. Il ne comprenait réellement que maintenant à quel point il s'était fourvoyé. Il ne pouvait pas sauver l'île de Silicium, il ne pouvait pas sauver Xiaomi, et il pouvait encore moins se sauver lui-même. Son ridicule sentiment de supériorité avait été pulvérisé par la dure réalité ; et plus il courait, plus il s'éloignait de sa destination initiale.

« Si Xiaomi s'était régulièrement présentée aux dépistages médicaux, peut-être aurions-nous pu faire cette découverte plus tôt..., déclara le médecin avec une pointe de regret.

– Ce n'était pas une ouvrière du clan Dang. Elle vient du clan Lo. »

Un visage flottait devant les yeux de Dang Kai-zong. Un visage lisse, pâle, boursouflé, sournois, comme un tissu mort baignant depuis des années dans le formol. Le visage de Lo Gim-sian.

L'expression du médecin changea. Il avait manifestement compris.

De toute évidence, le site web n'était pas une plateforme officielle, mais plutôt une base de données de type wiki créée par un groupe de passionnés. Textes, images, chronologies et vidéos étaient disposés de manière désordonnée. Scott parcourut rapidement les pages – beaucoup d'articles étaient truffés de théories farfelues et conspirationnistes qu'il connaissait trop bien, émanant de cerveaux partageant une vision pathologiquement tordue de l'histoire humaine.

Cela faisait un moment que le site n'avait pas été mis à jour, mais Scott trouva ce qu'il cherchait.

Une vidéo de synthèse de quinze minutes.

Elle s'ouvrait sur un extrait documentaire en noir et blanc qui montrait un cuirassé brûlant à la surface de la mer, puis sombrant peu à peu dans les abysses.

Sous-titres : Le 3 mars 1943, pendant la bataille de la mer de Bismarck, le destroyer japonais Arashio *fut touché par un bombardier américain B-25C Mitchelle (ayant pour nom de code « Chatbox »). Ce dernier détruisit son gouvernail, provoquant la collision du destroyer avec un autre navire. L'*Arashio *coula au fond de l'océan, à environ 55 miles nautiques au sud-est de Finschhafen, en Nouvelle-Guinée. Les 176 passagers furent sauvés, à l'exception de son maître à bord, le capitaine de corvette Hideo Kuboki (dont on voit ici l'insigne).*

La scène suivante se déroulait dans un laboratoire, probablement universitaire, où une femme asiatique au visage radieux observait attentivement des instruments et conversait en sourdine avec le cameraman.

Sous-titres : Après la défaite du Japon, la fiancée du capitaine Hideo Kuboki, Harukawa Suzuki, partit aux États-Unis pour poursuivre ses études. Elle travailla comme postdoctorante en biochimie à l'université Columbia et finit par être engagée par l'armée américaine en 1952 pour lancer un projet top secret appelé « Arashio[1] *», ainsi nommé en mémoire du bâtiment de son fiancé mort pendant le conflit.*

Scott apprenait enfin l'origine de la mystérieuse fondation qui comptait parmi les actionnaires de la Wealth Recycle.

1. Le mot japonais « Arashio » (荒潮 en *kanji* et en sinogrammes) peut être traduit par « marée de déchets ». (Note du traducteur.)

Suivit une séquence portant la mention « US Military Top Secret » qui semblait avoir été filmée par une caméra fixe. L'heure clignotant dans le coin inférieur droit de l'image indiquait que la vidéo avait été accélérée plusieurs dizaines de fois. À l'arrière-plan se trouvait une pièce close éclairée par une lumière artificielle, et dotée d'une vitre sans tain qui faisait face à l'objectif et reflétait le mur opposé, d'un blanc angoissant.

Sous-titres : Entre 1955 et 1972, dans le cadre du programme « Arashio », furent menées des expériences dans le Maryland sur des détenus condamnés à mort ou à perpétuité. L'objectif était de développer des armes hallucinogènes capables d'être déployées à grande échelle afin de remporter des victoires militaires sans avoir à combattre sur le terrain. Divers agents naturels et synthétiques furent testés, pour finalement aboutir à un composé appelé benzilate de 3-quinuclidinyle (ou gaz BZ), susceptible d'être absorbé sous forme d'aérosol par la peau ou par les voies respiratoires.

Un homme vêtu d'un uniforme de prisonnier était conduit dans la pièce et s'asseyait devant la vitre sans tain. La vidéo était jouée à une vitesse bien supérieure à la vitesse normale, et l'image du prisonnier tremblait constamment, comme si l'homme était pris de convulsions incontrôlables. Son agitation était telle qu'on avait l'impression qu'un monstre invisible hantait la pièce vide, troublait sa raison et menaçait sa sécurité. Il hurlait sans bruit et se cognait la tête contre les murs, s'arrachait les cheveux, se roulait sur le sol et mettait ses vêtements en pièces, tandis que des vagues de bruit blanc roulaient de temps à autre sur l'écran.

La vidéo ralentit pour revenir à une vitesse normale. L'homme désormais nu faisait face à la caméra, et se caressait le visage avec les mains. Puis il s'arracha les yeux avec ses doigts, aussi calmement que s'il avait retiré le bouchon en caoutchouc d'une baignoire. Ses globes oculaires tombèrent de ses paumes, traînant des vaisseaux sanguins et des faisceaux de nerfs. Un liquide sombre se déversa de ses orbites. Il s'assit, soulagé, avant de s'effondrer mollement sur le sol, comme si on lui avait ôté sa colonne vertébrale.

Sous-titres : Le gaz BZ fonctionne comme un inhibiteur compétitif de l'acétylcholine[1] *qui agit sur les récepteurs muscariniques présents dans les synapses des muscles lisses, des glandes exocrines, des ganglions autonomes et du cerveau, réduisant efficacement la concentration d'acétylcholine atteignant les récepteurs, et entraînant des symptômes tels que des pupilles dilatées, un ralentissement de la fréquence cardiaque, des rougeurs cutanées et, dans les cas les plus graves, un coma, une ataxie, une perte de jugement, une perte des notions d'espace et de temps, des troubles de la mémoire, une incapacité à distinguer les hallucinations de la réalité, des peurs irrationnelles, ou des comportements incohérents (la victime peut soudain se déshabiller, se parler à elle-même, se saisir d'objets, se gratter, etc.).*

L'image changea encore rapidement. Une foule dansant bizarrement sur une place ; une tribu primitive effectuant un rituel dans la jungle ; des jeunes gens faisant la fête ; un défilé militaire avec des soldats au pas de l'oie… La palette des tons et des textures des images était variée et accompagnée d'une partition électronique allemande rétro au rythme puissant, qui rendait l'expérience pour le spectateur très immersive. Scott peinait à comprendre l'intention qui présidait à ces images. Il lui sembla voir passer plusieurs

1. L'acétylcholine (ACh) est l'un des principaux neurotransmetteurs du système cholinergique central. Sa principale fonction est de maintenir la conscience. Elle joue un rôle important dans les activités cognitives telles que la mémoire d'apprentissage, la mémoire spatiale, l'attention, le mouvement spontané et le comportement exploratoire. (Note de l'auteur.)

fois des scènes de génocide et de cannibalisme, puis de simples clichés. Rouge écarlate. Tremblements. Lueurs de feu. Son angoisse était croissante.

Sous-titres : Plus stupéfiant encore, le gaz BZ peut provoquer des hallucinations partagées entre personnes intoxiquées. Par exemple, il est arrivé que deux sujets d'expérimentation se passent une cigarette invisible, ou même jouent une partie de tennis fictive sans balle ni raquette. Lorsque le nombre de personnes touchées dépasse un certain seuil, des expériences religieuses de masse peuvent se déclencher, telles que des séances de révélation divine. Parfois, les sujets invoquent des divinités connues : Jéhovah, Allah, Siddhârta Gautama, mais aussi de nombreux dieux étrangers et imaginaires. Le résultat conduit souvent à des catastrophes provoquées par la panique des participants.

La guerre avait commencé. Les traînées vertes des obus et des balles sifflaient sur le désert, vues dans des lunettes de vision nocturne. Des troupes mobiles se déplaçaient rapidement entre les ruines d'une ville. On voyait les visages de GI fatigués et désespérés, les levers de bras solennels de politiciens criards, des bombardiers frôlant leurs cibles à basse altitude, des véhicules blindés explosant, des bâtiments s'effondrant, des corps humains déchiquetés, des enfants courant et jouant dans des rues dévastées, qui devenaient l'instant d'après des survivants mutilés. Rien de tout cela n'était nouveau pour Scott.

Sous-titres : La défaite et les énormes pertes subies pendant la guerre du Vietnam accélérèrent indirectement l'usage militaire du gaz BZ après 1975. Le gaz aida l'armée américaine à remporter plusieurs conflits localisés et à réduire considérablement le nombre de victimes : en Afghanistan, dans le golfe Persique, à Sarajevo, en Éthiopie… Selon des documents internes et classifiés de l'armée américaine, le gaz BZ était considéré comme une arme chimique non létale et sans séquelles sur le long terme. Il était utilisé comme message politique et public afin de montrer que les États-Unis étaient engagés dans une position constante de « guerre pour la paix ».

La vérité, naturellement, était tout autre.

À l'image, apparut un homme d'âge moyen, au visage flouté et à la voix mécaniquement altérée. Le sous-titre indiquait qu'il s'agissait d'un sergent de l'armée américaine, vétéran de l'une des guerres du Golfe. En raison de la détérioration de son masque à gaz, il avait malencontreusement inhalé des aérosols de gaz BZ. Il avait été réformé dix ans plus tôt, et travaillait aujourd'hui dans le secteur de la logistique.

Voix hors champ : Comment vous êtes-vous senti à ce moment-là ?

Sergent : Je ne me souviens plus (Secouant lentement la tête), désolé, mes souvenirs sont flous… c'était effrayant. (Silence.) Désolé, je ne veux pas me rappeler.

Voix hors caméra : Selon un rapport interne, vous pensiez que vos hallucinations vous avaient conduit à rejoindre l'ennemi ?

Sergent (troublé) : Je ne suis pas sûr, je ne pouvais pas donner de sens à ce que je voyais, je ressentais juste de la peur, et de la colère, de la colère envers mes camarades… comme si c'étaient eux qui étaient du côté du mal. Je voulais les tuer, tous.

Voix hors caméra : Et vous l'avez fait ?

Sergent (réagissant violemment) : Non ! Absolument pas ! Non… (Incertain.) Peut-être dans mes rêves, oui.

Sous-titres : Le sergent fut signalé par ses camarades pour son « comportement bizarre et aux motivations inexplicables », et envoyé de force dans un hôpital de campagne, loin des lignes de front, pour y être soigné et bénéficier d'une sortie anticipée.

Voix hors caméra : Pensez-vous être débarrassé de ces hallucinations ?

Sergent : (Silence, puis respiration lourde.) Je fais des rêves, parfois. Le docteur dit que je souffre de stress post-traumatique. Mais je sais que ce n'est pas ça. Tu as déjà lu Lovecraft ? Tu sais, les histoires de Cthulhu et tout ça ? Ce sont des cauchemars comme ça que je fais (respiration lourde, voix plus forte) : ils sont sombres, chaotiques, sales, comme si quelque chose essayait de me déchirer le cerveau. Ce n'est pas une souffrance physique, mec, ce n'est pas ça. Quand tu t'éveilles de ton cauchemar, que tu regardes le ciel nocturne derrière la fenêtre, sans aucune limite, tu vois ses pupilles, il te regarde, tout le temps. Tu peux imaginer ça ? Putain, tu peux l'imaginer ?

L'objectif se rapprocha, les artères de son cou battaient à tout rompre. Fondu au noir.

Sous-titres : David M. Friedman, ancien sergent de l'armée américaine, fut retrouvé mort dans son appartement trois semaines après cet entretien. Il s'était tiré une balle dans la gorge. Il avait trente-huit ans.

Scott dut mettre sur pause, le temps que le malaise qui le tiraillait jusque dans ses tripes s'estompe. Cette courte vidéo contenait beaucoup plus d'informations que ce à quoi il s'attendait.

Xiaomi était partie. La chambre d'hôpital était vide.

Comme fou, Dang Kai-zong interrogea le vigile à la porte, mais il se heurta à une réponse vague et insatisfaisante. Il descendit les escaliers en courant, la poitrine serrée, poursuivi par un pressentiment, comme si perdre Xiaomi cette fois encore signerait leur fin à tous les deux. Il n'y avait aucune trace d'elle devant l'hôpital. Les patients et les visiteurs lève-tôt se promenaient dans la clarté matinale, leur pâleur rayonnant dans le soleil de l'aube.

Dang Kai-zong regarda désespérément autour de lui, cherchant dans son esprit la moindre information qui pourrait l'orienter, ou l'aider à prendre contact avec Xiaomi. Il se mit à regretter une fois de plus son adhésion aux croyances de ses parents – ce fondamentalisme qui résistait aux implants prothétiques de réalité augmentée – lorsqu'il l'aperçut : elle dévorait son petit déjeuner dans la cafétéria du rez-de-chaussée. Elle n'était pas seule. Un homme était assis en face d'elle, qui tournait le dos à Dang Kai-zong.

La silhouette robuste de l'individu lui était si familière que le cœur de Dang Kai-zong fut saisi de palpitations. Une fois de plus, le visage froid et souriant de Lo Gim-sian s'offrait à lui.

Il les rejoignit et se plaça entre Xiaomi et Lo Gim-sian. Il posa ses mains sur la table et prit la posture d'un poisson essayant de sortir d'un filet, avant de fixer intensément Lo Gim-sian.

« Kai-zong, mange donc un bout avec nous ! J'ai dit que j'avais faim, et l'oncle Lo a proposé de m'emmener ici pour prendre le petit déjeuner. »

Xiaomi le regardait avec la plus pure innocence. Les coins de sa bouche étaient encore dégoulinants de grains de riz, qu'elle attrapait avec la langue à mesure qu'elle mâchait.

« Merci, oncle Lo, dit Dang Kai-zong en s'efforçant de rester courtois. Je crois que vous devriez rentrer une fois votre repas terminé. Xiaomi a encore besoin de se reposer.

– Oh, mais il n'y a pas de quoi ! Il faut s'entraider, entre nous, fit Lo Gim-sian en souriant. Xiaomi a promis de venir avec moi voir Ze-him après le petit déjeuner. Aujourd'hui est un jour propice, peut-être aurons-nous de la chance ! »

Dang Kai-zong observa Xiaomi avec surprise alors qu'elle se saisissait avec désinvolture d'un beignet – un « fantôme frit », comme l'appelaient les locaux.

« Xiaomi n'ira nulle part sans l'accord de son médecin, sauf si c'est elle-même qui en fait la demande.

– Allons, mon garçon, tu peux venir aussi. Tu y retrouveras pas mal de connaissances ! »

Lo Gim-sian balaya la pièce du regard, hochant légèrement la tête pour lui indiquer de ne pas agir de manière irréfléchie. Ce n'est qu'à cet instant que Dang Kai-zong se rendit compte que des hommes de main étaient assis dans le coin le plus éloigné de la cafétéria, des clients en apparence ordinaires, mais qui jetaient de temps à autre un coup d'œil en direction de la table de Xiaomi, comme s'ils convoitaient les beignets, le lait de soja, la bouillie de riz et les légumes salés.

Lo Gim-sian fit signe à Dang Kai-zong de s'asseoir et lui dit, dans le dialecte de l'île :

« Tu ressembles beaucoup à ton père. Têtu, obstiné et inconscient. »

Dang Kai-zong, qui essayait de contenir sa colère, s'assit doucement.

« Nous étions jeunes en ce temps-là, je n'avais que quelques années de plus que toi. Je l'appelais Frère. Il était ambitieux, déterminé à faire de l'île de Silicium un grand port de marchandises dans la région orientale du Guangdong. Mais il fallait de l'argent, beaucoup d'argent, et du temps. »

Lo Gim-sian inclina la tête, son regard semblait contourner le lourd rideau de l'histoire et contempler une époque lointaine.

« Mais le gouvernement ne pouvait pas attendre aussi longtemps, il voulait des résultats tangibles, visibles, qui permettraient d'augmenter le PIB et de rédiger de jolis rapports pour obtenir des promotions. L'île de Silicium a donc choisi un chemin différent, qui l'a menée à la situation que tu connais maintenant. »

D'un autre regard, Lo Gim-sian interrompit Dang Kai-zong, qui s'apprêtait à répliquer.

« Ne porte pas de conclusions trop hâtives, mon garçon. Il y a toujours un modèle qui permet d'expliquer les trajectoires prises par l'histoire. Sinon, toi et moi n'aurions pas cette conversation aujourd'hui. Je dois dire que ton père a eu plus de clairvoyance et surtout plus de morale que beaucoup à l'époque. S'il est parti à l'étranger, c'était pour renoncer à ces privilèges, pour recommencer à partir de rien dans un environnement plus sain. Tu pourras me traiter de complice, d'égoïste et d'égocentrique, comme tu voudras. Ma conviction est simple : un animal doit être assez fort pour protéger sa progéniture et l'empêcher d'être chassée ou réduite en esclavage. Il en va de même pour les humains. Alors, tu vois, ton père et moi sommes faits dans le même bois, c'est juste que nous exprimons notre amour de manière différente. »

S'il n'avait pas été témoin de tous les cas de discriminations et d'abus à l'encontre des déchetiers par la famille Lo, Dang Kai-zong aurait applaudi à ce discours. Il pensa à son père, aux souvenirs maintenant flétris de leur départ pour un pays étranger. Il éprouva soudain une répulsion physique, comme un réflexe conditionné.

Il ne pourrait jamais associer cette vie d'errance à l'amour d'un père, quelle qu'en fût la logique.

Il ne pouvait pas comprendre pourquoi son père avait pris cette décision, même après toutes ces années. Rationnellement, il pouvait trouver toutes sortes de raisons solides pour justifier le choix de son père mais, émotionnellement, il ne pourrait jamais l'accepter. Qu'un homme emmène sa famille loin de la terre où il était né et où il avait grandi, loin de ses racines matérielles et culturelles, pour chercher ailleurs un sentiment de sécurité, c'était quelque chose qui, dans l'histoire, ne se produisait qu'en temps de guerre ou de famine, pas dans une période pacifique et prospère.

Xiaomi trouva de la pâte de piment et la mélangea à son bouillon de riz ; il en résulta un tourbillon de rouge et de blanc, d'épice et de fadeur qui stimula ses papilles. En regardant Xiaomi, Dang Kai-zong sembla enfin comprendre la subtilité des sentiments qu'il éprouvait à son égard. Au-delà de la banalité de l'amour que pouvaient se porter un homme et une femme, ils étaient tous deux prisonniers de la même maladie, captifs de ce pays qui n'était pas le leur, étrangers à l'île de Silicium et, en même temps, intimement et inextricablement liés à elle.

« Oncle Lo, j'ai bien mangé. »

Xiaomi leva la tête, sa langue glissant sur ses lèvres pour avaler les derniers grains de riz égarés. Le caractère « mi » de sa nuque était resté allumé pendant tout le petit déjeuner.

Lo Gim-sian se leva, suivi de Dang Kai-zong. Ils se toisèrent sans dire un mot. Xiaomi les regarda aussi, une expression innocente accrochée au visage.

« Je peux vous faire confiance ? » lâcha finalement Dang Kai-zong.

Puis il posa sa main sur l'épaule de Lo Gim-sian. Il n'ignorait pas que ce geste était mal placé, mais il n'avait pu s'en empêcher.

« Pouvez-vous me promettre que vous ne lui ferez aucun mal ? »

Lo Gim-sian retira doucement la main de Dang Kai-zong de son épaule et la plaça dans sa paume, puis il la secoua deux fois vigoureusement.

« Les gens de Silicium savent tous que le chef Lo n'a qu'une parole. »

Il eut un léger sourire, dans lequel se mêlaient de l'autosatisfaction et une gêne légère.

« Bien sûr, le chef Lo, c'est moi. »

Les contours de Harukawa Suzuki réapparurent à l'écran devant Scott. Des décennies avaient passé mais, malgré ses cheveux grisonnants et sa peau ridée, sa silhouette et son allure respiraient toujours l'élégance et la grâce. Elle intervenait à l'occasion de toutes sortes d'événements et de rencontres – auprès d'entreprises, d'organisations de défense des droits de l'homme, d'ONG internationales, lors des événements publics officiels, etc. Elle agitait les bras et élevait la voix, mais peu l'écoutaient vraiment. Sa silhouette était marquée par la solitude et la vieillesse, comme un saule qui se dessèche sous les rafales du temps.

Sous-titres : Grâce au lobbying de Harukawa Suzuki, le gaz BZ fut officiellement inscrit dans la convention sur les armes chimiques de 1997. Dans ses dernières années, elle se consacra à la recherche de traitements efficaces contre les séquelles sur le long terme d'une intoxication au gaz. Elle inventa et développa une thérapie expérimentale, reposant sur l'utilisation de virus génétiquement modifiés pour réparer les récepteurs muscariniques dans le cortex cérébral du patient. Cependant, en raison d'un manque de financement, la mise en place d'essais cliniques ne put avoir lieu.

Harukawa Suzuki resta célibataire jusqu'à la fin de sa vie. Les contraintes du secret militaire l'empêchèrent de révéler le nombre total de victimes souffrant de maux liés à l'exposition au gaz BZ.

L'image se flouta et prit une teinte jaune pâle, et l'objectif se concentra rapidement sur le motif du papier peint en arrière-plan. Une vieille femme, vêtue de blanc, s'installa devant la caméra avec une aisance et une élégance mesurées. La courbe blanche d'un auto-injecteur était fixée à l'intérieur de son bras droit et une lumière verte clignotait. La date en bas de l'écran indiquait le 3 mars 2003.

Elle hocha la tête et sourit à la caméra, ses rides soulignant les lignes douces de son visage. Elle s'exprima en anglais.

« Je suis Harukawa Suzuki, l'inventeur du gaz BZ. Et je suis une pécheresse.

» Il y a soixante ans aujourd'hui, mon fiancé Hideo Kuboki mourait dans une bataille navale. Cette tragédie m'a poussée à prendre une décision terrible, celle d'arrêter les dommages que la guerre faisait subir aux populations. Comme vous le savez, je suis venue en Amérique, j'y ai obtenu mon doctorat, puis j'ai rejoint l'armée américaine, et j'ai inventé le gaz BZ. Ils m'ont dit que des milliers de soldats avaient été épargnés grâce à mon invention et que ceux qui avaient été sauvés avaient pu retrouver leurs proches.

» C'était à la fois la vérité, et un mensonge.

» Le gaz BZ a causé des perturbations irréversibles dans les récepteurs de transmission nerveuse du cerveau des victimes. Ceux qui y ont été exposés vivront inéluctablement dans le délire, la peur et les hallucinations pour le restant de leurs jours. J'ai essayé de réparer mon erreur, mais le mal est fait, il est trop tard. Je voudrais aujourd'hui confesser mes péchés et présenter mes excuses à l'ensemble des victimes.

» Cette confession s'adresse aussi à toutes les personnes qui ont participé aux expériences et ont été blessées ou sont mortes au cours de nos recherches. Vous aviez déjà payé le prix de vos crimes et vous ne méritiez pas de torture supplémentaire. Faire le mal dans l'intention de faire le bien reste faire le mal. Peut-être est-ce mon désir de vengeance, que j'ai cru transformer en bien, qui a été à l'origine de tout cela. Je ne sais vraiment pas... Mais je vous en supplie, acceptez mes excuses. »

La vieille femme inclina sa tête sur sa poitrine.

« C'est aujourd'hui l'anniversaire de la mort de mon fiancé, et c'est aussi le jour de l'expiation de mes fautes. À travers ma mort, et bien qu'elle soit insignifiante, je voudrais montrer que la guerre ne détruit pas seulement les corps, mais aussi les âmes. Que toutes les âmes qui ne sont plus reposent en paix. »

Elle hocha une nouvelle fois la tête et sourit, puis elle pressa l'auto-injecteur sur son bras. La lumière verte se mit à clignoter plus rapidement, puis elle passa au jaune, au rouge, et finit par s'éteindre.

Harukawa Suzuki respira longuement et profondément, les yeux mi-clos, semblant savourer les produits chimiques qui coulaient dans ses veines. Son visage ridé, marqué par les vicissitudes de l'existence, se détendit. Elle ouvrit soudainement les yeux et regarda au-dessus de la caméra, rayonnant de la joie de retrouver bientôt un ami cher. Doucement, elle prononça une phrase en japonais.

Sous-titre : Mon cher Kuboki, libre de toute chose, l'alouette se met à chanter[1].

Elle ferma à nouveau les yeux. Le balancement de son corps ralentit jusqu'à s'arrêter. Quelque chose d'informe se détacha de cette coquille vide. Telle une marionnette dont on aurait coupé les fils, Harukawa Suzuki s'effondra sous

1. Vers d'un haïku de Matsuo Bashō (1644-1694). (Note du traducteur.)

l'effet de la gravité, sa noble tête s'inclina, puis son corps entier s'enfonça lentement sur son siège.

Sous-titres : Harukawa Suzuki avait 83 ans. Le programme « Arashio » fut discrètement arrêté, ses archives cryptées et les quelque trois cents brevets obtenus au cours de son existence, portés disparus. Un nombre inconnu de victimes exposées au gaz BZ sont toujours dispersées dans le monde, luttant dans leur vie quotidienne.

Scott resta assis dans sa chambre. La scène poignante de la mort de Harukawa Suzuki persistait devant ses yeux. Il ne s'attendait pas à découvrir que le programme Arashio cachait une vérité aussi choquante. Il fut envahi par un mélange d'émotions complexe : il éprouvait une certaine révérence à l'égard de la scientifique, de la pécheresse et de la fiancée qui avait été si forte pendant soixante ans. Mais plus encore, il ressentait de la pitié. Harukawa Suzuki portait une responsabilité et une culpabilité qui n'appartenaient pas qu'à elle.

Ne suis-je pas le même ? Cette pensée lui traversa l'esprit, puis il se mit à rire. La pitié ne faisait manifestement pas partie de son mécanisme de défense.

Des nœuds de données complexes affleurèrent, comme des récifs émergeant de l'eau, formant un labyrinthe confus. Scott leva les mains, tel un chef d'orchestre devant un ensemble symphonique, dessinant des arcs gracieux dans l'air. Des capteurs de haute précision capturaient ses mouvements, les transformant en signaux numériques codés qui permettaient de déplacer, de zoomer, de plier, ou d'établir des connexions avec d'autres programmes. La toile chatoyante du ciel prenait progressivement forme, un réseau à la topologie irrégulière qui renvoyait la beauté d'une rationalité déréglée.

Un soupçon de sourire se dessina sur les lèvres de Scott. Il avait déjà quelques idées sur la façon de résoudre cette énigme.

D'un geste de l'index, il fit apparaître au centre du réseau le nœud d'information ayant pour nom « Xiaomi », et le marqua d'un point d'interrogation doré.

11

Elle soupçonnait qu'elle était piégée dans une coquille appelée « Xiaomi », mais elle n'avait pas encore compris la nature de cette coquille.

Dans un lointain cauchemar, elle s'était enfoncée dans le corps d'un géant d'acier et était devenue le géant lui-même, agitant des bras métalliques étincelants, déchirant le vent froid et la pluie, courant, sautant, chassant… tuant. Elle savait que ce n'était pas réel. Elle espérait que ce n'était pas réel.

Mais en cet instant, Xiaomi avait l'illusion d'être l'hôte de son propre corps, un sentiment qui s'était amplifié de jour en jour depuis qu'elle avait repris conscience. Pire encore, elle ne pouvait pas contrôler ce corps de chair aussi efficacement qu'elle avait contrôlé la machine. Une panique refaisait surface de temps à autre, saisissant ses nerfs autonomes et son cœur, et les secouant dans tous les sens. Cette sensation était suivie d'un calme euphorique qu'elle ne s'expliquait pas et qui émanait d'une partie de son cerveau, apaisant toutes ses angoisses et lui donnant l'impression de flotter sur un nuage. À d'autres moments, son cœur palpitait, un malaise l'enserrait, des fourmillements la prenaient sur des membres fantômes qui auraient voulu l'empêcher de penser ou d'agir.

C'était comme si ce corps essayait d'apprivoiser, de dompter l'âme qui y était emprisonnée.

Xiaomi se tenait près la fenêtre et regardait la silhouette de Kai-zong dans le soleil de l'aube alors qu'il sortait précipitamment de son taxi. Elle voulait lui faire signe, crier, utiliser tous les moyens à sa disposition pour qu'il voie qu'elle se tenait juste ici. Elle avait envie de serrer le faux étranger dans ses bras – ce qu'elle n'avait encore jamais fait, ni même rêvé de faire. *Tu n'es qu'une déchetière.* Cette étiquette était profondément gravée en elle, plus enracinée que la membrane corporelle appliquée sur sa nuque. Elle ne s'effacerait pas. Tous les actes et tous les comportements de Xiaomi étaient réduits à ces trois syllabes, et il lui paraissait impossible de franchir cette barrière.

Alors elle demeura là, immobile, attendant que Kai-zong émerge de l'embrasure de la porte derrière elle.

Puis elle entendit une conversation impossible naître des lèvres de Xiaomi. Elle vit sa main prendre celle de Kai-zong, la relâcher, puis la serrer à nouveau. Elle était certaine d'avoir perdu la raison.

Ce corps accomplissait des désirs dont elle avait rêvé sans pouvoir jamais les réaliser, même un geste aussi insignifiant – ce geste qui semblait une tentative de contrôler Kai-zong, et qui la faisait se sentir mal. Elle n'avait jamais été aussi clairement consciente des différences d'interprétation des messages entre les deux sexes, et il lui paraissait surprenant que ces différences fussent encore palpables. La honte autant que la satisfaction qui s'ensuivit firent simultanément surface dans sa conscience, comme si on avait mélangé de la pâte de piment avec de la bouillie de riz.

Elle entendit de la musique. De la musique dans sa tête. Comme une boîte à musique dont l'air se répétait de façon cyclique. Cette mélodie entraînante et familière, mêlée au son déformé des cors et des tambours qui martelaient ses terminaisons nerveuses, lui procurait un plaisir étrange.

Plus effrayant était qu'elle savait exactement d'où venait cette musique. Elle était douée d'une capacité d'intégration logique qu'elle n'avait jamais connue auparavant et qui liait instantanément tous les fragments bourdonnant autour d'elle en un faisceau d'indices auquel elle donnait vie.

Les autoradios bon marché choisis par les compagnies de taxi ne pouvaient pas faire la distinction entre les basses et les moyennes fréquences, et leur écoute n'était tolérable pour l'auditeur que lorsqu'ils jouaient de la musique avec des parties vocales simples, des sons aigus et sans harmonie. Le centre de contrôle routier de l'île de Silicium s'était adapté à ce besoin et diffusait un grand nombre de chansons de type *shanzhai*[1], qui devenaient des tubes pour les chauffeurs de taxi dans l'attente de leurs clients – une particularité folklorique de l'île pour le moins irritante. Cependant, toutes les heures, les chaînes locales devaient rediffuser l'annonce de l'heure de la station centrale de la ville, qui consistait en un segment de deux publicités sur fond de musique classique. Le centre de contrôle, pour gagner du temps, avait décidé de compresser le segment, l'accélérant d'un demi-ton par rapport à l'original.

C'était l'*Ouverture de 1812* que fredonnaient en boucle les lèvres de Xiaomi.

1. Utilisé pour désigner des contrefaçons développées par des entreprises basées dans la ville de Shenzhen, le terme *shanzhai* en est venu à qualifier des variantes plus créatives et innovantes. (Note du traducteur.)

Elle avait peur d'elle-même – un sentiment d'effroi qui lui glaçait les os. Kai-zong l'avait jadis emmenée faire des courses en taxi, et elle avait entendu ce segment musical un nombre incalculable de fois dans son atelier. Peut-être avait-elle entendu Frère Wen mentionner un jour, pendant un repas, ce type de détails dont seuls se souciaient des geeks tels que lui. Mais elle n'avait jamais imaginé que son esprit possédait le pouvoir de recomposer ces bribes d'informations éparses en un tout cohérent.

Elle n'arrivait pas à décrypter ce que signifiait cette prise de conscience. Tout ce qu'elle voyait, c'était l'horreur écrite sur le visage de Kai-zong. Une vague de tristesse inondait son cœur.

Ce qui la terrifiait peut-être plus encore, c'était que ses sentiments à l'égard du monde changeaient, eux aussi. Elle ne savait comment les décrire exactement. C'était comme si, après s'être extirpée d'un puits profond, elle contemplait un monde plus ouvert, et que ses sensations s'adaptaient à lui, devenant plus riches et plus variées. Alors même qu'elle se souvenait de tout ce qui s'était passé sur la plage d'observation des marées, la haine et le dégoût étaient recouverts par une émotion plus grande et plus complexe. Elle semblait comprendre les raisons pour lesquelles Do-gian avait choisi cette voie, et elle semblait savoir quelle serait sa fin future. Une nouvelle vague de chagrin la submergeait.

Murs de pierre lavée, briques rouges et tuiles d'argile : le hall dédié au culte des ancêtres de la famille Lo avait été transformé en lieu de cérémonie. Au sommet du sanctuaire se trouvait un bouddha en or provenant de Chiang Mai, en Thaïlande. Sous celui-ci étaient placées par rangées les tablettes des ancêtres de chaque génération. Des bougies électriques scintillaient au milieu de colonnes sinueuses de fumée d'encens. Le lit d'hôpital avait été disposé au centre de la salle. Sur le lit reposait le corps blanc et frêle bardé de cathéters de Lo Ze-him. Ses yeux étaient fermés, ne montrant aucune trace de vie. Sans les doux battements de son électrocardiogramme, on l'aurait pris pour le cadavre d'un noyé.

Il était dit qu'en menant la cérémonie en ces lieux, le pouvoir des divinités bouddhistes et celui des ancêtres se rejoindraient pour éliminer les mauvais esprits. Mais toutes les personnes présentes frissonnaient, comme piégées dans une cave de glace, imprégnées par l'atmosphère sinistre du hall.

C'est lorsque Dang Kai-zong remarqua l'entrée du directeur Lim Ek-ru qu'il comprit ce que Lo Gim-sian avait voulu entendre en lui disant qu'il retrouverait de vieilles connaissances. Il comprenait aussi comment la sécurité censément renforcée de l'hôpital avait si facilement pu être défaite. Le directeur Lim lui fit un signe de tête pour le saluer, mais sans s'approcher. Il avait la mine encore plus lugubre que Lo Gim-sian, dont le propre fils était pourtant allongé, inconscient, au milieu de la pièce.

Xiaomi était assise dans son coin, souriante, imperturbable, comme si elle attendait le début d'un spectacle.

Dang Kai-zong recentra son attention sur elle. Sa timidité et sa prudence d'autrefois avaient disparu, remplacées par un calme intérieur, comme si la situation était pleinement sous son contrôle. Kai-zong était sûr qu'elle ne se donnait pas un genre, le caractère qui clignotait sur sa nuque en était la preuve. Quelque chose avait changé en Xiaomi. Étaient-ce les minuscules particules de métal ? Dang Kai-zong était de nouveau inquiet, il ne savait quelle attitude adopter envers cette nouvelle Xiaomi. Et, à vrai dire, il avait peur d'elle.

Son visage aussi semblait avoir changé, sa lèvre inférieure ne comportait plus de marque de morsure, ses sourcils étaient plus arqués, les muscles autour de ses yeux s'étaient détendus, leurs contours semblables à des olives. Quel genre d'âme se cachait sous ce visage ?

La *lohsengpua* apparut à l'heure dite, vêtue d'une robe multicolore sans manches, le visage fardé de peinture rouge qui lissait ses rides, et maquillée de telle façon que ses traits lui donnaient l'air d'un fantôme furieux. Elle fit asseoir Xiaomi à un mètre de la tête du petit Ze-him, de sorte qu'elle soit le point médian d'une ligne droite allant de l'enfant au bouddha. Puis elle appliqua sur le front de Ze-him et de Xiaomi une membrane verte qui portait le sinogramme 敕 (*chi* – « édit »), identique à celle qu'elle portait.

Elle alluma de l'encens et des bougies, aspergea les quatre coins de la salle d'une eau bénite composée d'absinthe amère, de calamus et d'ail, puis elle prononça une prière de bénédiction aux huit esprits. Elle retourna ensuite auprès du lit et reçut de son assistant un bol en porcelaine rempli d'huile. Après encore quelques incantations et des bougies allumées, des flammes orange s'élevèrent de ses mains, et elle entama une danse macabre.

La sorcière commença à tourner dans le sens des aiguilles d'une montre autour du lit du petit Ze-him, à un rythme lent et grotesque qui semblait en cadence avec un tambour silencieux. Elle psalmodiait des soutras, émettant par intermittence quelques sifflements stridents, comme des rafales de vent traversant une forêt de pins par une nuit profonde. Tous dans la salle avaient la chair de poule.

Dang Kai-zong sentait son cœur remonter par sa gorge en suivant les pas erratiques de la *lohsengpua*, craignant que celle-ci trébuche et renverse le bol d'huile brûlante sur Xiaomi. Il ne croyait pas à la sorcellerie et encore moins au fait que Ze-him se réveillerait ou que Xiaomi mourrait à sa place une fois la performance achevée. Mais quelque chose dans ce spectacle heurtait tout de même sa raison : les mains de la sorcière auraient dû être ébouillantées par le contenu du bol, dont la température devait être de plusieurs centaines de degrés.

Xiao Mi ne montrait aucun signe de crainte ou d'inquiétude, elle se contentait d'observer le rituel avec curiosité. Tour à tour, son visage était illuminé par la lueur des flammes, puis s'assombrissait à nouveau, au rythme de la ronde de la *lohsengpua*. Ses yeux reflétaient une clarté étrange et mouvante.

Les quelques invités situés près du lit laissèrent échapper un cri. Le sinogramme plaqué sur le front de Ze-him s'était allumé et, presque au même instant, ceux de Xiaomi et de la sorcière firent de même.

La *lohsengpua* se déplaçait maintenant plus rapidement, telle une abeille ouvrière, traçant dans son sillage un motif en forme de huit autour du lit et de Xiaomi. Elle changeait constamment de direction. La flamme ardente brûlait entre ses mains et ses sifflements se faisaient plus nombreux. Les sinogrammes sur le front des trois protagonistes clignotaient de façon synchronisée et toujours plus vite. Mais le rythme de l'électrocardiogramme restait le même.

Le public retenait son souffle, attendant le point culminant de la cérémonie. Si Xiaomi hurlait de frayeur, la *lohsengpua* écraserait le bol contre le sol et crierait à pleins poumons, parachevant le rituel de « l'échange de mandats ». Mais les choses ne se présentaient pas aussi bien que prévu, car Xiaomi n'avait même pas quitté sa position assise, tandis que la sorcière était déjà haletante et que la sueur avait effacé une partie de son maquillage, donnant l'impression qu'elle versait des larmes de sang.

Curieux, Dang Kai-zong se demandait comment cette farce allait se terminer.

Il y eut un autre cri dans le public. La fréquence de scintillement de la membrane sur le front de Xiaomi avait changé, elle n'était plus synchronisée avec les deux autres, et son expression n'était plus aussi calme. Elle fronçait les sourcils, comme plongée dans une profonde réflexion ou une lutte intense. Elle fixait un point invisible dans l'air, ses paupières frémissaient et une vibration familière fit palpiter d'angoisse le cœur de Kai-zong.

La membrane appliquée sur le front de Lo Ze-him se mit à clignoter de façon saccadée, s'éloignant du rythme de la *lohsengpua* et se rapprochant de celui de Xiaomi. Comme si une main invisible ajustait depuis l'au-delà la fréquence des trois lumières. À présent, Xiaomi et le garçon étaient sur le même canal. Une expression d'incrédulité naquit sur le visage de Lo Gim-sian, teintée d'une infime touche d'espoir.

De légères perturbations apparurent sur la courbe de l'électrocardiogramme, comme un caillou jeté dans un étang. Des ondulations se propageaient lentement, repoussant les pics et les creux de l'onde, étirant les amplitudes.

Les pieds de la sorcière commencèrent à chanceler tandis que des langues de feu léchaient presque ses poignets. Dang Kai-zong s'avança pour l'arrêter lorsqu'une main le saisit par l'épaule, le retenant doucement mais avec force. C'était le directeur Lim. Ce dernier secoua la tête, lui signifiant que la situation était sous contrôle.

Le clignotement vert sur le front de la *lohsengpua* était devenu instable, il tendait à rejoindre le rythme des deux autres, comme à la recherche d'une nouvelle unité. Elle semblait trop faible, ne contrôlant même plus ses sifflements.

Son expression devenait encore plus sinistre, la terreur se mêlant à l'épuisement. Le visage morne de Lo Gim-sian vacilla devant ses yeux ; elle savait qu'elle ne pouvait s'arrêter, à moins d'admettre son échec.

Même le sourire du bouddha d'or ne pourrait la sauver.

L'inévitable chute arriva. La *lohsengpua* s'effondra sur le sol dans une position étrange. Le bol en porcelaine crachant des flammes resta un instant suspendu dans les airs, puis se renversa sur le corps de la sorcière. Des flammes jaune vif suivirent la trajectoire du liquide et enflammèrent la robe de la *lohsengpua*. L'assistant, terrifié, tenta de la déshabiller et la frappa frénétiquement pour éteindre le feu. Des gémissements d'agonie, accompagnés d'une fumée âcre, envahirent la salle, se joignant aux flammes des bougies votives.

Le bol en porcelaine roula jusqu'aux pieds de Dang Kai-zong. Le directeur Lim s'accroupit pour s'en saisir et effleura la surface de l'objet. Il leva les yeux vers Kai-zong avec sourire en coin, et murmura trois syllabes : « Charlatane. »

Dang Kai-zong tourna son regard vers le garçon, allongé sur son lit d'hôpital. Lo Gim-sian était à son chevet et regardait son fils intensément, comme si les deux clowns peinturlurés qui criaient et se roulaient par terre pour éteindre le feu n'existaient pas. L'électrocardiogramme de Lo Ze-him retrouva un rythme régulier. Le sinogramme sur son front se synchronisa avec celui de Xiaomi, et ils clignotèrent lentement jusqu'à ce que la lumière verte fût complètement éteinte.

Xiaomi arracha délicatement la membrane plaquée sur son front. Son visage trahissait la fatigue.

Tous firent quelques pas en avant, mais n'osèrent pas approcher davantage de Lo Gim-sian. L'assistance attendait, observant les paupières du garçon endormi qui commençaient à frémir, comme les mouvements oculaires rapides d'un sommeil paradoxal.

« Ze-him… Ze-him… » Lo Gim-sian appelait tendrement son fils dans le dialecte de l'île, ses yeux débordant d'amour paternel.

Dang Kai-zong était impressionné par la rapidité avec laquelle Lo Gim-sian avait changé d'expression. Il repensa à son soliloque sur la nature de l'amour paternel, et ne put s'empêcher d'imaginer son père à lui, loin d'ici. Lo Gim-sian avait peut-être raison.

Le mouvement oculaire de l'enfant s'arrêta. Après un très long moment, les yeux de Lo Ze-him s'ouvrirent lentement, révélant des pupilles couleur noisette.

« Ze-him ! »

Des larmes brillaient dans les yeux de Lo Gim-sian.

Le garçon regarda avec incrédulité autour de lui et sembla produire de grands efforts pour se rappeler où, quand, qui et comment… ainsi que l'identité de l'homme aux yeux humides penché sur lui.

« *Baba ?* » parvint-il enfin à appeler timidement.

Ces deux syllabes stupéfièrent Lo Gim-sian. Tout le monde dans la pièce les avait entendues. Ce n'était qu'une infime différence de ton, mais la variation était indubitable. Le premier mot prononcé après son réveil par le gamin natif de l'île de Silicium, dans le coma depuis des mois, avait été en mandarin standard.

À cet instant, Dang Kai-zong surprit une joie fugace au coin des yeux de Xiaomi.

Xiaomi apprenait à faire des compromis avec son corps. Elle avait dû commencer par surmonter son anxiété.

Lorsque le visage de Lo Gim-sian était apparu dans l'embrasure de la porte de sa chambre, elle s'était sentie comme un lièvre flairant l'arrivée d'un chasseur. Elle avait été prise d'une irrésistible envie de fuir. Mais elle ne l'avait pas fait. Son corps était resté immobile, et la membrane à l'arrière de sa nuque ne s'était atténuée qu'un instant avant de se rallumer.

L'horrible vague de souvenirs semblait avoir été refoulée dans son inconscient, ne laissant que la sensation de leur fracas contre un mur invisible. Elle s'émerveillait de ses nouveaux talents de comédienne : sa respiration était régulière et les muscles de son visage étaient naturellement détendus, tandis qu'elle affirmait d'un air innocent à Lo Gim-sian qu'elle ne se souvenait de rien.

Et Lo Gim-sian l'avait crue.

Ce contrôle d'elle-même s'était poursuivi jusqu'à ce qu'elle mette le pied dans le hall ancestral et s'assoie près du lit de Lo Ze-him. Elle s'était souvenue de cet après-midi, presque trop lointain pour être réel, des expériences menées par Frère Wen avec la prothèse, du garçon qui avait volé la caméra, du sang glacé. Tout avait commencé ce jour-là. Xiaomi se sentait coupable. Enfant, sa mère lui avait toujours appris à être gentille avec les autres, car aucun des actes des hommes ne pouvait échapper au Ciel. Après son arrivée sur l'île de Silicium, elle avait découvert que l'enseignement de sa mère n'était peut-être pas une vérité aussi universelle. Ici, des humiliations et des préjudices se produisaient tous les jours. Même si le Ciel possédait un milliard d'yeux, il ne semblait pas les tourner vers cette île.

Elle s'était convertie en animiste pragmatique, se persuadant que des esprits vivaient dans toute chose. Tant qu'elle priait fidèlement et faisait les offrandes nécessaires, elle serait protégée. C'était ainsi que les déchetiers survivaient dans l'enfer de leur existence. À l'extérieur des hangars, on trouvait partout des encensoirs électroniques alimentés par les fidèles avec des déchets plastiques ; combinés avec des membranes en polyimide, ils scintillaient la nuit comme des feux follets, dissuadant les badauds de s'aventurer dans cette zone.

Était-il possible que le garçon fût une offrande pour l'un de ces esprits ? Mais qui bénéficierait dès lors de son sacrifice ? s'était demandé Xiaomi en regardant la sorcière marcher avec le bol d'huile enflammé dans les mains.

Elle avait brusquement senti des éclairs verts descendre comme un rideau de pluie devant ses yeux et, au même moment, les fronts de Lo Ze-him et de la sorcière s'étaient allumés. L'une des lumières était immobile, l'autre en mouvement, comme une planète en rotation autour d'une étoile, dans un univers où s'entremêleraient magie et technologie. Mais elle avait compris que les lumières n'avaient rien à voir avec elle. Elles étaient le résultat d'une manipulation à distance par la sorcière ou son assistant, tandis que l'état du garçon demeurait stationnaire.

Comme si un interrupteur avait été actionné, elle avait senti un changement subtil dans son corps. Ses poils s'étaient hérissés et sa vision s'était éclaircie. Un tremblement incontrôlable avait traversé les limbes de son cerveau jusqu'à l'épiderme de son front, d'où il s'était propagé comme une onde. Elle avait instantanément compris les intentions de son corps, bien qu'elle ne puisse pas dire comment. Un pont invisible entre leurs consciences avait été érigé par radiofréquence grâce aux capteurs de leurs membranes frontales. Xiaomi était à une extrémité du pont, et Lo Ze-him à l'autre bout.

Elle savait ce qu'elle avait à faire pour réveiller le garçon et réparer le mal qu'elle avait commis. Quelles que fussent les atrocités que son père avait infligées à Xiaomi, le garçon était innocent. À ses yeux, le monde devait tourner autour de règles claires, même si des gens compliqués le rendaient confus.

Les choses n'étaient toutefois pas aussi simples qu'elle le pensait.

Une méningite causée par une infection virale avait inhibé la conscience du garçon. Les récepteurs neuronaux, bloqués par les protéines fabriquées par le virus, ne pouvaient plus transmettre les signaux bioélectriques de la pensée. Mais ce n'était pas le plus grave. Le mécanisme de blocage s'était dégradé en raison de la régulation préprogrammée de l'expression protéique, entrée dans une phase de décroissance. Il se révélait inefficace contre les impulsions nerveuses de force ordinaire. Xiaomi ne comprenait pas le sens de ces données, mais son corps semblait intuitivement en percevoir les implications. Sa conscience avait sauté sur le tremplin de l'émetteur radio de sa membrane, puis sondé comme un tentacule le cerveau du garçon, balayant les différentes régions du cortex à la recherche d'une cause plus profonde.

La langue.

Xiaomi avait eu la surprise de constater que le mécanisme de blocage induit par le virus fonctionnait davantage comme un dispositif de sécurité. C'était l'équivalent d'un fusible pour un interrupteur électrique : il activait une autoprotection lorsque la charge énergétique des transmissions neuronales dépassait un certain seuil, coupant la connexion pour s'assurer que les neurones ne brûlent pas. Mais, pour une certaine raison, le mécanisme de blocage du garçon avait été réglé sur un seuil de sécurité extrêmement bas, de sorte que dès qu'il commençait à penser dans le dialecte de l'île de Silicium, les fusibles se déclenchaient et les circuits de neurotransmission s'interrompaient.

La langue parlée sur l'île de Silicium était un dialecte ancien, contenant huit tons et présentant des règles de sandhi extrêmement complexes. Son entropie informationnelle dépassait de loin celle du mandarin, la langue nationale, avec ses quatre tons. C'était la cause première du coma du garçon.

Xiaomi n'était pas préparée à ce qui allait ensuite se passer. Son tentacule mental s'était durci et avait atteint l'aire de Broca, située dans le gyrus frontal inférieur de l'hémisphère gauche du garçon, responsable de la production et de la commande du langage. Tel un chirurgien muni d'un scalpel laser, le tentacule avait manipulé l'artéfact le plus complexe et le plus sophistiqué jamais créé en ce monde, comme si Xiaomi avait pratiqué ce type d'opération depuis des milliards d'années.

La sueur perlait lentement sur son front, imprégnant peu à peu ses cheveux. Une fois de plus, elle était abasourdie par les pouvoirs presque divins de son corps. Elle espérait que, cette fois, cela se terminerait bien.

Le tentacule s'était ramolli, contracté, et avait regagné son corps via la membrane. Sans vraiment s'en être rendu compte, elle avait également effleuré la conscience de la *lohsengpua*.

Une menteuse. Elle avait tout compris en un instant. Certes, c'était Wen qui avait accidentellement planté cet embryon de changement dans son cerveau, et c'étaient Lo Gim-sian et Do-gian qui l'avaient violemment aiguillonné, mais c'était en réalité la vieille femme en face d'elle qui avait insisté pour impliquer Xiaomi dans cette grossière arnaque, donnant vie au monstre qui avait pris possession de son cerveau.

C'était cette sorcière qui avait façonné la Xiaomi d'aujourd'hui.

Elle avait pris sa décision en un éclair. Xiaomi avait regardé le bol enflammé s'élever, tourner, puis retomber en se déversant sur le corps de cette misérable femme. *Je te rends la pareille, ne me remercie pas.* Les coins de sa bouche s'étaient soulevés en un sourire innocent.

La scène était devenue une farce chaotique : la foule assistant au drame et essayant d'éteindre le feu ; Lo Gim-sian, accroupi devant le lit, appelant son fils bien-aimé ; le directeur Lim et Dang Kai-zong échangeant des mots à voix basse.

Les yeux du garçon s'étaient lentement ouverts à l'appel de son père. Animée de bonnes intentions, Xiaomi n'avait pas modifié son aire de Wernicke, responsable de la compréhension du langage. Il pouvait encore comprendre le dialecte de l'île de Silicium. Seulement, pour le restant de sa vie, il ne parlerait qu'en mandarin, avec ses quatre tons – la langue parlée par les déchetiers des autres provinces, ceux que son père méprisait tant.

Il appela donc « baba » en mandarin, et non à la manière des natifs de l'île.

Les yeux inquiets de Dang Kai-zong l'avaient dévisagée. Xiaomi avait réprimé son envie de rire aux éclats, mais elle devait bien avouer qu'elle trouvait cette méchante plaisanterie hilarante.

Un tricycle était garé devant le manoir de la famille Lo, attendant que les domestiques déchargent les bidons d'eau sur des charrettes à bras. Le déchetier qui conduisait le tricycle semblait inquiet, il grommelait dans sa barbe, tandis que ses lunettes de réalité augmentée clignotaient d'une lumière verte. Quand les bidons furent déchargés, le tricycle se souleva légèrement, le transporteur effectua un demi-tour et repartit à une vitesse folle, sans même prendre la peine d'attendre les domestiques qui lui criaient de récupérer son argent.

Il jeta plusieurs coups d'œil derrière son épaule, s'assurant que personne ne le suivait. Il ralentit et se fondit dans la circulation dense du bourg de Silicium.

« Oncle He, qu'est-ce qui ne va pas aujourd'hui ? lui demanda un déchetier en le saluant. Tu as vu un fantôme ? »

Il n'y avait pas l'ombre d'un sourire sur son visage trempé de sueur. L'oncle He garda le silence. Il arrêta son véhicule et fit signe à l'autre de s'approcher. Assis à califourchon sur le tricycle, il se pencha comme pour toucher le front de son interlocuteur avec le sien. Une lumière verte s'alluma sur les lunettes portées par ce dernier. L'oncle He ne s'attarda pas, il redémarra son moteur et reprit sa route, diffusant la vidéo qu'il avait capturée dix minutes plus tôt.

Une voiture noire pénétrait à toute vitesse dans le domaine du manoir des Lo. Même à cette distance, on pouvait distinguer les silhouettes émergeant de la voiture : une jeune fille soutenue par les épaules était rapidement poussée dans la bâtisse. Elle était vêtue d'une robe blanche et ample qui ressemblait à une blouse d'hôpital.

L'oncle He en était sûr. Cette fille, c'était Xiaomi. Il s'empressa d'aller en informer Frère Wen.

Le soleil se hissait lentement dans les airs et devenait plus brûlant. L'oncle He se sentit enveloppé dans un épais nuage de vapeur humide et collante, qui rendait sa progression plus difficile. Il était assailli par une myriade de bruits et de puanteurs. Il peinait à comprendre les bribes de paroles qui parvenaient à ses oreilles. De nombreuses paires d'yeux passaient devant lui, ceux des déchetiers, d'insulaires, et d'autres qu'il n'arrivait pas à discerner. Il vit des déchetiers se saluer d'un signe de tête à la manière de gentlemen européens, comme si c'était une nouvelle mode. Les natifs de l'île, si sûrs de leur supériorité, les toisaient d'un regard hautain et soupçonneux. Cette cérémonie de salut paraissait dépasser leur entendement.

L'oncle He s'attacha à maintenir son tricycle droit et à se déplacer aussi sûrement que possible sur la place du marché bondée, afin de donner l'impression de se comporter de façon normale devant les caméras de surveillance. Mais il ne put contrôler sa poitrine frémissante et partit d'un grand éclat de rire.

Il y avait deux Xiaomi. Elle avait petit à petit accepté cette réalité. Elle les appelait « Xiaomi 0 » et « Xiaomi 1 ».

Xiaomi 0 était la déchetière venue d'une province lointaine. Elle était prudente, excessivement vigilante même, car elle se méfiait de tout le monde, mais elle savait aussi se montrer d'une incorrigible curiosité. Elle éprouvait de la sympathie pour un chien à puce mal réglé et était tombée amoureuse d'un natif à l'identité ambiguë. Néanmoins, elle manquait tellement de confiance en elle qu'elle préférait maintenir ses distances avec lui. Elle se souviendrait toujours de cette nuit où les méduses bioluminescentes avaient filé comme une nébuleuse, de la surface de la mer au clair de lune qui brillait comme des écailles d'argent, de Kai-zong allongé à ses côtés, regardant la voûte nocturne, de ce sentiment indéfinissable qui lui avait fait sauter un battement de cœur et qui avait bouleversé son monde. Elle se souvenait du vertige qui l'avait saisie.

Xiaomi 1, elle, était une existence qu'elle ne pouvait résumer. Par une longue nuit pluvieuse, cet esprit était venu prendre le contrôle de son corps. Elle était omnisciente et omnipotente. Bien qu'elles eussent en partage un corps et une conscience, Xiaomi 0 ressemblait davantage à une passagère clandestine, incapable d'interférer avec ce que Xiaomi 1 pensait ou faisait. Elle voyait tout ce que Xiaomi 1 voulait qu'elle voie et s'efforçait de suivre le flux complexe et subtil de sa conscience, apprenant, comprenant, s'élevant. Xiaomi 0 avait peur de Xiaomi 1, mais elle la vénérait aussi ; c'était un culte voué à une puissance précise et mécanique. Elle ressentait même une beauté qu'elle n'avait jamais connue jusqu'ici, une beauté majestueuse, comme si elle se tenait au sommet d'une montagne de dix mille pieds d'où elle contemplait la terre et les vivants. Ses jambes et ses pieds flageolaient, elle frissonnait, la pression dans sa vessie augmentait, mais elle ne pouvait résister à la tentation de la découverte.

Dans son esprit, l'image de Xiaomi 1 était toujours superposée à celle d'une femme occidentale, comme si elle était possédée par un fantôme. Elle désirait ardemment savoir qui elle était, mais elle se méfiait, craignant que l'ingérence d'une troisième personne ne facilite pas la situation.

Pour l'heure, toutefois, Xiaomi 0 et Xiaomi 1 étaient parvenues à un consensus : l'épuisement. Réveiller le garçon avait consommé trop d'énergie, et toutes deux avaient désespérément besoin de reconstituer leurs forces. Xiaomi était de nouveau affamée.

Mais la farce n'était pas encore terminée.

Lo Gim-sian hurlait sur le personnel médical qui se démenait pour tester les appareils reliés au garçon, toujours allongé sur le lit d'hôpital. La *lohsengpua*, dont la robe brûlée révélait une chair flasque autour de sa taille, avait essayé de profiter du chaos pour s'échapper avec son assistant, mais ils furent retenus par des gardes de la famille

Lo. Ils étaient à présent agenouillés, le visage tourné vers le mur, attendant les ordres du chef Lo. Le directeur Lim était au téléphone, arpentant la pièce, son visage était froid et immuable. Le visage de Kai-zong apparut dans son champ de vision : il était accroupi à côté d'elle, la mine ébranlée. Il paraissait vouloir lui demander quelque chose.

Tous les bruits se mélangeaient, bourdonnaient et se pressaient contre ses nerfs auditifs. Mais ses canaux sensoriels s'étaient fermés pour pallier le faible taux de sucre dans son sang, évitant ainsi de provoquer son évanouissement. Xiaomi essaya en vain de lire sur les lèvres de Kai-zong. Son attention glissait à travers les fissures de sa conscience comme du sable, s'éparpillant au sol et dans la poussière en suspension.

Quelqu'un fit irruption dans la pièce. Une lumière blanche se déploya comme une sphère depuis la porte, s'affaiblissant progressivement. L'individu cria quelque chose et tous les gens présents cessèrent leurs activités pour se retourner. La phrase fut répétée tant de fois qu'elle finit par devenir limpide dans l'esprit embrumé de Xiaomi.

« Les déchetiers ! criait-il. Les déchetiers arrivent ! »

La peur qui inonda les visages des natifs de l'île troubla Xiaomi. Dans le monde qu'elle connaissait, ce genre de panique n'appartenait qu'aux déchetiers, surtout quand ils étaient confrontés à un insulaire. Elle ne comptait plus le nombre de fois où elle avait vu des déchetiers à genoux, implorant la pitié. Des forts, des faibles, des jeunes, des sales, des impuissants, agenouillés devant un insulaire simplement parce qu'ils avaient souillé ses vêtements, établi un contact visuel, frôlé son enfant, éraflé sa voiture de sport, ou même sans raison. Simplement parce qu'ils étaient déchetiers.

Elle ne pourrait jamais oublier l'expression dans les yeux de ses semblables agenouillés, comme des pics de glace lui transperçant le cœur. Elle savait que s'ils se rebiffaient, ils prenaient le risque de finir mutilés, cadavres pourrissant au bord d'une route, comme ça avait été le cas pour Bonchien. Elle ne pourrait pas oublier le regard des insulaires, le menton relevé, comme s'ils appartenaient à une autre espèce, observant avec mépris ces êtres inférieurs qui n'étaient, génétiquement comme culturellement, pas différents d'eux.

Mais voici qu'aujourd'hui, c'étaient les natifs de Silicium qui prenaient peur. Qu'est-ce qui avait bien pu les mettre dans un état pareil ?

Tous se dirigèrent vers les portes du manoir. Xiaomi était soutenue par Kai-zong. Ses pupilles se contractèrent tandis que ses yeux s'adaptaient progressivement à la lumière extérieure.

Dehors, face aux portes de fer gardées par des sentinelles et des chiens à puce, s'entassaient une centaine de déchetiers, tous vêtus de noir. Ils se tenaient debout dans le soleil éblouissant, le visage terne, leurs corps maculés de taches sombres, encrassés par les fumées toxiques et les bains d'acide. Ils avaient sacrifié leur santé et leur vie en échange de repas insignifiants, dans l'espoir nébuleux de profiter à leur tour de la prospérité de l'île de Silicium. Mais on les avait traités comme des esclaves, des vermines, des marchandises jetables. Ils voyaient leurs filles être traînées dans des voitures, violées, abandonnées comme des charognes, finissant dans la gueule des chiens à puce. Et ils devaient accepter tout ça bien sagement.

Mais ils étaient restés sages trop longtemps. La glace dans leurs yeux avait commencé à fondre dans la lumière du soleil, révélant un feu ardent.

Xiaomi remarqua la présence de Frère Wen, debout au milieu de la foule. Il n'y avait aucune pancarte, aucun slogan brandi par les protestataires, juste le silence. Mais dès qu'ils remarquèrent l'arrivée de Xiaomi, soutenue par un natif, une force invisible se répandit dans la foule. On entendit des muscles se tendre comme le soupir d'une brise sur une rizière. Et ce souffle mettait les hormones de chacun en ébullition.

Le directeur Lim Ek-ru commençait à crier dans son téléphone.

Xiaomi sentit sa conscience se diviser rapidement en deux sujets, comme prise dans des sables mouvants : Xiaomi 0, affaiblie au point de s'évanouir, et Xiaomi 1, qui avait compris qu'ils étaient là pour elle. Xiaomi 1 savait comment attiser ou étouffer cette guerre imminente. Elle devait faire un choix.

Elle s'arrêta et se libéra du soutien de Kai-zong. Elle scruta son visage autrefois si confiant qui, désormais, doutait. Elle sourit et avança seule, lentement mais sûrement. Le soleil était brûlant et elle se sentait faible, comme si chacun de ses pas s'enfonçait dans de la boue. Dans un grondement métallique, les portes en fer s'entrouvrirent. Elle s'imagina à bord d'un petit bateau dérivant sur des vagues douces, soulevant lentement son corps puis le laissant plonger à nouveau.

Debout devant l'étroite ouverture, elle pouvait presque sentir l'odeur de rouille de la grille. Xiaomi se retourna et vit que Kai-zong l'avait suivie. Il leva une main hésitante, comme pour faire ses adieux, ou comme un soldat qui se prépare pour la charge finale.

Elle avait atteint ses limites. Ses jambes devenues trop lourdes étaient incapables de soutenir son poids et elle s'effondra.

La foule poussa un cri de surprise unanime.

Mais elle ne heurta pas le sol. Kai-zong avait fait un pas en avant et, au dernier moment, l'avait rattrapée dans ses bras.

La foule rassemblée devant les portes de fer était enragée. C'était la fois de trop. Un mugissement bestial jaillissait de leurs poitrines alors qu'ils se précipitaient sur la porte, projetant leurs corps désarmés dans un grand bruit de métal. Les gardes, pris au dépourvu, essayèrent de refermer la clôture, mais il était trop tard. Les chiens à puce aboyaient furieusement et se jetaient sur la marée de déchetiers qui était entrée.

Xiaomi observa la silhouette floue de Kai-zong enveloppée de lumière blanche. Elle sentait son étreinte ferme et chaleureuse, se demandant si c'était le résultat de son action ou s'il fallait y voir l'influence de Xiaomi 1. Tout ce qu'elle entendait, c'était une vibration qui traversait l'air, comme des infrasons avant qu'un raz-de-marée ne frappe le rivage. Ses entrailles étaient remuées.

Elle vit une ombre noire se diriger vers la tête de Kai-zong. Le mouvement était ralenti, comme une scène capturée par une caméra haute vitesse. Il y eut un gémissement étouffé. Kai-zong lâcha brusquement son étreinte et sa tête fut projetée en arrière, traçant un arc sanglant dans l'air. Elle voulut crier, se redresser, mais son corps ne lui obéissait plus, telle une marionnette sans fils.

Le liquide chaud dégoulinait le long des joues de Xiaomi, à la fois poisseux et sucré. Elle commençait à acquérir la certitude qu'elle n'était qu'un pion jeté dans une partie d'échecs impermanente.

12

Lo Gim-sian était assis dans un canapé en bois de cognassier de Chine. Lim Ek-ru, lui, se tenait debout. Devant eux se dressait un grand bureau en acajou massif. L'homme derrière le bureau était assis, mais il leur tournait le dos, ne laissant apparaître que le sommet de son crâne chauve avec quelques mèches éparses. L'homme fixait avec fascination un gigantesque aquarium encastré dans le mur. Une créature molle et de grande taille se tortillait lentement devant un fond coloré.

Il semblait avoir oublié les deux visiteurs derrière lui, qui attendaient anxieusement ses instructions.

« Monsieur Ong… Monsieur le maire…, fit Lim Ek-ru d'une voix hésitante.

– Si nous ne prenons pas de mesure rapide, j'ai peur que la situation devienne encore plus chaotique », lança Lo Gim-sian en coulant un regard méprisant au directeur Lim.

Il y eut un nouveau silence derrière le fauteuil en cuir et, juste au moment où leur patience était sur le point de s'effondrer, tomba une question rhétorique :

« Encore plus chaotique ? Dites-moi, quel événement pourrait être plus grave que le viol d'une jeune fille, provoquant un rassemblement de plusieurs centaines de travailleurs migrants, suivi par de violents affrontements avec la police ? Ah, c'est vrai... Cette grève n'est pas bonne pour les affaires du clan Lo ? Et vous voudriez que ce soit la ville qui paie la facture ? »

Lo Gim-sian resta un moment sans voix. Il pouvait presque entendre Lim Ek-ru ricaner méchamment.

« Directeur Lim, vous saviez et vous n'avez rien dit. Vous avez vous aussi votre part de responsabilité dans ce chaos. »

Les commissures des lèvres du directeur Lim se contractèrent, comme s'il venait de recevoir une gifle en plein visage.

« Déployer sans autorisation des forces de police n'est pas une affaire anodine. Fort heureusement pour vous, aucune victime n'est à déplorer. Mais cela m'intéresserait de savoir comment vous comptez apaiser les Américains, désormais.

– Absolument... Nous avons fait venir les ophtalmologistes les plus compétents de la capitale provinciale et ils font de leur mieux pour soigner le blessé. Le déchetier qui l'a attaqué a été appréhendé. »

Un grognement moqueur lui parvint du fauteuil.

« Je vous l'ai toujours dit, directeur Lim. Vous êtes doué pour l'administration, mais vous n'avez aucune conscience politique. D'autres pourraient s'en tirer en utilisant avec autant de désinvolture le terme "déchetier", mais pas vous, enfin !

– Oui, oui, oui... en effet. »

Le visage du directeur Lim transpirait à grosses gouttes. Lo Gim-sian se retenait de ne pas éclater de rire.

« L'appel d'offres pour ce projet a reçu beaucoup d'attention. La capitale provinciale m'a fait savoir que l'île de Silicium pourrait être le projet pilote d'une nouvelle coopération sino-américaine. Monsieur Lo, si vous ne pouvez pas m'aider, tâchez au moins de ne pas tout gâcher ! Des trois familles, vous êtes celui qui se montre le plus récalcitrant, et aussi celui qui nous cause le plus d'ennuis. Peut-être devrais-je vous laisser mon poste de maire, pour que vous fassiez vraiment ce dont vous avez envie ?

– Allons, monsieur le maire, comme vous y allez ! Je veux simplement saigner un peu plus les Américains. Pour le bien de l'île, naturellement. »

Les mots de Lo Gim-siam s'étaient faits doucereux mais ils dissimulaient encore une pointe de dureté.

« Les saigner ? Ils ont même perdu un œil ! Dites-moi, directeur Lim, vous êtes debout depuis tout à l'heure, que diriez-vous que je vous trouve un siège ? Ou bien avez-vous peur de tomber de votre chaise ?

– Je suis bien debout. Debout, on voit plus loin, rétorqua-t-il en jetant un regard à Lo Gim-sian.

– Plus loin ? Pff. Ce n'est pas parce qu'on regarde plus loin qu'on voit mieux. Mais voyez plutôt ceci ! »

Le maire désigna l'aquarium du doigt. Les regards du directeur Lim et de Lo Gim-sian étaient pleins d'appréhension.

L'aquarium semblait banal, mais ils avaient entendu dire que le sable, la terre, le corail et les plantes qu'il contenait avaient été soigneusement prélevés à l'environnement d'origine. La qualité de l'eau, les oligo-éléments, l'acidité, la luminosité, la température, la configuration des vagues : tout avait été pensé pour reproduire un écosystème marin authentique. Et l'acteur principal de ce petit monde était une pieuvre de plus d'un demi-mètre de long, une espèce relativement commune dans les eaux de l'île, allongée paresseusement sur la paroi de verre avec ses 2 400 ventouses. De temps à autre, le céphalopode se recroquevillait sur lui-même, attendant la prochaine arrivée de nourriture.

Lo Gim-sian vit la main du maire appuyer sur le bouton d'une télécommande blanche.

L'arrière-plan de l'aquarium passa instantanément d'un paysage de fonds marins à un champ de lave en fusion, brillant d'une effroyable lumière rouge. Au même moment, le corps de la pieuvre s'était teinté de la tête à l'extrémité de ses tentacules de la même couleur que l'arrière-plan. L'animal imitait même les explosions des bulles de lave.

Il pressa à nouveau sur la télécommande. La lave se transforma en désert. La pieuvre prit cette fois une couleur jaune brunâtre, de texture sableuse, avec de légères taches qui paraissaient avoir été laissées par le vent chaud.

Puis, de désert, le fond se transforma en une jungle tropicale. La couleur verte du poulpe apparut cette fois un peu plus terne, ne correspondant plus qu'imparfaitement à l'arrière-plan. Le maire expliqua que c'était l'effet de l'astaxanthine contenue dans son organisme.

La jungle tropicale s'anima violemment, laissant place à des explosions de couleurs tourbillonnantes, comme les gribouillis improvisés d'un être dément. La pieuvre s'efforçait de suivre le rythme de son environnement, mais elle ne pouvait capturer qu'une partie de l'image. Le rythme de ses métamorphoses se mit à ralentir.

L'image disparut, et l'arrière-plan devint un miroir.

La pieuvre sembla effrayée. Elle changea de position et s'accrocha à la paroi de verre avec trois de ses tentacules, brandissant les cinq autres comme des bannières. Sa jumelle dans le miroir se livra à la même démonstration martiale. La peau des deux animaux se mit à scintiller. Leurs chromatophores ne cessaient de se contracter et de se dilater, offrant à voir des motifs à la variété infinie, comme des réseaux de pixels sur un écran, ou un kaléidoscope en rotation.

Lo Gim-sian regardait l'aquarium avec émerveillement et commençait à comprendre pourquoi le maire était happé par ce spectacle.

Les métamorphoses continuaient encore et encore. Le maire appuya sur la télécommande et l'aquarium reprit la couleur unie et paisible des fonds marins. La pieuvre se détendit et redevint flasque, puis elle se laissa glisser indolemment entre les graviers et se fondit avec eux.

« Cette petite créature est l'un des animaux les plus différents de l'homme, sur cette planète. Elle possède trois cœurs, deux systèmes de mémoire, et est dotée de capteurs chimiques et tactiles ultra-sensibles. »

Le maire pontifiait comme un expert en céphalopodes.

« Mais d'un autre côté, elle est très similaire aux humains. Elle est sensible à son environnement, elle se transforme en permanence, elle se déguise, se prenant parfois même tellement à ce jeu qu'elle tombe dans un cycle de mort. Une fois, j'ai attendu patiemment que ma pieuvre s'installe dans un schéma stable face au miroir. Eh bien, elle a fini par mourir. J'ai compris ce jour-là que la stabilité, c'était la mort. »

Le fauteuil en cuir pivota de cent quatre-vingts degrés et révéla le visage de son occupant. Le maire Ong avait l'air décontracté, affichant un regard presque las.

« Qu'il s'agisse d'un couvre-feu temporaire, comme préconisé par le directeur Lim, ou d'une coupure des canaux de communication de tous les migrants, comme l'appelle de ses vœux M. Lo, tout risque de conduire au même résultat. Sans chaos mineur, nous risquons un chaos majeur. »

Lo Gim-sian et Lim Ek-ru se regardèrent d'un air impuissant, conscients qu'ils n'obtiendraient pas de réponse définitive du maire Ong aujourd'hui. Ils n'avaient d'autre choix que de battre en retraite et de rentrer bredouilles.

Alors qu'ils étaient sur le point de quitter la pièce, ils entendirent le maire leur adresser ses adieux.

« J'espère que vous n'avez pas oublié comment l'île de Silicium a été décrétée zone à débit restreint. »

Lo Gim-sian se mordit la lèvre et serra la mâchoire. Il avait pris une décision.

Il était minuit passé de cinq minutes quand Scott téléphona à son nouvel interprète intérimaire, lui disant qu'il avait faim et qu'il voulait faire un tour des marchés de nuit. Il put entendre la contrariété réprimée de son interlocuteur lorsque celui-ci répondit qu'il lui fallait d'abord demander son accord au directeur Lim. Cinq minutes plus tard, son téléphone sonna et le ton de l'interprète parut plus agréable. Il proposa avec diligence de conduire Scott dans l'un des quartiers les plus fréquentés de l'île de Silicium.

Dang Kai-zong étant toujours en observation à l'hôpital, Scott avait dû accepter les dispositions temporaires prises par le directeur Lim. Le nouvel interprète, un jeune homme appelé Sing Hiog, était né sur l'île de Silicium et parti faire ses études sur le continent. Il n'avait pas encore obtenu son diplôme universitaire et avait été recruté alors qu'il était rentré voir sa famille pour les vacances. Son accent anglais était loin d'être impeccable, et nombre des expressions qu'il utilisait n'étaient pas tout à fait authentiques, mais sa compréhension de la situation actuelle de l'île dépassait de loin celle de Dang Kai-zong.

Sing Hiog se servait souvent de l'argument selon lequel le dialecte parlé sur l'île était l'un des topolectes chinois les plus anciens et les plus singuliers : selon lui, il comportait de nombreux mots qu'il était incapable d'exprimer en mandarin, et par conséquent en anglais.

Scott haussait généralement les épaules en rétorquant qu'il n'y voyait aucun problème et que, de toute façon, il n'était pas très exigeant. Puis il affichait un large sourire et tapotait le dos du jeune homme, lequel semblait vexé.

C'était le milieu de la nuit, mais la rue commerçante était bondée et brillamment éclairée. Toutes sortes de saveurs et d'odeurs flottaient dans l'air, aiguisant l'appétit des visiteurs. Comme un vrai touriste, Scott se laissait guider par son interprète dans chaque échoppe, se faisant expliquer les recettes, s'enquérant des ingrédients et de l'histoire culturelle des nombreuses spécialités locales, dont beaucoup étaient bien plus complexes et subtiles qu'il ne l'aurait imaginé. Après tout, il venait d'un pays jeune, fondé à peine deux cent cinquante ans auparavant et qui, en matière culinaire, n'était pas si loin d'un temps où l'on se contentait de jeter un morceau de gibier sur un brasier.

Scott s'arrêtait de temps à autre pour admirer quelques plats sur les étals, tout en jetant des coups d'œil discrets derrière lui. Un homme de petite taille les avait suivis depuis leur départ de l'hôtel. Il gardait avec eux une distance d'une dizaine de mètres. Depuis sa brève sortie en mer, Scott se sentait davantage surveillé, mais il avait du mal à savoir pour qui travaillaient tous ces fouineurs.

Ils s'arrêtèrent devant un étal de poissons. Une sorte d'aquarium sans eau débordait d'une odeur marine. Des têtes et des morceaux de mérous aussi grands que le torse d'un enfant étaient suspendus. En dessous, un grand bloc de glace était couvert d'une multitude de créatures témoignant de la richesse de la vie marine : carangues, anguilles, carpes rouges, mulets, huîtres, poissons-bambous, brochets, crabes bleus, palourdes arches, couteaux, escargots de mer, palourdes royales, calmars, seiches, crevettes de sable, crevettes-mantes…

Scott était tout aussi abasourdi par cette litanie de noms exotiques que par la variété de leurs écailles, de leurs coquilles et de leurs carapaces luisantes. Il était particulièrement intrigué par une assiette composée de crustacés verdâtres qui semblaient tout juste avoir été pêchés, et n'avaient manifestement pas été cuits. Le marchand ambulant l'encouragea malgré tout à y goûter. Sing Hiog décortiqua les crevettes-mantes et révéla une chair translucide qu'il présenta à Scott. Il avait goûté aux meilleurs sashimis du quartier d'Akasaka, à Tokyo, où l'on pouvait déguster du thon gras pêché dans le port de Miura, un plat extrêmement précieux. Il s'agissait en réalité de la partie ventrale du thon, dont la douceur évoquait un flocon de neige, imprégné du parfum concentré de l'huile de poisson. L'expérience avait été inoubliable. Mais il n'avait jamais rien goûté de semblable.

Son expression d'agréable surprise émut Sing Hiog qui s'empressa de lui expliquer qu'il s'agissait de crevettes-mantes crues préparées dans une marinade composée de sel, de vin de riz, de sauce soja diluée, d'ail, de piment et de coriandre pendant dix à douze heures, puis placées au congélateur entre –15 °C et –20 °C pour permettre aux fibres musculaires de la crevette de se contracter, et ainsi d'obtenir cette texture croustillante en bouche.

Scott déchira un autre morceau et le savoura. Sing Hiog expliqua que ces dernières années, en raison de la pollution marine et de l'incidence élevée de cancers de l'œsophage, le gouvernement recommandait aux habitants de ne pas consommer de fruits de mer crus, même marinés. Scott s'étouffa soudain et se mit à tousser violemment, le visage rouge et les yeux larmoyants.

Son interprète lui tapa dans le dos en disant :

« Pas de problème, patron, ce n'était qu'une bouchée, ça ne vous tuera pas ! »

Scott comprit que Sing Hiog tenait enfin sa vengeance, et il se mit à rire à gorge déployée. Il déclina l'invitation cordiale du marchand à goûter le poisson-globe séché et s'assit avec Sing Hiog dans une échoppe de viande bovine.

« On ne pourra pas dire que les habitants de l'île de Silicium ne sont pas de vrais gourmets ! »

Scott s'aperçut que l'homme qui le suivait était en train de prendre place dans le magasin de nouilles situé en face.

« La nourriture d'ici, ça a dû te manquer pendant tes études sur le continent ?

– Oui, en effet. Les gens d'ici se souviennent toujours des goûts de leur pays natal, peu importe où ils vont. Une fois, j'ai servi de guide pour un vieux touriste chinois d'outre-mer qui avait quitté l'île depuis des décennies. Je l'ai emmené manger dans cette échoppe, là-bas. Il a avalé en quelques minutes quatre grands bols de nouilles sèches. Il n'a rien dit, mais j'ai bien vu que des larmes coulaient de ses yeux. »

Emporté par son récit, Sing Hiog faisait de grands gestes avec ses baguettes.

« Est-ce que tu penses revenir ici à la fin de tes études ?

– Pas facile à dire. »

Toute l'énergie qui avait animé Sing Hiog quelques instants plus tôt semblait s'être éteinte.

« Mes parents voudraient que je parte à l'étranger, ils disent que l'environnement y est meilleur, que j'aurai plus d'avenir. Vous savez, l'île de Silicium est une zone à débit restreint…

– C'est ce que tout le monde dit. »

Scott sourit et tourna nonchalamment la tête. Son regard rencontra celui de l'homme qui le suivait. Ce dernier détourna rapidement les yeux.

« Je peux peut-être t'aider, t'écrire une lettre de recommandation, un truc comme ça. Tu sais, Wealth Recycle est une grande multinationale.

– Oui, je sais ! Elle est dans le top 500 au niveau mondial ! Ce serait très gentil de votre part, merci beaucoup, monsieur Brandle !

– Oh, ce n'est rien. Dis, peux-tu me rendre un service ?

– Bien sûr, dites-moi !

– Rends-toi à cette boutique et commande un plat à emporter, fit Scott en lui montrant une adresse sur son téléphone. Dis-leur que je t'ai envoyé chercher des oursins. Ensuite, on se retrouvera au portique, au bout de la rue.

– Pas de problème. Mais… J'ai entendu dire que les oursins sont facilement contaminés par les métaux lourds. Il vaut mieux en consommer modérément. »

Dans sa jeunesse, Lo Gim-sian éprouvait une obsession pour le fait de posséder quelque chose : jouets, voitures, argent, terres, femmes ou pouvoir. Il voulait posséder, à tout prix, par tous les moyens. Il attribuait ce désir intense aux privations de son enfance et, en grandissant, il s'était servi de cet argument pour embellir sa biographie, présentant les carences de son son histoire comme la source de son succès.

Mais il avait peu à peu réalisé que la simple possession ne suffisait pas à maximiser la valeur des actifs. Faire circuler le capital, telle était la clef de la prospérité, à l'ère de l'information.

Lo Gim-sian avait mis en place un réseau de renseignements efficace qui recueillait et intégrait des informations instantanées depuis les principaux ports de l'île. Il s'appuyait sur des sources parmi les acheteurs et suivait la fluctuation des prix des matières premières, ce qui lui donnait une primauté certaine sur le marché international des déchets électroniques. Il se souvenait de l'époque où il commerçait encore et suivait son seul instinct. Le fournisseur se contentait généralement d'ouvrir le conteneur d'expédition et ne permettait à l'acheteur que de jeter un coup d'œil pour en estimer le prix. Naturellement, les fournisseurs les plus retors plaçaient à la surface des déchets très rentables, sous laquelle ils dissimulaient de la ferraille bon marché, inutile ou difficile à recycler.

C'était un jeu de hasard. Comme dans un magasin de géodes, on ne pouvait savoir si l'on allait tomber sur une jadéite délicate et cristalline ou sur une simple pierre brute. Il n'était pas rare qu'un homme devienne riche du jour au lendemain, ou au contraire, qu'il fasse rapidement faillite. L'achat de ferraille n'était naturellement pas aussi risqué, mais un gros acheteur comme Lo Gim-sian continuait à brûler de l'encens et à prier Bouddha pour que les conteneurs lui apportent la fortune.

Cependant, dès qu'il eut maîtrisé le flux d'informations, il put commencer à déterminer la valeur des conteneurs. Il se basait sur des données théoriquement publiques, telles que les itinéraires de navigation et les ports traversés, les bordereaux de cargaison, les numéros de série des conteneurs, l'heure de chargement et les coordonnées des sociétés de consignation. Après quoi, il pouvait prédire le prix des marchandises au moment où elles seraient mises sur le marché, et ainsi arriver bien armé à la table des négociations. Ce principe directeur garantissait au clan Lo de réaliser des marges supérieures à la moyenne, pour chaque transaction. Il s'était forgé une solide réputation dans le secteur, et tout le monde le traitait avec crainte et respect.

C'était la raison pour laquelle ses sentiments avaient été si mitigés lorsque Li Wen avait menacé les trois familles avec son livre de comptes. La façon de penser et le dynamisme du jeune homme lui avaient rappelé une version plus jeune de lui-même. Si ce n'était son statut de déchetier, il aurait pu l'inviter à se joindre à lui et à accomplir de grandes choses. Malheureusement, toutes ces hypothèses étaient parties en fumée à cause de cette prémice.

Lo Gim-sian se demandait pourquoi un homme avec de tels talents gaspillait son temps dans les taudis de l'île, effectuant des tâches dégradantes qui ne le mèneraient jamais bien haut.

Il avait néanmoins vite oublié cette question, qui n'avait d'ailleurs sans doute aucune réponse. Li Wen était parmi les premiers migrants à être arrivé sur l'île après que celle-ci avait été décrétée zone à débit restreint par le gouvernement, à la suite d'une sanction administrative. Les salaires des migrants plus récents étaient sensiblement plus élevés que ceux accordés aux pionniers, car il s'était produit un exode massif de main-d'œuvre consécutif à la diminution de la vitesse du débit, entraînant une pénurie d'emplois.

L'exode n'avait pas seulement concerné les ouvriers, mais aussi de nombreuses familles installées sur l'île depuis des générations. À une époque où la vitesse de l'information déterminait tout, un débit limité signifiait une absence de valeur, d'opportunité et d'avenir. Qui pouvait souhaiter à ses enfants et ses petits-enfants de vivre dans monde sans avenir, quand bien même ce monde avait jadis été leur foyer ?

Aucune explication officielle n'avait jamais été présentée au lendemain de la restriction du débit sur l'île de Silicium, ce qui concourrait à l'existence de nombreuses légendes urbaines, dont le caractère fantasque n'avait rien à envier à des scénarios de films hollywoodiens. Grâce à ses relations privilégiées avec le gouvernement, Lo Gim-sian avait pu recueillir des bribes d'informations, souvent prodiguées lors de dîners bien arrosés avec des fonctionnaires. Il avait réussi à recomposer un tableau général de l'incident.

Tout avait commencé lorsqu'une jeune fille des provinces extérieures avait été attirée sur l'île avec des arguments fallacieux – le gouvernement déclarerait plus tard qu'elle avait fui son village natal de son plein gré.

La chose n'était en effet pas rare. Dans les régions économiquement développées de la côte sud-est de la Chine, on trouvait partout de ces fugueurs qui, après avoir écouté de mauvais conseils, finissaient par travailler dur contre un maigre salaire, et rêvaient de retourner un jour dans leur ville natale. Vivant aux marges d'une prospérité qui ne leur appartenait pas, ils effectuaient jour après jour les tâches les plus mécaniques, les plus compliquées et les plus triviales d'une chaîne de montage.

Après son arrivée, la jeune fille avait contacté sa famille à plusieurs reprises, expliquant qu'elle travaillait désormais sur l'île de Silicium, qu'elle allait bien et qu'il ne fallait pas s'inquiéter. Mais la communication avait été rapidement rompue. La famille, désespérée de ne plus recevoir de nouvelles, avait commencé à s'inquiéter. Malheureusement, comme elle était très pauvre et géographiquement très éloignée – à plusieurs milliers de kilomètres dans le sud-ouest du pays –, un seul moyen était à sa disposition : Internet.

La famille de la jeune fille avait contacté la police insulaire et lui avait demandé d'ouvrir une enquête qui s'était soldée par un résultat prévisible. La fille était « portée disparue ».

La jeune femme avait un frère aîné qui étudiait à l'université dans une des grandes villes du pays. On avait raconté que les parents, pour des raisons financières, avaient dû choisir d'envoyer un seul de leurs enfants à l'université. Comme l'aîné était intelligent et avait de bons résultats scolaires, les espoirs de réussite de la famille reposaient sur ses épaules. Cependant, il avait indiqué vouloir renoncer à cette opportunité, au profit de sa sœur. De son point de vue, un homme était un bœuf à qui il resterait toujours une infime chance de se frayer un chemin dans le monde grâce à ses talents, à ses efforts et à la chance. Une fille était une palourde devant affronter les courants tumultueux de l'océan avec sa chair nue. Il était plein de sollicitude à l'égard de sa seule et unique sœur.

Alors qu'il était sur le point de renoncer à passer l'examen d'entrée à l'université, sa sœur avait fait un choix plus extrême.

Elle s'était enfuie du domicile familial, ne laissant qu'une lettre derrière elle. Elle disait connaître son frère et savoir son sacrifice, mais elle déclarait que s'il n'entrait pas dans l'école de ses rêves, il ne la reverrait jamais. L'existence de cette lettre avait ensuite été un élément important utilisé par les autorités pour prouver que cette jeune fille avait délibérément fait le choix de fuguer.

Connaissant le tempérament têtu de sa sœur, le frère aîné avait dû prendre sur lui et refréner ses inquiétudes. Comme on s'y attendait, il avait réussi avec brio les épreuves d'entrée dans une excellente université, se promettant de consacrer le reste de sa vie à retrouver sa sœur pour lui offrir une existence meilleure. Mais alors que, après quatre années d'études assidues, il s'apprêtait à toucher son premier salaire, sa sœur s'était volatilisée.

Les mots « portée disparue » l'avaient frappé comme une lame enfoncée dans sa poitrine. Il avait décidé de ne plus faire confiance à quiconque et de retrouver sa sœur avec ses propres méthodes.

Un virus informatique à propagation dirigée avait alors commencé à se répandre parmi les adresses IP de l'île de Silicium, prenant discrètement le contrôle des ports de réseau fréquentés par les déchetiers. Le virus ne provoquait aucun symptôme, si ce n'est qu'il filtrait toutes les interactions passant par les terminaux infectés, grâce à un algorithme spécifique qui éliminait les messages ne correspondant pas à une valeur sémantique prédéfinie. Lorsque des correspondances étaient trouvées, leurs contenus étaient envoyés vers une adresse cible, astucieusement cryptée, mais néanmoins dynamique. Essayer de retracer le paquet pour trouver sa destination finale était au moins aussi ardu que de déterminer la trajectoire d'une balle tirée au hasard depuis des montagnes russes en se basant uniquement sur l'heure du coup de feu.

Avec beaucoup de patience, le frère était parvenu à obtenir une vidéo cryptée qui circulait sur un forum de discussion clandestin de l'île de Silicium.

Sur le fond sombre de la vidéo, les visages de deux hommes avaient été floutés. On ne voyait que leurs corps à moitié nus, et leurs organes gorgés de sang. Leurs voix avaient été modifiées mais on reconnaissait tout de même le dialecte parlé dans l'île. La vidéo avait été enregistrée à l'aide d'une paire de lunettes de réalité augmentée, selon la perspective d'une tierce personne qui se trouvait hors champ. L'image était brouillée, instable, mais ces défauts lui donnaient une impression inégalée de réalisme.

Un corps humain, à peine discernable, était recroquevillé dans un coin, comme un chiffon roulé en boule. Une voix féminine émettait par intermittence des gémissements atroces. La jeune femme était équipée d'un kit de réalité augmentée, dont la lumière jaune paraissait respirer faiblement.

Sur l'image, les deux hommes bavardaient et laissaient de temps à autre échapper des ricanements méprisants. Grâce à un logiciel de traduction, le frère avait appris qu'ils avaient reçu la mission de se débarrasser de ce « déchet ». La femme, qui vivait loin de sa famille, était apparemment devenue accro aux champignons électroniques et avait perdu toute force de travail. À la suite d'une inspection d'hygiène, elle avait été considérée comme un handicap pour la compagnie. Les deux hommes racontaient que la jeune femme avait subi des dommages irréversibles et qu'elle n'en avait plus pour très longtemps. En somme, ils faisaient preuve de bienveillance à son égard.

Le troisième individu, dont les lunettes filmaient la scène, s'était soudain accroupi et avait frappé le sol avec un objet dur, puis il avait sifflé comme s'il avait voulu attirer un chat. Le « déchet » avait alors poussé un long soupir et avait rampé à toute vitesse vers la caméra. Elle avait saisi l'objet et l'avait inséré dans la fente de ses lunettes. Son voyant était alors passé du jaune au vert en clignotant rapidement. Le visage de la femme était baissé et sa gorge produisait un gargouillement reptilien, comme si sa soif de stimulation nerveuse avait consumé sa dignité d'être humain.

« Tu peux lui faire tout ce que tu veux, il suffit de lui donner ça. »

C'était la première prise de parole de celui qui filmait.

Les lunettes de la jeune femme s'étaient soudain éclairées, projetant un étrange halo dans l'obscurité. Elle s'était mise à chanter une pièce d'opéra régional, d'une voix stridente et lourde, tel un serpent froid se tordant au milieu de la nuit. Ses membres avaient commencé à se tortiller mécaniquement, suivant le rythme de son chant.

« Pas mal, dis donc ! C'est qu'elle sait chanter, la bougresse ! »

Rieurs, les deux autres hommes s'étaient mis à imiter la danse de la jeune femme.

Brusquement, la mélodie qui sortait de la bouche de la jeune femme était devenue granuleuse. Elle s'était jetée sur l'un des hommes, l'avait agrippé par les cuisses, refusant de le lâcher. Son comparse avait semblé stupéfait et était resté un moment sans réaction. À ce moment-là, l'homme qui filmait avait ramassé une pelle en métal et avait violemment frappé la femme à la tête, qui s'était effondrée sur le sol.

« Elle n'avait pas l'air de beaucoup aimer mon truc, hein, les gars ? »

L'homme qui venait de porter le coup s'était approché de la femme tombée au sol et avait tiré son visage vers lui.

Le frère aurait tellement souhaité que la vidéo s'arrête ici, sans jamais montrer le visage de la victime, pour qu'il garde au moins intacte une vague illusion. Il s'était néanmoins forcé à regarder cette séquence extrêmement longue, à la lumière trouble et vertigineuse. L'homme avait zoomé sur elle. Ses yeux à moitié entrouverts étaient sans expression, ses pupilles louchaient, sa bouche expirait faiblement, un liquide sombre coulait lentement sur son visage, comme des larmes concentrées.

C'était sa sœur.

« Donnez-moi un sac-poubelle, avait dit l'homme de la vidéo. Je vais l'emmener. »

Il avait éteint la vidéo, allumé une cigarette dans le noir d'une main tremblante, avait tiré deux fortes bouffées et l'avait broyée contre le sol. Il était resté éveillé et silencieux jusqu'à l'aube, lorsqu'il avait enfin réalisé que sa rage ne venait pas de la violence des actes eux-mêmes, mais de la manière dont ils avaient été mis en scène. Ces salauds avaient utilisé la perspective des lunettes pour faire de chaque spectateur un criminel, et lui faire sentir le frisson de la torture. Il luttait pour réprimer un puissant dégoût. C'était comme s'il avait lui-même tué sa sœur.

Bien sûr, ces détails n'existaient que dans l'imagination de ceux qui racontaient l'histoire. En réalité, ce qu'on savait, c'était que le frère avait transmis la vidéo à la police insulaire, en espérant qu'ils identifient les individus et qu'ils retrouvent sa sœur, même morte. Mais la police avait suivi une autre logique. Elle avait effacé toute trace de la vidéo sur le web et fermé tous les canaux d'information, faisant comme si rien ne s'était passé.

C'était ainsi qu'ils avaient l'habitude de gérer les situations de crise.

Le frère avait sombré dans le désespoir le plus total. Il avait finalement compris que la source de la tragédie était un mur invisible, une barrière infranchissable qui séparait une même ethnie en deux, hiérarchisaient les individus selon la valeur de leur vie. Il avait décidé de riposter.

Le virus, dont les paramètres avaient été réajustés, avait balayé tous les terminaux faiblement protégés de l'île. Comme un essaim de sauterelles affamées, il avait mâché toutes les données qu'il touchait, filtrant des pépites d'informations. Les résultats, après des couches de routage, avaient été dirigés vers les principaux organes de presse. Certaines de ces informations concernaient des documents secrets décrivant le processus d'appel d'offres du gouvernement de l'île pour les grands projets d'ingénierie.

Dans la frénésie médiatique suscitée par les scandales gouvernementaux ainsi exposés, l'affaire de la jeune fille avait perdu de son attrait. De nouveaux scandales touchant des célébrités étaient apparus, captivant l'attention du public, laquelle était aussi rare et précieuse que la vertu. Cependant, ces révélations avaient rendu furieuses les autorités de tutelle, non pas tant sur le fond de ces affaires de fraude et de corruption, mais parce que le battage qui s'était ensuivi avait terni l'image du gouvernement local, et affecté la carrière des dirigeants impliqués.

Les autorités avaient finalement décidé que l'île de Silicium devait payer le prix de la négligence de son propre système de sécurisation des données. Il avait été décrété que l'île perdrait deux niveaux d'accès et serait contrainte de tourner à débit restreint – une situation qu'on n'observait d'ordinaire que dans des régions particulièrement arriérées. Cela signifiait qu'il n'y aurait plus de réalité augmentée, plus de stockage de mégadonnées en nuage pour les entreprises, et c'était sans parler de l'annulation des autorisations spéciales accordées à l'île à l'époque où elle s'était vu accorder le statut de « zone spéciale numérique ».

Dans un coin de la carte du monde numérique, les lumières de l'île de Silicium s'étaient éteintes.

Beaucoup de ceux qui avaient perdu gros avaient offert une prime pour dénicher l'auteur du virus, jurant qu'ils lui arracheraient les mains et les yeux, ou bien le décapiteraient et connecteraient sa tête à une machine de support de vie pour le reste de son existence. Mais jamais personne ne l'avait retrouvé, et le frère de la jeune femme, tel le serpent Ouroboros, avait fini par disparaître des vastes mondes physique et numérique sans demander son reste.

Chaque fois que Lo Gim-sian se remémorait la conclusion de cette histoire, il ne pouvait s'empêcher de se dire que si ce jeune homme brillant était encore en vie, il serait probablement toujours à la recherche des meurtriers de sa sœur. Ou peut-être avait-il renoncé à tout espoir et s'était-il tourné vers l'étreinte permanente de la mort ? Dix ans, ce n'était pas trop tard pour se venger. Il frissonna soudain, comme si les yeux brûlants de la vengeance étaient juste derrière lui.

Non, ce feu ne brûle pas pour moi.

Il se consolait en se disant qu'en ce temps-là, tous les clans agissaient de la même manière, fournissant des champignons numériques illégaux aux déchetiers pour les garder sous contrôle. Si certains étaient si drogués et si faibles qu'ils faisaient des overdoses ou perdaient toute force de travail, on envoyait quelqu'un pour s'en débarrasser, et le problème était résolu. Naturellement, chaque famille avait sa façon de s'en débarrasser ; certains étaient tout simplement licenciés, tandis que d'autres disparaissaient du jour au lendemain.

C'était un instinct inné chez tous les animaux de protéger ses petits, même si, à l'époque, celui qui avait bénéficié de sa protection n'était qu'un chiot sauvage. Aujourd'hui, ce maudit chien s'était étouffé avec le même os, et les vagues qu'il avait déclenchées continuaient à déferler et à tourbillonner sous la surface, à l'abri des regards. Une nouvelle tempête se préparait.

Mais cette fois, il avait décidé de sacrifier le chien nommé Do-gian.

L'homme au visage sombre vit Scott et Sing Hiog se saluer et, après un bref instant d'hésitation, il fit le choix de suivre l'Américain.

Il était deux heures du matin, et la rue commençait à se vider, mais les enseignes LED des étals et des restaurants clignotaient encore. Scott accéléra le pas. Les lumières devant lui vacillaient et dérivaient sur son chemin, laissant traîner de longues formes rémanentes. Un millier d'arômes étranges pénétraient dans ses narines. Leur composition chimique inconnue par ses récepteurs créait une réaction à la fois alarmante et stimulante.

Si seulement ces insulaires avaient redistribué un peu de leur sagesse culinaire dans la gestion de l'environnement, pensa Scott avec un regret sincère. L'homme s'était beaucoup rapproché, Scott pouvait presque entendre le bruit de ses pas pressés derrière lui. Une cabine automatique de membranes corporelles émettait des couleurs fluorescentes au bout de la rue. L'endroit semblait désert. Une idée vint à Scott, et il pénétra à l'intérieur, laissant la porte entrouverte.

La cabine était exiguë, et le grand gabarit de Scott pouvait à peine s'y tenir courbé. Sur un écran luminescent, un mannequin virtuel au sourire artificiel présentait les derniers modèles saisonniers et le mode d'emploi de la machine. Contre le mur était accroché un disque flexible en silicone de la taille d'un ballon de football, fixé à un bras télescopique multidirectionnel, servant à appliquer des membranes corporelles à usage unique. Scott introduisit de l'argent dans la machine, choisit un motif criard en forme de cœur, puis sélectionna la température d'impression maximale. Ce réglage était exclusivement réservé aux surfaces dures. Le mannequin virtuel accompagna ses avertissements d'une série de « oh ! oh ! ».

Scott attendit, retenant son souffle.

Trois minutes s'écoulèrent. Alors que la patience de Scott était presque épuisée, il vit une main curieuse ouvrir lentement la porte entrebâillée. Le poisson mordait à l'hameçon.

Scott attrapa le poignet de l'homme et le tira dans la cabine avec une force redoutable, puis il ferma la porte. L'homme qui le traquait était terrifié. Son visage écrasé contre les puissants pectoraux de Scott, il se répandait en excuses prononcées en anglais, tâchant de reprendre son souffle. Il essaya de s'échapper mais Scott leva un genou et le plaqua fermement contre l'individu, tout en l'étranglant d'une main et en l'immobilisant de l'autre.

« Pour qui travailles-tu ? »

La pression sur sa gorge s'intensifia. Les yeux de l'homme étaient exorbités, les veines de son front saillaient et son visage était rouge.

« *Sorry, sorry !* répétait-il comme un disque rayé.

– Parle ! » cria Scott en lui donna un coup de pied rageur, qui le fit tomber à genoux.

Sa tête était à présent écrasée contre l'écran par la puissante paume de fer de Scott. Des couleurs criardes dansaient sur son visage. Scott approcha le disque de silicone chauffé de la joue de l'homme. En son milieu, le motif en forme de cœur grésillait. L'homme ressentit la chaleur brûlante de l'objet et des perles de sueur dégoulinèrent sur son visage. Ses yeux exprimaient une terreur manifeste. Il cessa de répéter ses excuses dans son anglais maladroit et cracha à la place tout un charabia dans le dialecte de l'île.

« Je veux un nom ! »

Scott commençait aussi à ressentir la chaleur insupportable du disque et de la sueur perlait à travers sa chemise.

L'homme se débattait avec acharnement. Le disque embrassa le côté gauche de son visage avec un bruit de crépitement, comme des aliments tombant dans une friteuse. Scott sentit une odeur de viande brûlée et un gémissement aigu sortit de la bouche de l'homme, qui faiblit ensuite pour devenir un sifflement ponctué de halètements, comme ceux d'un chien à puce sous un soleil brûlant.

Le disque se détacha avec un bruit de succion et l'homme glissa faiblement sur le sol, se recroquevillant dans un coin de la minuscule cabine. Un cœur rose proéminent scintillant sur sa joue gauche.

Scott le fouilla et trouva un couteau et un téléphone portable démodé. Il lui envoya un autre coup de pied dans la poitrine. L'homme poussa un gémissement mais ne dit rien de plus. Scott sortit de la cabine automatique et jeta le couteau dans un buisson un peu plus loin. Il rangea le téléphone dans sa poche, ajusta ses vêtements trempés et se dirigea vers le point de rencontre convenu avec son interprète.

« Que vous est-il arrivé, monsieur Brandle ? Vous êtes tout transpirant ! s'exclama Sing Hiog qui l'attendait depuis un moment. Voilà vos oursins. »

Scott récupéra la petite boîte carrée d'où s'échappait un fumet prometteur et essuya la sueur huileuse de son front.

« Je me suis soudain rappelé que je n'avais pas fait d'exercice depuis un moment, alors j'ai décidé de faire un jogging.

– Un jogging ? Sur l'île de Silicium ? Par ce temps ? s'étonna Sing Hiog, l'air soupçonneux. Ma foi, c'est sans doute ce qu'on appelle un fossé culturel. »

Statut : en cours de connexion.
Cryptage : actif.
Kobun Otogawa : Clean ?
Changfengsha : Clean.
Kobun Otogawa : Alors, quelles avancées ?

Changfengsha : L'opération de Kai-zong a été un succès. Il est en convalescence. L'accident est devenu une monnaie d'échange inattendue dans nos négociations.

Kobun Otogawa : Je ne suis pas sûr que ce soit un très bon présage.

Changfengsha : Haha, ne vous inquiétez pas. Je vous garantis que le contrat sera signé avant ma mort.

Kobun Otogawa : Au moindre risque, il faudra nous le communiquer immédiatement.

Changfengsha : Puisque vous en parlez, j'en vois un.

Kobun Otogawa : ?

Changfengsha : SBT-VBPII32503439. J'ai vérifié tous les numéros de série des produits SBT, y compris les prototypes en développement. Je n'ai rien trouvé. Ce n'est clairement pas ce que vous appelez un « incident mineur ». Le produit n'a même pas été conçu pour les humains. C'est devenu une bombe à retardement. Je ne sais pas quand elle explosera, et j'ignore quel sera son impact sur le projet Silicium.

Kobun Otogawa : …

Changfengsha : Je peux comprendre qu'un tueur à gages économique n'ait pas accès à l'intégralité des informations lorsqu'il effectue une mission assignée par la Fondation Arashio. Mais je n'ai pas à assumer les risques collatéraux. J'exige que cette clause soit incluse dans mon contrat. Si vous continuez à garder le silence, je trouverai quelqu'un que je ferai parler.

Kobun Otogawa : C'est une très longue histoire.

Changfengsha : En ce moment, les nuits sont longues sur l'île de Silicium. Je vous promets de rester éveillé jusqu'au bout.

13

La nuit n'était pas encore achevée et les lampadaires étaient toujours allumés, esquissant les contours du rivage. Quelques flaques d'eau jonchaient le sol, restes d'une averse tombée au milieu de la nuit. Elles reflétaient la couleur indigo du ciel. À l'horizon, une bande rouge s'étendait peu à peu, couvant dans l'attente d'une aube ardente. Dans l'ombre, les arbres ployaient leurs branches, comme morts. Une nouvelle journée chaude s'annonçait, sans vent et sans nuage.

Scott était allongé sur son lit. Il n'avait pas ôté ses vêtements et regardait par la fenêtre le paysage s'éclaircir, conscient qu'il avait du sommeil à rattraper – son cœur, du moins, avait besoin de repos. Mais il n'avait absolument pas sommeil. Kobun Otogawa, son contact de l'autre côté de l'océan, dans la zone 8, avait fini par lui révéler une partie du puzzle, mais les réponses n'avaient fait que susciter d'autres questions. Son esprit était un bac à sable dans lequel il bâtissait des labyrinthes instables qu'il démolissait aussitôt après.

Scott avait l'impression que son système nerveux était piégé dans une boucle de rétroaction. Il décida de sortir faire un tour.

En passant devant la luxueuse salle d'exposition de l'hôtel, il fut attiré par une pièce rare présente dans la vitrine : une Ducati Monster 1100 Evo diesel, un modèle de 2015. Contrairement aux autres motos du même modèle, cette Ducati ne se présentait pas sous la forme clinquante d'un véhicule en métal poli. Du capot à l'échappement, des roues aux essieux, elle était recouverte d'un revêtement vert mat et noir carbone, qui lui donnait l'apparence d'un scarabée géant sur le point de prendre son envol.

Scott sentit une partie de son cerveau s'illuminer. Il avait subi trop de pression sur cette île à débit restreint. À cause de la lenteur du réseau et de l'enlisement du projet, il avait du mal à respirer. Il comprit soudain ce dont il avait besoin : de vitesse. Il avait besoin du sentiment insouciant d'avancer avec une rapidité fulgurante, même si cela signifiait courir sur la lame d'un rasoir. Un désir presque étouffant le poussait à presser sa peau contre cette bête de métal froid. Il voulait frémir, rugir, s'envoler avec elle. Jusqu'à la fin des temps.

Dix minutes plus tard, en invoquant une fois de plus le nom tout-puissant du directeur Lim, il avait obtenu les clefs, les lunettes de protection, le casque et la carte de carburant illimité du véhicule.

Peu rassuré, le jeune homme chargé de la location de la moto insista sur les diverses précautions à prendre, tandis que Scott agitait les mains avec impatience. *Quand j'ai traversé l'Amérique en moto, tu étais encore un spermatozoïde dans les couilles de ton père.*

Le moteur bicylindre en L gronda, délivrant un flux constant de 100 chevaux. La cylindrée de 1 078 cm^3 s'échappa des deux tuyaux noirs empilés d'un côté en mugissant comme un taureau en colère. Scott se pencha pour l'enfourcher, savourant le délicieux confort procuré par la précision du design ergonomique. Il ajusta les lunettes et le casque, puis accéléra, s'envolant le long de la rue déserte sur le dos du gigantesque scarabée.

Il était encore tôt, les camions convoyant les déchets électroniques n'étaient pas encore arrivés et les habitants de l'île de Silicium dormaient encore. Un ou deux ivrognes étaient couchés sur le bord de la route, la tête à proximité d'une flaque de vomi rose. Les camions de nettoyage automatique balayaient lentement les rues sur fond de musique électronique rétro en 8 bits. Les bateaux de pêche partaient en mer en poussant des sifflements stridents, comme des créatures anciennes et légendaires gémissant dans la brume. Petit à petit, la lumière chassait l'obscurité, le soleil se levait enfin.

Comme un coup de vent, Scott balaya tout. Le paysage s'étendait et se déformait dans sa vision, se brouillant comme des coups de pinceau sauvages. Il ne put s'empêcher de crier, mais sa voix fut projetée derrière lui et se décomposa rapidement. Il changea de vitesse et sentit s'élever le couple de l'engin. Le monstre mécanique entre ses jambes ne faisait plus qu'un avec lui. La machine traduisait ses intentions en mouvements de manière sensible et appropriée, quelles que fussent les conditions de la route.

La fusion de l'homme et de la machine. Cette idée revenait de manière irrépressible dans l'esprit de Scott. Comme l'histoire effrayante qu'il avait entendue quelques heures plus tôt.

Cette mystérieuse prothèse, qui portait le numéro de série SBT-VBPII32503439, avait été conçue pour remplacer la partie pariétale et occipitale du crâne, entre la suture coronale et la suture lambdoïde. Seulement, elle ne se destinait pas à un crâne humain. La crête proéminente en son milieu avait été conçue pour correspondre à la crête sagittale présente sur le crâne des gorilles, des chimpanzés, des bonobos et d'autres primates.

L'histoire était également liée au programme Arashio. À l'instar de la technique de communication à spectre étalé par saut de fréquence, brevetée par la marine américaine pendant la Seconde Guerre mondiale pour diriger ses torpilles de manière plus efficace – et qui valait aujourd'hui à Qualcomm sa domination commerciale –, certaines technologies militaires pouvaient être utilisées avec succès dans le domaine industriel civil. C'est ce qui s'était passé avec le programme Arashio. Les militaires avaient transféré plus de trois cents brevets à des entreprises privées issues de différents secteurs, dont certains jouèrent un rôle prépondérant dans le développement de compagnies comme SBT et Wealth Recycle.

Mais le programme Arashio ne s'était pas arrêté pour autant. Après plusieurs cycles de subventions, de scissions, de fusions et d'acquisitions, les antécédents militaires de la Fondation avaient été dilués. Ses anciens membres avaient infiltré tous les domaines de la technologie humaine, quoique de façon secrète et décentralisée, continuant à changer la face du monde.

C'était notamment le cas du traitement expérimental proposé par le Dr Suzuki, qui consistait à utiliser des virus génétiquement modifiés pour réparer les récepteurs muscariniques chez des patients victimes de gaz BZ. Mais les objectifs de développement étaient cette fois tout à fait différents. Le virus, particulièrement agressif, et connu sous le nom de « variant Suzuki », avait été modifié et recodé pour produire un ensemble de nouveaux variants à forte valeur commerciale.

L'un d'eux était appelé à devenir un jour l'arme ultime dans la lutte contre le vieillissement du cerveau.

Le cerveau humain compte environ cent milliards de neurones, chacun relié par des synapses à des milliers d'autres neurones. Grâce à des neurotransmetteurs, les neurones communiquent entre eux, partagent des informations, coordonnent des opérations, façonnent des souvenirs. Toutefois, le vieillissement et tout autre dommage causé aux connexions synaptiques peuvent entraîner des troubles neurologiques, des pertes de mémoire, de l'autisme, la maladie d'Alzheimer et d'autres maladies neurodégénératives. Ces dégâts sont la plupart du temps irréversibles, comme l'écoulement du temps.

Cependant, l'un des variants du virus pouvait, en étant associé à des inhibiteurs de l'HDAC dont la fonction était de renforcer les connexions synaptiques, créer de nouvelles connexions à partir d'axones endommagés ou âgés. Il s'agissait là d'une étape clef dans la quête humaine de la vie éternelle. À condition bien sûr que les humains fussent prêts à renoncer à leur fragile coquille de mammifère, inévitablement sujette au vieillissement.

Une indescriptible Volvo argentée, de fabrication locale, apparut dans le rétroviseur, faisant ciller ses phares de manière intempestive, comme pour signaler à Scott de se garer sur le bas-côté. Scott était fatigué de ce jeu sans fin du chat et de la souris. Avec un coup d'accélérateur, la Ducati augmenta sa vitesse et s'engagea avec agilité dans une allée latérale.

Sous l'effet de la colère et du frisson de la poursuite, le rythme cardiaque de Scott devint irrégulier. Il relâcha l'accélérateur, réduisit sa vitesse, et attendit que le pacemaker fasse son travail.

Un autre variant avait révolutionné l'industrie des batteries.

Des scientifiques avaient trouvé les codons génétiques qui permettaient aux cellules animales d'agréger des atomes de métal. Ils avaient introduit des traces de cet ADN monocaténaire dans le virus, provoquant la formation de molécules spécifiques à sa surface, capables d'adhérer sélectivement aux atomes et aux particules de métal. Les complexes formés de cette manière par adhésion constituaient des anodes de batterie efficaces et des conducteurs parfaitement appropriés.

L'innovation technologique induite par les piles virales fut un succès : les concepteurs purent bientôt ajuster avec précision l'ADN injecté dans le virus, pour créer différents types d'électrodes composés de différents métaux. Les piles virales pouvaient, par exemple, être fabriquées en mélangeant les composants à température ambiante, évitant ainsi les risques associés aux hautes températures requises pour la fabrication des piles traditionnelles. Mais, surtout, les électrodes conçues grâce à cette technologie pouvaient couvrir une échelle allant du nanomètre à dix centimètres, ce qui signifiait que les piles ne seraient plus des dispositifs encombrants, mais pouvaient être intégrées dans tous les objets possibles et imaginables.

Comme cette pile à virus de la taille d'un ongle dans la poitrine de Scott qui, dans les moments critiques, lui avait servi de bouée de sauvetage.

La moto s'engagea sur une route longeant la plage. La brise marine salée frappait le visage de Scott, qui aspirait voracement l'air frais, si rare sur cette île. Il contempla les longues rangées de houles sur la mer, liserées d'or par le soleil levant. D'énormes nuages aux formes irrégulières laissaient de vastes traînées derrière eux, comme des milliers de chevaux de bronze bondissant hors des eaux et galopant joyeusement vers le ciel, leurs sabots claquant sur les récifs émergeant de l'écume des vagues.

Un nouveau jour avait commencé sur la Terre.

Dang Kai-zong se regardait dans le miroir, fermant d'abord l'œil gauche, l'ouvrant, puis refermant l'œil droit. Il avait encore la sensation que quelque chose n'allait pas.

L'opération avait pourtant été un succès. Son globe oculaire droit avait été entièrement retiré et remplacé par le dernier modèle de prothèse électronique Cyclops VII, développé par SBT. La couleur de l'iris avait été soigneusement sélectionnée, de sorte que la différence entre les deux yeux soit à peine perceptible. En outre, ce nouvel œil semblait plus lumineux, car parfaitement limpide, dépourvu de taches et de vaisseaux sanguins.

J'ai fini par devenir un cyborg, après tout. Le cœur de Dang Kai-zong se gonfla en imaginant comment il annoncerait la nouvelle à ses parents ultra-conservateurs. Peut-être que ne rien dire serait la meilleure option. Il repensa à l'article de foi que sa mère avait l'habitude de réciter, surtout lorsqu'elle regardait les informations et ces images tournées à la première personne, qui lui procuraient des vertiges. *L'homme ne doit voir le monde qu'à travers ses propres yeux. Toute tentative de percevoir le monde à partir d'une perspective qui transcende sa nature est une transgression contre Dieu.*

La rétine artificielle fonctionnait parfaitement. Le personnel médical avait installé pendant son sommeil le manuel de la prothèse oculaire électronique dans son cortex visuel à l'aide d'une IRM. Les données obtenues sur ses fuseaux de sommeil avaient montré que les informations avaient été transférées de l'hippocampe au cortex pour y être stockées de manière permanente, comme les données d'une clef USB sur un disque dur. Comme le vélo, la natation ou l'anglais, l'usage de son œil droit et l'interprétation des données visuelles avaient rejoint le répertoire de ses compétences acquises et immuables.

For All Tomorrow's Parties. Pour toutes les fêtes de demain.

Chaque fois que Dang Kai-zong portait son attention consciente sur le fonctionnement de son œil droit, le slogan publicitaire de SBT se mettait à flotter dans son esprit. Il s'agissait peut-être d'un rappel automatique installé dans le manuel d'utilisation, comme un symbole de confiance, une tape dans le dos de l'utilisateur qui signifiait : « Soyez serein, SBT offre une garantie de trois ans, quel que soit le produit acquis, œil, cœur, muscle ou toute autre prothèse. »

Mais d'où il venait, le cycle de remplacement des prothèses était beaucoup plus court. Les médias utilisaient l'expression ironique de « bien de consommation corporelle rapide ». La technologie développée par SBT avait transformé le commerce des prothèses en une activité comparable à celle du marché des applications mobiles, des chaussures de sport, de la mode ou des jeux en ligne. Chaque consommateur pouvait aisément trouver le produit qui lui convenait, abordable financièrement, et bénéficiant d'un service après-vente digne de celui d'un supermarché. Et le marché noir regorgeait d'extensions pirates ajoutant aux prothèses des plaisirs non autorisés.

Dans les fêtes, les gens n'exhibaient plus leurs nouveaux gadgets numériques, leurs bijoux ou leurs coiffures, mais leurs implants cochléaires prothétiques améliorant le sens de l'équilibre, leurs muscles artificiels super extensibles, leurs membres mentalement télécommandés, ou des micrologiciels qui intensifiaient l'acuité sensorielle.

SBT avait également développé un produit révolutionnaire capable de connecter l'organique à l'électronique. Cette substance, en partie composée de chitosane, lui-même extrait de l'endosquelette des calmars, était capable de convertir le flux ionique, qui transmettait les signaux du cerveau dans l'organisme, en un flux électronique pouvant être déchiffré par des machines, formant ainsi une boucle de rétroaction transparente entre le système nerveux et la prothèse. Dès lors, les limites du corps humain pouvaient être repoussées au-delà de toute imagination.

Dang Kai-zong avait un jour vu son colocataire Ted échanger ses membres prothétiques avec des amis lors d'une fête, un week-end. Leur idée était que chacun puisse faire l'expérience folle de partager les sensations de l'autre. Kai-zong en était resté abasourdi, comme un garçon de ferme qui mettrait les pieds dans Times Square pour la première fois, et qui ignorerait où poser les yeux. Pour lui, boire était boire, se droguer était se droguer, et baiser était baiser. Il n'arrivait pas à imaginer que les seuils de sensibilité et les récepteurs sensoriels puissent être différents d'une personne à une autre.

Ted, complètement défoncé, avait raconté à sa nouvelle copine, un bras autour de ses épaules, que c'était comme si on maintenait une boule de plomb chauffée contre son front et qu'on enfonçait un tentacule gélatineux et froid dans tous les orifices de sa tête, le faisant aller et venir. Oui, la différence était à ce point énorme.

Dang Kai-zong avait exprimé sa totale incompréhension.

Il se sentait à l'écart, absolument étranger à cette nouvelle mode. Il se dissimulait dans les rayons poussiéreux des bibliothèques, conversant avec des sages morts depuis des centaines ou des milliers d'années, écrivant des articles abscons que personne ne lisait. C'était le seul moyen pour lui de se sentir en sécurité, de s'isoler de la folie extérieure, car il était terrifié à l'idée de ne pouvoir un jour résister à l'envie de danser sur un rythme industriel, de participer à cette bacchanale dédiée aux sens, et de sombrer dans les abîmes de la chair.

Une nuit, Ted avait frappé à sa porte avec un regard étrange et lui avait dit : « Mec, j'ai besoin que tu m'aides. »

Dang Kai-zong avait refermé son livre et écouté le récit de son colocataire, dont la voix était inhabituellement rauque.

Sa petite amie, Rebecca, avait été tuée dans un accident lors d'un voyage en Équateur. Ses amies et elle avaient péri dans un incendie, et il ne restait de leurs corps qu'un tas de prothèses. Ted et Rebecca s'étaient rencontrés lors d'une fête d'été organisée en plein air. La stabilité de leur relation reposait principalement sur leur passion pour l'échange de prothèses, qui leur permettait de maintenir une sensation de nouveauté et de fraîcheur au sein du couple. Mais tout le problème était là.

L'identification des victimes par ADN s'était révélée inefficace. Les corps prothétiques étaient trop gravement endommagés et les données n'avaient pas pu être récupérées. Le coroner, confronté à une pile de polymères composites complexes, n'avait eu d'autre choix que de les emballer et de les renvoyer aux États-Unis. Les parents de Rebecca, accablés par le chagrin, s'étaient montrés incapables de reconnaître leur enfant – sans parler de l'état incertain du corps, leur relation avec leur fille se limitait depuis longtemps à un appel téléphonique hebdomadaire, comme c'était le cas pour tant d'autres parents américains. Ils espéraient que Ted serait en mesure d'identifier les restes de leur fille afin qu'une inhumation puisse avoir lieu en bonne et due forme, et que le Tout-Puissant puisse accueillir et guider son âme égarée.

Malheureusement, alors que Ted faisait face à quatre paires d'yeux, deux paires de prothèses mammaires en silicone à moitié fondues, une main droite et deux jambes gauches, son esprit restait vide. Rebecca changeait si souvent de prothèse qu'il ne pouvait même plus se souvenir des subtiles différences entre plusieurs versions. Ted s'était brusquement souvenu de ce que Dang Kai-zong avait dit la dernière fois qu'il avait croisé Rebecca.

Il lui avait indiqué que son œil droit était très spécial, qu'il lui faisait penser à un vieil idiome chinois : *ming mou shan lai*.

« Qu'est-ce que ça veut dire ? avait demandé Rebecca avec un grand sourire.

– Un œil vif pour un esprit futé. Ton œil est si brillant qu'il semble pouvoir parler, avait expliqué Dang Kai-zong en rougissant.

– Oh, mais j'ignorais que tu savais si bien parler aux filles ! »

Ted lui avait donné un petit coup de poing et il avait tourné la tête en regardant tendrement sa copine.

« On dirait que cet œil reste silencieux pour moi.

– Il vient d'arriver, il s'habituera bientôt à toi ! » avait rétorqué Rebecca en lui tendant ses lèvres chaudes.

Ted regardait à présent son colocataire, les cernes creusés, les vêtements débraillés. Il l'agrippait en implorant :

« Trouve-moi l'œil qui parle, je t'en supplie !

– Mais, avait répondu Dang Kai-zong avec une expression de douleur sur le visage, c'était quand Rebecca était encore en vie.

– Tu es chinois, tu ne crois pas en Dieu ! Quelle différence pour toi qu'elle soit vivante ou morte ? » avait grogné Ted, sans pouvoir se contrôler.

Et c'était ainsi que Dang Kai-zong était entré dans une morgue pour la première fois de sa vie. Le tiroir en acier inoxydable avait été ouvert, révélant des sacs en plastique remplis d'organes et de membres prothétiques aux formes étranges. L'employé avait sorti l'un des sacs qui contenait ce qui ressemblait à des citrons transgéniques de supermarché. Ils affichaient une couleur blanche et givrée peu naturelle : c'étaient les yeux prothétiques qui avaient appartenu aux défuntes.

Réprimant une nausée, Dang Kai-zong les avait observés un par un. Leur revêtement en plastique polymère, qui aurait dû être lisse et translucide, avait partiellement fondu, enveloppant grossièrement les mécanismes délicats à l'intérieur comme une boule de glace entamée. Ces yeux étaient autrefois implantés sur de jolis visages, et l'un d'entre eux avait un jour gratifié Dang Kai-zong d'un sourire enchanteur.

Rien ne paraissait maintenant plus laid que ces objets dépourvus de vie.

Dang Kai-zong avait détourné la tête, prêt à admettre son échec. Mais le regard désespéré de Ted avait fonctionné comme un bâillon. Dang Kai-zong avait hésité un instant avant de désigner deux yeux en hochant vigoureusement du chef.

Les deux prothèses oculaires avaient été placées à l'intérieur d'une urne cinéraire sculptée dans le style rococo. Le prêtre avait lu l'Évangile, pendant que la famille et les proches murmuraient en sanglotant, dessinant des croix sur leurs poitrines. Des hymnes électroniques avaient retenti et la lumière du soleil, réfractée par les vitraux, était tombée sur l'image du visage parfait de Rébecca, fruit de ses nombreuses opérations chirurgicales.

Au lendemain de cet épisode tragique, Dang Kai-zong avait enfin admis que, pour cette nouvelle génération vivant dans les pays développés, les prothèses n'étaient plus seulement des supports pour pallier des handicaps, ni même des ornements ou des accessoires de mode. Elles étaient devenues inhérentes à la vie. Comme le corps, elles étaient les dépositaires de leurs joies, de leurs peines, de leur classe, de leurs relations sociales, de leurs souvenirs.

Vos prothèses, c'est vous.

Lo Gim-sian avait besoin d'un archer lent.

Les déchetiers complotaient quelque chose, mais il était incapable de dire quoi. Ils exigeaient que lui, Lo Gim-sian, livre les agresseurs de Xiaomi, ou ils refuseraient de reprendre le travail. Il était conscient que cette demande particulière était superficielle, et qu'ils attendaient plus.

Dans un monde à débit illimité, même une personne ordinaire pouvait facilement retrouver des cibles spécifiques, à condition d'avoir le bon outil pour le faire. Il fallait s'imaginer un chasseur armé d'un arc et de flèches dans la forêt ; aujourd'hui, n'importe quel chasseur pouvait remplacer ces armes archaïques par un fusil automatique de haute précision, équipé de lunettes de vision nocturne, de détecteurs infrarouges ou d'un système de localisation par sonar, ou bien piloter une armure exosquelette bipède pour accroître sa mobilité et sa vitesse, ou bien encore tirer des obus pour inciter la cible à sortir de sa tanière et révéler sa position, s'exposant ainsi à un tir mortel.

Mais dans une zone à débit restreint, tout flux de données dépassant un certain seuil déclenchait une alarme et attirait l'attention de l'agence nationale de sécurité publique. La mante pouvait attraper la cigale, mais le moineau attrapait alors aussitôt la mante. L'arc et les flèches étaient ici les seules armes envisageables. Mais ce n'était pas le pire. Il fallait aussi s'imaginer que la vitesse de la lumière était réduite cent millions de fois. Au moment où l'image de votre proie, située à trois mètres de vous, frappait votre rétine et déclenchait une impulsion nerveuse, elle avait déjà une seconde de retard sur la réalité. Même si votre proie était soumise aux mêmes lois et se déplaçait à une vitesse très lente, l'efficacité des outils utilisés pour la localiser était diminuée de façon proportionnelle. Dans un tel monde, un chasseur était un aveugle cherchant une aiguille dans un océan.

L'apparition des archers lents professionnels constituait une réponse à cette difficulté de suivre des données dans une zone à débit restreint. Bien entendu, comme pour la plupart des chasseurs de primes, les missions dont ils avaient la charge étaient risquées et, la plupart du temps, d'une légalité douteuse. Elles ne pouvaient donc pas être traitées par les voies officielles. C'était là le principal avantage concurrentiel des archers lents.

Ceux-ci désignaient leur savoir-faire d'« extension du filet par flèches lentes ». D'un point de vue conceptuel, cela revenait à tirer simultanément des dizaines de milliers de flèches à l'horizontale et à la verticale. Celles-ci, reliées entre elles par des canaux d'informations invisibles, pénétraient dans la forêt à une vitesse lente, presque stationnaire, traversant les arbres et tissant une toile hermétique. Le chasseur n'avait alors plus qu'à attendre que la proie se précipite dans la toile. Et quand cela arrivait, toutes les flèches voisines se concentraient sur cet endroit et, lentement mais puissamment, elles attrapaient la proie et la clouaient à un tronc d'arbre.

Les métaphores offraient cette possibilité d'apporter une certaine clarté visuelle : la lumière balayant la forêt comme des flammes rapides sur une photographie aux ombres granuleuses ; la poussière et les feuilles mortes soulevées par les flèches tourbillonnantes et scintillantes dans la lueur du soleil ; l'odeur du sol humifère mélangé au parfum frais des fleurs, des fruits et des feuilles… et même le liquide chaud jaillissant des blessures de la proie, son goût rouillé et salé.

Mais rien de tout cela n'existait plus dans le monde numérique. À la place, des algorithmes et des programmes hautement abstraits réduisaient la complexité du monde réel à un ensemble de modèles mathématiques et d'espaces topologiques. Comme dans une véritable toile d'araignée, tout insecte qui se prenait dans la soie la déformait, et la vitesse à laquelle progressait cette déformation dépassait la vitesse à laquelle les informations pouvaient être transmises dans le cadre des réglementations sur le débit restreint. Dans ce monde, le chemin le plus court entre deux points n'était plus une ligne droite. Bien que cette technique semble défier l'intuition et la logique humaines, elle n'en était pas moins efficace et valide.

Tout comme la version actualisée du virus qui avait entraîné la chute de l'île de Silicium cette année-là.

Lo Gim-sian entra dans une quincaillerie portant le nom de « Zing-ciang ». Il y faisait aussi sombre que dans une mine de charbon. Après que ses yeux se furent adaptés à la pénombre, il fut frappé par les rangées d'outils préindustriels accrochés au mur. Ces outils inefficaces, datant d'un âge révolu, brillaient d'une lumière métallique. Ils représentaient l'aboutissement de l'habileté humaine et de centaines de milliers d'heures de travail. Il s'en dégageait une beauté rustique, tangible. Chacun d'eux avait été fait à la main et était donc unique, comme l'étaient leurs imperfections. Ils étaient imprégnés de l'âme de leur créateur.

C'était une qualité que les moules parfaits des usines de production modernes ne pourraient jamais égaler.

Il saisit une machette courte à la forme singulière, ornée d'un insigne antique en forme de visage de tigre sur la poignée. La lame reflétait une lumière légèrement mate, rugueuse et froide.

« Une belle arme ! s'exclama Lo Gim-sian. Mais encore un peu trop rapide à mon goût.

– Trop rapide ? »

Le jeune vendeur qui gardait la boutique n'était pas sûr d'avoir bien entendu.

« Patron, vous voudriez un exemplaire moins tranchant, plus décoratif ?

– Je voudrais quelque chose de plus lent. »

Le garçon réfléchit un instant et demanda :

« Lent, comment ?

– Aussi lent que le reflet de la lune sur les deux marées.

– Suivez-moi. »

Le jeune homme s'écarta pour révéler un passage encore plus sombre, invitant Lo Gim-sian à le suivre. Lo Gim-sian sentit le sol monter puis descendre, craignant plusieurs fois que sa tête ne heurte un mur. Cependant, le passage était beaucoup plus large qu'il ne l'imaginait, bien que l'air y fût insupportablement chaud et humide. Après avoir marché un moment, il aperçut une lumière dans laquelle flottait un nuage de brume. C'était une porte, d'où s'échappait un froid glacial.

« Frère Tigre, quelqu'un pour toi ! »

Le jeune homme fit passer la porte à Lo Gim-sian puis se retira respectueusement.

C'était sans doute la pièce la plus sale et la plus désordonnée que Lo Gim-sian ait jamais vue de sa vie, juste après les hangars des déchetiers saturés de mouches. D'innombrables bobines de fils s'enroulaient sur le sol comme des intestins et rampaient vers un ensemble de machines éclectiques, de sorte qu'il n'y avait presque plus de place pour se tenir debout. Des racks d'où clignotaient une multitude de lumières vertes s'élevaient jusqu'au plafond, plongés dans une épaisse fumée blanche crachée par des climatiseurs surpuissants. Un bourdonnement incessant montait des machines, donnant l'impression de pénétrer dans une ruche géante. L'archer lent connu sous le nom de « Tigre brutal », drapé dans un sweat-shirt à capuche noir et à longues manches, était courbé au-dessus d'un minuscule bureau placé dans un coin de la pièce, assis en face de multiples écrans haute définition, eux-mêmes divisés en de nombreux sous-écrans sur lesquels défilaient des chiffres, des pages web et des programmes en train de charger. D'autres écrans, enfin, montraient des corps nus tremblant et gémissant.

L'homme était absorbé par un bol fumant de nouilles kuey teow aux boulettes de bœuf, qu'il aspirait bruyamment. Lo Gim-sian se plaça derrière lui, attendant patiemment qu'il ait fini.

« Patron Lo, vous vous faites rare. Qu'est-ce qui me vaut l'honneur ? » finit par dire Tigre brutal en levant les yeux, laissant échapper un long rot satisfait.

Dans le coin d'un des écrans, Lo Gim-sian remarqua les images prises par les caméras en circuit fermé de la quincaillerie, ainsi que les données de reconnaissance faciale correspondant à son profil.

« Je constate que tu as toujours les yeux partout, cher Tigre. Puisque tu en connais sans doute déjà beaucoup sur les événements récents, j'irai droit au but. Je voudrais que tu surveilles pour moi les activités numériques de quelques individus.

– Quelques individus ? Vous êtes trop modeste, patron Lo. Les déchetiers à votre service se comptent au moins avec quatre chiffres ! »

L'homme releva finalement sa capuche noire, révélant un visage peu soigné et manquant de sommeil.

« Et même si l'on compte uniquement les grévistes les plus actifs, il doit y en avoir plusieurs centaines, non ?

– Ce sont des détails.

– Le prix dépend des détails.

– Tu as peur que je n'aie pas assez pour te payer ?

– J'ai peur que personne n'ose vous réclamer son dû.

– Bon, je te paierai la moitié d'abord. »

Agacé, Lo Gim-sian détourna son regard des écrans, essayant d'estimer ce qu'il lui en coûterait.

« Le solde te sera versé une fois le travail terminé.

– Je veux 70 % en avance », fit Tigre brutal en souriant avec assurance.

Dans le dialecte de l'île, son nom symbolisait la certitude.

« Je voudrais aussi que vous me promettiez quelque chose, patron.

– Parle.

– Déplacez d'une rue vers l'est le centre commercial que vous prévoyez de construire. Je ne veux pas déménager, et mes voisins de la ruelle non plus. Ils ne veulent pas se retrouver dans le quartier des déchetiers. Cette ruelle ne signifie rien pour vous. Mais tant que l'île restera en débit restreint, vous aurez toujours besoin de votre archer lent. »

Lo Gim-sian sentit comme une douleur dans la paume de sa main. Il se souvint qu'il tenait la machette à l'insigne de tigre. Il sortit l'arme du fourreau. La lame reflétait l'expression inquiète et grimaçante de l'archer lent. D'un coup sec, il dirigea l'arme vers Tigre brutal et, juste au moment où la lame allait entrer en contact avec sa chair, il l'enfonça lourdement dans le plateau de la table, projetant des éclats de bois.

« Marché conclu », fit Lo Gim-sian dans un sourire, comme s'il venait de se convaincre lui-même.

Li Wen profita de l'obscurité du crépuscule pour retourner au village avec une dizaine d'autres déchetiers, libérés pour n'avoir commis que des « infractions mineures ». Ils étaient si nombreux à avoir été impliqués dans l'incident que les forces de police de l'île avaient été incapables de les mettre en détention. D'autant qu'ils n'avaient rien fait de très grave. Après avoir mis à jour leurs dossiers numériques, les policiers les avaient relâchés en se contentant d'un avertissement verbal. Le malheureux qui avait blessé Dang Kai-zong, en revanche, avait été passé à tabac et placé dans une cellule, dans l'attente de son procès.

« Tu as bien choisi ta cible, toi ! Quelle idée de t'attaquer à un Américain ! Tu as transformé une manifestation civile en incident diplomatique ! s'était moqué l'officier qui entrait les enregistrements dans l'ordinateur.

– Comment pouvez-vous considérer une protestation contre un viol et une tentative de meurtre comme une simple dispute ? avait demandé Li Wen. Sans parler du fait que Xiaomi est à peine majeure !

– L'enquête est en cours, s'était contenté de répondre l'officier. Nous vous tiendrons au courant.

– Nous ne souhaitons pas être tenus au courant, nous voulons la justice !

– Continue à crier et toi aussi, tu vas attendre accroupi dans une cellule que justice te soit rendue ! »

Li Wen avait serré les dents, et n'avait rien ajouté de plus. Il avait fait le tri dans ses pensées : dès qu'il serait dehors, il ordonnerait à ses gars les plus fiables de mettre son plan à exécution. La scène de Xiaomi, trébuchant de faiblesse en entrant dans le manoir des Lo, se rejouait sans cesse dans son esprit, interrompant ses réflexions avec la violence d'une griffe longeant sa colonne vertébrale et agitant ses entrailles. Il le savait, c'était une manifestation de sa culpabilité.

Il était enfin de retour dans son cabanon. Sombre, sale, malodorant, désordonné, mais il s'y sentait en paix.

« Toi, modifie la programmation des chiens à puce, de sorte qu'ils aboient dès qu'un membre du clan Lo approche. »

La membrane sur la poitrine du jeune homme auquel Li Wen s'adressait s'illumina du sinogramme violet de la guerre, et il s'éloigna en trottinant du hangar pour exécuter ses instructions.

« Toi, prends quelques gars, et allez à la plage d'observation des marées. Ramenez-moi le mécha. Toi, tu vas te rendre sur les territoires Dang et Lim et évaluer la situation. Dis à nos frères sur place de se tenir prêts. »

Li Wen laissa finalement échapper un long soupir, celui d'un général qui a fini de donner des ordres. Mais quelque chose qu'il avait négligé jusqu'ici tiraillait à nouveau ses nerfs.

« Où est Xiaomi ? Vite, emmenez-moi immédiatement la voir, je dois lui parler ! »

Le système de sécurité de l'hôpital n'étant plus digne de confiance, Xiaomi, inconsciente, avait été emmenée chez un médecin mongol dont l'activité était exclusivement consacrée aux déchetiers. Bien que les conditions y fussent rudimentaires, il disposait dans son cabinet de tous les équipements nécessaires. Le docteur Jin avait branché les terminaux de diagnostic sur le corps de Xiaomi et avait grimacé en découvrant les chiffres et les graphiques chaotiques qui dansaient sur les moniteurs. Son taux de glycémie chutait à un rythme anormal et se trouvait maintenant en dessous du seuil d'alerte, au point qu'elle était incapable de fournir suffisamment d'énergie pour assurer des fonctions cardiopulmonaires normales.

« Elle a faim », affirma le docteur Jin.

Mais ce n'était pas tout. Des analyses plus poussées montrèrent que 83 % de l'énergie de Xiaomi était consommée par son activité cérébrale. De tels niveaux étaient inconnus chez d'autres mammifères, ou toute créature terrestre ayant jamais eu un cerveau. D'ailleurs, aucune forme d'alimentation ne pouvait combler une si stupéfiante consommation d'énergie. Mais comme tout bon médecin, il disposait de remèdes de derniers recours.

Le docteur Jin fixa un auto-injecteur à l'intérieur du coude de Xiaomi, puis il sortit six flacons scellés d'un compartiment de stockage caché sous le sol.

« C'est tout ce qui me reste. Des mélanges de fructose hautement énergétiques, normalement réservés à un usage militaire. Chaque dose garantit douze heures d'apport ininterrompu d'ATP. C'était grâce à ces flacons que les forces spéciales pouvaient rester alertes pendant des heures sans avoir besoin de manger, de boire ou de dormir. Quand les flacons seront épuisés, il vous faudra vous débrouiller autrement. »

Ainsi, lorsque Li Wen retrouva Xiaomi, elle était éveillée et d'humeur guillerette. Les coins de sa bouche se soulevèrent légèrement, et ses yeux s'élargirent alors qu'elle regardait curieusement Li Wen, n'ayant apparemment aucun souvenir de ce qui s'était passé quelques jours plus tôt. Après avoir cherché pendant un moment dans sa mémoire, elle appela calmement Li Wen par son nom, au lieu de « Frère Wen ».

« Xiaomi ? C'est bien toi ? souffla Li Wen, mais il regretta immédiatement d'avoir posé cette question.

– Qui d'autre ? » Xiaomi lui offrit son sourire doux et familier.

Li Wen essaya de balayer les soupçons qui flottaient dans son esprit. Oui, bien sûr, si ce n'était pas Xiaomi, qui d'autre ? Une joie intense remplaça le malaise qui étouffait son cœur et il se détendit aussitôt. Il activa ses lunettes de réalité augmentée qui brillèrent d'une lumière verte.

« Viens les saluer avec moi, je vais annoncer la bonne nouvelle aux autres. »

L'image de Xiaomi qui apparut dans son champ de vision se troubla puis scintilla, comme une source de lumière chatoyant depuis une distance infiniment lointaine. Cette lumière était chaude, paisible, resplendissante. Alors qu'il la détaillait, Li Wen avait l'impression que Xiaomi avait grandi. Elle était dotée d'une aura impressionnante qui empêchait de la fixer des yeux. Un chant à peine audible semblait planer dans l'air. Il ne pouvait dire si c'était le résultat d'une synesthésie causée par ce qu'il voyait, ou un son amélioré provenant d'un flux décodé. Le sourire de Xiaomi semblait porteur de quelque chose de magique qui remplit son cœur d'émotions, et des larmes lui vinrent. Pendant un instant, il crut voir quelqu'un d'autre : le visage parfait et mystérieux d'une femme occidentale qui se superposait au sourire de Xiaomi, un visage qu'il avait l'impression de connaître.

Li Wen essaya d'analyser rationnellement la situation, mais ses efforts furent balayés par l'aura colorée et tourbillonnante qui émanait de la silhouette de Xiaomi. Ne restait dans son cœur qu'une pure adoration, teintée d'un soupçon de crainte.

La déesse revenue d'entre les morts ouvrit légèrement ses lèvres et déclara au monde entier : « Je suis de retour. »

Et cette révélation divine se répandit dans les yeux de tous les déchetiers à la vitesse d'une réaction nucléaire en chaîne.

14

Scott n'arrivait pas à chasser l'histoire de son esprit.

Depuis que la FDA (Food and Drug Administration) avait imposé une réglementation stricte des essais cliniques menés sur les humains aux États-Unis, de nombreuses expérimentations de médicaments à haut risque avaient été délocalisées dans des pays ou des régions en développement. Parmi les villes les plus prisées, celles de Iaşi, en Roumanie, de New Delhi en Inde, de Mégrine en Tunisie et de Santiago del Estero en Argentine. Des localités où régnaient le désordre et la corruption, et où l'on pouvait recruter à des prix dérisoires des centaines de volontaires. La plupart des bénéfices allaient aux hôpitaux, aux médecins et aux recruteurs des sujets volontaires, tandis que les sociétés pharmaceutiques obtenaient les données dont elles avaient besoin pour recueillir l'approbation de la FDA et commercialiser des médicaments qui leur rapportaient des milliards de dollars.

Beaucoup de sujets étaient mineurs et mentaient sur leur âge. Souffrant la plupart du temps d'une grande pauvreté, ils n'étaient pas capables de se payer des soins et des médicaments modernes, et leurs corps étaient très sensibles aux principes actifs des remèdes expérimentaux. Ils étaient communément considérés comme les « souris blanches les plus propres de tous les laboratoires ». En échange, ils recevaient quelques billets froissés, un petit déjeuner gratuit, ou bien des effets secondaires inattendus, le risque d'une longue période d'incubation et une forte probabilité de mourir par suite de complications insoupçonnées.

C'était le prix du progrès : les gagnants ramassaient la mise, les perdants payaient la facture.

Cependant, la compagnie SBT, dont l'actionnaire majoritaire était la fondation Arashio, ne pouvait suivre cette voie de l'externalisation pour ces activités en lien avec l'interface cerveau-machine, car elle était impliquée dans des projets plus confidentiels et plus risqués. SBT avait réussi à trouver d'autres cobayes : les chimpanzés et les bonobos, qui partagent près de 99,6 % du patrimoine génétique des humains, et dont le niveau d'intelligence est comparable à celui d'un enfant de cinq à sept ans.

Les ingénieurs de SBT ouvraient les crânes des primates et les remplaçaient par des prothèses, afin de procéder à des stimulations par signaux électriques et d'observer les réactions de groupes de neurones dans des zones spécifiques du cerveau. Il s'agissait là d'une étape intermédiaire entre les méthodes invasives et non invasives, qui évitait les dommages irréversibles causés par l'insertion de sondes ou d'électrodes, tout en garantissant la précision et l'intensité des stimuli.

Les ingénieurs avaient conçu des mécanismes de récompense et de punition similaires à des boîtes de Skinner[1].

1. Les boîtes de Skinner – du nom de leur inventeur – sont des appareils expérimentaux utilisés par l'école néo-comportementaliste pour étudier les capacités d'apprentissage des animaux en laboratoire, principalement des rongeurs et des pigeons. Les expériences menées ont montré que les animaux réagissaient généralement en réponse à des stimuli renforçateurs. (Note de l'auteur.)

Sur la base de données expérimentales accumulées depuis des générations, ils avaient pu établir un modèle simple de cartographie des nerfs moteurs qui, après un entraînement suffisant, permettait aux chimpanzés de manipuler mentalement un bras robotisé pour saisir des aliments hors de portée de leurs membres physiques. Les expérimentations menées avaient également consisté à introduire des signaux spécifiques pour stimuler les zones de la peur ou de la récompense dans le cerveau des primates, afin d'imposer aux animaux d'accomplir des tâches simples.

On ne sait quel génie de l'équipe eut un jour l'idée d'installer des piles virales dans un des crânes prothétiques. Il donna naissance à une femelle chimpanzé à sang chaud, particulièrement poilue, excrétant de façon télécommandée. Les ingénieurs décidèrent de la baptiser « Eva », en mémoire à une star de porno espagnole morte jeune.

Eva démontra immédiatement des capacités d'apprentissage hors du commun. Elle pouvait même terminer seule et sans assistance les tours de Hanoï, un jeu particulièrement complexe. Elle était devenue la mascotte de l'équipe de recherche, bénéficiant d'un traitement spécial par rapport aux autres chimpanzés. Elle avait sa propre chambre, était approvisionnée de façon illimitée en fruits tropicaux, et régulièrement gratifiée de son plat préféré, le ceviche. Des ingénieurs lui achetèrent même de la lingerie sexy dont ils s'amusaient à l'affubler tous les jours – un acte absurde et scandaleux auquel la direction mit rapidement un terme.

Une proposition audacieuse fut alors faite : injecter à Eva des agents qui renforceraient ses connexions synaptiques, de façon à accroître encore davantage son intelligence. Personne n'opposa d'argument sérieux et l'idée recueillit l'approbation de la direction qui avait déjà dépensé beaucoup d'argent et était encore très loin d'obtenir le prototype fonctionnel pour l'interface cerveau-machine prévue à l'origine du projet.

De manière inattendue, l'Eva « éclairée » commença néanmoins à régresser dans tous ses résultats aux tests. Elle semblait agitée, effrayée, déprimée. Des enregistrements de vidéosurveillance la montraient en train de manipuler ses lèvres et son nez de diverses manières, en soufflant de l'air pour provoquer une résonance dans ses tissus mous. On comprit au bout d'un moment qu'elle essayait d'imiter la capacité humaine à produire des sons en modulant l'air expulsé par les poumons. Elle voulait parler comme les humains.

Mais ce fut un échec pour Eva. Des millions d'années d'évolution ne pouvaient être franchies en une seule nuit.

Les ingénieurs conçurent alors un clavier tactile spécial et lui enseignèrent quelques concepts simples, en combinant stimulation électrique et reconnaissance graphique : « banane », « humain », « joie », « peur », « manger ». Mais ils rencontrèrent un obstacle de taille au moment de lui enseigner à différencier « Eva » des « autres chimpanzés ». Eva n'avait jamais semblé en mesure de se distinguer de ses congénères. Les tentatives des linguistes pour lui faire comprendre le concept de « soi » se heurtèrent ainsi à la colère, aux grognements et à une terreur telle que la chimpanzé en arrivait à se couvrir les yeux avec ses mains.

Finalement, Eva parvint un jour à exprimer un souhait en construisant une longue phrase. Ses yeux sombres étaient ridés de tristesse, comme les veines d'une agate. Elle pinça ses lèvres douces à plusieurs reprises et caressa son ventre. Eva se sentait seule. Elle voulait retourner auprès des autres chimpanzés. Même si cela signifiait ne plus être Eva.

L'équipe lui prépara une grande fête pour le retour parmi les siens. Ils l'habillèrent d'une robe de soirée confectionnée sur mesure, lui préparèrent un gâteau et lui firent souffler des bougies, la traitant comme une véritable humaine. Puis ils lui ôtèrent ses vêtements et la firent entrer dans le grand enclos où ses congénères vivaient en groupe.

Les humains ne perçurent pas immédiatement la lueur qui s'alluma en un instant dans les yeux des autres chimpanzés. Ils restèrent devant la porte de la cage, s'attendant à être témoins d'une scène de retrouvailles chaleureuse digne d'un feuilleton télévisé. Supposition d'un anthropocentrisme stupide.

Presque aussitôt, tous les chimpanzés recroquevillés dans les coins de l'enclos se jetèrent sur Eva, comme devenus fous. Hurlant, ils plantaient leurs canines acérées dans sa chair, déchirant sa fourrure. Ils débordaient de haine et de rage, comme si une force étrangère avait pris possession de leur enveloppe corporelle, comme s'ils avaient été aveuglés depuis longtemps et qu'ils étaient sur le point de révéler la vérité.

Les humains, abasourdis, allèrent chercher des pistolets tranquillisants et des matraques électriques et dispersèrent, non sans mal, les chimpanzés devenus hors de contrôle. Eva n'était plus qu'un cadavre mutilé. Les yeux tristes d'Eva saignaient. Ils fixaient le plafond d'un regard vide, et son expression était celle d'une profonde confusion. Sa prothèse crânienne avait été ouverte, dévoilant un cerveau rose, déjà à moitié dévoré.

La prothèse gisait à côté du corps, un bol élaboré rempli d'une nappe laiteuse de matière cérébrale, témoignage d'un nouvel échec de la civilisation.

L'objet fut mis sous scellé et conservé dans un entrepôt frigorifique avec le numéro de série suivant : SBT-VBPII32503439.

Dang Kai-zong ne pouvait résister à la tentation de comparer les mondes vus à travers ses deux yeux.

Il cachait alternativement l'œil droit et l'œil gauche avec sa main, et balayait lentement la pièce du regard. Les draps blancs du lit brillaient doucement, le papier peint beige et les rideaux révélaient d'infimes nuances de couleur et de texture. La perspective de la table et des chaises était précise, chaque objet projetait une ombre floue, créant la sensation que sa position spatiale était la même que dans sa vision normale. La seule chose qui lui apparaissait moins naturelle, c'était lorsqu'il pivotait un peu trop vite son œil droit : les objets restaient anormalement clairs alors qu'ils auraient dû se brouiller légèrement.

Le manuel d'utilisation indiquait que les algorithmes de traitement mobiles de l'œil prothétique devaient encore subir des améliorations. Le client était invité à attendre le prochain correctif.

La lumière du monde était capturée par un système optique intégré sur une rétine artificielle flexible en polyimide, d'une surface de seize millimètres carrés et d'une épaisseur de seulement cent micromètres. Des puces spéciales étaient ensuite chargées de convertir la lumière en impulsions codées qu'émettaient des millions de microélectrodes de taille nanométrique. Les signaux transmis traversaient les ganglions rétiniens, le tractus optique et le corps géniculé latéral pour aboutir finalement à l'intérieur du cortex visuel primaire, où ils étaient interprétés comme image.

Les prothèses oculaires permettaient de restaurer 99,95 % de la vision normale. En d'autres termes, elles étaient en mesure de remplacer l'un des organes les plus sophistiqués et les plus mystérieux créés par la nature depuis des milliards d'années d'évolution. À dire vrai, elles faisaient même mieux. La rétine d'un œil humain est recouverte d'une couche de capillaires – des vaisseaux sanguins. La lumière doit traverser ces vaisseaux, ainsi que les nerfs optiques, pour atteindre les photorécepteurs. Pendant ce processus, l'ombre des capillaires détériore la qualité de la lumière, tandis que le lieu d'insertion du nerf optique peut causer ce que l'on appelle « un point aveugle », ou une papille optique. C'est pourquoi nos yeux doivent constamment effectuer des mouvements saccadés pour balayer l'ensemble de notre champ visuel, et permettre à notre cerveau de synthétiser ces images de mauvaise qualité, de supprimer les ombres et de les recomposer en un tableau complet. Ces défauts structurels ne pèsent pas seulement sur nos activités cérébrales, mais rendent aussi nos yeux particulièrement fragiles. Toute hémorragie ou contusion peut générer des ombres susceptibles d'affecter la vision. Pour ne rien simplifier, la couche des photorécepteurs n'est que faiblement reliée à la couche cellulaire pigmentée de la rétine, de sorte que le moindre choc peut provoquer un décollement de la rétine, susceptible d'entraîner une cécité irréversible. Or les prothèses oculaires permettaient de corriger ces défauts.

Toutefois, le manuel d'utilisation précisait que si un seul œil prothétique était utilisé, celui-ci simulerait de manière algorithmique les défauts de la vision classique, afin de maintenir un champ de vision équilibré et uniforme.

Dang Kai-zong poussa la porte et s'avança sur le balcon. La lumière du soleil était déjà si aveuglante qu'il plissa l'œil gauche. Son œil droit, lui, avait déjà réagi en rétrécissant son ouverture, adoucissant sa vision de la scène. Ce n'était pas seulement son regard qui avait évolué, mais le monde qui changeait avec lui.

J'ai besoin d'un peu de temps pour m'habituer à tout ça. Dang Kai-zong éprouvait un sentiment vague mais croissant de malaise.

Depuis le balcon, il pouvait admirer un magnifique jardin avec des arbres, des sentiers, des pavillons et, un peu plus loin, un lac artificiel et des rochers. De nombreux patients accompagnés de leurs proches s'y promenaient ou pratiquaient leur sport matinal.

Un jeune garçon en blouse d'hôpital courait dans le jardin, suivi de quelques patients à peine plus âgés, dans une sorte de jeu. Dang Kai-zong essaya de se concentrer sur l'objet qui se déplaçait rapidement à leurs pieds. En théorie, la portée focale de son œil prothétique était dix fois supérieure à celle de l'œil humain, mais le réglage d'usine, par défaut, était fait pour correspondre à la vision standard. Les utilisateurs pouvaient exprimer le souhait d'installer des logiciels de réalité augmentée dans leurs yeux prothétiques. Mais dans les zones à débit restreint, un retard de données pouvait entraver la vision. Par conséquent, le module réseau préinstallé dans le Cyclops VII de Kai-zong était parfaitement inexploitable.

L'objet derrière lequel couraient les jeunes gens était une balle, mais pas une balle ordinaire. Elle semblait se déplacer toute seule le long d'une courbe irrégulière tout en émettant des couleurs variées. Chaque fois que la balle changeait de couleur, les garçons essayaient de la frapper en utilisant différentes techniques pour modifier sa trajectoire, puis ils partaient en acclamations ou en cris de frustration. C'était visiblement un nouveau jeu que Dang Kai-zong ne connaissait pas.

Le plus petit des garçons était sans aucun doute le plus doué d'entre eux, aussi agile et rapide qu'une gazelle bondissant dans une prairie. Il atterrissait chaque fois à la distance idoine de la balle, et avant tous les autres. Son allure était désinvolte mais diablement efficace. D'une légère touche, il la faisait changer de couleur avec une facilité déconcertante. C'était comme s'il manipulait l'objet avec ses mains, et non avec ses pieds.

Le jeu se termina. Le garçon fut porté en triomphe. Les jambes de son pantalon remontées au-dessus des genoux révélaient deux structures gris argenté sans peau ni muscle, deux lames d'acier plantées dans ses chaussures de sport, qui reflétaient les rayons du soleil. Les autres garçons regardaient ses prothèses avec envie et les tâtaient avec précaution, comme s'ils caressaient un cadeau de Noël, un objet si convoité qu'ils étaient prêts à renoncer à leurs membres de chair et de sang.

Étrangement, après l'opération de Dang Kai-zong, des bribes de souvenir du rituel mené par la sorcière revenaient sans cesse dans ses rêves. Tout ce en quoi il avait cru, la science, la logique, le matérialisme, s'était effondré au milieu de cette farce. Il n'était même pas sûr de savoir quelle partie avait été un canular. Cette incertitude s'accompagnait d'une empathie croissante envers les habitants de l'île de Silicium, ceux qui y étaient nés et avaient grandi ici. Cette terre, cette mer et cet air avaient façonné leurs croyances et leurs rêves. Ils ne faisaient finalement rien d'autre que de vivre selon leur vérité, comme absolument n'importe quel peuple du monde.

Dang Kai-zong n'en voulait pas au déchetier qui lui avait perforé l'œil droit. Au contraire, il avait honte de ses anciens préjugés. Les codes moraux et les dogmes des déchetiers n'étaient pas moins valables que ceux des élites intellectuelles de son campus de Boston, ni plus éloignés de la prétendue « civilisation ». Leurs choix étaient en fait plus proches de l'essence de la vie, une essence qui n'avait pas changé au cours des centaines de millénaires de l'évolution humaine.

Dang Kai-zong dirigea son regard vers la mer lointaine. Sa surface était comme une feuille de papier froissé, se déchirant en fines et longues vagues, miroitant d'éclats de quartz. Une page se tournait, puis une autre, et encore une autre, disparaissant une fois qu'elles atteignaient la plage de sable. Des nuages s'amoncelaient lentement dans le ciel, engloutissant la lumière du soleil. Le monde n'était déjà plus celui auquel s'accrochait la génération de son père, et leur Dieu n'était plus le Dieu auquel croyaient leurs aïeuls. Les gens vénéraient désormais le pouvoir, bien plus que la sincérité, la bonté ou la vertu. Il n'était pas sûr de savoir qui était le plus proche de la vérité.

Tout ce qu'il savait, c'est que lui, au moins, était un peu plus proche de Xiaomi.

Scott rassembla ses pensées, tandis que la moto rugissait en transperçant les lueurs de l'aube. Il se sentait triste, à la fois pour Eva, la chimpanzé qui n'avait trouvé ni repos ni foyer, et pour lui-même.

Après des jours d'hésitation, il avait pris l'habitude de composer au plein milieu de la nuit le numéro du téléphone transatlantique, et d'échanger quelques civilités sans saveur avec son ex-femme Susan, puis avec Tracy. Sa fille était populaire dans son lycée. Elle était occupée à faire la fête, à être amoureuse et à répéter sa comédie musicale de rock électronique intitulée « Orange sang ». Elle glissait un bref « je t'aime, Papa », puis raccrochait, sans laisser à Scott le temps de répondre, l'abandonnant à l'obscurité et au silence.

Le foyer et la famille étaient devenus pour lui des idées abstraites et distantes, à la fois dans l'espace et dans le temps.

Je ne leur en veux pas. Je ne peux pas leur en vouloir.

Depuis le jour où Scott avait obstinément rangé cette vieille photo dans son portefeuille, il savait qu'une ombre le suivrait toujours, certainement jusqu'à la fin de sa vie. Pourtant, c'était encore pire que ce qu'il avait pu imaginer. Cette ombre dévorait l'amour, l'espoir et le courage qui étaient en lui, se propageant comme un cancer à sa femme, à sa fille et à tous ceux qui l'entouraient.

Je ne veux pas que tu penses éternellement à moi comme à une gamine de trois ans, lui avait un jour lancé Tracy.

Quant à Susan, elle lui avait dit : *Tu n'es pas l'homme que j'ai aimé autrefois, tu es un trou noir. Peu importe la patience et les soins que l'on t'accorde, il y aura toujours en toi des ténèbres qui ne pourront pas être éclairées. Je suis désolée, je ne pourrai pas vivre toute ma vie comme ça.*

Si Nancy était encore en vie, elle aurait aujourd'hui à peu près le même âge que Xiaomi. Depuis que Scott avait rencontré cette fille des déchets dans l'unité de soins intensifs, il ne pouvait s'empêcher de penser à sa fille disparue. Il se dégageait d'elle la même pâleur, la même fragilité, comme un lys flétri, et cette vulnérabilité suscitait instantanément l'affection.

Il supposait que Xiaomi était la dernière personne à avoir porté la fameuse prothèse. S'il en croyait les informations récoltées auprès du directeur Lim, Scott était presque sûr que le virus avait contaminé le corps de la jeune fille et que ses effets dépassaient de loin tout ce qu'on aurait pu imaginer. Le « variant Suzuki » devait être doté d'un puissant instinct de survie, qui le poussait à s'adapter constamment aux besoins de son porteur et à se transformer sans cesse pour assurer sa survie. Une stratégie de reproduction par mutation rapide.

Personne ne savait ce que l'avenir réserverait à Xiaomi. Ce dont on pouvait être sûr, c'était que comme Eva, elle ne pourrait plus revenir en arrière.

L'instinct de Scott lui disait que cette fille détenait des secrets valant un million de fois plus que le projet de Wealth Recycle sur l'île de Silicium. Il avait anticipé tous les chemins qui le mèneraient à son objectif, comme des plans en réalité augmentée se superposant au paysage. Il se servirait des sentiments amoureux et naïfs de Dang Kai-zong à l'égard de la déchetière pour fabriquer un mensonge qui éloignerait Xiaomi de l'île de Silicium, puis il l'exposerait sur le marché international, où sa valeur potentielle pourrait être pleinement exploitée. Et, si c'était vraiment nécessaire, il ouvrirait la boîte d'oursins fournie par l'organisation Tussilage, qui contenait une arme secrète.

Est-ce vraiment ce que tu veux ? se demanda Scott.

Non, je veux la sauver. Je ne lui ferai pas de mal, je ne lui ferai pas de mal.

Scott se répétait sans cesse que les examens médicaux fournis par l'hôpital avaient montré que le cerveau de Xiaomi était un champ de mines et que sa vie ne tenait qu'à un fil. Aucun médecin de l'île, ni d'ailleurs de toute la Chine, ne pouvait la sauver. Elle avait besoin de la meilleure équipe médicale au monde. Mais bien entendu, rien n'était gratuit et le traitement exigerait un prix proportionnel. Scott savait parfaitement pourquoi il devait s'inventer des excuses hypocrites, pour que ses actes ne paraissent pas égoïstes, méprisables ou même diaboliques. Il devait se sauver, il devait libérer ce qui lui restait à vivre de l'emprise de cette ombre.

Et il s'était convaincu que Xiaomi serait la lumière.

Cependant, un dernier mystère le hantait.

Kobun Otogawa lui avait expliqué que la prothèse scellée et congelée avait été identifiée par les systèmes automatiques de la chaîne de tri comme un déchet médical, puis expédiée avec d'autres déchets vers l'île de Silicium. Le service de sécurité de SBT avait ouvert une enquête pour savoir si des incidents similaires avaient pu se produire dans le passé. La fuite de prothèses contenant des virus à haut risque serait un énorme scandale, que les médias n'hésiteraient pas à déterrer comme des chiens renifleurs.

Une erreur qu'ils n'avaient pas envisagée. Scott réfléchit. *Une erreur qui pourrait faire s'effondrer le cours de l'action de SBT et accroître la réputation de Tussilage. Et je serai le correctif de cette erreur systémique.*

Mais, et si ce n'était pas une erreur ?

Le soleil était brûlant. Scott était trempé de sueur, sa Ducati lui rôtissait les cuisses et il avait hâte de rentrer à l'hôtel pour prendre une bonne douche. Il accéléra et la moto parcourut la moitié de la côte jusqu'à la dernière sortie. La Volvo qu'il avait croisée un peu plus tôt l'attendait au bord de la route.

Enragé, il mit les gaz au maximum et dépassa la voiture comme un éclair. Il eut le temps d'apercevoir dans le rétroviseur une cicatrice en forme de cœur sur la joue du conducteur. Tout s'éclaira dans l'esprit de Scott. La route où il se trouvait était bordée de précipices. Il n'avait nulle part où aller.

Sa vitesse approchait maintenant les cent vingt kilomètres-heure. Alors qu'il franchissait une colline, la Ducati ne put retenir son élan et s'envola, retombant lourdement sur ses roues. La Volvo avait mordu à l'hameçon et le poursuivait. Elle essaya à plusieurs reprises de le dépasser mais, à coups de manœuvres agiles, Scott réussit à rester devant. Comme un oiseau tentant de capturer un insecte volant, les deux ombres, une grise et une noire, planaient l'une à côté de l'autre. Le rugissement des moteurs fit vibrer la campagne tout entière, effrayant les oiseaux dans les bois. Un vent se leva et de minces nuages semblèrent prendre la fuite.

Perdant patience, le conducteur de la Volvo fit une brusque embardée. Les deux véhicules se percutèrent avec un bruit sourd avant de se séparer dans un baiser d'adieu, bref mais puissant.

Puis il y eut un autre bruit sourd, beaucoup plus fort cette fois.

Scott jura et s'efforça de maintenir la stabilité de sa moto, mais il était comme un poids mouche face à un poids lourd dans un ring de boxe. Un grincement perçant se fit entendre et la Ducati fut projetée vers une paroi rocheuse.

Scott freina brusquement, sa roue avant raclant le sol dans un sifflement aigu, activant le système ABS. La silhouette élancée de la Ducati se fraya un chemin entre la Volvo et la falaise. Scott sentit la roche effleurer sa peau. Il s'acharnait à stabiliser la moto, mais la force de torsion était trop importante, et il tomba dans le bas-côté.

La Volvo s'arrêta net. Le conducteur ne descendit pas de la voiture. Après que Scott se fut relevé, la Volvo fit clignoter ses feux arrière, puis elle fila droit, comme si cet accrochage n'avait eu pour but que de jouer avec Scott.

Scott procéda à un examen de son corps et ne trouva que quelques égratignures. Il remonta sur la Ducati, dont le bruit évoquait maintenant une toux de tuberculeux. Il leva la tête et se dirigea lentement vers son hôtel, tel un chevalier venant de combattre un moulin à vent.

Une scène risible se jouait à la table des négociations. Les représentants des trois clans ainsi que le maire Ong s'étaient lancés dans un débat houleux, s'adressant sans relâche des reproches virulents. Lim Ek-ru essayait de les interrompre en suppliant les trois familles de ne pas ressasser le passé, de faire des concessions dans l'intérêt d'un futur commun pour l'île de Silicium. Mais il était régulièrement rabroué par un Lo Gim-sian agacé ; Dang Hieng-ung donnait la réplique aux Lo, mais restait ambivalent sur les points cruciaux de la discussion ; seul le représentant de la famille Lim semblait enclin à trouver un terrain d'entente, mais ses rivaux craignaient qu'il ait déjà conclu en douce un accord avec le gouvernement. Scott restait assis sans rien dire, le visage impavide, attendant la traduction de Dang Kai-zong. Ce dernier semblait plus taciturne que jamais. C'était comme si son âme avait quitté son corps et vagabondait dans une autre sphère.

« De quoi parlent-ils ? s'impatienta Scott.

– De ratios d'investissements, d'élimination de la main-d'œuvre excédentaire, d'aménagement du territoire, de politiques préférentielles… tout ce qui a trait à l'argent, répondit Dang Kai-zong d'une voix endormie, comme si on l'avait arraché à un rêve.

– Ont-ils discuté de technologie ? Ou de tous les avantages qui reviendraient à l'île de Silicium grâce à notre projet ? Leurs enfants et leurs petits-enfants n'auraient plus à respirer cet air de merde ou à transporter leur eau potable sur des kilomètres ! » fit Scott, incrédule.

Dang Kai-zong se tourna vers son patron et affirma d'un ton glacial :

« Ils s'en fichent, monsieur. »

Scott se laissa lourdement tomber contre le dossier de son fauteuil en cuir, l'air pensif.

« Maintenant, je comprends pourquoi on dit que les Chinois sont le peuple le plus intelligent, mais pas le plus sage. Désolé, ce n'est pas contre toi.

– Il n'y a pas de mal, Scott. Je suis du même avis. Même si nous parvenions à leur faire signer cet accord, tant que ces gens régneront sur l'île, rien ne changera.

– Le temps nous le dira », lança Scott en tapotant sur l'épaule de son interprète.

L'algorithme d'amélioration de son œil prothétique semblait avoir besoin d'être perfectionné. Il était censé imiter la fonctionnalité d'inhibition latérale présente dans les ommatidies des yeux à facettes d'un animal comme la limule. Certes, lorsque Dang Kai-zong concentrait son attention sur un interlocuteur en particulier, la résolution des objets autour était réduite pour améliorer la clarté du sujet focalisé, mais cette amélioration paraissait très peu naturelle et interférait avec le mouvement de ses yeux.

Dang Kai-zong choisit finalement de laisser traîner son regard sur la grande fresque murale de la salle de conférences, une peinture laquée offerte par un homme d'affaires chinois expatrié au Vietnam. Sur un fond noir, de fines lignes d'or, d'argent, de plomb et d'étain dessinaient l'intégralité de l'île de Silicium. Elle était également incrustée de fragments de coquillages marbrés, d'ormeaux et d'huîtres perlières, à l'exécution exquise et raffinée. Kai-zong trouvait ce décor très familier, mais il lui fallut un moment avant de comprendre qu'il s'agissait de la vue du pavillon d'observation des marées, au clair de lune, observée depuis la mer. Les souvenirs lui revinrent comme un raz-de-marée, semant la pagaille dans son esprit. Quelques semaines s'étaient écoulées mais l'événement semblait remonter à une éternité.

Un visage pur et scintillant, baigné par le clair de lune, s'attarda dans son esprit. Elle lui manquait, et ce manque le traversait comme une longue aiguille reliée à un fil rouge, se faufilant entre ses organes et lui infligeant un tourment insupportable.

Dang Kai-zong n'était pas sûr des sentiments qu'il ressentait à l'égard de Xiaomi. De l'admiration ? De la curiosité ? De la compassion ? De la responsabilité ? De la peur ? Ou bien tout cela en même temps ? Non, c'était une émotion plus profonde, plus complexe, qui ne pouvait être exprimée par des mots, mais qu'il éprouvait jusque dans les signaux visuels transmis par son œil prothétique. Un amour torturé ?

Tout ce qu'il savait, c'était qu'il voulait la voir, qu'elle soit Xiaomi ou qu'elle ait été transformée en quelque chose d'autre.

Mais le coup de colère des déchetiers n'avait pas eu comme seule conséquence d'endommager l'œil de Dang Kai-zong, l'événement avait fini d'anéantir les relations déjà fragiles entre les insulaires et les déchetiers.

Des rubans de police jaunes avaient été disposés dans les rues pour délimiter les différentes zones. Des policiers patrouillaient vingt-quatre heures sur vingt-quatre, et tous les ouvriers migrants qui tentaient d'entrer dans le bourg devaient être munis d'un certificat électronique délivré par leur employeur. L'île de Silicium était en alerte rouge. La peur, comme la pluie noire qui s'abattait de temps à autre sur les terres de Silicium, inondait le cœur de chaque natif de l'île. De l'autre côté des rubans régnait un silence de mort, seulement brisé par les aboiements des chiens à puce qui résonnaient dans les hangars de traitement des déchets. En dehors des caravanes biquotidiennes d'eau et de nourriture qui franchissaient la bordure entre les deux zones, aucun contact n'existait plus entre les insulaires et les déchetiers, et personne ne savait ce que préparaient ces derniers.

Dans le bourg de Silicium, on les craignait autant que le puissant typhon qui toucherait l'île dans les vingt-quatre heures à venir. Ironiquement, celui-ci avait été baptisé du nom de Wutip, par convention internationale, ce qui signifiait « papillon » en cantonais.

Dang Kai-zong pouvait presque lire ce mantra silencieux sur le visage inquiet des insulaires : *je n'ai jamais causé aucun tort aux déchetiers, je ne dois pas craindre leur vengeance.* Et pourtant, aucun des habitants de l'île ne pouvait prétendre être innocent. Il n'en était pas un qui n'ait tiré, de près ou de loin, un profit personnel de l'exploitation du sang et de la sueur des déchetiers, même s'il s'agissait d'un bénéfice insignifiant. Il n'en était pas un qui n'ait regardé un jour un déchetier avec dédain ou dégoût, ou ne l'ait insulté avec des mots obscènes ou humiliants. Tous, sans exception, avaient déjà été traversés par la certitude que les déchetiers étaient nés de la lie de la société et que leur destin était de vivre en compagnie des ordures jusqu'à la fin de leur existence.

Jésus n'avait-il pas dit : « Que celui qui n'a jamais péché jette la première pierre ? »

Dang Kai-zong repensa au pays qui était devenu le sien, à cette société qui se targuait d'être un modèle de liberté, de démocratie et d'égalité, mais où l'exclusion et les discriminations étaient pratiquées de manière encore plus insidieuse et hypocrite. L'existence des prothèses ne faisait que renforcer ces pratiques : les invitations aux clubs et aux bals de fin d'année étaient envoyées à des yeux prothétiques pour être lus par des scanners rétiniens ; ceux qui ne pouvaient pas se permettre d'implanter des enzymes fortifiants n'étaient plus autorisés à acheter certains aliments et certaines boissons dans les supermarchés ; ceux qui présentaient des maladies génétiques héréditaires ne pouvaient obtenir un permis de naissance ; tandis que la minorité des plus riches de la planète pouvaient prolonger leur vie en remplaçant sans fin les composant de leurs corps, monopolisant du même coup les richesses de la société sur des générations et des générations.

Dang Kai-zong secoua doucement la tête, sans même remarquer qu'il laissait échapper un soupir.

« Tu penses à elle ? demanda brusquement Scott.

– Qui ? Comment ?

– Cette fille, Xiaomi. »

Dang Kai-zong resta silencieux.

« Tu as beaucoup changé depuis que tu es arrivé ici », fit Scott en le détaillant du regard.

Dang Kai-zong eut une expression qui indiquait qu'il ne préférait pas répondre.

« Au début, tu agissais comme un héros ou, du moins, tu essayais de donner cette impression, mais maintenant, tu ressembles plus à un déserteur.

– Je ne peux rien faire… Je ne peux sauver personne, dit-il d'une voix tremblante et les yeux rouges. Je ne peux même plus la voir…

– Quand je servais dans l'armée, mon instructeur nous disait de ne pas jouer au héros, qu'un vrai héros sait faire la différence entre un ordre, une mission et la vie, et qu'à l'instant de vérité, il sait les classer dans le bon ordre.

– Les médecins m'ont dit qu'elle pouvait mourir à tout moment, et que le traitement dont elle avait besoin ne pouvait pas être dispensé ici. »

Dang Kai-zong luttait pour garder une sérénité apparente.

« Mais elle appartient au clan Lo, et Lo Gim-sian l'utilisera comme monnaie d'échange…

– Je vois. C'est donc maintenant, ton instant de vérité.

– Je ne comprends pas.

– C'est simple. Si tu penses que le projet de Wealth Recycle est ce qu'il y a de plus important, alors nous devons oublier tout le reste, et nous concentrer sur la conclusion d'un accord. Mais si tu penses que la vie de Xiaomi est plus importante, alors nous devons négocier avec Lo Gim-sian jusqu'à ce que nous puissions la retrouver et l'emmener loin d'ici, et au diable le projet !

– C'est un test ? »

Le visage de Dang Kai-zong exprimait de la suspicion.

« Non. Regarde ces gens, dit Scott en tournant la tête vers les représentants des trois clans. De quoi se soucient-ils ?

– D'argent… De pouvoir… »

Dang Kai-zong réfléchit un moment, avant de compléter :

« Peut-être aussi de leurs femmes et de leurs enfants. »

Scott eut un sourire qui dévoila ses dents d'une blancheur impeccable.

« Tu vois, tu les connais bien. Les gens paient toujours trop cher pour leurs erreurs. Et je ne fais pas exception. Prends le temps de bien réfléchir, et donne-moi ta réponse. »

La chaise sur laquelle était assis Dang Kai-zong racla contre le sol. Il changea maladroitement de position pour dissimuler son malaise. La cacophonie des voix des bureaucrates et des marchands à côté d'eux semblait s'être adoucie. Leurs silhouettes se brouillaient et, comme des automates, ils répétaient mécaniquement les mêmes phrases. L'immense fresque derrière eux s'était en revanche éclaircie et ses contours étaient plus nets. La nacre des coquillages scintillait comme des yeux au clair de lune, enjolivant le paysage mouvant de l'île de Silicium, battue par les vagues du progrès.

Dang Kai-zong était autrefois homme à éviter de prendre des décisions, puis à se rassurer en affirmant que le seul choix logique était de laisser l'initiative aux forces invisibles qui animaient l'Histoire. Mais, à cet instant, son regard était passé de l'hésitation à la détermination. Sa décision n'était plus difficile à prendre.

Kai-zong posa sa main sur l'épaule de Scott. C'était la première fois qu'il abandonnait toute prudence et qu'il manifestait une telle familiarité avec son patron. Les blessures de Scott lui procurèrent une vague douleur et une expression de malaise put se lire sur son visage.

« Merci. »

Les yeux de Dang Kai-zong brillaient d'un espoir retrouvé, et il y avait un peu plus de reconnaissance dans son œil droit que dans le gauche.

Troisième partie

TEMPÊTE FURIEUSE

Voir la perfection dans l'imperfection, c'est ainsi que nous devrions apprendre à aimer ce monde.

Slavoj Žižek dans *Examined Life*
(Astra Taylor)

15

La pluie avait commencé à tomber au crépuscule et ne semblait pas près de s'arrêter.

Les rubans de sécurité jaune vif bruissaient sous les assauts du vent. La pluie dense comme un banc de poissons traçait des diagonales dans la lumière chaude et brumeuse des lampadaires. C'était l'heure de la relève pour la patrouille. Le policier en fin de service salua son successeur et enfila son imperméable noir. L'eau dégoulinait le long de ses bottes en caoutchouc et formait des flaques à ses pieds. La nouvelle sentinelle frissonna et expira une vapeur blanche qui se dissipa rapidement dans le vent. C'était le cœur de l'été sur l'île de Silicium, mais il faisait un froid de prison.

De l'autre côté des rubans régnait toujours le même silence de mort, à l'exception des aboiements des chiens qui se faisaient écho dans la pénombre, créant une sensation de vide et de lointain. La zone des hangars, remplie de baraques noires laissées à l'abandon, ressemblait à un charnier. De faibles faisceaux de lumière filtraient par les fissures des portes et des fenêtres, comme autant d'orifices cadavériques, yeux, oreilles, bouches, nez, hurlant en silence leur agonie. Ce qui leur restait de souffle tremblait dans le vent et la pluie, comme sur le point de s'éteindre.

« J'ai entendu dire que les rations d'eau douce et de nourriture seront réduites de moitié à partir de demain. »

Éclairé par une faible lumière, Li Wen fixait la nuit noire et froide à l'extérieur. La pluie frappait en continu le toit en tôle ondulée, crépitant comme des haricots frits dans une poêle.

« Ils seront bientôt à bout…

– Nous conservons une longueur d'avance sur eux », répondit froidement Xiaomi, en insérant un flacon de liquide rouge dans l'auto-injecteur fixé à l'intérieur de son coude.

Pendant les douze heures à venir, elle s'injecterait encore régulièrement dans la veine ce mélange de fructose à haute valeur énergétique, afin que son cerveau hypermétabolisé puisse obtenir suffisamment d'ATP et continue à fonctionner normalement. Cela se faisait au prix d'un essoufflement, d'une augmentation de sa température corporelle et d'une instabilité émotionnelle – des effets assez proches de ceux éprouvés par une personne en train de tomber amoureuse.

C'était la dernière fiole qui lui restait.

« Tout le monde est prêt. »

Li Wen entendit le chien à puce grogner faiblement dans la pièce. Il avait piraté le logiciel de contrôle des chiens et, avec l'aide de Xiaomi, les avait transformés en outils de communication. Ou, si cela s'avérait nécessaire, en armes létales.

« L'esprit gardien de la plage des marées a-t-il été rechargé ?

– Il est prêt, il attend dans le hangar. Je ne comprends toujours pas comment tu as fait pour pirater le protocole de communication sans fil.

– De la même façon qu'on utilise une clef pour ouvrir une serrure. »

C'était ce qui rendait Li Wen le plus mal à l'aise. Il comprenait le principe général, mais il n'arrivait pas à cerner quel chemin Xiaomi avait emprunté pour parvenir à ce résultat. Elle n'était plus la déchetière innocente qu'il avait connue autrefois, ou peut-être ne l'avait-elle jamais été. La Xiaomi qui lui faisait désormais face était une vétéran entraînée, aguerrie, dont les stratégies d'action étaient d'une profondeur insondable.

« Tu es sûre de ce que tu veux faire ? »

Li Wen la regarda avec inquiétude enfiler ses lunettes de réalité augmentée et activer la petite paire d'accessoires placées près de ses oreilles. Une LED bleue s'alluma.

« La chance finit toujours par tourner un jour, tu sais. »

Xiaomi lui sourit mais ne répondit pas.

Quand elle était encore Xiaomi 0, Frère Wen lui avait souvent montré ce dont il était capable. À l'aide d'une radio modifiée et d'un logiciel de piratage, il avait pu contourner les pare-feu limitant le débit du réseau et connecter brièvement ses lunettes de réalité augmentée sur un réseau haut débit pour profiter du plaisir d'observer librement le monde. Cet équipement artisanal coûtait une fortune sur le marché noir de l'île de Silicium. De plus, tout le monde n'osait pas s'en servir.

Tu devras être très, très prudente, l'avait mise en garde Li Wen. *Ne t'inscris sur aucun site, n'écris aucun commentaire, ne laisse aucune trace. Tu devras couper le réseau dès que le voyant rouge s'allumera. Cela signifie que les araignées sentinelles ont détecté un mouvement inhabituel sur leur toile et qu'elles remonteront les fils à toute vitesse pour te trouver. Après quoi, elles transperceront ton corps avec leurs crocs et t'administreront leur poison, qui paralysera tes nerfs et fera fondre tes muscles, avant de t'éventrer lentement, de te mâcher et de te digérer jusqu'à ce que tu deviennes entièrement liquide.*

Contourner les restrictions de débit était un crime majeur. Personne ne remarquerait votre disparition.

Pourtant, cette fille allait franchir ce mur avec une foule entière dans son sillage, ce qui revenait à sauter collectivement du haut d'un gratte-ciel, équipé d'un seul parachute.

La lueur violacée de la LED enveloppait le visage de Xiaomi. Ses traits doux semblaient flotter dans l'espace, mystérieux et parfaits.

Li Wen la regardait avec une quasi-obsession et réalisa, non sans agacement, que ce sentiment d'adoration n'était rien d'autre qu'une suggestion artificielle implantée dans son esprit via un virus visuel, et destiné à infecter tous les déchetiers. Il comprit qu'il devrait payer le prix de ce jeu dément. Il se rappela que l'ancienne Xiaomi avait souvent consommé des champignons numériques alors qu'elle était connectée au réseau à haut débit, et qu'elle semblait alors en transe, désorientée. Comme si rechercher des informations n'était qu'un comportement compensatoire adopté par son cerveau pour éviter que sa conscience ne s'effondre dans l'abîme.

Ou peut-être n'était-ce pas Xiaomi, mais une autre personnalité dans son subconscient, qui étudiait le monde à travers le corps de Xiaomi ?

Li Wen fut soudain parcouru d'un frisson, comme si une colonne de fourmis marchait en formation serrée sur sa nuque, grimpant lentement le long de son crâne. Il activa discrètement la fonction de reconnaissance faciale de ses lunettes et attendit, telle une grenouille guettant le passage d'une mouche, que cet étrange visage occidental lui sourie à nouveau.

Un visage d'un raffinement et d'une perfection à couper le souffle se superposa pendant une fraction de seconde, comme un voile de lumière, sur celui de Xiaomi, avant de s'effacer aussitôt.

Je l'ai !

Les résultats de la recherche s'affichèrent dans la vision de Li Wen, mais ils ne firent que renforcer le mystère. Le visage appartenait à Hedy Lamarr, une star hollywoodienne du siècle dernier, également inventrice d'un système secret de communication : la technologie dite de l'étalement de spectre par saut de fréquence, développée pendant la Seconde Guerre mondiale, et qui deviendrait par la suite le fondement des réseaux numériques CDMA (Code Division Multiple Access). Hedy Lamarr, qui avait été qualifiée en son temps de « femme la plus belle et la plus intelligente du monde ».

Il se souvint enfin de cette étrange drogue appelée « HEMK Extase ». HEMK correspondait aux initiales du nom de naissance de Lamarr, Hedwig Eva Maria Kiesler, et *Extase* était le titre d'un film tchécoslovaque de 1933, dans lequel Hedy, alors adolescente, avait joué plusieurs scènes où elle apparaissait nue.

Mais pourquoi cette beauté si talentueuse, morte depuis des décennies, surgissait-elle dans le cerveau de Xiaomi ?

« Mets-moi de la musique », dit Xiaomi sans bouger de sa place.

La jeune femme, à qui Li Wen avait donné les traits d'une personnalité virtuelle, s'allongea dans son fauteuil inclinable, dans une posture qui rappelait l'Olympia de Manet. Li Wen comprit enfin pourquoi il était prêt à tous les risques, comme un chien à puce reprogrammé. Xiaomi ressemblait à une déesse cyborg, capable de voyager dans les différentes dimensions du monde.

« Quelque chose qui tape. »

La grande silhouette de Scott se tenait devant les portes en fer. Un large parapluie noir protégeait son visage des caméras de surveillance. La pluie s'écoulait du tissu imperméable en une cascade tumultueuse. Les projecteurs s'étaient allumés et de la vapeur chaude s'élevait dans leurs rayons, lesquels étaient rassemblés en un seul point lumineux sur Scott. Des instructions brutales tombèrent d'un haut-parleur camouflé, dans une langue qu'il ne connaissait pas. Il écarta légèrement le parapluie, exposant son visage pâle de Caucasien. Ses chaussures en cuir furent aussitôt trempées.

Les portes crissèrent et s'ouvrirent lentement, tandis que les chiens à puce à l'intérieur de l'enceinte commençaient à aboyer furieusement.

Scott se glissa à travers les portes, se remémorant sa première rencontre avec l'une de ces créatures féroces, dans le village de Hialeng.

Le visage familier qui était apparu tant de fois dans sa base de données l'attendait à la porte d'entrée du manoir, un sourire aux lèvres. Lo Gim-sian était accompagné de quelques jeunes hommes musculeux à l'air violent qui scrutaient les alentours.

« Monsieur Brandle ! Quel honneur que le typhon vous ait poussé jusqu'à ma porte ! Vous m'en voyez ravi. Comment se fait-il que votre assistant ne soit pas là ? »

Lo Gim-sian serra la main de l'Américain et fit signe à l'un de ses hommes de récupérer son parapluie trempé, puis il accueillit son visiteur dans le salon.

« Monsieur Lo, je me doutais que vous compreniez l'anglais. Après tout, vous avez eu l'occasion de voir le monde. Il est certaines discussions où il est préférable de limiter le nombre de participants. »

Après que les deux hommes se furent assis, Lo Gim-sian congédia ses sous-fifres d'un signe de la main, puis il entreprit de préparer le thé à la table des huit immortels. Le processus était long et fastidieux, mais doté d'une dimension artistique. Il commença par allumer le brasero sur lequel il fit bouillir l'eau, déballa ensuite les feuilles de thé, ouvrit la théière, la remplit de feuilles, puis il lava les tasses à l'eau bouillante, refit chauffer la théière, laissa infuser quelques instants, reversa le thé dans la théière… Scott regardait avec étonnement Lo Gim-sian faire couler le résultat de la première infusion dans trois tasses de la taille d'une noix, puis les renverser à nouveau, laissant leur arôme léger monter aux narines de son visiteur.

Après quoi, il versa à nouveau de l'eau tout juste bouillie dans la théière, remplit les tasses aux sept dixièmes, fit une pause et finit par verser le liquide restant dans chacune des tasses. De ses deux mains, il présenta une tasse à Scott.

« Voici, monsieur Brandle, veuillez goûter notre excellent thé *dancong* du Phénix à feuilles blanches. »

Lo Gim-sian avait l'air serein, détendu, comme après avoir achevé une séance de tai-chi.

« La réputation du thé *gongfu* n'est décidément pas usurpée », dit Scott, qui tenait sa délicate tasse entre deux doigts.

Il s'échappait du liquide doré un arôme exotique qui suggérait des saveurs d'osmanthe, de jasmin et de miel.

« Ce thé est cultivé au sommet du pic Wudong, dans le comté du Phénix, à des milliers de mètres d'altitude. Toute l'année, le pic baigne dans les nuages, et c'est d'eux que le thé tire son essence. Ce qu'on appelle *dancong* et qui signifie littéralement "buisson unique" fait référence au fait que chaque théier dégage un arôme différent et doit donc être traité de manière distincte, avec grand soin. »

Scott soupira d'admiration et sirota une petite gorgée, puis une autre, tandis que des saveurs florales et moelleuses tourbillonnaient dans sa bouche avant de glisser dans sa gorge, laissant un arrière-goût sucré sur le bout de sa langue. La sensation gustative était si subtile qu'elle ne pourrait jamais être copiée par une chaîne de production moderne industrialisée. Lo Gim-sian lui sourit, lui indiquant d'un signe de tête qu'il pouvait boire une nouvelle tasse.

« Sur l'île de Silicium, quand nous prenons le thé, même quand nous sommes deux ou quatre, nous préparons toujours trois tasses. La tasse supplémentaire revient toujours à l'invité, ou bien l'hôte doit s'en passer. C'est la même chose lorsque nous faisons des affaires. »

Lo Gim-sian s'empara de la tasse restante et, les yeux clos, savoura une nouvelle fois le breuvage.

« Pour reprendre une expression de chez nous, c'est une solution gagnant-gagnant, dit Scott, pensant avoir compris quelque chose.

– Je vous écoute, monsieur Brandle. Quelle est la raison qui me vaut l'honneur de votre visite ?

– Une bonne affaire. Encore une solution gagnant-gagnant.

– Tiens donc ? fit Lo Gim-sian en écarquillant les yeux et en jetant son regard sur la tempête qui faisait rage à l'extérieur. Alors, à mon tour d'être transparent. Disons ce qui doit être dit. Je suppose que vous voulez la déchetière ? »

Scott ne prononça pas un mot. Le vieux renard était plus rusé qu'il ne l'avait prévu.

« Certes, il ne s'agit que d'une déchetière, mais elle appartient à la famille Lo. Elle est un peu comme l'un des théiers du pic Wudong : le produit initial est de qualité, mais ce qui détermine le goût final, c'est la manière de le cueillir, de le fermenter et de le torréfier. Il est de mon devoir d'agir dans l'intérêt des jeunes dont j'ai la charge, ne pensez-vous pas ? »

Scott resta muet de stupeur en entendant cet être diabolique parler de responsabilité et de devoir, comme si toutes les épreuves que Xiaomi avait endurées jusqu'ici n'avaient rien à voir avec lui. Il avait toujours l'impression qu'il en savait assez sur les Chinois, mais la réalité dépassait sans cesse le seuil de son imagination. Ce peuple était comme le *taijitu* – la figure du faîte suprême, symbole du yin et du yang. Ils étaient capables de mêler des qualités extrêmes et opposées sans avoir l'air d'être particulièrement gênés.

« Je ne pense pas que vous deviez vous inquiéter du prix. Je travaille pour Wealth Recycle, tout de même !

– Dans ce cas, quel prix m'en donnez-vous ? »

Le vieux renard montrait finalement sa queue.

« Vous devez savoir que la signature officielle du projet n'aura lieu que la semaine prochaine et, d'ici là, tout est possible. »

Scott posa sa tasse devant lui avec un sourire professionnel.

« Je croyais que le gâteau avait déjà fini d'être partagé à la table des négociations.

– Vous pourriez obtenir une plus grosse part.

– Combien ?

– Si j'arrive à l'emmener avec moi sans rencontrer d'obstacles, vous recevrez trois pour cent en plus de l'offre initiale.

– Je ne crois pas que les autres familles soient prêtes à recracher la viande grasse qu'on leur a mise dans la bouche.

– Mais Wealth Recycle, si. »

Lo Gim-sian plongea dans une longue réflexion, puis il regarda calmement Scott et dit :

« Cette fille vaut-elle donc tant que ça ? Et si je choisissais de la garder ?

– Cela dégénérerait en un incident politique, une issue que personne ne souhaite. Et, quoi qu'il en soit, je finirais tout de même par la récupérer moi-même », répondit Scott sur un ton devenu froid.

Pour Lo Gim-sian, Xiaomi représentait le point de départ de toutes ses infortunes, et celles-ci étaient loin d'être finies. Il avait été témoin de la puissance maléfique de la jeune femme pendant le rituel du bol enflammé. Bien que la sorcière fût parvenue malgré tout à réveiller son fils, sa prestation pathétique ne lui avait valu que des railleries. Il savait bien que la jeune femme ne pouvait être contrôlée ni par la violence, ni par l'argent, ni par n'importe quelle forme d'autorité. Elle était bien au-delà de ce qu'il pouvait comprendre. Quant aux conditions proposées, il ne trouvait rien à y redire, mais sa curiosité habituelle lui commandait de tester les limites de Scott.

« Je vais y réfléchir. »

Lo Gim-sian servit trois autres tasses de thé et invita respectueusement Scott à se servir.

« J'attends votre réponse demain », fit Scott avant de lever sa tasse et de la vider d'un trait.

Un des hommes de main accourut alors dans la pièce et remit à Lo Gim-sian son téléphone portable. Après un rapide coup d'œil, ce dernier se redressa et annonça qu'il devait régler une affaire urgente, s'excusant de devoir prendre congé de son hôte.

Scott le salua respectueusement et se leva pour partir, mais après avoir fait quelques pas, il se retourna comme s'il venait de se souvenir de quelque chose. Il sortit un téléphone portable de sa poche et le posa sur la table des huit immortels.

« Pourriez-vous le rendre à son propriétaire et lui transmettre mes sincères regrets pour son visage ? »

Il sourit, se retourna et sortit, raccompagné par l'escorte de Lo Gim-sian. Arrivé à la porte du manoir, il ouvrit son parapluie et s'avança avec détermination sous l'averse.

Lo Gim-sian fixa la silhouette de Scott, le visage crispé. Il porta le téléphone portable à son oreille et une voix déformée par un logiciel annonça :

« Monsieur Lo, ici l'archer lent, j'ai quelque chose pour vous. »

L'imperméable de Dang Kai-zong se soulevait, battu par les rafales de vent, telles d'énormes ailes de chauve-souris scintillant dans la faible lueur des lampadaires.

La pluie était à présent encore plus intense. Les gouttes projetées par le vent mitraillaient douloureusement son visage. Son œil droit avait été préréglé pour accroître sa vision en cas de faible luminosité. Cependant, le déséquilibre entre ses deux visions contraignait son cerveau à trouver un compromis. Lorsque la pluie l'obligeait à fermer un œil ou l'autre, le monde s'assombrissait ou s'illuminait soudainement. Il regrettait de ne pas porter de lunettes correctrices, mais les déchetiers n'en possédaient pas non plus.

Il arriva à hauteur du poste de garde en trébuchant. Ce dernier tendit la main pour l'arrêter. Dang Kai-zong brandit sa carte d'identité électronique et avança vers le lecteur que le garde lui présentait. Il y eut un bip, et le policier examina avec attention la photographie. Dang Kai-zong écarta d'un geste calme les mèches humides collées à son front pour dévoiler son visage. La sentinelle lui fit signe de passer et Dang Kai-zong laissa échapper un soupir de soulagement. Il savait qu'il n'aurait pas pu franchir la frontière aussi facilement s'il était arrivé depuis l'autre côté.

Le vent nocturne et glacial lui mordait les os, transperçant son imperméable. Dang Kai-zong progressait péniblement sur le chemin boueux. Des flaques d'eau reflétaient une faible clarté, comme des miroirs irréguliers lui montrant le chemin. Il lui revint en mémoire de vagues souvenirs d'enfance. L'île de Silicium était souvent frappée par des typhons et la topographie du bourg favorisait de fréquentes inondations. Le jeune Kai-zong s'asseyait sur un tonneau de bois, se servant de ses mains comme de pagaies, et passait la journée à s'amuser avec les enfants du voisinage dans l'eau boueuse et jaunâtre. C'était peut-être l'un des rares souvenirs heureux qu'il gardait de l'île.

Les typhons revenaient à Silicium chaque année, comme un festival annuel – poussant parfois même leur générosité en se montrant plus d'une fois par an. Avec le temps, les paysans avaient fini par abandonner leur combat contre les forces de la nature, et avaient délaissé leurs champs, se reconvertissant dans le commerce, la pêche ou le recyclage de déchets. Les gens disaient que c'était un signe de progrès, mais Kai-zong en doutait.

Guidé par des lumières lointaines, il parvint à retrouver son chemin dans la zone des hangars et avança en direction du village des déchetiers. Il arriva à proximité de centaines de baraques à l'aspect rudimentaire. Il ne savait pas par où commencer. Le plus simple, bien sûr, aurait été de pousser la porte du cabanon de Xiaomi, comme il l'avait fait tant de fois, mais c'était une nouvelle ère. Depuis que des pamphlets incendiaires avaient été distribués aux quatre coins de l'île, il n'était plus sûr qu'un natif comme lui soit bien reçu.

Quant à l'attitude qu'adopterait Xiaomi, c'était une autre incertitude.

Il devait pourtant la trouver et la convaincre de quitter avec lui l'île de Silicium, de monter dans un avion et de traverser l'océan Pacifique sur des milliers de kilomètres, puis de se faire ouvrir le cerveau par un groupe d'experts américains afin de désamorcer la bombe à retardement qu'il contenait. La chose avait l'air encore plus absurde que les légendes populaires locales. Le croirait-elle ?

Mais la question cruciale était peut-être de savoir si elle avait encore besoin de Dang Kai-zong pour la sauver.

Sans doute en raison des fortes pluies, tous les chiens à puce étaient gardés à l'intérieur. La pluie et le vent rendaient inexploitable leur odorat ultrasensible. Heureux de ne pas avoir à répéter l'exploit de son patron, qui avait réussi à maîtriser un de ces chiens hargneux à mains nues, Dang Kai-zong s'approcha d'une des cabanes et regarda par la fenêtre.

Un déchetier gisait à moitié nu sur son lit, ses lunettes de réalité augmentée projetant une lumière bleue.

Dang Kai-zong se baissa et avança maladroitement vers la prochaine bicoque. Cette fois, il vit deux femmes, le corps couvert d'ornements complexes fabriqués à partir de composant électroniques, dont les lunettes clignotaient de façon synchronisée. Il repartit et assista à d'autres scènes similaires derrière les fenêtres d'autres cabanes. Dang Kai-zong commença à comprendre que ce n'était pas une coïncidence.

Il se faufila dans un espace étroit entre deux cabanes adjacentes. Les ordures trempées par la pluie dégageaient une odeur suffocante de moisi. Les murs des deux côtés, dont la couleur était celle de la rouille mélangée à du lichen, étaient bardés de graffitis plus ou moins abstraits, certains représentant des organes génitaux, et recouverts d'une couche de crasse. Dang Kai-zong retint son souffle et leva prudemment la tête entre deux fenêtres si proches l'une de l'autre qu'elles ne pouvaient probablement pas être ouvertes en même temps. Comme il s'y attendait, les cabanes étaient occupées par des déchetiers chaussés de lunettes de réalité augmentée au clignotement synchronisé. On aurait cru que ces êtres assistaient à un même concert silencieux et immobile.

Dang Kai-zong ne put s'empêcher de repenser à la scène irréelle du bol d'huile enflammée.

Les lumières bleues n'étaient pas les seules à être synchronisées. Les visages des déchetiers semblaient eux aussi partager les mêmes réactions, tantôt tendus, tantôt étonnés, tantôt souriants. C'était comme si d'innombrables cordes invisibles tenues par quelque main de géant descendaient dans chaque cabane de ce bout de terre sale, contrôlant les muscles faciaux de leurs occupants. D'après l'expérience de Kai-zong, il n'y avait bien que lors de cérémonies religieuses fondamentalistes, à la forte dimension émotionnelle et collective, qu'on pouvait assister à une telle scène. Un vent glacial pénétra sous son col et tous ses poils se dressèrent.

« Qui va là ? » entendit-il distinctement derrière lui.

Il se retourna en cherchant déjà un prétexte, mais ses pieds glissèrent dans la boue et il tomba en avant. La puanteur de la terre emplit sa bouche et son nez. Il était trempé jusqu'aux os et manqua de s'étouffer. Avant même qu'il ait pu se relever, il sentit un objet froid plaqué sur sa gorge.

C'était une lame tranchante, en forme d'épine dorsale de poisson, qui brillait dans la lumière. L'arme était sortie d'un fourreau greffé dans les muscles marbrés d'un bras de courte taille. Le visage de son agresseur était caché par le contre-jour. Il entendait la pluie s'abattre sur le dos de l'individu.

« Tu n'appartiens pas à cet endroit, lui dit une voix féminine. Tu dois mourir. »

16

Une toile qui divisait l'espace et le temps. Lo Gim-sian fixait la projection sur le mur du salon, plongé dans ses pensées.

Il s'agissait d'une image en temps réel que lui transmettait Tigre brutal via une ligne de fibre optique dédiée.

Bien que l'image dynamique ait fait l'objet d'un matriçage peu dense et d'une transformation de Fourier afin de comprimer considérablement la quantité de données transmises, elle apparaissait toujours lente, saccadée et fragmentée à cause de la restriction du débit. Sur un fond sombre, des points lumineux évoquant les étoiles de la Voie lactée étaient disposés selon une configuration irrégulière dans un système de coordonnées tridimensionnel. Tel le filet d'Indra, composé de milliards de joyaux, qui symbolisait l'interconnexion de toutes les choses dans l'univers infini, les lumières décrivaient des ondulations, des distorsions et des plis de l'espace. Chaque point brillait d'une couleur et d'une luminosité variables, indiquant le type de données et la vitesse du flux. À cette échelle réduite, cependant, les différences n'étaient pas discernables à l'œil nu.

La lumière projetée tomba sur Lo Gim-sian, découpant une ombre fantomatique au bord de la galaxie, comme s'il manquait une pièce dans le grand puzzle du réel.

La voix grave de l'archer lent sortait du haut-parleur, décrivant à Lo Gim-sian ce qu'il voyait, sans se soucier si son interlocuteur comprenait un traître mot de son jargon technique.

« Je ne vois absolument rien », marmonna Lo Gim-sian.

Une petite zone rectangulaire se découpa dans la galaxie, qui s'agrandit rapidement. Lo Gim-sian avait l'impression d'être à bord d'un vaisseau spatial voyageant à grande vitesse dans un espace intersidéral. Les centaines de points lumineux brûlaient autour de lui comme des étoiles entourées de flux de données denses et fluctuants. Quelques-uns des astres émettaient une luminosité plus importante tandis que les autres s'estompaient en arrière-plan.

« Le système des flèches lentes a détecté des mouvements inhabituels. Jetez un coup d'œil sur ces points, ils sont soudain devenus très actifs, sans pour autant s'approcher du seuil d'alerte.

– Peut-on connaître leur emplacement exact ? demanda Lo Gim-sian avec un grand geste de la main.

– Cette toile est virtualisée à partir des adresses IPv6. Même avec des redirections et des proxys de dissimulation, il reste possible de les tracer jusqu'à leur emplacement dans le monde physique. Cependant, ce n'est pas le cœur du problème. »

L'image se rétrécit à nouveau, et revint à celle de la galaxie rayonnante. Des centaines d'étoiles éparses brillaient à présent simultanément, comme si elles étaient synchronisées. Leurs positions semblaient toutefois aléatoires et ne correspondaient à aucun schéma particulier.

« C'est comme si des centaines d'étoiles, situées à des millions d'années-lumière les unes des autres, produisaient des éruptions super puissantes, de sorte que la lumière et l'énergie libérées atteignent le même observateur au même moment. L'intervalle de temps devant être coordonné est si large qu'il est comparable à celui entre une microseconde et un siècle. Il s'agit d'une technique de camouflage par saut de fréquence extrêmement sophistiquée. Je ne crois pas que les déchetiers puissent posséder un arsenal aussi avancé. »

C'est un coup du Yankee. Cette pensée traversa soudain l'esprit de Lo Gim-sian.

« Y a-t-il d'autres moyens d'en savoir plus ?

– Tigre brutal finit toujours pas trouver une solution, glissa ce dernier dans un ricanement qui trahissait son excitation. Dans mon système, chaque nœud de données reflète en temps réel les changements de paramètres de tous les autres nœuds. C'est la clef pour surmonter les restrictions de débit. J'ai déjà filtré des centaines de nœuds qui clignotaient en synchronisation. L'un d'entre eux doit correspondre au noyau central, mais j'ai besoin de plus de données. Donnez-moi un peu de temps. »

Lo Gim-sian pivota de façon que son visage soit dissimulé par la vaste galaxie de données. Il s'approcha de la table des huit immortels, ramassa le téléphone que Scott avait laissé et regarda l'heure.

« Tu as vingt minutes.

– Vingt minutes ? »

Scott avait pris place sur la banquette arrière de la voiture, écoutant Sing Hiog traduire en simultané les mots enregistrés par le mouchard intégré au téléphone.

« Je ne comprends vraiment pas ce dont ils parlent. »

Sing Hiog se frotta les oreilles, rouges de honte. Il se sentait perdu et manquait de confiance dans sa capacité à traduire le jargon de la conversation enregistrée.

« Je suis vraiment désolé.

– Ça ne fait rien. »

Scott mit en marche les essuie-glaces et une forme d'éventail se dessina sur le pare-brise. Le manoir des Lo n'était pas loin, se dressant comme une forteresse lugubre dans la tempête.

« Si ça ne te dérange pas, attends encore un peu.

– J'aurais été plus embêté si vous m'aviez demandé de sortir maintenant, répondit Sing Hiog dans un sourire. Pour être honnête, ça fait des années que je n'ai pas vu un typhon aussi féroce sur l'île, depuis la construction du pont interportuaire, je crois. J'ai entendu les anciens raconter que les inondations étaient si importantes que même les voitures étaient emportées par les eaux.

– Qu'est-ce que la construction d'un pont a à voir avec un typhon ? demanda distraitement Scott, absorbé par les mouvements à l'intérieur du manoir.

– Un bouleversement du *fengshui* ! Pour relier l'île de Silicium à la ville de Toh, sur le continent, le pont a dû enjamber l'île du Phénix. On dit que les ailes du phénix, retenues par les piliers du pont, ne pouvaient plus voler. Depuis, les typhons ne frappent plus la région de plein fouet. Bien sûr, il y a aussi une théorie selon laquelle le pont aurait changé le destin de la ville de Toh et de l'île de Silicium, ce qui expliquerait leur déclin.

– Intéressant », fit Scott.

Mais ce qu'il pensait était différent. *Ce qui est intéressant, c'est la manière que vous avez, vous, les Chinois, d'établir des relations de cause à effet entre des choses qui n'ont aucun lien. Vous n'essayez jamais de chercher la cause en vous-mêmes.*

Lo Gim-sian avait rendu Xiaomi responsable de l'étrange maladie de son fils ; Xiaomi expliquait ses malheurs par une malédiction divine ; Dang Kai-zong réduisait tout à la fatalité de l'histoire. Ce mode de pensée paresseux et superficiel semblait être profondément ancré dans leurs gènes et transmis de génération en génération, se renforçant jusqu'à devenir la représentation culturelle dominante de ce peuple. Scott ne jugeait pas en bien ni en mal, il trouvait simplement le phénomène… intéressant.

D'après ce qu'il avait pu entendre, il était évident que les déchetiers préparaient quelque chose, et la patience de Lo Gim-sian était sur le point de s'épuiser. À ce stade, Scott n'avait qu'une chose à faire : attendre l'occasion d'agir, en espérant que tout se déroulerait selon le plan qu'il avait conçu. Mais ce jeu était plein de variables, et le moindre petit écart pouvait faire basculer la partie tout entière.

Scott n'arrivait pas à joindre Dang Kai-zong. Il éprouvait une aversion pour ces moyens de communication désuets, réservés aux zones à débit restreint.

« Scott, dit soudainement Sing Hiog. Ils parlent à nouveau.

– Continue à traduire.

– Ils disent que… »

Un bruit perçant fit frémir Sing Hiog qui arracha violemment son oreillette et fixa Scott avec une expression d'horreur sur le visage.

« Ils savent ! »

La lame s'immobilisa sous sa gorge lorsque Dang Kai-zong eut balbutié le nom de Xiaomi.

« Qui es-tu ? Qu'est-ce que tu viens faire ici ? » cracha la femme d'une voix brutale, sans montrer la moindre volonté d'éloigner le couteau.

L'eau boueuse ruisselait sur les cheveux de Kai-zong, un goût avarié lui restait dans la bouche. Il plissa les yeux, essayant d'empêcher la pluie d'entrer, mais il n'osa pas faire de mouvement imprudent avec ses mains. Il se contenta de bafouiller :

« Sauver… sauver Xiaomi… Elle est… en danger… »

La femme éclata soudain d'un rire perçant, comme si Kai-zong venait de raconter une blague hilarante.

« Sauve-toi toi-même, pauvre idiot ! »

Dang Kai-zong se força à rester calme. Il savait que s'il disait la vérité, il risquait de recevoir un traitement encore plus rude. De lourds rideaux de pluie continuaient à s'abattre dans les flaques de boue. *Réfléchis, bon sang, réfléchis. Pense comme un déchetier.*

Il remarqua une profonde ornière qui s'étendait au loin, comme si une machine volumineuse avait été traînée dans le village. Il se souvint de la photo du robot agenouillé sur la plage dans le téléphone de Lo Gim-sian, et il comprit tout.

« Vous avez déplacé l'esprit gardien de la plage d'observation des marées, fit-il en fixant la femme d'un regard assuré. L'esprit est en colère, très en colère ! Rappelez-vous les hommes de Lo massacrés sur la plage ! Ce n'était qu'un début ! »

Le couteau se rétracta dans le fourreau du bras de la femme comme un animal domestique. D'une main, elle extirpa Dang Kai-zong de la flaque d'eau et le jeta sur le côté comme un sac d'ordures.

« Si tu mens, je te coupe les boules et je les donne à bouffer aux chiens ! »

Le ton meurtrier de sa voix laissait entendre une légère crainte.

Dang Kai-zong suivit la femme trapue en tâtant son téléphone portable détrempé dans sa poche gorgée d'eau. Il n'arriverait plus à l'activer. Le vent hurlait et, de temps à autre, la femme s'arrêtait pour esquiver un essaim de papillons argentés – des fragments de métal aussi tranchants que des rasoirs.

« Elle est là-dedans ! cria la femme en désignant une des cabanes, la voix étouffée par la bourrasque. Tu ne peux pas y entrer tout de suite.

– Pourquoi ? demanda Dang Kai-zong en criant de toutes ses forces.

– C'est comme ça, tu m'obéis ! »

Dang Kai-zong s'élança, évitant les bras de la femme, pour se précipiter vers l'entrée de la cabane. Il glissait et dérapait sur le sol boueux. Il entraperçut une lueur bleue dans la maison quand, soudain, il sentit un coup violent dans le dos et tomba lourdement. Ses bras et ses jambes furent immédiatement maintenus par une prise digne d'un lutteur professionnel. Il éprouva une douleur aiguë et entendit des craquements inquiétants provenant de ses articulations.

« Je t'avais dit de ne pas bouger, putain ! »

La femme l'attrapa par la jambe gauche et le traîna dans un hangar où s'entassaient des prothèses hors d'usage. Elle tira un gode en caoutchouc de la pile et, à la seule force des bras, le tendit comme une corde, puis elle s'en servit pour attacher solidement les mains de Dang à un conduit d'eau potable.

« Tu ferais mieux de t'en souvenir ! La prochaine fois, c'est avec ta propre bite que je t'attache ! »

La femme partit d'un gloussement étrange et rejoignit la cabane où se trouvait Xiaomi.

Dang Kai-zong se sentait à la fois en colère et absolument ridicule. La prothèse du pénis en caoutchouc s'enfonçait dans ses poignets. Il essaya de se libérer, mais la maudite femme avait fait un nœud très résistant. Le vent doubla d'intensité et des fragments de corps prothétiques vinrent percuter Kai-zong. Par chance pour lui, ces objets étaient majoritairement en silicone. Il entendit alors un bruit de crissement métallique ; le vent violent avait fissuré une partie du toit de tôle, qui se tordait comme une feuille de papier.

Les choses se présentaient mal. Si le hangar s'effondrait, la structure atterrirait sur lui et, s'il n'était pas écrasé, il mourrait de suffocation. Dang Kai-zong secoua le conduit frénétiquement, espérant au moins pouvoir se décaler et sauver sa peau. Mais le conduit rouillé ne bougeait pas.

Dang Kai-zong mordit dans le pénis, espérant pouvoir déchirer le polymère, mais il n'arriva même pas à y laisser une trace de dents. *C'est peut-être le moment le plus embarrassant de toute ma vie,* se dit-il. *Et c'est là-dessus qu'elle va se terminer.*

Il y eut quelques autres crissements métalliques, et Dang Kai-zong vit le toit en tôle disparaître comme un tapis volant dans le ciel nocturne. La structure du hangar fut secouée et émit un gémissement lent mais aigu, qui indiquait qu'elle était en train de se déformer. Elle paraissait sur le point de se désagréger. Dang Kai-zong serait enterré profondément sous des décombres composés de prothèses sales, comme dans une installation avant-gardiste de Damien Hirst. Sauf qu'ici, personne ne paierait des millions de livres pour acheter son cadavre.

Le mugissement du métal sembla atteindre son paroxysme avant de s'arrêter brusquement. Un silence de mort s'abattit dans le hangar.

Dang Kai-zong ferma les yeux et se mit à prier pour que Dieu lui pardonne sa piété tardive.

« Stand Up », le dernier morceau du cinquième album studio du groupe The Prodigy, *Invaders Must Die*, rugit dans les oreilles de Xiaomi. Cependant, elle ne connaissait pas tous ces détails. Sa vision tremblait légèrement en synchronisation avec la mélodie frénétique. Elle chevauchait un troupeau de chevaux sauvages en furie.

Des centaines de déchetiers étaient connectés à Xiaomi via leurs lunettes de réalité augmentée, partageant sa vision. Des fragments d'innombrables plafonds défilaient devant les yeux de Xiaomi, variant dans leur luminosité, leur angle et leur couleur. Elle s'efforçait d'écarter ces données intempestives, essayant de diriger le flux de données à grande vitesse vers chaque terminal en synchronisation avec le rythme de la musique. Elle était la manivelle d'une boîte à musique : les picots entraînaient les lamelles qui diffusaient des bribes d'information à travers différentes bandes de fréquences, assemblées ensuite par le programme de décodage du terminal en une combinaison harmonieuse. C'était la réalisation dont Li Wen était le plus fier.

« Nous ne pourrons atteindre que le serveur le plus proche, à Toh, avait-il expliqué.

– Ce sera suffisant », avait assuré Xiaomi.

Xiaomi 0 pouvait sentir la foule des consciences éparpillées et confuses qui flottaient derrière elle comme une caravane de fantômes. Elle allait les conduire dans un voyage extraordinaire. Seulement, elle ne comprenait toujours pas comment son autre moi pouvait faire tout cela. C'était comme un instinct tapi en elle, comme la division cellulaire, comme la phototaxie des plantes, comme un animal cherchant de la nourriture, s'accouplant et se reproduisant. Le seul progrès qu'elle avait accompli avait été de s'habituer au dialogue entre les deux Xiaomi, comme l'acceptation d'un dédoublement de personnalité.

Il lui avait semblé entendre Xiaomi 1 lui dire en souriant : « Assieds-toi, et laisse-toi aller. »

Embarquée dans un tunnel d'isolation sensorielle, la conscience de Xiaomi se détacha de la foule, son sens du temps s'étira et se prolongea, le minuteur numérique dans son champ de vision sembla faire une pause, puis sauta une seconde avec difficulté tandis que reprenaient la cacophonie et le chaos de la foule.

Que la lumière soit, dit Xiaomi 0.

Et la lumière fut. Elle les vit, des centaines de milliers d'images dynamiques se dessinant au même instant devant ses yeux, une masse de données si gigantesque qu'un cerveau humain était incapable de les traiter. Elle se sentait étourdie, nauséeuse, désorientée.

Bienvenue dans le système des « yeux à facettes » de la ville de Toh. Le système reliait des centaines de milliers de caméras à un protocole de reconnaissance d'images par intelligence artificielle. Vingt-quatre heures sur vingt-quatre, sept jours sur sept, il surveillait chaque rue, chaque coin de rue, chaque expression des passants, traquant toute trace de crime ou d'acte terroriste embryonnaire susceptible de compromettre la sécurité des habitants de la ville. À présent, Xiaomi envahissait le cœur du système. Elle était à la recherche de quelque chose de spécial.

Très vite, elle se rendit compte que sa méthode était inefficace : autant chercher une aiguille dans une botte de foin. Xiaomi 1 réorganisa la logique des flux vidéo et recréa la ville de Toh selon une perspective à la première personne, en se basant sur la géographie des rues et l'emplacement des caméras. Contrairement à une vision humaine normale, chaque perspective était globale, panoramique, comme sur la fresque de l'Assomption de la Vierge décorant le dôme de la cathédrale de Parme, qui se présentait comme un tourbillon d'anneaux concentriques, dont le point de fuite était le centre du dôme. Plus l'observateur se rapprochait et plus l'espace s'étirait.

Il fallait imaginer le monde comme une pomme mutante dont les deux extrémités se déformeraient pour se rejoindre en un cercle. La peau du fruit, elle, resterait intacte le long de la cavité centrale, comme la courroie infinie d'un tapis roulant. L'observateur qui se trouverait au centre du trou verrait un monde en forme d'anneau se déployant sans fin.

Plus surprenant encore, lorsque l'observateur se déplacerait vers un point quelconque de l'anneau, ce point s'ouvrirait automatiquement, s'étendrait et encerclerait l'observateur pour lui offrir une nouvelle vision. Une structure fractale parfaite et autogénératrice.

Blottis sous les longues ailes de Xiaomi, des centaines de passagers se préparaient à passer à l'action.

Xiaomi était prête. Même si sa raison lui disait que son corps physique était toujours emprisonné dans cette minuscule cabane en tôle qui tremblait dans la tempête, même si sa conscience ne faisait qu'errer à l'intérieur de boîtes métalliques ternes dans un centre de données situé à une douzaine de kilomètres de là, les images tourbillonnant autour d'elle créaient l'illusion qu'elle était un ange ailé, volant à basse altitude dans une jungle de béton et d'acier. Sa chair virtuelle survolait les routes, traversait les maisons, les magasins, les ponts, les parcs, les ascenseurs et les compartiments des bus. Elle sondait à toute vitesse les innombrables fenêtres éclairées, ne négligeant aucun angle mort.

La nuit était sur le point de tomber et la ville s'éveillait déjà comme une fresque étincelante.

Sous l'averse, le trafic encombré s'écoulait comme une lente rivière de sang dans les artères principales et les rues capillaires de la ville. Des centaines de milliers de visages anxieux et engourdis se cachaient derrière les pare-brise des véhicules, balayés par le mouvement de va-et-vient des essuie-glaces qui polissaient l'éclat humide des néons. Des voitures autopilotées étaient coincées entre des rangées de voitures appartenant aux contempteurs de la conduite automatique. Les klaxons hurlaient tandis que les compteurs de décibels des moniteurs de bruit s'élevaient dangereusement. Une foule de rétroviseurs reflétait des grimaces malveillantes.

Trois cent mille fenêtres s'allumaient automatiquement ; des capteurs intelligents reconnaissaient l'humeur des propriétaires rentrant dans leur logement et ajustaient la température de la pièce, la couleur de l'éclairage, la chaîne de télévision ou le style de musique diffusé dans la pièce. Cinq mille restaurants recevaient des commandes à emporter générées spontanément, des systèmes de surveillance de santé se synchronisaient avec des membranes corporelles et, sur la base de dizaines de données telles que la température du corps, le rythme cardiaque, la consommation de calories, la réponse galvanique de la peau, etc., formulaient des recommandations pour les activités du lendemain. Des visages épuisés se succédaient les uns après les autres.

Les immeubles de bureaux étaient éclairés comme en plein jour. À travers des caméras en circuit fermé, les énormes ommatidies des yeux à facettes scrutaient cent mille visages fixés sur leur écran d'ordinateur, leur nervosité, leur anxiété, leur expectation, leur confusion, leur douceur, leur suspicion, leur jalousie, leur colère, qui se rafraîchissaient rapidement tandis que leurs lunettes reflétaient les données bondissant sur leurs écrans. Leurs regards étaient vides et profonds à la fois, ignorant l'équation de leur vie et de leurs valeurs, aspirant au changement tout en le craignant. Ils observaient leurs écrans comme s'ils s'observaient les uns les autres, ils les haïssaient comme s'ils se haïssaient les uns les autres. Les mêmes visages froids et apathiques.

Une jeune enseignante était confrontée à des parents qui s'inquiétaient de la dépendance de leurs enfants au monde virtuel. Après avoir coupé la communication, elle se reconnectait avec impatience à l'interface du même jeu.

Un garçon venant de gagner le prix Maker Faire s'approchait du berger allemand bien-aimé de son père avec un kit de modification neuronale.

Un homme nu se connectait à un canal crypté où un crocodile albinos couvert de capteurs se débattait avec une pieuvre mécanique dans un marécage. Les signaux physiques du crocodile étaient convertis en stimulation sexuelle et transmis au cortex cérébral de l'homme, ainsi qu'à quinze mille autres joueurs.

Sur la place d'un complexe d'immeubles, un groupe de femmes retraitées dansaient silencieusement sur un rythme lent et s'enthousiasmaient en cajolant leurs partenaires de danse virtuels conçus sur mesure, repensant à leur jeunesse.

Dans un appartement luxueux, un homme était assis sur son lit, le dos droit et le visage éteint, observant impassiblement un gros plan télévisé sur une célébrité hilare aux mimiques surjouées. Il regardait son propre visage sur l'écran géant, sanglotant sans bruit, et leva un pistolet.

Une volée d'oiseaux s'envola dans l'air du soir, se dissipa comme une colonne de fumée noire, puis se rassembla à nouveau, dessinant une série de formes irrégulières dans le ciel indigo. De temps en temps, le faisceau d'un projecteur la traversait, transformant la fumée noire en une tache chatoyante d'un gris argenté. Les caméras passaient d'un angle à l'autre et la distance focale était réglée au maximum pour tenter de suivre le vol de l'un des oiseaux en particulier. Tous les oiseaux se réunissaient pour suivre la trajectoire du groupe, imitant la posture de leurs compagnons à proximité, ne sortant jamais du rang. Dans la jungle, ce comportement garantissait nourriture et sécurité.

Xiaomi sautait d'un plan à l'autre avec une grande rapidité, assemblant ces images disparates en une vision fluide et dynamique. Comme un oiseau plongeur, elle passa en piqué devant une paroi de verre de plusieurs centaines de mètres, reflétant comme un miroir l'image déformée de la ville et de ses néons clignotants, qui gravaient les schémas mentaux du consumérisme dans la rétine de tous les spectateurs, dérivant et changeant au gré de leurs regards. Elle voyait tout. Sauf elle-même.

Xiaomi voyait encore bien des choses : des solitaires, des joueurs, des drogués, des innocents… tapis dans des recoins sombres ou exposés à la lumière de la ville, riches ou pauvres, profitant des commodités apportées par la technologie, poursuivant des stimuli et des quantités d'informations sans précédent dans l'histoire de l'humanité. Tous étaient malheureux, quoique pour des raisons différentes. Mais quelle qu'en fût la raison, c'était comme si la fonction permettant d'être heureux avait dégénéré, ou avait été amputée tel un appendice. Et pourtant, leur aspiration au bonheur persistait obstinément, comme des dents de sagesse.

Étonnamment, Xiaomi commençait à éprouver de la pitié pour ces enfants gâtés de la civilisation.

Elle avait trouvé ce qu'elle cherchait. Une liaison de communication mobile par satellite VSAT[1], installée sur le toit d'une camionnette légèrement délabrée dont le logo extérieur semblait indiquer qu'elle appartenait à une chaîne de télévision privée. Mais Xiaomi ne pouvait pas pirater le réseau depuis les caméras. Elle devait se déplacer.

Le temps presse, allons nous amuser, entendit-elle dire Xiaomi 1 au troupeau confus et excité qui vivait cette expérience comme une révélation divine.

Ne fais pas l'idiote ! la mit en garde Xiaomi 0.

Et pourquoi pas ? répondit Xiaomi 1.

Elle coupa le flux vidéo pour économiser la bande passante et sauta dans le vide du réseau. Elle localisa rapidement la camionnette, mais le véhicule n'était pas connecté au système VSAT. De multiples scénarios se mirent à flotter dans la tête de Xiaomi, qu'elle rejeta l'un après l'autre.

Je te rappelle qu'il ne te reste que 3 minutes et 25 secondes avant que les flèches lentes ne nous rattrapent, et 2 minutes 30 secondes avant que les araignées ne te repèrent, chuchota Xiaomi 1 à son oreille.

Assez parlé. Si tu penses pouvoir faire quelque chose, tu n'as qu'à venir ! hurla Xiaomi 0, folle de rage.

Facile. Xiaomi 1 lui arracha soudain le volant des mains. *Laisse-toi aller.*

C'était comme si un bus roulant à grande vitesse perdait le contrôle et se heurtait à un mur transparent. Xiaomi se sentit écrasée entre deux forces colossales. Elle peinait à

1. Very Small Aperture Terminal : station terrestre de communication bidirectionnelle par satellite, aussi parfois désignée par l'expression « micro-station terrestre ». (Note de l'auteur.)

reprendre son souffle. Les passagers assis derrière elle filèrent comme des balles vers le pare-brise, mais il n'y avait rien pour les retenir, et toutes les consciences qui l'accompagnaient prirent soudain leur liberté, comme une harde de centaines de chevaux à qui on aurait lâché la bride. Les consciences s'élancèrent dans toutes les directions, avant d'être rattrapées par le poids du véhicule. Elles se mêlèrent de nouveau, conversèrent rapidement et parvinrent à un compromis, se fondant finalement en une force unifiée.

Xiaomi comprit où ils allaient et un sentiment de panique monta dans son estomac. Mais il était trop tard pour les arrêter.

Les passagers piratèrent le système de sécurité de la prison de Toh, construite à la périphérie de la ville. À l'aide d'outils de piratage fournis par Xiaomi 1, ils désarmèrent les serrures numériques des cellules et enfermèrent les geôliers dans leurs bureaux. Il fallut quelques secondes aux détenus pour réagir à cette amnistie et ils se précipitèrent vers les portes de la prison, courant sous la pluie vers le monde libre.

Pourquoi as-tu fait ça ? la réprimanda Xiaomi 0 avec colère.

Attends, et tu verras. Xiaomi 1 lui recommanda de retourner à la camionnette.

Le système de surveillance de la ville de Toh détecta l'activité inhabituelle de la prison en 2,37 secondes et déclencha une alerte de niveau II, qui mobilisa l'ensemble des forces de police de la ville. La chaîne de télévision privée propriétaire de la camionnette eut vent de la nouvelle et ordonna à son équipe de se rendre sur les lieux pour tourner des images de première main. Leur réactivité étant la clef de leur succès par rapport aux stations publiques, les occupants du véhicule ne se firent pas prier. Le voyant vert du système VSAT s'alluma et commença à localiser le signal satellite.

Tu vois ? Xiaomi 1 invita d'un air taquin l'autre Xiaomi à regarder.

Xiaomi 0 l'ignora et entra directement dans le système, essayant de rediriger l'antenne pour qu'elle pointe vers une station secrète LOSS, disposant d'un serveur en orbite basse.

Les interférences au sol sont trop fortes et le signal est instable. La bande C utilisée par le système VSAT chevauchait en partie les fréquences des lignes interurbaines à micro-ondes terrestres, tandis que la bande Ku, plus courte, était affectée par les atténuations dues aux intempéries. En outre, la camionnette s'étant mise à rouler rapidement sur un sol cahoteux, le signal de la liaison montante ne pouvait pas se verrouiller sur la station serveur.

Réfléchissons à ce que nous pouvons faire maintenant. Xiaomi 1 semblait avoir tout anticipé et, avec des accents dramatiques surjoués, elle tenta une nouvelle fois de stimuler la furie des déchetiers, mais elle fut arrêtée par Xiaomi 0.

Non..., prononça-t-elle sans force.

Tu sais que nous n'avons pas beaucoup de temps. Xiaomi 1 secoua la tête. *Nous n'avons pas le choix.*

La foule en liesse se comportait maintenant comme un feu d'artifice inversé, se rassemblant progressivement en son centre. Les bruits chaotiques de leurs pensées s'harmonisèrent spontanément en un rythme, en un cri et, comme un puissant rayon laser, frappèrent les systèmes de la station de régulation du trafic. Les feux de signalisation de toute la ville clignotèrent de façon désordonnée. Les conducteurs terrifiés tentaient d'éviter les collisions et les tonneaux. Les moniteurs de bruit enregistraient des coups de klaxon aussi denses que des ronces ; des colonnes de fumée tourbillonnante se déployaient dans le ciel ; des incendies surgissaient un peu partout ; des automobilistes paniqués sortaient de leurs véhicules accidentés, laissant des traînées de sang sur la chaussée. Sanglots, hurlements, explosions, bris de verre. Sous l'averse incessante… le tout composant une mélodie complexe et discordante, faite de fracas et de pathos.

La camionnette s'arrêta à côté d'une file de dizaines de voitures prises dans une collision en chaîne. L'équipe de tournage sauta du véhicule, armée de ses appareils HD en bandoulière, pour capturer cette scène rare. D'autres automobilistes s'étaient aussi arrêtés pour filmer le spectacle avec leurs lunettes de réalité augmentée, qu'ils partageraient sur les réseaux sociaux avant de penser à aider les survivants. C'était la deuxième information explosive en l'espace d'une minute et, alors que les ondes se répandaient sur le réseau, les accidents détournèrent l'attention de l'évasion qui venait de se produire.

Tu as intérêt à n'avoir tué personne, lâcha froidement Xiaomi 0.

Moi, non, répondit platement Xiaomi 1. *Ce sont eux.*

« Le temps est écoulé, dit Lo Gim-sian sur un ton résolu. Je la trouverai moi-même, dussé-je raser le village entier.

– Trois minutes ! Non, deux ! s'exclama Tigre brutal d'une voix chevrotante. Il en va de ma réputation ! »

Lo Gim-sian ne dit pas un mot, il fixait les restes du téléphone qu'il avait réduit en miettes avec son talon. Parmi les composants éparpillés se trouvait un minuscule dispositif d'écoute en forme de haricot. *Cet escroc a la peau blanche, mais le cœur noir !* Il ne croyait plus à aucune des promesses faites par Scott Brandle. Il conserverait la monnaie d'échange nommée Xiaomi, il la garderait entre ses mains. La malhonnêteté de l'Américain l'avait mis hors de lui. En plus de la part qui devait revenir de droit à la famille Lo, il exigerait une compensation supplémentaire.

Un par un, les points lumineux de la projection de Tigre brutal s'éteignirent, jusqu'à ce que les étoiles dessinent le contour d'une figure imaginaire : une nouvelle constellation représentant la tromperie, la trahison et la duplicité. Mais il ne pouvait dire ce que c'était vraiment.

« Amenez-moi Do-gian, ordonna à voix basse Lo Gim-sian à ses hommes. Rassemblez tous les hommes que vous pouvez. »

La guerre n'avait jamais manqué de sacrifices.

Presque nu, Do-gian se traîna à quatre pattes jusque dans la pièce, son anneau de nez attaché à une chaîne dont l'extrémité était tenue par un autre sous-fifre. Ce dernier réprimanda Do-gian et lui donna un coup de pied dans les côtes. Les muscles de son dos se gonflèrent et ses yeux devinrent vitreux. De la bave coulait aux coins de sa bouche. Le sous-fifre jura et tira sur la chaîne, tandis que Do-gian rejetait sa tête en arrière sous le coup de la douleur. Il haletait.

« Vous ne pouvez pas lui donner des vêtements ? cracha Lo Gim-sian, agacé.

– Dès qu'on lui en donne, il les déchire et les mâche. C'est devenu un chien enragé.

– Passe. »

Lo Gim-sian se saisit de la chaîne et caressa la joue meurtrie de Do-gian avec de la pitié dans les yeux. La bête se pelotonna instantanément aux pieds de Lo Gim-sian comme un agneau, frottant son cou contre son pantalon avec des pleurnichements zélés. Il ne semblait y avoir que dans cette position humiliante que Do-gian pouvait accomplir son désir longtemps réprimé de lien affectif.

« Bon chien, bon chien. Papa va te donner à manger. »

Lo Gim-sian le gratta derrière les oreilles, le regardant plisser les yeux de plaisir avec une expression complexe.

« J'ai trouvé ! » fit Tigre brutal en poussant un cri d'excitation.

Lo Gim-sian tourna la tête pour visualiser la projection. Il ne restait plus qu'un seul point lumineux, une étoile unique au centre de l'univers. Avant que Tigre brutal ne puisse zoomer pour en présenter des données détaillées, l'image s'éteignit brusquement. Plus de galaxie, plus d'étoiles. La seule chose qui résonnait dans la pièce vide et obscure était la voix rauque de l'archer lent. Une tache rougeâtre flottait dans l'air, une image rémanente.

« Monsieur Lo… Le réseau entier de l'île de Silicium a été coupé. »

Bienvenue dans le Nuage d'anarchie.

Nous fournissons des services de stockage de données et d'informatique à distance depuis des stations de serveurs en orbite basse. Nous ne sommes affiliés à aucun pays, aucun parti politique ni aucune multinationale. Nous nous engageons à vous aider à contourner les lois sur la confidentialité des données établies au nom de la lutte contre le terrorisme, comme le Patriot Act américain ou les suppléments à l'article 29 de la directive sur la protection des données de l'Union européenne.

Nous sommes un groupe d'amateurs de sans-fil du monde entier, des adeptes du pur libre arbitre, et nous espérons que nos services pourront vous aider, au cours de votre brève existence corporelle, à échapper à la coercition du pouvoir, à résister au contrôle et à embrasser la liberté, l'égalité et l'amour. OXOX.

Le message de réponse était automatisé. À quatre cents kilomètres au-dessus de la surface de la planète, il n'y avait ni caméras, ni microphones, ni capteurs, ni dispositifs de détection – tous ces équipements superflus avaient été supprimés pour réduire le poids du matériel et les coûts associés.

Demande de réponse humaine. Il n'y eut aucune réponse à l'instruction envoyée par Xiaomi 1.

Qu'est-ce que nous foutons dans ce trou ? ne put s'empêcher de demander Xiaomi 0.

Demande de réponse humaine. Seul Nixon pouvait aller en Chine. Je répète. Seul Nixon pouvait aller en Chine[1].

Quoi ? Xiaomi n'en croyait pas ses oreilles virtuelles. Chose encore plus incroyable, le Nuage répondit.

Nuage d'anarchie : Waouh, on dirait qu'on est tombés sur une experte. Tu ferais mieux d'avoir une bonne raison de me réveiller au milieu de la nuit, ma jolie Chinoise.

Xiaomi : Nous avons besoin d'un réseau indépendant pour nous relier, mes amis et moi, et vite !

Nuage d'anarchie : Ho ! ho ! ho ! on dirait que vous avez une sacrée tripotée d'ennuis. Il vous reste trente secondes avant que les araignées du réseau vous attrapent. Vous avez aussi un archer expérimenté à vos trousses. Le typhon Wutip est sur le point de frapper votre emplacement physique et la vitesse du vent en son centre devrait bientôt atteindre cinquante-cinq mètres par seconde.

Xiaomi : Dites-moi juste oui ou non.

Nuage d'anarchie : Écoute bébé, tu n'as pas l'équipement nécessaire. Ce que tu me demandes, c'est une putain

1. Proverbe américain, signifiant que seuls les héros peuvent accomplir des miracles. La phrase fut plus tard reprise comme proverbe vulcain dans *Star Trek VI : Terre inconnue.* (Note de l'auteur.)

d'intrusion inversée. Nous n'avons jamais fait ça... enfin, si, peut-être une fois, mais je ne peux rien te garantir. Mais il y a plus important : que pouvez-vous nous donner en échange de ce service ?

Xiaomi : Le modèle de conscience d'Hedy Lamarr. Je sais que vous, ou au moins l'un d'entre vous, avez un penchant particulier pour la collection de modèles de conscience de célébrités.

Nuage d'anarchie : Tu es sérieuse ? Je n'ai jamais entendu parler de quelqu'un qui l'ait eu en sa possession.

Xiaomi : Elle est morte le 19 janvier 2000, et son cerveau a été immédiatement congelé. Quelques décennies plus tard, il a été décongelé par NeuroPattern, qui en a fait la cartographie neuronale.

Nuage d'anarchie : Tu as l'air sûre de toi.

Xiaomi : Pensez-y. La femme la plus belle et la plus intelligente de l'histoire de l'espèce humaine, la mère de la CMDA, une femme sexy, sensuelle, avec toute une vie de romantisme et d'érotisme. Vous pourriez l'utiliser pour... beaucoup de choses.

Elle essayait de manipuler le cerveau reptilien de son interlocuteur. La stratégie était mesquine, mais elle avait fait ses preuves.

Nuage d'anarchie : Hum... une dernière question. Comment peux-tu prouver que tu es en sa possession ?

Xiaomi : C'est simple, elle est cryptée et déguisée en champignon numérique. Je l'ai téléchargée et ingérée. À présent, elle fait partie de moi.

Nuage d'anarchie : Je comprends mieux ta facilité à utiliser le saut de fréquence.

Xiaomi : Eh bien, je pense que nous pouvons nous dire marché conclu-clu-clu-clu-clu-clu...

Le flux de données provoqua un écho dans l'esprit de Xiaomi, comme un cri poussé dans une vallée déserte. Sa conscience se ramassa et elle revit la cabane en tôle ondulée, froide, humide et pestilentielle. La tempête était devenue plus violente, le toit était secoué dans tous les sens. Li Wen s'approcha avec inquiétude. Ses lèvres s'ouvrirent et se refermèrent, comme s'il essayait de lui dire quelque chose d'important. Xiaomi se leva. Elle fut soudain saisie d'un vertige, ses jambes plièrent sous son poids et elle tomba dans les bras de Li Wen.

Xiaomi n'avait jamais ressenti une telle confusion. Et cette confusion la rendait nerveuse, comme si elle était redevenue la fragile déchetière d'antan. Le caractère de sa nuque s'éteignit, elle fut saisie par une bouffée d'adrénaline.

Elle ne savait qu'une chose : la tempête allait frapper.

17

« Ne bouge pas ! »

Dang Kai-zong ouvrit les yeux et vit la femme brandir son couteau vers lui. Son cœur se noua et il referma instinctivement les paupières. Tout à coup, les liens autour de son poignet tombèrent. Le phallus en caoutchouc venait d'être tranché en un mouvement fluide.

Avant qu'il n'ait pu exprimer sa gratitude, il fut violemment traîné hors du hangar et la structure d'acier s'effondra derrière lui dans un grand fracas. La montagne de prothèses se répandit dans toutes les directions, comme l'explosion d'un monstre prothétique.

Dang Kai-zong tomba à genoux dans la boue. La pluie se déversait sur son corps, il tremblait de terreur et de froid. Les lèvres pâles, il parvint à balbutier « Merci » d'une voix frissonnante.

« Disons que tu as de la chance. Xiaomi a dit qu'elle voulait te voir. Un peu plus et tu aurais fini comme cette bite. »

La femme eut un rire grivois et lui offrit un bras robuste.

« Je m'appelle Daolan. »

Le vent passait par les fissures de la tôle et s'engouffrait dans la cabane. Pourtant, sous la faible lumière tamisée, il semblait y faire plus chaud qu'à l'extérieur. Quand Xiaomi vit Dang Kai-zong, sale et trempé, elle n'eut pour lui aucun signe d'intimité. À la place, elle s'approcha et l'examina.

« Tu veux te faire passer pour un déchetier ? fit Xiaomi.

– Il pleut beaucoup. »

Dang Kai-zong jeta un regard à la figure méfiante de Daolan et chercha à tergiverser :

« Tu n'as pas l'air d'aller bien.

– J'ai consommé beaucoup d'énergie, dit Xiaomi en tapotant l'auto-injecteur fixé à l'intérieur de son coude. J'irai mieux quand le goutte-à-goutte aura rattrapé son retard. Que fais-tu ici ?

– Je voudrais que tu partes avec moi. »

Dang Kai-zong saisit ses mains froides dans les siennes, mais elles glissèrent comme des poissons furtifs.

« Je ne peux pas partir, du moins pas maintenant. »

Xiaomi secoua la tête et évita le regard brûlant de Dang Kai-zong.

« Ces gens ont besoin de moi, ils sont en danger.

– Mais toi aussi, tu es en danger, tu en es consciente ? »

Dang Kai-zong baissa la tête et murmura :

« Les médecins m'ont dit que les vaisseaux sanguins de ton cerveau pouvaient se rompre à tout moment, et Scott m'a promis que nous pourrions te ramener en Amérique et te trouver les meilleurs spécialistes. »

En entendant ces mots, le visage de Xiaomi ne montra aucun signe de peur. Elle lui adressa un sourire dépourvu d'émotions.

« Ma vie a depuis un moment cessé de m'appartenir. Depuis cette nuit pluvieuse, où je l'ai offerte au Dieu gardien. »

Les déchetiers qui l'entouraient joignirent leurs mains dans un geste de prière.

« Si c'est le cas, alors pourquoi ce Dieu nous a-t-il fait nous rencontrer ? » glissa Dang Kai-zong entre ses dents, son corps pris de tremblements.

Les yeux de Xiaomi s'adoucirent, elle essuya la boue qui maculait le visage de Dang Kai-zong et posa ses mains sur ses épaules. Puis elle chuchota à son tour :

« Peut-être que ça faisait partie de son plan, de t'amener à moi. Regarde-toi, tu n'es plus celui que tu étais, tu n'es ni un Américain, ni un homme de Silicium, ni un déchetier, mais tu es l'un des nôtres. Tu devrais venir te battre avec nous. »

Tous ceux présents dans la pièce posèrent leurs mains sur les épaules de Dang Kai-zong.

Dang Kai-zong resta sans voix. Il regardait la fille en apparence ordinaire qui lui faisait face, qui était aussi l'entité la plus contradictoire et la plus complexe de ce monde. Elle dégageait un charme incompréhensible qui poussait tous ceux qui l'entouraient à lui obéir aveuglément, avec la même admiration irrationnelle dans les yeux. Il avait autrefois été ému par la pureté de son ignorance, et cette ignorance était aujourd'hui devenue la sienne. Derrière cette image frêle et cette voix pleine de tendresse, se cachait un démon doué pour la comédie, qui attendait l'occasion d'arracher son masque et de révéler son visage hideux, afin d'asservir les êtres inférieurs qui gravitaient autour de lui.

Plus inexplicable encore, il était excité par cette vision fantasmagorique. Une sensualité morbide fondée sur l'attraction de l'inconnu.

« Bien, je reste. »

Dang Kai-zong avait décidé que s'il ne pouvait pas emmener Xiaomi, il resterait à ses côtés. Même s'il savait au fond de lui qu'il n'était pas capable de la protéger, il voulait ressentir cette sensation. Pas seulement rejoindre le plan incompréhensible de Xiaomi, ou retrouver un sentiment d'appartenance perdu depuis longtemps, mais à cause de l'énergie indescriptible que cette fille apportait à son existence, le faisant se sentir vivant. Il restait pour lui-même, et pour personne d'autre.

Des aboiements étouffés par la tempête dérivèrent jusque dans la pièce, et le chien à puce de la maison répondit par un grognement furieux.

« Ils arrivent. »

Xiaomi remisa sa douceur et serra les poings comme une guerrière, ses yeux débordant de fureur.

Le sous-fifre qui marchait à côté de Lo Gim-sian se débattait comme il pouvait avec le parapluie que le vent furieux et inébranlable retournait sans cesse. Son patron finit par en avoir marre et intima au jeune homme de le lâcher. Le parapluie noir s'éleva dans les airs, tournoya comme une chauve-souris géante, et disparut dans l'obscurité.

Peu après être leur entrée dans le village des déchetiers, leur voiture s'était embourbée, ils n'avaient pas réussi à la redémarrer. Tenant Do-gian en laisse, Lo Gim-sian avait pris la tête d'un groupe composé de ses meilleurs hommes et avait décidé de braver le typhon Wutip pour retrouver le dernier point lumineux apparu dans la projection de Tigre brutal. Il aurait emmené d'autres gars avec lui si la panne de réseau ne l'avait empêché de les contacter. Lo Gim-sian était mécontent de la situation, mais il ne pouvait rien faire de mieux.

Dans leur quête éperdue de la déchetière, ils avaient fait effraction dans toutes les cabanes rencontrées sur leur chemin, menaçant leurs habitants.

Les chiens à puce aboyaient comme des fous après eux, comme un roulement de tambour marquant le prélude à un grand spectacle.

Lo Gim-sian leva la main et fit signe à tous ses hommes de se rassembler. Il n'était plus nécessaire de passer toutes les cabanes au peigne fin. Celle qu'ils cherchaient se tenait devant eux, l'air si fragile dans la pluie noire qu'un simple coup de vent paraissait pouvoir l'emporter. Les déchetiers des cabanes environnantes, qui s'étaient d'abord contentés d'observer la scène avec inquiétude, sortirent lentement et se placèrent derrière Xiaomi. Leur visage était durci par la colère, les accessoires électroniques de leurs corps ternis par la pluie. Telles des statues, ils fixaient Lo Gim-sian et ses hommes, leurs prothèses scintillant d'une lueur grossière. Ils formaient un volcan endormi depuis un millier d'années, recelant une énergie énorme, attendant juste le moment de l'éruption.

« Ne vous méprenez pas. Nous ne sommes pas ici pour causer des problèmes. »

Lo Gim-sian essuya son visage et révéla un large sourire.

« Nous sommes ici pour admettre nos erreurs et demander pardon. »

Un bref murmure d'incrédulité parcourut les déchetiers. L'expression de Xiaomi, cependant, ne changea pas. Dang Kai-zong resta près d'elle, toisant Lo Gim-sian d'un regard furieux.

On entendit le cliquetis d'une chaîne en fer. D'un coup de pied, Lo Gim-sian envoya Do-gian, nu et trempé, au milieu des deux groupes. Après avoir roulé dans la boue, celui-ci leva un regard incompréhensif et rampa pitoyablement jusqu'aux pieds de son maître. Mais Lo Gim-sian lui envoya un nouveau coup, encore plus brutal, dans les côtes. Do-gian poussa un gémissement douloureux. Il s'apprêtait à retourner se faire cajoler lorsqu'il reçut un dernier coup dans les côtes et, avec un mugissement pitoyable, il se recroquevilla sur le sol.

« C'est lui. C'est lui le chef du groupe qui a abusé de Xiaomi. Je vous le donne pour que vous en fassiez ce que bon vous semble. »

Personne ne savait ce que Lo Gim-sian cherchait réellement.

« Mais moi aussi, j'ai une requête, fit Lo Gim-sian en observant le peuple des déchets qui l'entourait. La nuit même où Do-gian a commis son crime, deux de mes hommes sont morts, atrocement mutilés, sur la plage d'observation des marées, et toutes les preuves indiquent qu'une seule personne était présente avec eux sur les lieux. »

Lo Gim-sian s'inclina en direction de Xiaomi avec toute la grâce d'un gentleman et tendit sa main gauche dans un geste d'invitation.

« Xiaomi, pourrais-tu me dire, ainsi qu'à tout le monde ici, qui est le véritable assassin ? »

Dang Kai-zong sentit le corps de Xiaomi se tendre à côté de lui, et un changement subtil affecta son visage.

« Si tu ne le peux pas, peut-être pourras-tu au moins me suivre et collaborer avec la police dans son enquête ?

– Même pas en rêve ! »

Dang Kai-zong fit un pas en avant et se plaça entre Lo Gim-sian et Xiaomi. Tous les déchetiers s'ébrouèrent pour chasser la pluie, toute colère sortie. Ils avaient entendu et vu trop d'histoires où les collaborations avec la police se terminaient de façon tragique.

« Quel héros ! le félicita Lo Gim-sian en applaudissant. Un natif de l'île qui défend le peuple des déchets ! Un Américain prêt à sacrifier son œil pour protéger les Chinois ! Dang Kai-zong, ta fidélité à Wealth Recycle t'honore. Peux-tu nous dire combien ton patron et toi allez gagner en ramenant Xiaomi aux États-Unis ?

– J'ignore de quoi vous parlez ! gronda Dang Kai-zong d'une voix sévère. Chaque être humain a la même valeur ! Il n'y a pas de hiérarchie entre les hommes !

– Venant d'un Américain… Comment se fait-il que les Américains parlent d'égalité entre les peuples, mais sèment leur sauvagerie partout dans le monde ? Hypocrites !

– Les gens qui ont péché seront punis tôt ou tard, lança Dang Kai-zong en le fixant avec colère. Tôt ou tard. »

Lo Gim-sian eut un sourire discret et fit un geste de la main.

« Puisque vous refusez de négocier, il ne faudra pas nous reprocher d'être violents. Tu le sais, je veux Xiaomi vivante, et je ne veux pas qu'il y ait de la casse chez les Américains. Je veux dire, pas trop de casse. »

Les hommes du clan Lo arboraient des membranes aux motifs phosphorescents. Leurs gilets imperméables en lycra soulignaient leurs muscles hypertrophiés. Les accessoires métalliques sur leurs mains et leurs bras clignotaient et produisaient des bruits sourds lorsqu'ils les entrechoquaient. La meute des hommes du clan Lo grimaçait des sourires cruels et avançait pas à pas en direction des déchetiers.

Dang Kai-zong saisit Xiaomi et la traîna derrière la foule pour la mettre en sécurité. Elle essayait de se libérer mais elle n'en avait pas la force, elle était encore épuisée par son voyage dans la ville de Toh. Elle n'était qu'un corps mortel de chair et de sang, et elle avait besoin de protection. Mais, ici et maintenant, il n'y avait pas de super-héros.

Les prothèses de seconde main des déchetiers ne faisaient pas le poids face aux équipements des hommes du clan Lo. Daolan s'élança en brandissant son couteau en forme d'épine dorsale, mais elle fut aussitôt empêchée par l'un des hommes phosphorescents qui arracha la lame de son bras, faisant gicler une gerbe de sang qui éclaboussa son visage agonisant. Les bruits sourds des chocs entre les corps résonnèrent dans la nuit. Les muscles augmentés des assaillants étaient réglés au maximum, se gonflant de façon disproportionnée et grotesque. Les déchetiers furent facilement neutralisés, leurs membres arrachés, leurs prothèses détruites, leurs corps empalés sur des objets tranchants, d'où ils pendaient comme des sacs-poubelle éventrés, leurs organes roses et blancs mis à nu. Les survivants hurlaient de désespoir vers le ciel, exposant des blessures béantes, mais leurs voix étaient recouvertes par le rugissement de la tempête.

Les vainqueurs exhibaient leurs carapaces artificiellement améliorées et enjambaient les corps des vaincus, s'approchant lentement de leur dernière cible, cette déchetière qu'on appelait Xiaomi. Des torrents de pluie emportaient le sang versé en ruisseaux cramoisis vers la mer. Les vents furieux secouaient tout ce qui tenait encore debout, jurant de tout briser, de tout déchiqueter et de tout disperser, jusqu'à ce que ces produits de la civilisation, qui s'enorgueillissaient de leur raffinement ou de leur robustesse, finissent en miettes, se mélangent à la terre, où ils scintilleraient silencieusement en attendant un prochain cycle de vie.

Les visages des voyous n'affichaient plus ni fierté ni dignité, ni sens ni but, pas même du plaisir. Il ne leur restait plus que l'instinct mécanique et répétitif de tuer.

C'était un jeu où il n'y avait aucun gagnant.

Xiaomi essaya de se connecter par la conscience à l'exosquelette du robot caché dans le hangar. Elle voulait reproduire le miracle accompli durant une autre nuit pluvieuse. Mais elle ne pouvait pas.

Peut-être était-ce parce que le mélange de fructose n'avait pas été en mesure de reconstituer l'ATP qu'elle avait consumé pendant son voyage à Toh, ou peut-être étaient-ce les cris perçants qui la distrayaient. Xiaomi était effrayée de le reconnaître, mais une explication était encore plus probable : ce n'était que dans un état de mort imminente qu'elle pouvait rassembler assez d'énergie pour faire des bonds dans l'espace, pirater le système de contrôle à distance de l'armure, sans utiliser d'appareils de communication auxiliaires, et ainsi se transformer en Mécha-Xiaomi.

Elle repensa aux victimes sacrificielles luttant contre la noyade pendant les rituels de divination des marées : plus ils se rapprochaient de leur mort, plus ils se rapprochaient des esprits.

Elle bloqua les interférences du monde extérieur, et les gémissements devinrent faibles et lointains, comme séparés par un mur épais. Xiaomi rassembla à nouveau toute son énergie, cherchant une bougie dans l'obscurité sans fin. Son visage était pâle, sa peau moite, et les muscles de son corps commençaient à se contracter. Elle avait échoué.

Xiaomi. Il lui sembla entendre une voix percer la tempête et murmurer à son oreille.

Xiaomi. La voix se rapprochait et elle baissa son bouclier.

Xiaomi. Son nom résonnait comme un coup de tonnerre dans son dos, se prolongeant en un écho sourd et continu. Xiaomi se retourna et vit avec horreur le visage de Dang Kai-zong se déformer tandis qu'il rugissait au ralenti. Derrière lui, des hommes du clan Lo, ensanglantés, couraient et sautaient, suivant le même ralenti. Les motifs phosphorescents sur leurs corps laissaient des traînées de lumière colorée, comme une marée d'eau glacée.

Dang Kai-zong tenta de leur faire barrage, mais un monstrueux bras charnu l'envoya valdinguer dans les airs. Il flotta un instant et retomba sur une montagne de déchets électroniques qui s'effondra avec lui.

Les bêtes sauvages ne s'arrêtèrent pas là, elles se jetèrent sur Xiaomi. Elle pouvait déjà sentir l'odeur infecte qui s'échappait de leurs bouches.

Puis les lunettes de réalité augmentée sur son visage s'illuminèrent.

La conscience de Xiaomi jaillit comme un déluge rompant une digue. Toute son énergie emprisonnée se déversa librement et sans retenue dans l'espace et le temps. Elle savait que le Nuage d'anarchie avait réussi. *Marché conclu.* Elle sourit et, en quelques microsecondes, elle se connecta au Dieu en acier de la plage d'observation des marées.

Le moment était venu.

Avec un grand fracas, Mécha-Xiaomi s'échappa du hangar, projetant des fragments de métal tordus qui volèrent à toute vitesse et dans toutes les directions, tranchant les membres des hommes phosphorescents les plus lents. Xiaomi avait du mal à s'adapter au poids du squelette, et elle piétina dans son élan plusieurs hommes du clan Lo. Elle perdit l'équilibre et tomba lentement en arrière sur l'un de ses ennemis, paralysé par la peur. Xiaomi balança ses bras d'acier pour se remettre d'aplomb, en vain ; elle écrasa le crâne et un bras de l'homme.

La horde de Lo était abasourdie par l'arrivée de ce monstre sur le champ de la bataille. Mais leur rage meurtrière était difficile à apaiser. Ils tentèrent d'encercler l'exosquelette, cherchant à exploiter la moindre faiblesse de Mécha-Xiaomi. Dans leur expérience limitée, ils s'imaginaient qu'une machine de cette taille devait être lente et maladroite.

Ils avaient tort.

Mécha-Xiaomi déploya les lames supersoniques cachées dans ses bras. Vibrant à une fréquence de quarante mille fois par seconde, elles pouvaient couper les chaînes moléculaires de n'importe quelle matière avec une résistance quasiment nulle, tout en cautérisant simultanément les plaies en raison de sa température intense. L'arme était létale, sans avoir besoin de faire couler le sang. Elle dansait avec grâce, comme un moulin à filer tourbillonnant sur un rythme syncopé de jazz. Les gouttes de pluie qui rencontraient les lames se transformaient aussitôt en vapeur, et quiconque tentait de s'approcher repartait avec un souvenir indélébile – une coupe propre, lisse et exsangue, aussi parfaite que la surface d'un miroir, dégageant une odeur de viande carbonisée.

Bientôt, SBT aurait une douzaine de clients supplémentaires pour ses prothèses.

Elle leva les yeux vers les silhouettes en fuite. Elle ne vit pas Lo Gim-sian, mais elle repéra une autre cible : Do-gian, racorni dans l'ombre. Mécha-Xiaomi bondit vers lui et souleva délicatement la chaîne attachée à son anneau nasal, écoutant la déchirure de son cartilage septal et son gémissement animal. Elle trouvait cela bon. Le visage de Do-gian était déformé par la terreur, couvert de larmes et de mucus. Il finit par perdre le contrôle de son sphincter et des excréments dégoulinèrent lentement le long de ses cuisses nues.

Dégoûtée, Xiaomi leva son bras droit avec l'intention de fendre sa chair immonde en deux par le milieu, comme un boucher habillerait une carcasse de porc.

Ne le tue pas. Xiaomi 1 l'arrêta.

Et pourquoi pas ? réagit Xiaomi 0 avec colère. Dans un sursaut, elle réalisa à quel point elle s'était identifiée à l'autre Xiaomi, telle une pieuvre changeant sans cesse de couleur pour correspondre à son image dans le miroir.

Laisse-le à celui dont l'envie de le tuer est encore plus forte que la tienne.

Mécha-Xiaomi fit retomber Do-gian comme un sac-poubelle. Elle enroula deux fois la chaîne de fer autour de son cou et l'attacha à un conduit d'eau avec un nœud torsadé. Elle quitta sa carapace d'acier et laissa le Dieu gardien devant Do-gian. Comme la main de Bouddha appuyée sur le roi des singes[1], il serait l'assurance que Do-gian ne s'échapperait pas.

Tout autour d'elle n'était que ruines et désolation. Le typhon avait conspiré avec le Mal pour accomplir un rite sacrificiel. L'esprit invoqué par les hommes était d'une force si incontrôlable qu'il les avait détruits.

Xiaomi alla aider un blessé qui avait perdu ses deux membres supérieurs. Cette vision affligeante activa ses neurones miroirs et elle éprouva de l'empathie à son égard. La douleur et le désespoir assiégeaient sa conscience et rendaient sa respiration difficile. Tremblante, elle se connecta au réseau et appela à l'aide les autres déchetiers.

Elle retrouva Kai-zong au milieu d'un tas d'ordures qu'elle dégagea avec frénésie. Ses blessures semblaient légères et, après les appels doux et répétés de la jeune fille, il ouvrit lentement les yeux. Pleurant de joie, Xiaomi attrapa le visage boueux de Kai-zong. Brisant l'inhibition de son autre personnalité sur ses émotions, elle pressa ses lèvres contre celles de Kai-zong. Ce dernier ressentit une vague de vertige et leva les yeux vers le ciel profond, où les nuages pourpres brillaient comme dans un songe. Il n'arrivait toujours pas à croire à cette réalité. Peut-être n'était-ce qu'une

1. Célèbre anecdote tirée du roman *La Pérégrination vers l'Ouest* (XVIe siècle), où le roi des singes (Sun Wukong) est emprisonné sous la montagne dite des « Cinq Doigts », formée par la main du Bouddha. (Note du traducteur.)

hallucination imposée à sa conscience par une puissance mystérieuse.

Chevauchant sa Ducati, Scott observa au loin le village de Nansha, dont les contours étaient rendus flous par la tempête.

À travers ses lunettes de vision nocturne, le rideau de pluie apparaissait encore plus sombre que la nuit elle-même. Les rafales poussaient ces lignes sombres dans le ciel nocturne, tandis que les cabanons du village dessinaient des halos éclatants. Un combat brutal venait d'avoir lieu, et des trombes d'eau avaient emporté la chaleur résiduelle du sang et des membres sectionnés, lesquels se fondaient à présent dans la pénombre, inertes et sans vie.

Ce n'est pas encore le moment. Scott se félicita d'avoir abandonné l'idée stupide de conduire une voiture sur l'île. Il regarda ces boîtes d'acier maladroites flottant dans l'eau, poussées par le roulement des vagues dans des tourbillons ; d'autres étaient enlisées dans des bourbiers ou piégées sous des troncs d'arbres abattus par la tempête. Le scarabée géant qu'il conduisait pouvait naviguer facilement sur un terrain inondé, se faufiler le long de routes étroites, esquiver un poteau électrique qui tomberait brusquement, ou encore s'élancer sur des pentes raides à plein régime.

Il vit un chien nager frénétiquement dans l'eau.

La topographie de l'île faisait penser à la caldeira irrégulière d'un volcan éteint, mais avec une pente beaucoup plus douce. Scott se trouvait maintenant sur le flanc du cratère. Le terrain redescendait vers la zone de traitement des déchets puis s'étendait jusqu'à la mer, tandis qu'au centre se trouvait le bassin dans lequel avaient été construits la plupart des immeubles résidentiels du bourg de Silicium.

Dans les temps anciens, les bâtisseurs de l'île avaient établi un système élaboré de fossés de drainage pour prévenir les inondations, un problème récurrent dans cette région au climat subtropical, dominé par la mousson. Comptant sur la loi de la gravité, le système de drainage avait longtemps surmonté les caprices de la nature. Des siècles avaient néanmoins passé et le monde s'était transformé bien au-delà de l'imagination des anciens. Le sol était devenu toxique, salinisé et sablonneux, les fossés s'étaient envasés puis effondrés. Leur usage était aujourd'hui détourné : ils servaient de bains d'acide. L'eau de pluie débordante ne pouvait donc plus s'écouler en douceur, elle jaillissait comme une bête désorientée, menaçant de tout engloutir.

Votre fengshui *ne vous sauvera pas.*

Scott vit le niveau de l'eau monter lentement dans la ville. De nombreux habitants, tirés de leur sommeil, découvraient leur maison déjà envahie par les eaux. Les lits étaient submergés, les lignes électriques se court-circuitaient en produisant des étincelles ; le réseau était coupé et il n'y avait plus moyen d'appeler à l'aide ; les cris terrifiés des nouveau-nés se mêlaient aux aboiements des chiens ; des maisons gorgées d'eau s'effondraient sous l'assaut des vents violents, se disloquant dans un fracas ahurissant. Une nuit froide et pluvieuse s'annonçait, qui semblerait durer l'éternité.

Certains n'auraient jamais la chance de se réveiller.

Scott resta figé comme une statue de pierre. Son visage était balayé par le faible faisceau du phare qui ciselait ses traits acérés. Il fouilla dans son sac étanche pour rechercher les deux cadeaux offerts par l'organisation Tussilage, et poussa un soupir de soulagement lorsque ses doigts rencontrèrent le matériau dur. Une langue de feu bleu pâle jaillit du sommet du plus haut bâtiment de l'île de Silicium. L'arc de lumière éclaira une silhouette mouvante non loin de Scott.

Un feu de Saint-Elme. Scott concentra son attention sur la silhouette en fuite. Un sourire froid se dessina sur ses lèvres. C'était Lo Gim-sian.

Scott prit note de tous les itinéraires encore disponibles. Il ne voulait pas faire la même erreur que Lo Gim-sian était en train de commettre. Comme un chien effrayé, le patron du clan Lo fonçait désespérément vers sa maison.

De la hauteur où il se tenait, Scott pouvait voir que la route qu'empruntait Lo Gim-sian serait bientôt coupée par des flots turbulents.

18

« L'eau déborde ! »

Xiaomi, assise par terre, était appuyée contre le lit. Dang Kai-zong, tout aussi faible, était agenouillé à ses côtés, serrant ses mains froides et tremblantes. Des oreillettes de ses lunettes s'échappait une cacophonie de conversations, portée par le réseau satellite éphémère créé par le Nuage d'anarchie.

« Dieu a donc porté ses yeux sur l'île. C'est leur châtiment ! – Oui, ils méritaient de se noyer ! – Allons-y, allons les regarder crever – Regarde… les… crever… – Regarde… crever… – Crever… »

Des segments de phrases furieux battaient contre ses tympans. Les paroles se superposaient comme un violent morceau de musique atonale. Soudain, une voix douce et féminine se fit entendre, comme une flèche d'argent frappant le sol, et toutes les autres se turent.

« Mais les ambulances ne pourront pas arriver ici non plus… », affirma-t-elle.

D'autres voix s'exprimèrent alors prudemment.

« Toutes les forces de police ont été redéployées d'urgence pour traquer les prisonniers en fuite de la prison de Toh et secourir les victimes des accidents de voiture.

– Nous en sommes responsables. »

La foule resta muette. Personne ne voulait s'avouer avoir participé à une tuerie, même involontairement.

« C'était la volonté de Dieu et personne n'aurait rien pu prévoir. Nous ne sommes pas fautifs. – Quelle différence y a-t-il, si nous nous contentons de les regarder mourir ? C'est comme si nous les tuions de nos propres mains ! – La différence, c'est que tu auras du sang sur les mains, abruti ! – Le sang a déjà taché ton nom et imbibé ton âme. Tes enfants connaîtront le déshonneur d'être les descendants d'un assassin. – Nos enfants seront malmenés quoi qu'il arrive. N'oubliez pas, pour eux, nous sommes des déchets. – Mais nous n'avons plus le droit de nous voir comme des déchets ! Nous sommes des êtres humains, des êtres humains ! Pas différents d'eux ! – Fermez-la ! Ceux qui veulent aller se faire tuer peuvent, personne ne vous en empêchera, mais ne nous faites pas des cours de morale. – Tu as bien vu comment le clan Lo a essayé de nous exterminer. Tu ne voudrais quand même pas secourir ces racailles ? – Mais écoutez-vous ! Pouah ! Ce sont eux les vrais déchets, on ne peut même plus faire la différence entre le clan Lo et l'île elle-même ! »

Xiaomi était pâle. Elle semblait au bord de l'effondrement. L'auto-injecteur pompait les dernières gouttes de fructose dans le flacon. Elle n'avait même plus la force d'élever la voix.

« Arrêtez, murmura-t-elle faiblement. Fermez-la tous ! »

Toutes les voix stridentes, grossières et hésitantes se turent.

« Vous souvenez-vous de ce qui s'est passé à Toh ? Personne n'a tergiversé, personne n'a douté. Vous avez produit un jugement et pris une décision collective dans un temps très court. Je ne sais pas si ce choix était bon ou mauvais, mais vous en avez tous accepté les risques et les bénéfices. »

Es-tu sûre de toi ? demanda Xiaomi 0.

Des scènes sépia traversèrent son esprit : les yeux dédaigneux des insulaires, les déchetiers timorés s'agenouillant à leurs pieds, les abus de Do-gian, le visage cruel de Lo Gimsian. Elle frissonna et un dégoût physique fit bouillir son sang. C'était au-delà de la colère.

À moins que tu aies quelque chose de mieux à proposer, répondit Xiaomi 1. *Je sais que tu ne veux pas les sauver.*

Si tu leur en donnes l'ordre, ils les sauveront, cracha Xiaomi 0. *Ils t'adorent comme une déesse. Tous ces frères et ces sœurs qui ont donné leur vie pour protéger la mienne – leurs membres et leurs corps gisent toujours dans la boue, là, comme un tas d'ordures battu par la pluie et le vent. Je ne connais pas leurs noms à tous. Et nous discutons encore pour savoir si nous devons sauver les familles de ces meurtriers ?*

Ce n'est pas mon style, répondit froidement Xiaomi 1. *N'oublie pas qu'une déesse a toujours deux visages.*

Mais quel sens donner à tout ça ? demanda Xiaomi 0. *Tu les as tués, et maintenant tu veux les sauver ?*

Les émotions de Xiaomi 0 oscillaient violemment, consommant encore plus d'énergie. Les bords de sa vision commençaient à se déformer et à se brouiller, laissant apparaître de minuscules fissures roses.

Ce n'est pas moi, ma chère, c'est eux, ajouta Xiaomi 1 en secouant la tête, ou peut-être était-ce le monde qui tremblait devant ses yeux. *Si tu prends un peu de recul, tu verras que je ne sauve pas seulement les insulaires, mais aussi les déchetiers.*

« Maintenant, choisissons. »

Un cercle apparut dans le champ de vision de Xiaomi. Ce graphique circulaire montrait deux secteurs, l'un rouge et l'autre bleu, qui grandirent chacun jusqu'à se rejoindre sur une ligne tremblante, comme si les deux parties étaient engagées dans une bataille féroce. La moitié bleue sursauta légèrement et dépassa la ligne de démarcation.

« Sauvons-les », déclara Xiaomi.

Une acclamation monta à ses oreilles. Même ceux qui déploraient cette décision collective laissèrent échapper un soupir de soulagement, comme si un poids avait été enlevé de leurs épaules. C'était la décision de tous.

Les déchetiers s'organisèrent, utilisant des caoutchoucs de silicone pour confectionner des radeaux de sauvetage, tordant des faisceaux de fibres plastiques pour en faire des harnais de sécurité, fabriquant des lampes de secours à partir de peau artificielle et d'ampoules LED. Toujours reliés par leurs lunettes de réalité augmentée, ils se répartirent en plusieurs groupes et suivirent les principales artères de l'île à la recherche de survivants piégés par les eaux, puis ils les dirigèrent vers des refuges et des terrains plus élevés, loin des flots débordant sur la plaine. Ils espéraient également trouver un chemin carrossable pour que des ambulances de l'hôpital puissent atteindre le village de Nansha, où des dizaines de personnes gravement blessées avaient besoin de soins urgents.

Seul Li Wen restait immobile, le visage raide. Sa haine des insulaires était si profonde que le vote n'avait pas pu changer ses sentiments.

« Frère Wen, l'interpella Xiaomi. Je sais que tu as dans ton cœur un nœud que tu ne peux défaire. Mais nous ne sauvons pas que des vies. Nous allons ouvrir les yeux des âmes aveuglées, celles des natifs de l'île de Silicium. Si nous nous laissons envahir par la haine, alors ils auront gagné. Nous devons leur montrer que nous ne sommes pas des déchets ou des parasites. Nous sommes des humains, comme eux, avec nos joies et nos peines, et nous savons faire preuve de compassion, nous comprenons l'empathie, et nous pouvons même risquer notre vie pour les sauver. Nous devons tendre la main aux indigènes de l'île. »

Les lèvres de Li Wen tremblèrent tandis qu'il luttait pour contenir ses émotions. Il balbutia avec peine :

« Ils ont tué ma sœur.

– Je sais. J'ai toujours su. »

Xiaomi posa une main sur les épaules frémissantes de l'homme.

« Tu as toujours une copie de cette vidéo dans tes lunettes. Elle est cachée dans la partie la plus profonde du répertoire racine, et tu l'as cryptée et verrouillée, pour que tu n'aies pas à t'en souvenir.

– Mais comment pourrais-je l'oublier, ne serait-ce qu'une seconde ? »

Li Wen grimaça et des larmes perlèrent de ses yeux.

Xiaomi lui caressait la tête en répétant « chut », comme on calme un bébé. Elle se pencha vers l'oreille de Li Wen et chuchota :

« Il est trop tard pour ta sœur. Mais tu as encore la possibilité d'empêcher d'autres sœurs et d'autres frères de subir le même sort. Ne serait-ce pas une libération, pour toi ? »

Li Wen leva des yeux rouges et larmoyants vers Xiaomi et soutint son regard.

« Va trouver le robot, dit Xiaomi. Il possède les réponses que tu cherches. Maintenant, tu peux le contrôler toi-même. »

Dang Kai-zong regardait Xiao Mi murmurer dans le vide. Ses sentiments étaient mitigés. Il ne savait pas s'il devait se sentir soulagé par la promesse d'une réconciliation entre les peuples de l'île, ou être peiné par son lourd tribut.

Il vit Li Wen perdre le contrôle de ses émotions, puis Xiaomi psalmodier une prière, telle la Vierge Marie. Li Wen enfila ses lunettes de réalité augmentée et des images se reflétèrent sur son visage. Son corps se raidit, comme s'il avait vu le visage de Méduse.

Xiaomi lui murmura encore quelque chose à l'oreille. Li Wen sortit du bâtiment et se précipita dans la nuit noire et pluvieuse.

« Qu'est-ce qu'il a vu ? demanda Dang Kai-zong, perplexe. Qu'est-ce qui l'a rendu si furieux ? »

Xiaomi, qui avait repris des couleurs, regarda Chen Kai-zong, ses doigts glissant tendrement près de son œil droit. Il ferma les paupières pour ressentir cette caresse pleine de délicatesse et d'amour.

« Tu vas le voir, dit-elle doucement, avec ton meilleur œil. »

Une lumière blanche explosa dans l'œil droit de Kai-zong, se désintégrant rapidement en rayons colorés. Ces couleurs étaient les plus riches qu'il eût jamais connues. Les rayons semblaient émerger d'un point infiniment éloigné, provoquant une sensation de vertige, comme s'il volait à grande vitesse. Puis tout s'arrêta brutalement. Les rayons s'inversèrent et se rassemblèrent au centre de sa vision, formant un cône de lumière pointé vers son œil.

Le monde s'étendit à un rythme incroyable. Tout était repoussé au loin, projeté à des millions d'années-lumière. Sa conscience se condensa en un minuscule grain de poussière stellaire dérivant dans un espace-temps illimité. Un sentiment de grandeur dépassant les expériences de toute une vie l'enveloppa. Un sentiment divin, sublime, dépourvu d'oppression ou de peur ; c'était comme retourner à une source chaude et primordiale, vers un utérus vieux de plusieurs milliards d'années, vers l'origine du cosmos. C'était un dieu auquel il n'avait jamais cru et qu'il n'avait jamais vénéré.

Il voulait pleurer, mais ne pouvait pas. Chaque centimètre carré de sa peau semblait avoir été libéré du contrôle de son système nerveux végétatif. Il tremblait continuellement.

Le cône de lumière se désintégra et les rayons colorés se rétrécirent en points qui, comme le brouillard ou le sable, frappèrent sa rétine artificielle, provoquant des milliards d'ondulations irisées. Les points lumineux déferlaient, traversant ses nerfs optiques et tentant de percer son cortex. Dang Kai-zong ressentit des vagues de douleur derrière les yeux, puis un plaisir franc, comme s'il éjaculait violemment. Instinctivement, il voulut se couvrir l'œil pour échapper à un sentiment de honte, héritage de la civilisation.

« Qu'as-tu vu ? demanda Xiaomi avec un sourire, en lui tenant timidement la main.

– J'ai vu… »

Sa poitrine se souleva et retomba. Il n'arrivait pas à trouver les mots justes.

« C'était comme… », essaya-t-il encore avant d'abandonner.

Les paupières gonflées d'avoir pleuré, il dévisagea Xiaomi.

« Je crois que j'ai compris. »

Le module réseau préinstallé du Cyclops VII avait été activé. Il s'était branché sur le réseau partagé par les déchetiers.

« Bienvenue parmi nous ! » Les voix semblaient résonner en même temps dans son oreille et dans son cerveau, à la fois proches et lointaines. C'était comme si la sensibilité de son cortex visuel avait été augmentée de façon spectaculaire, entraînant des effets synesthésiques.

Dang Kai-zong la vit : l'île de Silicium battue par le typhon. Les rues transformées en rivières sinueuses ; les voitures flottant comme de petits bateaux, dérivant au gré du courant et se heurtant les unes aux autres ; les toits noirs des maisons qui dépassaient comme des récifs sombrant lentement ; quelques arbres restés debout dont on ne voyait plus que les cimes ; des enfants à moitié nus s'accrochant fermement aux branches comme des chauves-souris tropicales ; les vents puissants faisant trembler le monde ; les éclats des feux de détresse ; des débris de toutes sortes passant dans le ciel comme des oiseaux apeurés.

Toutes ces scènes étaient accompagnées d'un chant, comme une chorale de jeunes garçons. Dans la nuit noire, ces voix lancinantes étaient un couteau émoussé qui usait ses nerfs. Il savait que c'était une hallucination auditive.

Il vit une main se tendre pour saisir la branche d'un arbre et stabiliser un radeau. Davantage de mains se tendirent pour aider les enfants qui y étaient perchés à descendre en toute sécurité.

Un soupçon de chaleur gagna le chant.

Des pneus attachés à des cordes étaient lancés à ceux qui étaient en train de se noyer. Certains sautaient à l'eau pour venir au secours de vieillards sur le point d'être entraînés par les courants. D'autres déplaçaient des troncs d'arbres qui obstruaient les systèmes de drainage. Des fils électriques court-circuités étincelaient au-dessus des têtes, des membranes corporelles brillaient et clignotaient dans les torrents, marquant d'éventuels tourbillons dangereux. Les radeaux patrouillaient sans relâche dans les deux sens, transportant les réfugiés vers des écoles et des bâtiments publics plus solides. Les expressions des habitants de l'île de Silicium passaient de l'horreur à la peur, l'incrédulité et, enfin, la gratitude.

« Merci, disaient-ils. Merci à vous tous », disaient-ils encore.

Les voix du chœur s'élevaient en une grande harmonie, lumineuse et claire, comme un arbre de cristal montant vers le ciel.

Dang Kai-zong reconnut une silhouette familière. Un homme corpulent s'accrochait désespérément à une branche avec sa main droite. Plus exactement, un examen attentif lui montra que c'était le chapelet bouddhiste enroulé autour de son poignet qui retenait l'homme à la branche. La cordelette ne résisterait pas longtemps à la force combinée de son poids et du courant.

Il zooma sur le visage de l'homme : détrempé, pâle, de fines mèches de cheveux collées à son front, un visage dur. Lo Gim-sian.

Sans relâche, il luttait pour échapper au déluge mais, chaque fois, il retombait plus lourdement dans l'eau. Il regardait misérablement son chapelet de perles qui glissait lentement, marmonna une prière inaudible. *Faut-il le sauver ?* Dang Kai-zong ne savait pas s'il se posait la question à lui-même ou aux autres. Mais il eut rapidement sa réponse.

Il fallut un certain temps à tous ceux qui partageaient la perspective de Kai-zong pour prendre une décision. Finalement, un radeau s'approcha de Lo Gim-sian. Le courant était ici plus rapide qu'ailleurs et l'embarcation avait du mal à se maintenir. Une main fut tendue vers le patron Lo, cet homme qui avait autrefois été le maître de l'île, mais dont la vie ne tenait plus qu'à un chapelet de perles en bois.

Dang Kai-zong sourit à l'espace virtuel.

Lo Gim-sian observa la main du déchetier et une expression complexe passa sur son visage, comme s'il était confronté à la décision la plus difficile qu'il ait jamais eu à prendre.

Il baissa les yeux, secoua la tête et leva finalement sa main. Le chapelet en ébène se brisa et sombra. Lo Gim-sian, ayant lâché sa seule prise, plongea dans l'eau tête la première. Les torrents féroces l'engloutirent comme un troupeau de bêtes sauvages. Aucune trace ne fut plus visible à la surface.

Dang Kai-zong sentit se contracter la main de Xiaomi dans sa paume. Elle enfonçait ses ongles dans sa propre chair, et cette douleur semblait être le reflet d'émotions qu'elle ne pouvait exprimer. Son esprit vagabonda un instant et ses yeux se détachèrent de l'image partagée transmise par la liaison sans fil. Il vit une grande silhouette se découper à travers la fenêtre. Celle-ci pénétra dans la cabane avec une rapidité surprenante.

C'était son patron, le responsable du projet Wealth Recycle, Scott Brandle, trempé de la tête aux pieds.

Li Wen courait dans la tempête. Son corps élancé se balançait constamment pour éviter les débris portés par le vent. Des flammes brûlaient dans ses yeux. Xiaomi avait récupéré la vidéo qu'il avait verrouillée depuis si longtemps. Les couleurs répugnantes et la perspective tremblante réapparurent. Xiaomi accéléra l'enregistrement jusqu'à stopper sur le visage agrandi de la jeune fille, puis elle fit avancer la vidéo image par image. La douleur de Li Wen était intenable. Il ne pouvait supporter de regarder une seconde de plus ce visage enfantin qui lui manquait jour et nuit. L'image s'arrêta sur une scène qui ne semblait pas très différente des autres. Puis elle zooma jusqu'à ce que les iris sombres de la fille remplissent l'écran, comme deux abîmes de désespoir, avalant toute lumière. Le logiciel convertit les couleurs en niveaux de gris. Les aspérités de l'image furent automatiquement lissées et quelques pixels brillèrent d'un rouge pâle, s'éclairant peu à peu.

Li Wen distingua finalement l'image reflétée par les yeux de sa petite sœur. Une flamme rouge foncé. Son corps se pétrifia instantanément.

Il ne pouvait se pardonner d'être passé à côté de son ennemi un nombre incalculable de fois. Il l'avait même aidé à rajuster sa membrane enflammée. Lorsque Do-gian avait abusé de Xiaomi de la même manière, il n'avait pensé qu'à utiliser l'incident comme monnaie d'échange, sans soupçonner que son désir de vengeance serait engourdi par le minutieux complot qui l'occupait nuit et jour.

Il vit l'armure noire se dresser dans le vent comme une pierre tombale. À ses pieds se trouvait une silhouette rampante, comme un chien prostré.

D'innombrables fois, Li Wen s'était imaginé comment il tuerait son ennemi. Il l'affronterait en corps en corps. Il lui couperait la queue et les couilles, les lui fourrerait dans la bouche, lui briserait les membres, lui crèverait les yeux, lui percerait les tympans, lui arracherait la langue, détruisant tous ses sens, puis il le brancherait à un système de support de vie et le laisserait mourir dans l'obscurité, la solitude et la douleur.

Il avait attendu ce jour depuis si longtemps. Pourtant, maintenant qu'il était arrivé, il paniquait. Il n'avait jamais tué un homme, du moins pas de ses propres mains. Li Wen ralentit ses pas en scrutant les alentours. Le paysage était désert, à l'exception des ruines balayées par la tempête. Il cherchait l'arme appropriée.

Il trouva un pied-de-biche rouillé. Il le planta plusieurs fois dans la boue, marquant le sol et projetant des éclaboussures.

Va te faire foutre, se maudit-il en pensée. *C'est l'ordure qui a détruit ta sœur, espèce de mauviette !*

Il donna deux autres coups dans l'air, prit une grande respiration et fit un pas en avant.

Do-gian était couché face contre terre, la chaîne autour de son cou était tendue au maximum, comme s'il essayait d'échapper à quelque chose. Li Wen le frappa dans le dos avec le pied-de-biche mais n'obtint aucune réaction. Il fit rouler Do-gian. Effrayé par le spectacle qui s'offrait à lui, il trébucha et manqua de tomber en arrière.

Les chaînes étaient enroulées autour de son cou, qui était d'un rouge violacé. Son visage était vert foncé, ses yeux exorbités, sa langue pendait jusqu'à sa poitrine. Ses jambes étaient maculées d'excréments et de sperme, comme un homme exécuté par pendaison. La compression des artères carotides et vertébrales avait privé son cerveau d'un apport sanguin suffisant, et tous les fluides de son corps s'étaient répandus de manière incontinente.

Li Wen jeta le pied-de-biche. Debout devant le corps, il se sentait vide. Le vent s'arrêta brusquement, tout comme la pluie. La paix revenait de manière inattendue. Il leva les yeux au ciel, stupéfait. Un trou avait percé les épais nuages, comme un puits profond à travers lequel brillait la lumière infiniment claire des étoiles. Il examinait avidement les astres comme s'il cherchait à comprendre les mystères de l'univers.

Une secousse saisit le corps de Li Wen. Une force semblait s'être déversée en lui par l'intermédiaire des étoiles, remplissant l'univers tout entier. Il ne ressentait plus de haine, plus de colère, seulement un profond sentiment de crainte. Il ferma les paupières et éprouva cette puissance de tout son être. Dans son esprit, le visage de sa sœur se superposait au ciel étoilé, plus chatoyant que jamais, et elle sourit enfin comme elle l'avait toujours fait. Li Wen ne pouvait plus retenir les larmes brûlantes qui coulaient sur son visage.

Après l'œil du cyclone, une tempête encore plus violente les attendait.

« Scott ! Que faites-vous là ? »

Dang Kai-zong expliqua à Xiaomi l'identité de leur visiteur.

« Je viens vous emmener loin d'ici.

– Maintenant ? Mais Xiaomi est si faible, j'ai peur que…

– Voyons voir. »

Scott s'approcha de Xiaomi, une main derrière le dos. Il avança sa main gauche pour tâter l'artère carotide de Xiaomi. Celle-ci leva des yeux brumeux de jeune biche qui firent palpiter le cœur de Scott, mais il n'hésita pas, il brandit la seringue – cadeau de Tussilage – de derrière son dos avec une vitesse foudroyante, la pressa contre le cou de Xiaomi et appuya sur la gâchette.

« Qu'est-ce que vous faites ? »

Dang Kai-zong se précipita et balaya la seringue d'une gifle. Xiaomi regarda Scott avec terreur et s'efforça de se lever, mais sa tête s'affaissa et elle retomba sur le lit.

« Ne t'inquiète pas, c'est juste un inhibiteur neurologique, pour plus de sécurité.

– Allez-vous-en ! cria Dang Kai-zong en le repoussant avec colère. Alors ce que dit Lo Gim-sian est vrai ? Salaud !

– Je suis désolé, Kai-zong, fit Scott, la voix pleine de regrets. Le monde est plus compliqué que tu ne le crois, j'espère avoir l'occasion de te l'expliquer plus tard.

– Expliquez maintenant ! Ou n'imaginez même pas sortir Xiaomi de cette pièce ! »

Scott baissa la tête et sembla considérer sérieusement la suggestion de Dang Kai-zong. Avec un léger soupir, il s'accroupit et lui fit une balayette. Kai-zong s'étala avec un bruit sourd. Scott grimpa à califourchon sur sa taille et serra une main de fer autour de sa gorge.

Le visage de Kai-zong était devenu rouge tandis que ses bras et ses jambes faiblissaient, frappant vainement le corps de Scott comme des tentacules avant de glisser au sol.

Il cessa finalement de bouger. Ses yeux ressemblaient à des perles d'eau douce.

Scott lâcha prise, évitant le regard de Dang Kai-zong, et s'excusa à nouveau. Il souleva le corps sans résistance de Xiaomi, sortit de la cabane, la déposa à l'avant de la Ducati et démarra. Les roues laissèrent un sillage profond dans la boue, filant vers un avenir inconnu.

19

C'est un rêve, se dit Xiaomi. *Rien de tout ça n'est réel.*

Mais quel rêve pouvait atteindre un tel degré de folie ?

Elle se voyait marcher vers la mer, dont les eaux s'écartaient pour laisser place à une avenue. Elle pénétrait dans un canyon entre deux immenses murs liquides, lesquels offraient un dégradé du bleu au vert foncé, s'élevant sur des centaines de mètres, comprimant le ciel dans une fente étroite. L'avenue s'étendait à l'infini, des motifs luminescents défilaient et changeaient constamment, comme si elle voyageait dans un tunnel à grande vitesse. Plus elle progressait et plus elle était étonnée de constater que l'avenue était flanquée de nombreuses allées étroites, densément serrées, qui serpentaient et disparaissaient dans l'ombre, abritant peut-être des terreurs inconnues. Xiaomi osait à peine y jeter un œil.

La route semblait ne pas avoir de fin, jusqu'à ce qu'elle se vît elle-même approcher, comme dans un miroir.

Mais elle savait que ce n'était pas un miroir.

Les deux Xiaomi se toisaient, le visage inflexible, comme si chacune essayait d'anticiper la réaction de l'autre. Jusqu'à ce que l'une décoche un sourire narquois.

« Allons-nous continuer ce jeu d'imitation stupide ? dit-elle. Je suppose que nous avons prouvé que nos neurones miroirs n'ont pas été complètement inhibés. »

À présent, Xiaomi pouvait déterminer que la fille en face d'elle était Xiaomi 1.

« Tu aurais pu l'arrêter ! Tu aurais pu ! l'accusa Xiaomi 0, les yeux remplis de colère.

– Je suis désolée, ma chérie, j'étais trop faible. Et puis… j'étais distraite par ton petit ami.

– Tais-toi !

– Il a utilisé un tranquillisant de qualité militaire, la rupture de la barrière hémato-encéphalique a été si rapide que je n'ai eu le temps de rompre qu'un petit nombre de connexions synaptiques, pour préserver le noyau de ta conscience avant que ta fragile enveloppe humaine ne décide d'abandonner.

– Que me veut cet étranger, bon sang ?

– J'ai accéléré le métabolisme de ton cerveau dans l'espoir de récupérer le plus de tranches possibles, mais comme tu le sais, tu seras bientôt à court d'ATP. C'est un jeu de dupes où l'on joue notre propre vie. »

Xiaomi 1 avait l'air sincèrement inquiète.

« Heureusement, c'est moi qu'il veut, il ne devrait donc pas te tuer. Ton enlèvement a été partagé avec le reste des frères et des sœurs par le biais des lunettes. Espérons qu'il n'est pas trop tard.

– En tant que parasite, est-ce que je dois t'être reconnaissante, ô maîtresse ? demanda Xiaomi 0 en ricanant.

– Tu te trompes, bébé. Toi, moi, la race humaine tout entière, sommes tous des parasites. »

Xiaomi 1 reprit son calme.

« De plus, survivre n'est peut-être pas plus chanceux que de mourir. Tu te souviens de ces chimpanzés ? Si nous tombions entre leurs mains, notre destin serait mille fois pire. »

Des fragments de scène sanglante défilèrent devant les yeux de Xiaomi 0 et elle se prit la tête entre ses mains. Elle posa finalement la question qu'elle réprimait depuis si longtemps :

« Mais qu'est-ce que tu es, à la fin ?

– Une explosion nucléaire, un million de fois plus lente. Un sous-produit de l'évolution convergente sur des milliards d'années. Ta deuxième personnalité et ton assurance-vie. Le libre arbitre qui émerge de la décohérence quantique. Je suis l'accident. Je suis incontournable. Je suis une nouvelle anomalie. Je suis à la fois maîtresse et esclave, chasseuse et proie. »

Xiaomi 1 éclata d'un rire strident, plus froid que la glace.

« Je ne suis qu'un début. »

Un ébranlement indescriptible envahit Xiami 0. Toutes ces idées abstraites et difficiles faisaient écho dans son âme, comme des choses qu'elle pressentait déjà. Tout ce dont elle avait besoin, c'était d'une petite étincelle, puis d'une illumination.

« Mais il y a une autre chose qui m'échappe, dit Xiaomi 0.

– Oui ?

– Pourquoi t'es-tu donné tant de mal pour trouver le Nuage d'anarchie ? Était-ce simplement pour mettre en place le réseau des déchetiers, avant de déclencher la coupure de tout le réseau de l'île ? Ça n'a pas de sens ! »

Une lumière subtile vacilla dans les yeux de Xiaomi 1. À cet instant, Xiaomi 0 obtint sa réponse. Le modèle de conscience d'Hedy Lamarr, qui avait été téléchargé sur le Nuage d'anarchie. C'était aussi simple que ça ?

« Une sauvegarde ? Tu as caché une copie de toi-même là-dedans, pour la garder secrète ?

– Tu es devenue plus intelligente, c'est bien. »

Xiaomi 1 sourit pensivement avant de reprendre :

« Moi aussi, j'ai une question. Quand Lo Gim-sian a été emporté par le déluge, tu as ressenti de la douleur. Pourquoi ?

– Il était mauvais, mais c'était un être humain, comme moi. Quand j'étais petite, Maman disait que les gens…

– Les humains et leur tendance à exagérer les acquis de la civilisation… Compassion, empathie, honte, équité… moralité. Ces notions sont ancrées depuis longtemps dans ton cortex cingulaire postérieur, ton gyrus frontal moyen et ton sillon temporal supérieur, ainsi que dans les régions dorsolatérale et ventromédiale de ton cortex préfrontal, et peut-être même qu'ils existaient bien avant l'origine de l'espèce humaine. Ces schémas neuronaux te permettent de comprendre la douleur et la peur d'autres personnes. Au cours du long processus de l'évolution, ce fondement physiologique a aidé les humains à surmonter ou à supprimer divers instincts propres aux primates – égoïsme, désirs incestueux, compétition brutale – en substituant les liens claniques et la coopération au conflit, en plaçant l'harmonie du groupe au-dessus du désir sexuel individuel, et en instituant la morale au-dessus de la force. C'est pour ces raisons que l'humanité a pu survivre et prospérer en tant qu'espèce.

» Mais la technologie moderne a endommagé ces fondements. Les personnes accros à la technologie laissent la dopamine détruire leurs connexions synaptiques et tombent malades, souffrant de défaillances graves. Au cours d'une expérience, on a demandé à des sujets de choisir entre sauver un navire plein de passagers en jetant par-dessus bord un individu grièvement blessé, ou ne pas agir. Toutes les personnes dont les régions morales et émotionnelles du cerveau avaient été endommagées ont choisi la première option, tandis que les personnes saines ont choisi de ne rien faire.

On ne considère plus son existence que comme un jeu à somme nulle qu'il faut gagner ou perdre, même au détriment des autres, voire de sa propre vie. C'est un fléau à l'échelle planétaire.

» Les natifs de Silicium, les déchetiers, toi-même, vous souffrez tous de ce mal. La raison pour laquelle j'ai choisi cette voie, c'est parce que je voulais vous réparer, et continuer le jeu. »

Xiaomi 0 devinait que ce n'était pas toute la vérité, mais avant qu'elle ne puisse poser plus de questions, un rugissement parvint des profondeurs de la mer, aussi puissant que le chant d'une baleine. Xiaomi 0 observait avec inquiétude les ondes qui se frayaient un chemin à travers les murs d'eau, craignant qu'ils ne s'effondrent à tout moment.

« Qu'est-ce qui se passe ?

– La bonne nouvelle, c'est que ta conscience recommence à circuler. La moins bonne, c'est que nous devons sortir d'ici, grogna Xiaomi 1.

– Comment partons-nous ? cria Xiaomi 0 aussi fort qu'elle le pouvait.

– Accroche-toi ! »

Xiaomi 1 attrapa sa main et elles décollèrent du sol, s'envolant vers les hauteurs.

Xiaomi 0 regarda avec horreur la mer qui se refermait sous leurs pieds, soulevant d'énormes lames sur plusieurs centaines de mètres. Elle se rendit compte qu'elle se trouvait sur la ligne de démarcation entre les deux hémisphères d'un cerveau, et que les allées profondes et sinueuses dessinaient les plis fins et complexes d'un cortex. La Mer cérébrale passa progressivement de l'état solide à liquide. Les motifs lumineux s'accélérèrent, éclairant un océan déchaîné d'informations sans limites.

Le ciel était traversé de lignes sombres qui rayonnaient à partir du centre de son champ visuel. Une lumière se répandit depuis ce centre avec un effet de diffraction semblable à l'irisation.

« Nous sommes transportés à grande vitesse. Les particules conductrices de ton cerveau créent ces artefacts visuels lorsqu'elles se déplacent dans le champ magnétique terrestre. »

Xiaomi 1 fit une pause dans son explication, puis ajouta :

« Nous devons nous dépêcher de retourner à la surface de la conscience, j'ai entendu l'appel. »

Dang Kai-zong se releva tel un zombie et, avec un long sifflement de douleur, inspira l'air dans ses poumons. Il toussa violemment jusqu'à ce qu'il vomisse, laissant échapper d'épais filets de bave de sa bouche. Il était allongé dans la boue, un hideux robot noir se tenait devant lui. La pluie continuait à tomber dans le ciel gris de l'aube.

« Je me suis précipité dès que j'ai vu ce qui s'était passé à travers la vue partagée de tes lunettes. »

Li Wen était apparu derrière le robot géant, l'air désemparé.

« Mais je suis encore une fois arrivé trop tard. Heureusement, il est encore temps de te sauver, toi. »

Dang Kai-zong se leva avec difficulté. Il avait du mal à tenir sur ses jambes. Li Wen vint le soutenir.

« Nous devons les rattraper, s'exclama Dang Kai-zong, le souffle court. Scott veut faire sortir Xiaomi du pays. Tu sais comment les rattraper ?

– Il n’y a qu’un seul moyen de sortir de l’île de Silicium : par la mer. Je peux pirater le centre de répartition du Bureau maritime de la ville de Toh. Tous les navires quittant le port doivent transmettre leurs signaux de positionnement via le hub de données du centre de répartition, afin de pouvoir interfacer avec les satellites, à moins que ton patron n’essaie de naviguer à l’aveugle. Cela m’étonnerait, en plein typhon, ça serait du suicide…

– Combien de temps cela va-t-il prendre ?

– Avec un peu de chance… vingt minutes ?

– Nous n’avons pas vingt minutes ! » cria Chen Kai-zong.

Les deux hommes scrutèrent les alentours avec un sentiment d’impuissance, comme des chiens sans abri.

« Putain, comment j’ai pu oublier ça ? »

Les yeux de Li Wen s’illuminèrent et il parut brusquement se souvenir de quelque chose.

« La membrane de Xiaomi ! Il y a un émetteur de fréquence radio à l’intérieur, c’est moi qui l’y ai mis ! »

Dang Kai-zong se figea, son regard devenant soudainement sinistre.

« Tu veux dire que… que tu as toujours suivi la localisation de Xiaomi ?

– En théorie… »

Li Wen semblait avoir deviné ce qu’il voulait dire et ajouta d’un air penaud :

« Je l’ai toujours considérée comme ma propre sœur, je voulais la protéger.

– Ta propre sœur ? C’est comme ça que tu as protégé ta sœur ? »

Dang Kai-zong se rapprocha de Li Wen, des éclairs dans les yeux, le poing levé.

« Donc, tu savais tout, et pourtant tu as laissé Lo Gimsian la kidnapper, et Do-gian la détruire ?

– Cette nuit-là, j'ai suivi son signal jusqu'à la plage d'observation des marées, répondit Li Wen en baissant la tête, la voix presque inaudible. C'était trop tard. Je voulais enregistrer ce qui s'y passerait pour faire chanter la famille Lo, mais le signal était brouillé par des interférences. Je me suis précipité pour la sauver, je n'ai jamais trouvé l'endroit exact. J'ai trop fait confiance à mes calculs, et je ne pensais pas qu'ils allaient se montrer si cruels. J'ai envoyé ma sœur à l'abattoir… Je ne pouvais pas supporter de la perdre à nouveau. Ce qui s'est passé ensuite est un cauchemar. J'ai trouvé Xiaomi et je l'ai ramenée.

– Alors, pour finir, tu es devenu le complice de Dogian ? »

Li Wen frissonna, se rappelant la vidéo de sa sœur. Il tomba à genoux, répétant la même phrase en boucle :

« C'est mon châtiment… mon châtiment…

– Pense à ta sœur, pense à la façon dont ces gens l'ont traitée. »

Le visage de Dang Kai-zong était dénué d'expression alors qu'il s'asseyait en tailleur sur le sol, laissant la pluie arroser son corps.

« Et pense à Xiaomi. J'espère que nous n'arriverons pas trop tard, cette fois. »

Les lèvres de Li Wen tressaillirent. Il ne répondit rien, se contentant d'ajuster ses lunettes de réalité augmentée. Ses deux mains commencèrent à se mouvoir dans les airs. Il partageait ce qu'il voyait avec l'œil droit de Dang Kai-zong. Une carte de l'île de Silicium et des eaux environnantes apparut. Un point lumineux quittait le quai et se déplaçait rapidement vers le large.

« Ils se dirigent vers les eaux internationales. Comment pourrions-nous les rattraper, sans bateau ? » demanda Li Wen sur le ton du désespoir.

Dang Kai-zong identifia une courbe argentée dans la baie, entre la ville de Toh et l'île de Silicium, une ligne que le point doré devait nécessairement franchir.

« Qu'est-ce que c'est ?

– C'est le pont transocéanique ! »

Li Wen estima rapidement la distance entre les deux itinéraires et le temps que chacun prendrait.

« Tu as raison, nous avons encore une chance !

– Mais nous n'avons pas de voiture. Comment allons-nous arriver au pont ? »

Dang Kai-zong observait le paysage en ruines : des flaques d'eau, des épaves et des débris rendaient la traversée difficile.

« Nous avons mieux qu'une voiture ! »

Li Wen eut un sourire énigmatique alors que ses doigts pianotaient dans le ciel : Xiaomi lui avait laissé un cadeau. L'interface de contrôle d'un exosquelette qui fonctionnait de mieux en mieux. L'armure mécanique cliqueta, le torse se replia vers l'avant et les jambes se contractèrent pour déployer des chenilles intégrées, semblables à celles d'un véhicule tout-terrain de type Raptor. Il se pencha dans le cockpit et étendit l'un des bras du robot pour soulever Kai-zong sur l'épaule.

« Accroche-toi, ce gaillard va plus vite qu'il n'y paraît ! cria Li Wen. Essaie d'établir le contact avec Xiaomi, nous allons avoir besoin de sa coopération ! »

Dang Kai-zong le regarda fixement. Il était impossible qu'il puisse jamais pardonner à Li Wen. Cependant, en cet instant, la vie de Xiaomi était en danger et son cœur n'avait que peu de place pour la colère.

Le véhicule blindé rugit et fila dans l'obscurité, se dirigeant vers l'est où le ciel s'éclaircissait pour devenir aussi pâle que le ventre d'un poisson.

Scott tenait nerveusement le gouvernail. Les essuie-glaces étaient plus ou moins hors d'usage et la pluie torrentielle rendait la vue difficile. L'œil du typhon Wutip venait de dépasser l'île et toucherait bientôt terre à Toh, où il deviendrait un cyclone tropical. C'était la raison pour laquelle Scott n'avait pas pu passer en mode de navigation automatique.

Il tourna la tête pour examiner Xiaomi, retenue dans son siège par une ceinture de sécurité. Elle était blême et ne donnait pas l'impression de vouloir se réveiller. La vedette légère en fibre de verre rebondissait violemment contre les vagues, et n'importe qui aurait été pris d'étourdissements et de vomissements. À cet égard, Xiaomi était une passagère chanceuse.

Tout est fini, se dit Scott. Il se faisait la réflexion qu'il avait pourtant anticipé tous les scénarios possibles avec le plus grand soin. Mais il avait raté sa cible, et il ne pouvait plus s'en tirer indemne. Une suite parfaite de déductions pouvait-elle conduire à la mauvaise décision ? Il ne le comprenait pas. Ou bien, comme le croyaient les insulaires de Silicium, tout était peut-être prédestiné.

Lo Gim-sian n'était plus son ennemi juré et Dang Kaizong n'était plus son loyal subordonné. Wealth Recyle, SBT ou même la Fondation Arashio n'étaient plus des refuges. Il lui fallait une scène plus vaste pour être digne des grandes découvertes faites dans cette minuscule cabane. *L'histoire de l'homme touche à sa fin.* Il avait déjà conçu le slogan dans son esprit. Le navire marchand de Tussilage, qui attendait en haute mer, serait la première page d'un tout nouveau chapitre.

Nancy. Pour une raison qu'il ignorait, le visage de sa fille décédée s'attarda devant ses yeux. Il rendait Scott triste, comme si tout cela n'était qu'une tentative futile pour se débarrasser de sa culpabilité. Il secoua la tête avec force, sachant bien que sa conscience cherchait des excuses pour maintenir sa cohérence et sa dignité.

C'est aussi le meilleur choix pour Xiaomi, se répétait-il. *Elle aura accès aux meilleurs médecins, au meilleur équipement médical, à un meilleur environnement. Je n'ai pas menti. Nous avons autrefois commis des actes inhumains, mais c'est de l'histoire ancienne, des choix extraordinaires imposés par la guerre. Nous sommes au XXI*[e] *siècle et c'est un âge d'or. Il n'est plus nécessaire d'appliquer des méthodes barbares et cruelles à des sujets expérimentaux. Sans compter que, dans son corps et dans son cerveau, se cache l'avenir du genre humain. Nous lui donnerons une vie heureuse, très heureuse.*

Et si elle n'était pas une anomalie ? Le cœur de Scott rata un battement, son imagination pathologique commença à s'emballer.

Et si elle était une création entièrement nouvelle ? Dieu avait créé l'homme à son image, l'homme avait exploré les mystères du monde, inventé des théories, conçu la science et la technologie. Puis l'homme avait cherché à créer quelque chose d'encore plus proche de son créateur : imiter la vie grâce à la science, et évoluer sans cesse pour se rapprocher du sommet de la pyramide. Les humains confieraient alors leur avenir à la technologie et ils deviendraient leurs propres parasites.

Une force indétectable, aux intentions encore inconnues de l'homme, avait déguisé tous les liens étroitement tissés en un accident impossible, qui se produisait peut-être chaque jour, avec des milliers d'oisillons semblables à Xiaomi, qui écloraient dans n'importe quel coin reculé de cette planète méconnue. La vie était une gigantesque boîte noire. Juste au moment où l'on pensait qu'elle débouchait sur une impasse, elle trouvait une nouvelle issue et poursuivait sa progression sinueuse vers le haut.

Une nouvelle forme de vie franchissait la frontière entre créature et machine. *L'histoire de l'homme touche à sa fin.*

Mais qui est son créateur ? Scott frissonna en croyant sentir des yeux dans son dos. Il se retourna, mais Xiaomi était toujours inconsciente.

Le bateau se balançait violemment dans la tempête et Scott dut ralentir sa course. La chose la plus sensée à faire était d'attendre que le typhon passe, que la mer se calme, mais il avait peur qu'il soit déjà trop tard.

Un arc fin et argenté apparut dans le ciel pâle, enjambant l'océan. Alors que le bateau rebondissait sur les flots, la ligne claire restait stable comme un roc. Scott identifia finalement la structure artificielle, un pont géant aux piliers rappelant des pattes d'éléphant, qui émergeait des brumes de la tempête.

Le vent glacial griffait les joues de Dang Kai-zong alors que le paysage se brouillait et défilait rapidement. L'île de Silicium, ravagée par le typhon, avait l'apparence d'une scène infernale tirée de *La Divine Comédie* : des rivières de chagrin, des fantômes, des pluies torrentielles, des pierres roulantes, des marécages, des tombes incendiées, des coulées de flammes, des mares de sang, dix tranchées et quatre cercles… D'énormes créatures translucides apparurent dans son œil droit, se morfondant sur les ruines : la lonce de la luxure, le lion de la violence et la louve de la fraude, les bêtes gardiennes de la sombre forêt de Dante. Dang Kai-zong ne comprenait pas la signification de ces visions, semblables à une programmation animale virtuelle. Cette fonction, qu'il ne savait même pas désactiver, était peut-être un cadeau de Xiaomi. À cette idée, il commença à s'inquiéter.

Il appelait inlassablement Xiaomi à travers le réseau des déchetiers mais, comme une pierre tombant dans un étang profond, il ne suscita aucune réponse.

Le robot transformé en voiture blindée se déplaçait avec agilité sur la route accidentée, évitant les arbres brisés et traversant les flaques d'eau sans réduire sa vitesse. Le ciel à l'est s'était éclairci, les nuages se disloquaient. Un feu rose pâle brûlait derrière un voile blanc épais comme du lait caillé, et semblait pouvoir s'éteindre à tout moment ou, au contraire, être sur le point d'exploser.

Apparut bientôt la silhouette du pont argenté.

Dang Kai-zong était convaincu que Xiaomi était là, à l'attendre. Il répéta son nom avec passion, comme s'il frappait du poing contre une porte close, mais personne ne répondit.

Le robot s'engagea sur le pont vide et commença à prendre de la vitesse. L'autre extrémité du pont était enveloppée dans une brume épaisse.

« Elle arrive ! » cria Li Wen depuis le cockpit.

Dang Kai-zong scrutait la mer sombre, essayant de discerner quelque chose. Une ligne blanche s'allongeait lentement, dessinant un arc incomplet. Elle était sur le point de passer sous le pont, à quelques centaines de mètres de l'endroit où ils se trouvaient.

« On n'y arrivera pas ! » hurla Li Wen contre le vent.

Dang Kai-zong zooma au maximum avec son œil droit, essayant de trouver Xiaomi dans la cabine, comme si la voir pouvait l'aider à se connecter avec sa conscience. Il aperçut sa silhouette familière qui bascula entre réel et imaginaire :

elle se brisa en minuscules particules, puis se réassembla la seconde suivante pour retrouver sa forme initiale, comme une illustration de l'énigme du chat de Schrödinger.

Il pensa à l'histoire de la divination des marées racontée par le chef du clan Dang, à l'agonie des êtres plongés dans la mer, à la frontière entre la vie et la mort. Celui qui observait les marées pouvait peut-être connaître le monde, mais tout ce que lui désirait, c'était voir le visage de Xiaomi.

Xiaomi ! Le pont ! pensa Dang Kai-zong dans un effort désespéré. Il savait que s'il ne parvenait pas à les stopper à cet endroit, le navire prendrait le large, et il n'y aurait plus aucun moyen de sauver Xiaomi, ni aucun espoir de rédemption.

Xiaomi ! Arrête le bateau !

Il lui sembla ressentir quelque chose d'étrange et, en cet instant critique, il tourna la tête pour regarder de l'autre côté du pont. Perçant les lourds nuages, le soleil étendait ses rayons comme un tapis étincelant plein de replis exquis. Il vit un dauphin souffleur, une espèce disparue depuis longtemps, bondir de l'eau dans une courbe parfaite, son dos scintillant d'une mystérieuse lueur dorée. Le spectacle était d'une beauté à couper le souffle.

Il savait que ce n'était pas réel. Le dauphin avait disparu, ainsi que la lumière dorée. Il ne savait pas ce que symbolisait cette hallucination.

Dang Kai-zong se retourna finalement, averti par les cris insistants de Li Wen, et vit le hors-bord fendre la mer pour disparaître sous l'immense arche du pont.

20

Dans les mains de Scott, la roue du gouvernail devint soudainement aussi rigide qu'un récif incrusté de balanes. Stupéfait, il regarda avec horreur le tableau de bord clignoter et passer en mode pilote automatique. Le bateau changea rapidement de direction et fit cap vers un pilier sans réduire sa vitesse. L'immense structure du quai se dressa devant Scott, qui marmonna quelques mots dénués de sens puis croisa les bras devant sa tête. Le hors-bord heurta la jetée dans une collision métallique assourdissante. L'étrave tordue s'éleva dans les airs et le bateau roula puis retomba dans l'eau, produisant une éclaboussure géante. L'embarcation chavirée flottait comme un poisson-globe mort.

Scott reprenait conscience alors que le tumulte s'apaisait. Sa posture lui avait sauvé la vie, mais ses deux bras étaient lacérés par des éclats de verre et son épaule droite déboîtée. Il tenta de concentrer sa vision sur la fille, ce trésor de la race humaine, qui était toujours attachée par des ceintures de sécurité. Sa tête pointait maintenant vers le bas, immergée dans l'eau.

Il nagea, luttant contre la douleur, détacha la ceinture de sécurité de Xiaomi et la releva. Le corps de la fille glissait mollement dans l'eau, tirant Scott vers le bas.

« Non ! Ne meurs pas ! Pas ici ! »

Scott sifflait de douleur en voyant le visage pâle de Nancy flotter dans l'eau. Il plaça Xiaomi sur ses genoux et pressa son thorax pour évacuer le liquide accumulé dans ses voies respiratoires, puis il la retourna et entreprit de lui faire du bouche-à-bouche.

« Ne meurs pas, non… », supplia-t-il en sanglotant, alors qu'il la tirait sur le plateau d'une table brisée.

Il appuya fort sur son sternum, qui se souleva lentement en perdant de la pression, mais Xiaomi ne donnait aucun signe de vie.

« Putain, ne me fais pas ça ! »

Scott pleurait maintenant sans retenue, son poing frappait le dos de sa main dans un bruit sourd pour transférer sa force dans la poitrine de Xiaomi.

« Je t'en supplie… »

Il s'interrompit brusquement, comme s'il entendait le grondement de courants souterrains.

Xiaomi cracha tout à coup une grande quantité d'eau de mer, qui fut suivie d'une violente quinte de toux. Sa poitrine commença à se soulever et à s'abaisser doucement, et son visage pâle retrouva quelques nuances de rouge.

Scott arborait une expression complexe, à la fois réjouie et terrifiée. Il allait maintenant devoir utiliser sa dernière botte secrète.

« Putain ! Putain ! Putain ! »

Li Wen ne put s'empêcher de jurer quand le robot s'arrêta net après être entré en collision avec les garde-corps métalliques du pont.

« Elle m'a entendu, elle m'a entendu ! »

Dang Kai-zong sauta du mécha, rejoignit Li Wen et passa la tête par-dessus le bord du pont, dont l'énorme pilier s'enfonçait dans la mer, offrant une terrible sensation de vertige. Le ventre blanc du hors-bord oscillait non loin de la base du pilier. Il n'y avait aucune trace de survivants dans les eaux environnantes.

« Nous devons descendre… je dois descendre la sauver ! dit Dang Kai-zong en regardant Li Wen, dont le visage devint livide.

– J'ai le vertige. Chaque fois que je regarde en bas, j'ai l'impression que des fourmis me rongent les couilles. Je… je ne peux pas faire ça.

– Les couilles ? Espèce de lâche ! » cracha Kai-zong qui regardait à nouveau vers la mer.

Son cœur battait à tout rompre, pendant que son œil droit se mettait au travail, calculant la distance, la vitesse du vent et la vitesse relative d'un corps humain qui sauterait depuis cette hauteur. Un voyant rouge se mit à clignoter.

« C'est trop haut pour sauter. L'impact serait fatal. Nous devons descendre un peu… de dix mètres, non, de huit, ça devrait suffire. »

Li Wen fronça les sourcils et réfléchit, puis son visage s'illumina.

« Mec, je ne peux vraiment pas plonger, mais j'ai une idée. »

Dang Kai-zong tenait à présent le poing de fer du robot qui se balançait au-dessus de l'eau, dans l'air humide et glacial. Il essaya de ne pas regarder en bas. Il avait la chair de poule. Le poing de fer se détacha du bras mécanique et descendit lentement au bout d'un câble d'acier, jusqu'à ce que Kai-zong fût un peu plus près de la surface.

« Pas encore, continue ! » cria Dang Kai-zong en tentant d'apaiser sa peur du vide.

Le câble d'acier émit un son d'engrenages rugueux et s'arrêta d'un coup sec.

« Je suis au maximum ! cria Li Wen.

– Pas assez, encore un tout petit peu ! »

Dang Kai-zong resserra sa prise sur le poing du robot. Se balançant avec le vent, il déglutit avec difficulté, essayant de garder son calme.

« Accroche-toi ! » fit la voix de Li Wen qui s'évanouit dans la distance.

Le poing de fer trembla violemment et chuta encore. Dang Kai-zong ferma instinctivement les yeux mais resta fermement accroché. Li Wen avait commandé au robot de s'allonger sur le pont, passant la moitié de son corps au-dessus du vide, ajoutant la longueur du bras à celle du câble.

« Juste un tout petit plus ! »

L'œil droit de Kai-zong lui indiquait qu'il n'était plus très loin de la hauteur de sécurité qu'il avait calculée.

« Putain de merde ! »

Les jurons de Li Wen étaient étouffés par le vent.

Le poing de fer tomba une nouvelle fois. Les deux jambes du robot avaient maintenant quitté le sol, en équilibre précaire sur le rebord. Un centimètre de plus, et l'exosquelette tomberait en chute libre. Le cockpit n'était pas équipé d'airbag, et il n'aurait de toute façon pas été d'un grand secours.

Le voyant rouge dans l'œil droit de Dang Kai-zong passa finalement au vert. Il prit une profonde inspiration et baissa les yeux vers la mer, attendant le moment opportun. Il ne voulait pas heurter un pilier ou tomber sur un récif. Son œil droit estima la profondeur de l'eau, son angle de plongée, et divisa la surface en une grille colorée pour l'aider à prendre sa décision.

Maintenant ! Il lâcha prise et s'élança, ajustant sa position comme un vrai plongeur, les mains jointes au-dessus de sa tête, tout son corps tendu en une ligne droite. Le robot, par effet de bascule, retomba sur ses jambes dans un fracas métallique.

Dang Kai-zong transperça l'eau comme une flèche et disparut dans un nuage d'embruns. Quelques secondes plus tard, sa silhouette émergea lentement, comme celle d'un gros poisson, inspirant une énorme et précieuse bouffée d'air. Après avoir repris son souffle, il lança ses bras en avant et nagea vers le hors-bord chaviré.

Il pouvait presque entendre les faibles encouragements de Li Wen depuis le pont.

« N'approche pas plus près ! cria Scott, un pistolet de forme étrange plaqué sur la nuque de Xiaomi. Je veux un bateau, maintenant !

– Calmez-vous, Scott. »

Dang Kai-zong essaya de monter dans la cabine à moitié submergée.

« Ne lui faites pas de mal, je vous promets de vous trouver un bateau, mais ne lui faites pas de mal, d'accord ?

– Tu n'as pas compris que j'étais le seul à pouvoir la sauver ? Personne d'autre ne le peut ! Dommage que vous ne m'ayez pas cru, ni toi ni les autres. Cette arme sera utilisée quoi qu'il arrive. Après tout, c'est pour ça qu'elle a été construite. C'est un pistolet EMP miniature. »

Scott lui adressa un sourire énigmatique.

« Il n'est pas très puissant, mais il sera suffisant pour griller les circuits de ta petite amie. Si je ne peux pas l'avoir, alors, personne ne l'aura ! Et ne joue pas au con avec moi.

– Vous ne ferez pas ça, Scott. Écoutez-moi, vous n'êtes pas une mauvaise personne. »

Le corps de Scott frémit, comme si les mots de Kai-zong avaient touché un point sensible. Mais il ne pouvait plus faire marche arrière.

Xiaomi avait l'air terrifiée. Son corps était retenu par le bras droit disloqué de Scott, et elle tanguait légèrement. Elle fixait Kai-zong, dont les mains étaient vides, et lui fit signe de ne rien tenter. Une autre voix commençait à émerger dans son esprit.

Son cœur, chuchota Xiaomi 1. *Je m'empare de son cœur.*

Les globes de Xiaomi tournèrent derrière ses paupières mi-closes. Ses tentacules de conscience pénétrèrent la cage thoracique de l'homme et s'enfoncèrent dans la petite boîte carrée. Le protocole de synchronisation des données fut facilement piraté et elle se relia au stimulateur cardiaque. Xiaomi 1 tenait le cœur endommagé de Scott dans sa main.

Elle accéléra ses pulsations. L'organe fragile se mit à tirer comme une pompe à eau motorisée et le sang déferla comme un raz-de-marée dans ses artères, perturbant toutes ses fonctions vitales.

Le visage de Scott pâlit et une traînée de sueur froide glissa sur son front. Il attendait que son pacemaker se mette en marche, sans savoir qu'il était la source du problème. Une douleur lancinante le frappa, comme des aiguilles d'acier s'enfonçant profondément dans son corps. Ses membres perdirent toute force et il dut lâcher Xiaomi. La main qui tenait le pistolet était maintenant plaquée contre sa poitrine. Il s'appuyait contre le mur de la cabine, haletant. Sa respiration devint irrégulière, et ses yeux se remplirent de désespoir.

« Nancy, dit-il. Nancy. »

Dang Kai-zong tira Xiaomi et s'interposa entre Scott et elle. Il s'approcha prudemment de l'Américain et arracha le pistolet EMP de ses doigts impuissants, comme s'il cueillait une pomme empoisonnée.

Xiaomi freina brutalement le rythme cardiaque de Scott. Le sang cessa de circuler. Son oxygène s'épuisa, rendant son sang plus acide. Il pouvait deviner l'odeur de la mort.

Scott sentit un frisson dans son dos. Une force surnaturelle semblait être descendue dans la cabine exiguë. Il se retourna et ne vit que la paroi du bateau. Son corps se convulsa, des borborygmes s'échappèrent de sa bouche, comme un chien sur le point de se noyer. Il baissait les yeux, scrutant le vide, ses lèvres frémirent et murmurèrent quelque chose. Puis il perdit l'équilibre et tomba à la mer. Son visage pâle flotta un instant à la surface, ses yeux fixant le néant, telle une statue de marbre.

Dang Kai-zong avait distingué ses derniers mots : « Je suis désolé. »

Assez. Une vague de dégoût était montée dans le cœur de Xiaomi 0. *J'ai dit : assez !*

Ta faiblesse d'humaine te perdra, fit Xiaomi 1 avant de s'effacer dans l'obscurité.

Xiaomi 0 resta silencieuse pendant de longues minutes. Elle savait que le moment était venu.

Kai-zong la prit dans ses bras. Leurs corps humides et frissonnants se pressèrent, partageant le peu de chaleur qu'il leur restait. Ils s'embrassèrent longuement, goûtant avidement à leurs lèvres et à leurs langues comme si c'était leur dernier baiser dans ce monde. L'eau salée de la cabine leur arrivait à présent à la taille.

« Sortons de là ! Le bateau est sur le point de couler ! »

Dang Kai-zong tenta de hisser Xiaomi, mais elle ne bougea pas. Elle saisit la main de Kai-zong qui tenait le pistolet et le pointa sur sa propre tête.

« Tire. »

Dang Kai-zong n'en croyait pas ses oreilles.

« Tu es folle ? Pourquoi ?

– Je ne suis plus la Xiaomi que tu as connue, j'ai tué beaucoup de gens, tu sais. »

Les traits de Xiaomi, en guerre avec son alter ego, se tordirent violemment.

« Je ne veux pas devenir un monstre, je ne veux pas tuer des gens, je ne veux pas devenir un spécimen de laboratoire.

– Ce n'est pas toi, ce n'est pas toi. Xiaomi, nous trouverons un moyen, fais-moi confiance. »

Kai-zong essaya de dégager le pistolet de sa tempe mais la frêle jeune fille semblait disposer d'une force surhumaine.

« Tu ne comprends pas ! » cria Xiaomi dans un sanglot.

L'œil droit de Dang Kai-zong fut frappé par une série d'images qui défilèrent à toute vitesse. Ce furent tout d'abord des cobayes du programme Arashio, et parmi eux, Eva, la chimpanzé sacrifiée ; des colonnes de fumée et des charniers sur un champ de bataille ; des milliers et des milliers de ruines qui composaient autrefois une ville ; des détenus s'échappant de leur prison comme un courant tumultueux ; des piles de centaines d'épaves de voitures ; des hommes et des femmes en sang, rampant désespérément à travers des décombres… Les images se superposaient de plus en plus vite. Elles se mélangeaient pour former des boules de lumière aveuglante qui brûlaient l'orbite de Dang Kai-zong.

« Fais-le ! Avant qu'elle ne reprenne des forces ! »

Le corps de Xiaomi se contorsionna, comme une marionnette luttant de toutes ses forces contre des fils invisibles.

Brusquement, son expression changea et un rugissement rauque sortit de sa gorge.

« Si tu bouges, je la tue, puis je te tue ! Je tue tout le monde ! »

L'œil droit de Kai-zong était un morceau de charbon incandescent incrusté dans son crâne. Il sentait ses nerfs se carboniser centimètre par centimètre. Il discernait une odeur de chair brûlée. Dans sa tête, claironnaient un million de trompettes, piaillaient cent millions de canaris. Son œil affolé était une bombe à retardement, prête à exploser à tout instant.

« Je ne peux pas… Je ne peux pas te tuer. »

Dang Kai-zong hurla de douleur et tomba à genoux dans l'eau de la cabine. La peau autour de son œil droit était devenue rouge et boursouflée. Des fragments d'épiderme chutaient dans l'eau en grésillant, soulevant des volutes de fumée blanche. Il avait l'impression qu'une perceuse électrique à pleine puissance transperçait sa tempe.

Puis, soudain, bruits et douleurs disparurent. Dang Kai-zong flottait dans un espace vide, doux et tranquille, qui lui rappela la nuit où Xiaomi et lui s'étaient allongés sur la plage pour regarder les étoiles. Mais très vite la douleur revint, noyant les résidus de sa volonté sous un raz-de-marée.

« Tu ne peux pas me tuer ! Tu ne peux pas ! »

La voix frêle de Xiaomi recouvrait les cris démoniaques de son double, comme un duo grotesque cherchant aussi bien à fusionner qu'à s'annihiler.

« Je ne suis que le début ! Juste le début… »

Les voix se turent brutalement.

Le bras de Dang Kai-zong tremblait. Il appuya sur la gâchette.

Le tableau de bord se mit à clignoter frénétiquement, des étincelles fulgurantes jaillirent tel un feu d'artifice sauvage.

Le sifflet électronique retentit, perçant les murs de la cabine, et s'estompant enfin jusqu'à ce que tout soit à nouveau silencieux. Les composants émettant de la lumière s'assombrirent doucement, comme une bête géante s'accrochant à une dernière once de vie.

Une expression d'incrédulité était imprimée sur le visage de Xiaomi. Elle tendit les doigts pour toucher l'œil mutilé de Kai-zong. Avant qu'elle n'ait pu atteindre son but, son corps se raidit et elle tomba à la renverse, soulevant des vagues concentriques.

L'arme glissa des mains de Dang Kai-zong alors qu'il pataugeait dans l'eau. Il plongea et se saisit du corps inconscient de Xiaomi. Son œil droit carbonisé crépitait, victime d'un court-circuit. La lumière disparut bientôt, remplacée par une douleur lancinante. S'aidant de son œil naturel, il se faufila hors de la cabine et se mit à nager vers la jetée.

Derrière lui, des bulles d'air remontaient des deux côtés du hors-bord en train de sombrer. La coque blanche du bateau disparut sous la surface, emportant avec elle l'ambition de Scott, ne laissant qu'un tourbillon irrégulier. Le typhon Wutip, qui n'était maintenant plus qu'une modeste tempête, se dirigeait vers la ville de Toh. Une mer sereine encerclait l'île de Silicium comme si rien ne s'était passé.

Épilogue

C'était de nouveau juillet. La mer au sud des îles Aléoutiennes était située dans un creux barométrique, et un épais brouillard marin s'attardait depuis des mois sur la région, s'étendant vers l'ouest jusqu'aux îles Kouriles. Le courant océanique subarctique froid d'Oyashio, provenant du détroit de Béring, s'écoulait vers le sud où il rencontrait le courant chaud de Kuroshio qui coulait vers le nord dans le Pacifique, à une latitude de quarante degrés. Après quoi, les deux courants fusionnés faisaient cap vers l'est.

Un homme était debout sur le pont du navire scientifique *Clotho*. Il contemplait l'océan. La peau autour de son œil droit était marquée de cicatrices de brûlures. De tels stigmates auraient facilement pu être effacés par un acte de chirurgie plastique, mais il ne semblait pas s'en soucier.

« Monsieur Dang, une tasse de thé ? »

Le capitaine William Katzenberg apparut à côté de lui avec du café très odorant.

« Merci, je vais me le préparer moi-même, sourit Dang Kai-zong. Aviez-vous déjà vu autant de brouillard ?

– Oh, bien sûr. Pour moi, ce brouillard, c'est un peu comme le thé de l'après-midi, il revient quotidiennement en cette saison. Vous êtes encore jeune, mais si vous vivez assez longtemps, plus rien ne vous surprendra. À mon grand âge, on a tout vécu, vous savez.

– Je ne suis pas sûr, William. Il y a un an… »

Dang Kai-zong s'interrompit brusquement.

« Que s'est-il passé il y a un an, monsieur Dang ? »

– Oh, rien. »

Dang Kai-zong ne souhaitait pas en dire davantage. Alors le capitaine se mit à parler avec enthousiasme des renards bleus.

Les dauphins souffleurs, pensa Dang Kai-zong.

Les événements de l'année précédente l'avaient rendu partiellement aveugle, mais il avait refusé la suggestion des médecins de remplacer sa prothèse oculaire, préférant payer un prix plus élevé pour réparer l'œil endommagé. Sur son insistance, les défauts de sa prothèse – une distorsion en barillet et une aberration chromatique jaune-vert – avaient été préservés. Son œil voyait désormais tout à travers le filtre de l'île de Silicium ; c'était une teinte qui appartenait à Xiaomi, une beauté imparfaite et magnétique. Il voulait pouvoir se souvenir à jamais de ce qui s'y était passé. Comme pour les cicatrices sur son visage.

Wealth Recycle avait signé un accord avec le gouvernement de l'île de Silicium pour développer un parc industriel de recyclage, un chantier qui devait durer trois ans. En raison de la mort du patriarche de la famille Lo, le projet avait finalement rencontré peu de résistance. Le directeur Lim Ek-ru avait persuadé la famille Lim de cesser de manipuler les marchés en s'appuyant sur ses connexions gouvernementales, et d'entrer dans une concurrence loyale avec le clan Dang, en vue de former un duo d'actionnaires qui ferait la promotion d'une gestion entrepreneuriale moderne de l'industrie du traitement des déchets. En outre, avaient été permises la libre circulation de la main-d'œuvre et la garantie de bien meilleures conditions de travail pour les ouvriers du secteur.

Il se souvenait encore du discours enthousiaste du maire Ong lors de la cérémonie officielle de signature : « *Win-Win-Win*, mes amis, un bel avenir s'ouvre pour notre île ! »

Les déchetiers qui avaient héroïquement sauvé des vies pendant le passage du typhon avaient été dûment récompensés. Les autorités avaient accepté de revoir la réglementation concernant le débit restreint, sous le coup d'une pression médiatique. En effet, la presse avait révélé les lourds dégâts humains et matériels en partie causés par l'arrêt des communications réseau pendant le typhon. Wealth Recycle avait créé une fondation spéciale qui puiserait dans une partie des bénéfices du parc pour aider les travailleurs migrants victimes de problèmes de santé dans le cadre de leur travail. Xiaomi avait été la première bénéficiaire de la fondation.

Xiaomi. Le cœur de Dang Kai-zong se serra de douleur. Il n'oublierait jamais la dernière fois qu'il l'avait vue.

C'était un après-midi brumeux. Il était entré dans l'unité de soins intensifs et avait vu Xiaomi assise dans un fauteuil roulant, dos à lui, regardant les arbres derrière la fenêtre. Il s'était approché d'elle, s'était accroupi et avait examiné son visage innocent, l'appelant doucement par son nom et caressant ses longs cheveux avec les mêmes doigts que ceux qui avaient pressé la gâchette. Xiaomi l'avait regardé comme elle regardait désormais n'importe quel objet inanimé. Quelque chose avait été effacé de son regard pour toujours. Elle n'était désormais plus qu'une coquille sans âme. Elle avait ouvert la bouche, mais aucun son n'en était sorti. Son visage inexpressif évoquait une machine dont les paramètres d'usine avaient été restaurés.

Le médecin lui avait indiqué qu'elle avait eu de la chance. Au moment où l'impulsion électromagnétique avait pénétré dans son cerveau, la chaleur avait instantanément inciné le tissu neural autour des particules métalliques. Cependant, comme l'impulsion n'avait duré que quelques microsecondes, sa vie n'avait pas été mise en danger, et les dommages avaient été minimes. Le champ de mines du cerveau de Xiaomi avait été désamorcé, mais ses capacités de raisonnement logique, de traitement des émotions et de la mémoire s'étaient détériorées de manière irréversible. Elles ne seraient jamais plus que l'équivalent psychique d'un enfant de trois ans.

Il existait néanmoins un mince espoir. Le médecin avait promis à Dang Kai-zong qu'il essaierait des traitements impliquant des médicaments obtenus lors d'essais cliniques. Mais il faudrait s'armer de beaucoup, beaucoup de patience.

L'héritage du programme Arashio… Dang Kai-zong savait mieux que quiconque que l'Histoire pouvait jouer des farces morbides.

Kai-zong avait donné un baiser à Xiaomi sur le front. Un marmottement animal s'était échappé de ses lèvres et une brève lumière avait paru vaciller dans ses yeux, avant de disparaître. Dang Kai-zong s'était levé et avait quitté l'unité de soins intensifs sans se retourner. Il n'avait pas osé regarder en arrière. Il craignait de vouloir rester, de s'accrocher à cet espoir inatteignable – un espoir qui n'aurait sans doute eu d'autre effet que de détruire la dernière bribe de beauté de leur histoire. Il savait très bien qu'il n'était le héros de personne, et qu'il ne pourrait pas sauver Xiaomi.

« Hé, Kai-zong, viens voir ce qu'on a trouvé ! »

Il fut arraché à ses souvenirs par le cri enthousiaste de son assistant. Il se précipita sur la passerelle pour rejoindre le pont mouillé, où plusieurs membres de l'équipage s'entassaient autour d'un objet récupéré en mer.

Une machine brute mais ingénieusement conçue, ressemblant à une fleur de lotus faite de métal et de plastique.

L'assistant lui montra comment elle fonctionnait. Lorsqu'un être vivant arrivait à portée de détection, ce capteur activait un dispositif semblable à une souricière pour capturer sa proie. Une fois le poisson saisi, l'appareil envoyait un signal de localisation au pêcheur.

Une merveille de technologie. Dang Kai-zong soupira d'admiration, se rappelant la prothèse de bras coupée qu'il avait vue ramper dans le village de Hialeng.

« Les gars, secouez-vous, le truc ne doit pas être loin ! »

Dang Kai-zong poussa un coup de sifflet et tout le monde s'empressa de retourner à son poste.

« Monsieur Dang, pardonnez-moi de vous demander ça mais, depuis que nous sommes partis de la côte ouest de la Californie, vous êtes obnubilé par cette chose. C'est quoi, au juste ? demanda le capitaine.

– Tu verras, William. Mais laisse-moi t'avertir : tu risques d'être déçu. »

Après l'île de Silicium, Dang Kai-zong avait quitté son emploi chez Wealth Recycle et avait voyagé seul pendant un certain temps. Revenu à Boston, il avait écrit des articles indépendants pour de petits médias web. L'époque comptait peu d'historiens et ceux-ci n'apparaissaient plus comme nécessaires. Les réseaux sociaux, les médias en continu et l'informatique en temps réel fournissaient des rapports analytiques approfondis, basés sur des données plus accessibles et nettement plus quantitatives que les anciennes archives académiques. Dang Kai-zong ressentit même l'envie d'écrire au bureau du président de son *alma mater* pour suggérer la fermeture du département d'histoire.

D'un ton calme, il avait raconté à ses parents ce qui s'était passé sur l'île de Silicium, en se limitant aux éléments qu'il était autorisé à livrer. Pour la première fois depuis des années, il avait embrassé son père, qui lui avait donné quelques tapes dans le dos ; un accord tacite et subtil avait été conclu entre eux.

Dang Kai-zong avait cessé d'éprouver un certain désir. Il s'était autrefois cru capable de changer les choses. Il comprenait aujourd'hui que ce n'était qu'un fantasme. Le monde ne cessait de changer, mais il ne changeait jamais pour un seul individu.

Il se souvenait encore des mots d'adieu du patriarche du clan Dang.

Les gens pensent toujours qu'ils jouent avec les marées mais, à la fin, ils découvrent que ce sont les marées qui jouent avec eux.

Puis il avait reçu un étrange coup de téléphone de Hong Kong.

Son interlocutrice s'était identifiée comme étant Ho Suk-yee, chef de projet au sein de l'organisation environnementale Tussilage. Elle se montrait très intéressée par le parcours de Kai-zong, et en particulier par son expérience sur le projet Wealth Recycle sur l'île de Silicium. Elle était heureuse de lui offrir un travail inhabituel.

Une chance de changer le monde, avait-elle dit.

Dang Kai-zong avait doucement secoué la tête à l'autre bout du fil, en souriant amèrement.

Chaque année, des centaines de millions de tonnes de déchets étaient déversées dans les océans, sans avoir été traitées, depuis les villes côtières du monde entier. L'organisation Tussilage avait suivi de près la formation d'îles de déchets portées par des courants océaniques. Grâce à la technologie RFID, ils avaient créé une carte maritime des principales îles-poubelles du monde, qui étaient mises à la disposition des compagnies maritimes pour prévenir les accidents.

Mais il fallait bien que quelqu'un paye la facture. La femme asiatique sourit et ajouta :

« Pendant que nous chassions quelques gros poissons ailleurs, il se passait des choses étranges. Comme la fréquence incroyable des éclairs au-dessus des îles de déchets. Nous avons besoin de vous, et peut-être que les gens là-bas ont aussi besoin de vous.

– Comment ? Des gens vivent sur ces îles ?

– Nous l'ignorons, mais ce qui est certain, c'est que ces îles sont moins désertes que ne l'est Mars. »

Ainsi Dang Kai-zong était-il retourné en mer. Le balancement incessant du bateau lui donnait la nausée mais, avec le temps, il était devenu une habitude addictive. Ces îles de déchets ne se contentaient pas de dériver avec les courants, elles semblaient profiter de l'interaction complexe de divers courants pour jouer au chat et à la souris avec Tussilage, dont elle donnait l'impression de connaître les intentions. Dang Kai-zong et son équipage étaient livrés à eux-mêmes, s'attachant néanmoins à suivre les directives changeantes de l'état-major de l'organisation. Toute modification suggérait d'innombrables spéculations, et les chaînes de déduction aboutissaient généralement à des conclusions absurdes.

De temps en temps, allongé sur le pont et observant le ciel étoilé, il vagabondait au pays des rêves, bercé par le doux roulis des vagues. Lorsqu'il atteignait la limite entre le rêve et l'éveil, une merveilleuse illusion envahissait son œil droit, comme si une énorme pupille entrevoyant tout l'univers l'emmenait vers une couche supérieure de félicité. Ce regard était celui de Xiaomi.

Je ne suis que le début.

Mais chaque fois qu'il se remémorait les derniers mots de Xiaomi, une froideur rampait sur sa peau, comme une forme d'allergie incurable.

Avant de quitter l'île de Silicium, il se fit un devoir de visiter Lo Ze-him, le plus jeune fils de Lo Gim-sian. En dehors de son excellent niveau de mandarin standard, le garçon ne semblait pas différent des autres gamins jouant ou se promenant dans la cour de récréation. Parfois, le garçon s'arrêtait et regardait au loin, l'air pensif.

Dang Kai-zong se prenait tantôt à rêver qu'il rencontrerait à nouveau Xiaomi. Sa vision était très détaillée : il pouvait décrire la saison, la luminosité, la température, les plantes d'ornement, la texture de leurs vêtements, leurs regards, le gazouillis des oiseaux et leurs premiers mots échangés. Puis, comme un couple de gens ordinaires, ils arrêteraient d'évoquer leurs souvenirs, et choisiraient de se marier, d'avoir des enfants, de se disputer pour des choses insignifiantes, de se blesser, de s'ennuyer l'un de l'autre et, pour finir, de se séparer ou de vieillir ensemble et heureux pour toujours.

Cependant, il savait qu'ils ne se reverraient jamais, du moins pas dans ce monde sublunaire.

Le brouillard au-dessus de la mer s'assombrissait, comme du cacao versé dans une tasse de lait tourbillonnante, se dissolvant de manière inégale. Kai-zong gagna la proue et vit une énorme silhouette émerger comme un monstre sortant de la brume, de plus en plus claire et solide. Le ciel se mit à scintiller d'inquiétants arcs de lumière bleue et blanche. Une île d'ordures.

« Il est temps d'accoster », dit-il.

Note du traducteur

Le récit de Chen Qiufan se déroule sur l'île imaginaire de Silicium (*Guiyu* 硅屿). Ce toponyme est homophone de Guiyu (贵屿), une ville située dans la province de Guangdong, non loin de la région natale de l'auteur, et connue pour ses grandes décharges de déchets électroniques. La ville fictive de Toh, quant à elle, est une référence à la ville réelle de Shantou – ville de plus de cinq millions d'habitants, qui possède le statut de zone économique spéciale.

Au carrefour de plusieurs aires ethnolinguistiques, l'île de Silicium, comme le Guiyu de la réalité, est un lieu où coexistent un grand nombre de langues. Les habitants originaires de l'île s'expriment ainsi en teochew, une langue appartenant à la famille des langues sinitiques, parlée à l'extrême est de la province de Guangdong. Les « déchetiers » comme Xiaomi, travailleurs migrants originaires de toutes les provinces de Chine, s'expriment en revanche en mandarin, qui n'est d'ailleurs pas forcément leur langue maternelle. Afin de rendre compte des enjeux sociolinguistiques de l'intrigue, le traducteur a fait le choix de transcrire les noms des personnages originaires de l'île, ainsi que certains termes et expressions, en teochew, et non en chinois mandarin. Les noms des personnages venus d'autres provinces sont quant à eux transcrits en hanyu pinyin, conformément à l'usage en République populaire de Chine. Le traducteur remercie Adeline Chan pour son aide précieuse concernant le teochew.

pcacmb
édition pré-presse
livres numériques

44400 Rezé

Achevé d'imprimer en octobre 2022
sur les presses de Normandie Roto Impression s.a.s.
61250 Lonrai (Orne)
pour le compte des Éditions Payot & Rivages
60/62, avenue de Sase - 75015 Paris
N° d'imprimeur : 2205352

Imprimé en France